ドラゴンクエストノベルズ

小説
ドラゴンクエストIII
そして伝説へ…

DRAGONQUEST III

高屋敷英夫

イラスト／椎名咲月

CONTENTS
DRAGON QUEST III

目次

III

キャラクター紹介

アレル

アリアハンの王子

十六歳をむかえ父オルテガの仇を討つためにバラモス討伐へ旅立つ。剣と呪文の使い手。

クリス

戦士

アリアハン国王の命によりアレルと共に旅立つ女戦士。女性ながらアリアハン一の剣技の持ち主。

DRAGON QUEST Ⅲ

Character profile

登場キャラクター紹介

モハレ

僧侶

ルイーダの店で紹介され、アレルたちの仲間となる。剣は得意ではないが、呪文の心得がある。

リザ

魔法使い

ロマリアで拾われ老魔道士に育てられた。可憐な少女であるが、威力のある呪文を放つ。また、その出生にはある秘密が隠されている。

III キャラクター紹介

サバロ

商人

どこか抜けているところがあるが、金儲けは天才的。転々としながら商売をしている。

ロザン

遊び人

サバロと幼友達。一緒に商売をしていたこともある。きゃしゃで背が高く変に色気がある。

DRAGON QUEST III

Character profile

登場キャラクター紹介

カーン

武闘家

モハレの幼友達。バハラタの孤児院で育てられる。十三歳のとき武闘家の道へ入り、現在は放浪の旅を続けている。

チコ

アレルたちの行く手を阻む、バラモス配下の魔法使い。美しいが片目に傷を負っている。

序章

漆黒《しっこく》の闇《やみ》のなかに、おどろおどろした不気味な声が響《ひび》きわたった。

「おばばよ、占《うらな》いはなんとでた?」

「はっ……」

老婆《ろうば》のしわがれた声が答えた。

「あなたさまがこれから赴《おもむ》こうとしておられる世界に、六つの不思議な宝珠《オーブ》があるのだそうでございます……。もし、その宝珠《オーブ》が全部そろえば、あなたさまの身に災いが起こると……」

「なにっ?」

「しかしながら、ご安心くだされ、魔王《まおう》さま……。六つの宝珠《オーブ》のうちたとえひとつでも欠ければなんの問題もございません。あなたさまが居城《きょじょう》を築かれようとしておられるかの地に、そのひとつがございます……。それさえ人間どもの手の届《とど》かぬところへ葬《ほうむ》ってしまえば、その災いから逃《のが》れることができるでしょう……」

「まことだなっ?」

「はっ……。あとは何も心配にはおよびませぬ。存分《ぞんぶん》にお暴れになるがよろしいでしょう。すべては魔王さまの思いのまま……」

老婆がいい終わると、再び漆黒の闇に静寂《せいじゃく》が戻《もど》った――。

森と湖の国ネクロゴンド――。

アリアハンのはるか西の大陸にあるこの国は、最も美しい国のひとつとして世界中に知られていた。とりわけ北部のビクトカ湖一帯が有名で、雄大《ゆうだい》な雪のブカフ連峰《れんぽう》を背景《はいけい》にした壮大《そうだい》な景観は、訪《おとず》れた人々の心をとらえて離《はな》さなかったという。

この湖の中央の小島に、森に囲まれた荘厳華麗《そうごんかれい》なネクロゴンド城《じょう》がそびえ、その南方の対岸に、交易と文化の中心として栄えた人口一万四〇〇〇人の王都があった。

だが、アリアハン暦《れき》一二六四年、かつてない大地震《だいじしん》がこの国を襲《おそ》った。

静かな眠《ねむ》りについていた王都は一瞬《いっしゅん》にして瓦礫《がれき》の山と化し、街《まち》の北側から発生した火事が、おりからの強風にあおられ、轟音《ごうおん》をあげて燃え広がった。王都を炎《ほのお》の海と化した巨大《きょだい》な火柱が、夜空を焦《こ》がし、湖面をまっ赤《か》に染《そ》め、はるか湖上の闇のなかにネクロゴンド城を赤く浮《う》かびあがらせた。

この大地震で、ネクロゴンドのほかの町や村も壊滅《かいめつ》的な打撃《だげき》を受けた。

だが、これは恐《おそ》ろしい天変地異《てんぺんちい》の前触《まえぶ》れにすぎなかった。その日の昼過ぎから、さらに激《はげ》しい大地震が襲い、地鳴りとともにすさまじい地割《じわ》れが稲光《いなびかり》のように大地を切り裂《さ》いた。なかには、巨大な地割れの底に、町ごとすっぽりのみ込《こ》まれたところもあった。

また、日没《にちぼつ》とともに想像を絶する大津波《おおつなみ》が沿岸部《えんがんぶ》を襲い、わずかに生き残っていた港町や漁村を瞬時《しゅんじ》にして海底に引きずり込んだ。

さらに、火山という火山がいっせいに大噴火《だいふんか》を始め、火口から噴《ふ》き出したまっ赤な溶岩《ようがん》の河が、地肌《じはだ》を削《けず》り、次々に麓《ふもと》の町や村をのみ込んだ。溶岩の河からまぬがれた町や村には、天高く噴きあげた大量の火山灰《かざんばい》が、粉の雨となって降《ふ》り積もり、やがて一帯を灰色に埋《う》めつくしてしまった。

そのうえ、溶岩の流入によって、滔々《とうとう》と流れていた大河がいたるところでせき止められ、あふれ出た濁流《だくりゅう》が大きく流れを変えて河岸の町や村を押《お》し流し、河岸から遠く離れた町や村までも水底に沈《しず》めてしまった。

こうして十日あまり続いた大地震と噴火によって、ネクロゴンドの地形は大きく姿《すがた》が変わった。緑の森は溶岩の下に消え、無数に存在《そんざい》した美しい湖沼《こしょう》は毒々しい湿地帯《しっちたい》となった。豊かだった田園地帯が大地から消え、そのあとには荒涼《こうりょう》とした不毛の砂漠《さばく》が広がった。隆起《りゅうき》した丘陵《きゅうりょう》地帯は険しい山脈になり、切り立った前人未到《ぜんじんみとう》の山脈はさらに険しさを増した。

五〇〇あまりあった町や村のなかで生き残ったのは――といってもほとんど壊滅状態なのだが――わずかに片手で数えるほどしかなく、着の身着のままかろうじて逃《に》げのびた人々はおよそ三十万人、ネクロゴンドの総人口の八分の一にも満たなかった。

唯一《ゆいいつ》残った建造物が、湖上にそびえるネクロゴンド城だった。地盤《じばん》の硬《かた》い花崗岩《かこうがん》の島であることがさいわいしたのだ。だが、大地震と噴火が収まると、このときを待っていたかのように、突如《とつじょ》魔《ま》物《もの》の大軍団が城を襲撃《しゅうげき》した。大異変に茫然《ぼうぜん》としていた騎士団《きしだん》や近衛隊《このえたい》は予期せぬ襲撃に慌《あわ》てうろたえ、城はまたたく間に血の海と化し、魔物たちは一気に国王の宮殿《きゅうでん》へと雪崩《なだ》れ込んでいった。

そして、余震《よしん》の不安と恐怖《きょうふ》におののく人々の耳に、ネクロゴンド城の上空をおおっていた暗雲から、おどろおどろした不気味な声が聞こえ、その声がネクロゴンド全土に響きわたった。声の主は自らを『暗黒の覇者《はしゃ》魔王バラモス』と名乗ると、

『聞くがいい、愚《おろ》かなる人間どもよ！　今この時より、ネクロゴンドの地は余《よ》バラモスのものとなった！　やがて余は全世界を征服《せいふく》し、この世を限りなき悲しみと絶望で満たしてみせよう！　永久なる深い闇で、この地上をおおいつくしてみせよう！』

やがて不気味な笑《わら》いとともにその声が暗雲のなかに消えると、突然《とつぜん》魔物の大軍団が生き残った人々に襲いかかり、大地を血に染めていった。

さらに魔物の大軍団は、ネクロゴンドの西にそびえる険しい山脈を越《こ》え、テドン地方まで襲撃し、数日後には広大なネクロゴンド大陸のほぼ南半分を完全に制圧していた。

その知らせが世界中に届くと、盟主《めいしゅ》であるアリアハンを始め、ほかの同盟国《どうめいこく》はただちに援軍《えんぐん》をネクロゴンドに派遣《はけん》した。その軍船の数は一五〇〇隻《せき》とも一八〇〇隻ともいわれ、また動員された兵士の数は十五万人とも二十万人ともいわれた。

だが、ネクロゴンドの海岸線に駆《か》けつけた各国の援軍は、その変わり果てた姿に思わず息をのん

だ。なだらかで美しかった海岸が、天を突《つ》く断崖絶壁《だんがいぜっぺき》の天然の要塞《ようさい》に姿を変え、巨大な壁《かべ》となって立ちふさがっていたからだ。

援軍は二手に分かれ、海岸線に沿《そ》って上陸可能《かのう》な地形を探《さが》したが、どこまで行っても断崖絶壁が続いているだけだった。かつてどの海岸線からも、王都へと道が続いていた。だが、天変地異により、ネクロゴンドは完全に外部の世界から遮断《しゃだん》され、手の届かない隔離《かくり》された悪魔《あくま》の領域となっていたのだ。

各国の援軍はついに上陸をあきらめ、帰国の途《と》についた。上陸できない以上、帰国してバラモスの出方を見るしか手はないと判断したのだ。だが、遠ざかるネクロゴンドの大地を見ながら、「打《だ》倒《とう》バラモス」を心に誓《ちか》った男がいた。アリアハンの軍船を率いる将《しょう》のひとりで、アリアハンにこの人ありといわれた歴戦の勇者だ。

アリアハン一の、いやおそらく世界一の剣《けん》の腕《うで》を持つこの勇者は、何度も辺境の蛮族《ばんぞく》の反乱を鎮《ちん》圧《あつ》し、数々の戦功をあげた伝説的人物だった。国王からは絶大な信頼《しんらい》を受け、兵士からは尊敬《そんけい》され、人々からは憧《あこが》れの目で見られていた。並外《なみはず》れた巨体《きょたい》と鍛《きた》え抜《ぬ》かれた強靭《きょうじん》な筋力《きんりょく》は、不死身の鉄人を思わせ、その立ち居振《いふ》る舞《ま》いには一分《いちぶ》の隙《すき》もなかった。

また、やさしい澄《す》んだ双眸《そうぼう》は多くの人々の心をひきつけた。勇者はアリアハンの誇《ほこ》りだった。勇者の名は、モルドム・ディアルティス・オルテガ。アリアハンの人々は親しみと尊敬を込め、彼《かれ》をただ『オルテガ』と呼んだ。

オルテガは王都アリアハンに帰港すると、ただちに城へ馬を走らせ、バラモス討伐《とうばつ》の旅に出してくれるよう国王に願い出た。国王は驚《おどろ》いてオルテガを見た。だが、じっと国王を見つめるオルテガの目は正義と怒《いか》りに燃え、真一文字に結んだ口許《くちもと》には強い意志があふれていた。

国王はオルテガの性格をよく知っていた。そして、一度いいだしたらがんとして聞かないということも。また国王は、魔王バラモスを倒せるのはこの世にただひとり、このオルテガをおいてほかにないと思った。国王は黙《だま》って大きくうなずくと、代々王家に伝わる秘剣《ひけん》をオルテガに授けた。

こうして、オルテガは美しい妻と幼《おさな》いひとりの息子を残して、アリアハンをあとにした。ちょうど、十年前の春のことだった——。

ところが二年前の冬——。

ネクロゴンド大陸の北部のイシスの国から、国王とオルテガの家族に悲報がもたらされた。魔物との戦いの最中、オルテガが火山の火口に落ちて無念の死を遂《と》げたというのだ。そして、そのことを告げた瀕死《ひんし》の従者《じゅうしゃ》もまた息をひきとった——。

第一章　勇者の旅立ち

アリアハン大陸の南部に、波おだやかな美しい内海が広がっている。その東岸の緑豊かな丘陵《きゅうりょう》地帯に、国王の居城《きょじょう》であるアリアハン城と城壁《じょうへき》に囲まれた人口三万四〇〇〇人の王都アリアハンがある。

およそ一〇〇年ほど前、当時強国であったアリアハン国の呼びかけで、世界のおもだった九カ国が平和同盟《どうめい》を結んだ。以来、同盟国は互《たが》いに協力し合い、ともに発展《はってん》してきた。そして、王都アリアハンも国際貿易都市として、また政治、経済《けいざい》、文化の中心として、かつてない繁栄《はんえい》をみた。

だが、魔王《まおう》バラモスがネクロゴンドを支配してから、様相が一変した。ネクロゴンドの天変地異《てんぺんちい》のあと、ほかの大陸でも小規模《しょうきぼ》ながら地殻《ちかく》変動があいついだ。地上には巨大化《きょだいか》した魔物《まもの》が急増し、群れをなして町や村を襲《おそ》った。また海上にも多数の魔物の群れが出没《しゅつぼつ》し、航海中の船を次々に海底に沈《しず》めた。このため各国の船主や貿易商たちは危険《きけん》な長距離《ちょうきょり》航海をひかえるようになり、ついには世界の主要都市を結んでいた定期船も廃止《はいし》された。

こうして、国際貿易港として栄えていた王都アリアハンの港から外国船が姿《すがた》を消し、活気と熱気に満ちあふれていた街《まち》から急速に活力が失《う》せていった――。

1　誕生日《たんじょうび》

とっくに川の氷も溶《と》け、水もぬるんだ。風もやわらぎ、木々も芽吹《めぶ》いた。それでも春とは名ばかりで、ずっと寒い日が続いていた。だが、今朝《けさ》――四月の最初の朝は雲ひとつなく晴れあがり、やわらかな陽光が王都を包んでいた。

この日、王都に住むひとりの少年が十六回目の誕生日を迎《むか》えた――。

「おおっ！」

謁見《えっけん》の間に入ってきた立派《りっぱ》な体格の凛々《りり》しい少年とその美しい母親を見て、今年六十歳《さい》になる国王サルバオ二十世が思わず声をあげて玉座《ぎょくざ》から立ちあがった。少年の姿に若《わか》き日のオルテガの姿が重なって、一瞬《いっしゅん》オルテガが現れたのかと思ったのだ。

育ち盛《ざか》りとはいえ、この二年あまりの間に少年は見違《みちが》えるほど立派な若者に成長していた。いくらか幼《おさな》さが残っていたが、澄《す》んだ涼《すず》しげな双眸《そうぼう》や意志の強そうな口許《くちもと》も、立ち居振る舞《いふま》いやちょっとした仕種《しぐさ》も、何もかも若き日のオルテガにそっくりだった。

「血は争えぬものよの」

国王は頼《たの》もしそうに微笑《ほほえ》んだ。

少年はオルテガのひとり息子《むすこ》のアレルで、若い母親はオルテガの妻のルシアだった。オルテガが旅に出たとき、アレルは六歳になったばかりだった。それ以来、ルシアと祖父のガゼルに育てられた。大きくなったら父オルテガを追ってバラモスを倒《たお》すために旅に出るのが、アレルの夢《ゆめ》だった。そのころから同じ歳《とし》の子よりも体が大きく、明るくて元気のいい子だった。無鉄砲《むてっぽう》なところがあって、魔物や怪物がいる城壁の外へ飛び出したり、大聖堂《だいせいどう》の屋根にのぼったりして、ときどきルシアやガゼルを心配させたことがあったが、正義感が強くて誰《だれ》にでもやさしいので、近所の子供《こども》たちからは慕《した》われ、大人《おとな》たちからはかわいがられて育った。ほかの戦士の子と同じように八歳のときから剣《けん》の道場に通っていたが、その腕《うで》も運動神経も群を抜《ぬ》いてすぐれていたので、街の人たちはきっとオルテガのような立派な戦士になるにちがいないと噂《うわさ》したものだった。

二年前の冬のこと。オルテガの悲報が届《とど》くと、アレルはオルテガの仇《かたき》を討《う》つといって、ルシアが止めるのを振《ふ》りきって王都を飛び出し、近衛隊《このえたい》が出動してやっと連れ戻《もど》した。だが、アレルは旅に出してくれるよう国王に哀願《あいがん》し、説得しかねた国王は十六歳になったら正式に許可《きょか》してやると約束してやっとアレルをなだめたのだった。

その日からアレルはさらに剣の稽古《けいこ》に励《はげ》み、貧民窟《ひんみんくつ》の老祈禱師《ろうきとうし》に呪文《じゅもん》を習い始めた。そして、今日《きょう》のこの日を待ったのだ。

「ルシアよ、異存《いぞん》はないか？」

国王が尋《たず》ねた。いくらアレルと約束したとはいえ、ルシアの心中は察するにあまりあまるものがあった。

だが、ルシアは国王をまっすぐ見つめながらうなずいた。

オルテガがバラモス討伐《とうばつ》の旅に出ると告げたとき、ルシアは迷うことなく黙《だま》って夫の言葉に従《したが》った。それが戦士の妻として当然だと思った。当時オルテガは三十二歳の男盛《おとこざか》りで、誰もが認《みと》める剣の腕と強靭《きょうじん》な肉体を持っていた。だが、アレルは今日十六歳になったばかりの少年だ。二年前の冬にバラモス討伐の旅に出るといいだしたときから、ルシアはずっと心を痛《いた》めてきた。

ただ、まっすぐな気性と正義感の強さはオルテガゆずりだった。一度いいだしたらがんとしてあとへはひかなかった。悪いものにはとことん立ち向かっていく。いくら反対しても、結局は飛び出していくのだ。だとしたら、快く送り出してやろう。勇者オルテガの妻として。勇者オルテガの血をひくたったひとりの男の母として——悩《なや》んだ末、今朝になってルシアはやっと決心したのだ。どうか、あの子をお守りください——そう亡《な》きオルテガに祈《いの》りながら。

「そうか……。異存がないなら何も問題はない……」

国王は確かめるようにじっとルシアを見つめると、アレルに告げた。

「アレルよ！　アリアハン国王サルバオ二十世の名において、そちにバラモス討伐の旅を正式に許可する！」

「ありがとうございます！　必ずや父の仇を討ち、ふたたびこの世に平和を取り戻してみせます！」

アレルが力強く答えると、国王は、アレルのために特別にあつらえた立派な鋼鉄《はがね》の剣《つるぎ》を授けた。柄《つか》にはサルバオ王家の紋章《もんしょう》を象《かたど》った華麗《かれい》な飾《かざ》りがほどこされていた。

「だが、アレルよ。ひとつだけ条件がある。そちには悪いが、正直なところ、ひとりで旅に出すのは忍《しの》びない。ルシアもさぞかし心配であろう。ひとり供《とも》をつけさせる。そちの仲間《なかま》をな」

国王が近衛隊長に目で合図をすると、近衛隊長が廊下《ろうか》に向かって戦士の名を呼んだ。

謁見の間に入ってきた戦士を見てアレルは驚《おどろ》いた。長身で、肩《かた》が広く胸《むね》も厚い、筋肉《きんにく》の引きしまったがっしりした若い女性だったからだ。これだけの立派な体躯《たいく》は男でもめったにいなかった。日焼けした褐色《かっしょく》の肌《はだ》は生気に満ちていた。そして、たくましい容貌《ようぼう》とは不釣《ふつ》り合《あ》いな善良そうな濃《こ》い翠《みどり》色の目をしていた。

「アキルスキ・クリスティーヌだ。みんなからはクリスと呼ばれておる」

近衛隊長が女性戦士をアレルに紹介《しょうかい》した。

「二十三歳のうら若き女性だが、もはや城内ではクリスの剣技《けんぎ》にかなう者はない。ただ、気が短いのが玉に瑕《きず》だがな」

クリスは謁見の間に入るなりアレルを見て思わずぎくっとして立ち止まった。そして、近衛隊長の横にひかえながら、ずっと眩《まぶ》しそうにアレルを見つめていた。

「どうした、クリス?」

近衛隊長にいわれてはっとわれに返ると、

「身にあまる光栄……心より感謝いたします、国王陛下《へいか》……！」

クリスは深々と国王に頭をさげた。

2　酒場

さっそくアレルとクリスは近衛隊長をまじえて旅の打ち合わせをした。そして、まず船でアリアハン大陸の北西にある中央大陸にわたることとし、そこから陸路でネクロゴンドに接近することに決めた。

かつて隆盛《りゅうせい》を極めた海商のほとんどが没落《ぼつらく》し、大海を渡航できる大型船はアリアハンにはなかったからだ。また国の経済も逼迫《ひっぱく》していて、海軍とは名ばかりの状態にあった。そこで、小型船でわたることにし、出航は準備が整い次第ということになった。小型とはいえ、最低五人の船乗りが必要だし、水や食料《しょくりょう》も積み込まなくてはならないからだ。

ところが、その日のうちに計画は大きく狂《くる》い始めた。海運組合に船乗りの手配を依頼《いらい》したが、勇気ある船乗りはひとりとしておらず、アレルとクリスは自分たちで船乗りを探《さが》さなければならなくなってしまった。

船乗りの経験がある者なら、少しぐらい粗暴《そぼう》でもかまわなかった。二人は近衛隊長に資金を用立ててもらって、ならず者や流れ者がたむろしている酒場へと向かった。人手が必要なときにはそこへ行けば簡単《かんたん》に人を集められる、という噂を以前クリスが聞いたことがあったからだ。

城《しろ》を出ると、すでに空に星が輝《かがや》いていた。

「正直いっておまえを見たときは驚いた。あまりにもオルテガさまにそっくりだったからね」

「父《とう》さんを知ってるの？」

アレルは驚いてクリスを見た。

「たった一度だが話したことがある。あのときのオルテガさまの顔が、いまだにこの瞼《まぶた》にしっかりと焼きついているよ。なにしろ憧《あこが》れの人だったからね。だから、そっくりなおまえを見たとき、柄《がら》にもなくあがってしまった……」

——孤児《こじ》だったクリスは、小さな村の貧しい農家に拾われて育てられた。

十二歳のときだった。村を訪《おとず》れたオルテガの雄姿《ゆうし》を、クリスは胸を躍《おど》らせながら熱い眼差《まなざ》しで見ていた。戦士に憧れていたクリスは、当時すでに成人の男並《おとこなみ》の背丈《せたけ》があった。男まさりで何をやっても男には負けなかった。運動神経も抜群《ばつぐん》によかった。その姿がすぐオルテガの目にとまった。

「いくつだい、嬢《じょう》ちゃん？」

オルテガはわざわざ馬を止めて尋ねた。

それだけでクリスはすっかりあがってしまった。憧れの勇者に声をかけられたのだから無理もなかった。クリスは顔をまっ赤《か》にし、コチコチに身を固くしながら、

「オ、オ、オルテガさまのような立派な戦士になります！」

と、答えてしまった。だが、オルテガは、

「そうか。しっかりがんばれよ」

微笑みながらクリスの頭をやさしくなでたのだった。

そのオルテガの顔がクリスには神々《こうごう》しく見えた。眩《まぶ》しく光り輝いて見えた。そのときのオルテガの顔を、クリスは今でもはっきりと思い出すことができた。

オルテガがバラモス討伐《とうばつ》の旅に出るちょうど一年前のことだった——。


「そうか。そんなことがあったのか……」

「あたしが十六のときには、すでに今と同じ背丈になっていた。腕力《わんりょく》には自信があったし、喧嘩《けんか》はめっぽう強かった。田舎《いなか》では大女と呼ばれてばかにされていた。だから、人並《ひとなみ》の結婚《けっこん》なんかあきらめていた。それに、戦士になるのもな。軍の規則では、女は戦士になれないからな。ところが、噂を聞いて城から使いが来た。もし戦士になるなら、特例で認《みと》めてもいいといってね。それで戦士になったってわけさ。もっともオルテガさまのような立派な戦士にはほど遠いが、息子と一緒《いっしょ》に戦えるんだ。なんのめぐり合わせか知らないが、こんな喜ばしいことはない」

大聖堂前の広場には、うつろな目をした浮浪者《ふろうしゃ》たちがたむろしていた。この広場を中心に大通りが東西南北に走っているが、一歩裏通《うらどお》りに踏《ふ》み込むと、迷路のように複雑に入り組んでいる。広場を横切った二人は、買い物客で賑《にぎ》わう市場の雑踏《ざっとう》を抜けて裏通りに入った。そして、貧民窟のある角を反対側に折れると、めざす酒場はすぐ目の前にあった。

女主人の名をそのままつけたこのルイーダの店は、この街で一番古くて、しかも安いことで有名だった。なかから酔《よ》っぱらいたちの騒々《そうぞう》しい話し声や笑い声が聞こえてきた。十年前まではこの店は船乗りや商人たちで賑わったが、今では仕事にあぶれた者や、生業《なりわい》のわからないならず者や流れ者、娼婦《しょうふ》や街娼《がいしょう》たちのたまり場となっていた。

「ここはわたしに任せて。連中に甘《あま》い顔見せたらなめられるだけだからね」

クリスは扉《とびら》を押《お》すと、ずかずかと大股《おおまた》で店の中央へ歩み寄り、アレルもそのあとに続いた。とたんに三十人ばかりいた客たちが杯《さかずき》を持つ手を止めて二人を見た。よそ者を見る冷たい目だった。アレルとクリスのなりは、見るからにこの店には場違いという感じだったからだ。だが、クリスが女だと知ると、見せ物小屋の怪力女でも見るかのような好奇《こうき》に満ちた目に変わった。

クリスはそんなことは気にとめず、逆に品定めでもするように悠然《ゆうぜん》と客たちを見まわしながら、声を張りあげた。

「みんなっ！　もっとうまい酒を飲みたいと思わないかっ!?」

客たちの目にかすかに興味がわいた。

「礼ならたっぷり弾《はず》むっ！」

「仕事はなんでえ？」

髭面《ひげづら》の大男がからかい半分に聞いた。なかには真顔でクリスの次の言葉を待つ者もいた。

「船乗りだ！　船に心得のある者なら誰でもいい！」

ほとんどの客たちから落胆《らくたん》のため息がもれ、やがてそれがざわめきに変わると、客たちは背《せ》を向けてまた飲み始めた。

だが、目の色を変えた者がいた。奥《おく》のとまり木に腰《こし》かけて飲んでいた四十歳前後の二人組だ。二人の腕には判で押したように錨《いかり》の入《い》れ墨《ずみ》が彫《ほ》ってある。体の大きい方が声を返した。

「相棒《あいぼう》は半年しか海に出たことがねえが、それでもいいのかい⁉」

二人しかいなかったことにクリスは落胆し、心のなかで舌打ちした。だが、二人でもとりあえず確保するのが先決だ。

「かまわぬ！　期間は二カ月から三カ月だ！」

ちょうど色黒の若い女給が客の注文の酒壺《さかつぼ》を盆《ぼん》に載《の》せてクリスの横を通り過ぎようとした。その酒壺をクリスがひょいと奪《うば》い取った。

「何すんのさ！　飲むなら注文……」

目をつりあげた女給がとたんに愛想を崩《くず》した。

胸の大きく開いた女給のドレスから、豊かな乳房《ちぶさ》がいまにもはみださんばかりだった。その乳房の間に、クリスがすばやく銀貨を差し込んだからだ。銀貨はめったにこの店では見かけないもので、酒壺代を引いても充分《じゅうぶん》にあまりあるものだった。

「釣《つ》りはいらないよ」

そういって二人組のところへ行くと、

「奢《おご》りだ！ 飲むがいい！」

どんと卓《たく》に酒壺を置いた。

二人は奪い合うようにして互《たが》いの空の杯になみなみと注ぐと、大きい方がクリスを見て媚《こ》びた笑いを浮《う》かべた。

「もちろん、近場の仕事だろうな!?」

「いや！ 中央大陸の南端《なんたん》まで行く！」

とたんに、二人の顔から血の気が失せた。海上に現れる魔物を恐《おそ》れたのだ。

「わ、悪いけど、なかったことにしてくれ」

二人は飲みかけた杯を慌《あわ》てて返そうとした。

「なんだ!? おじけづいたのか!? 魔物ならあたしたちに任せろ！ おまえたちは船を動かすだけでいいんだ！」

「お、おれたちゃアリアハンから離《はな》れたくねえんだよ」

二人はクリスに背を向けて、二度と耳を貸そうとしなかった。その態度にクリスが逆上した。

「この腰抜《こしぬ》けどもがっ！ 男だろうがっ！」

叫《さけ》んだときにはすでに二人の腰かけている椅子《いす》の脚《あし》を蹴《け》っていた。脚が粉々に折れ、二人は無様《ぶざま》な格好《かっこう》で床《ゆか》に落ちた。

「な、何すんでえ！」

すかさず大きい方が殴《なぐ》りかかった。

だが、次の瞬間、すっと男の両足が宙《ちゅう》に浮いた。ほんの一瞬《いっしゅん》の間に、クリスが殴りかかった男の手を払《はら》いのけ、すばやく男の胸《むな》ぐらを片手でつかんで引っ張りあげていたのだ。アレルはクリスの敏速《びんそく》な動きと怪力《かいりき》に思わず目を見張った。

と、鉄の塊《かたまり》のようなクリスの拳《こぶし》が男の顔面に炸裂《さくれつ》した。男は石壁《いしかべ》まで吹《ふ》っ飛び、激《はげ》しく全身を打って床に落ちた。そして、口から血を噴《ふ》いたまま、二度と立ちあがらなかった。アレルが止めに入る間もなかった。

「な、なんてえ女だ！　歯がぼろぼろに欠けてるぜ！」

そばにいた客の声がした。

とたんにざわめきが静まり返り、店内に異様《いよう》な緊張《きんちょう》感が張りつめた。客たちはクリスを睨《にら》みつけたまま、身近にある酒壺や椅子などを持ってぐるりと取り囲んだ。

「やめろ、クリス！　帰るんだ！」

慌ててアレルがクリスの太い腕をつかんだが、クリスはアレルの手を払うと、

「ふっ！　結構な仲間思いだっ！」

客たちを睨みつけ、ぼきぼきっと十本の指を鳴らして身構えた。そのときだった。

「おやめ！」

甲高《かんだか》い女の声が響《ひび》きわたった。声の主は店の奥から悠然と現れた。

派手《はで》なドレスを着た小太りの女だった。厚化粧《あつげしょう》で齢《とし》を隠《かく》しているが、もはや隠しきれないほどの年齢《ねんれい》にまできていた。赤茶色に髪《かみ》を染《そ》め、首から何本もの大きな首飾《くびかざ》りをさげ、色とりどりの指輪をいくつもはめていた。だが、ならず者や荒《あら》くれどもを相手に体を張って生きてきた者のみが持つ独特の雰囲気《ふんいき》を持っていた。風格すらあった。女主人のルイーダだった。

「ここはわたしの酒場。たとえ女といえども勝手なまねはさせないよ。酒を飲まないなら帰っておくれ」

迫力《はくりょく》ある鋭《するど》い目で睨みつけて、クリスの顔の前に手を差し出した。

「な、なんだ？　その手は？」

クリスは完全に気勢をそがれていた。

「あの客の薬草代さ。それに椅子も壊《こわ》しただろ」

「ふっ……。しっかりしてる……」

クリスは呆《あき》れて苦笑いすると、金貨五枚《まい》を差し出した。

はた目からは、人生の熟練者《じゅくれんしゃ》に対等に張り合っているように見えた。内心うろたえていたが、すごすご引きあげるようなみっともないまねだけはしたくなかったのだ。

「あまった金であの男の全快祝いでもやってあげてよ」

「意外と素直なんだねえ。それにきっぷもいい。気に入ったよ」

ルイーダは白い歯を見せて笑うと、クリスと一緒に店を出ていこうとしたアレルを呼び止めた。

「あんたオルテガの息子だろ？　ひと目見りゃわかる。なんせ、オルテガは町中の女たちの憧れの的だったからね。みんな一度は抱《だ》かれたいと思ったもんさ。ま、バハラタまで何をしに行くのか知らないが、誰か心がけておくよ。船乗りをね」

3　乞食僧侶《こじきそうりょ》

「くそーっ！　なんて連中だっ！」

ルイーダの店を出ると、クリスはいきなり路地の壁にかけてあった材木を振りまわし、石畳《いしだたみ》に叩《たた》きつけてまっ二つに折った。

「酒のためなら平気で人の命を奪うくせに、おのれの命がかかわるとからっきしだらしがない！」

そのとき、背後《はいご》からしわがれた声がした。

「命あっての酒じゃからな」

驚いて見ると、やせ細った小さな老人が二人を見あげていた。

背丈はアレルの肩ぐらいだった。使い古しの、汚《よご》れた黒いローブをまとい、手には大木の根から作った堅《かた》い杖《つえ》を持っていた。だが、身なりとは違って、顔はこざっぱりしていて、表情には生活感が微塵《みじん》もなかった。眼も老人らしくなく、子供のように澄《す》んでいた。老人は聞きもしないのに、にこやかに笑いながら名乗った。

「わしはルカリオ・ベステロール……。巷《ちまた》では賢者《けんじゃ》とも呼ばれておる……」

アレルとクリスはあ然として老人を見ていた。賢者なる者をはじめて見たからだ。

賢者には、修行《しゅぎょう》と徳を積んだ、特別に選ばれた者だけがなれるといわれている。それだけに数は極めて少なく、普通《ふつう》の人々はめったに賢者と出会うことがなかった。また、賢者は攻撃《こうげき》を主とする魔法使《まほうつか》い系《けい》と防御《ぼうぎょ》を主とする僧侶系《そうりょけい》の、両方の呪文の使い手としても知られていた。

「信じるも信じないもおまえさんらの勝手じゃ。だが、わしはおまえさんらの味方じゃ。おまえさんら、バラモスを倒《たお》しに行く気なんじゃろ？」

「ど、どうしてそのことを⁉」

「何者だ、じいさん⁉」

クリスが鋭い目で睨みつけ、いきなり賢者の胸ぐらをつかもうとした。

が、一瞬早く賢者の姿が消え、クリスの手はむなしく空をつかんでいた。次の瞬間、賢者は悠然とクリスの真横に立って微笑んでいた。アレルとクリスは賢者のあまりの敏捷《びんしょう》さに愕然《がくぜん》とした。普通に立っているだけなのに、改めて見ると、一分の隙もなかった。

「賢者だといったろうが。だから、なんでもお見通しなんじゃよ」

賢者は歯の抜けた口を開けて愉快《ゆかい》そうに笑った。だが、アレルを見ると、

「まずレーベの村へ行くがいい。この大陸の北部にある小さな村じゃ。その村の長老が魔法の玉を持っている。その村にしかないものじゃ。それを手に入れたら、東の端《はし》にあるいざないの洞窟《どうくつ》へ行くがいい。そこから、瞬時《しゅんじ》にして北の大陸にわたることができる」

賢者の眼に、確信に満ちた強い光が宿っていた。その光が、アレルの心に一条の光となって差し込んだ。北の大陸とは、中央大陸のさらに北にある大陸をさす。ネクロゴンドはバハラタより、北の大陸の方が近い。

「船でバハラタにわたるよりはずっと早い。船乗りを集める必要もない」

そういって賢者はくるりと踵《きびす》を返し、慌ててクリスが呼び止めた。

「待ってよ、じいさん！　ほんとうだろうなっ!?　ほんとうに瞬時にして北の大陸にわたれるんだろうなっ!?」

「老い先短い年寄りが若者をだましてなんになる」

賢者は風に身を任せるように飄々《ひょうひょう》と歩いていく。

アレルとクリスは不思議そうに顔を見合わせた。だが、次に目をやったときには、賢者は忽然《こつぜん》と姿を消していた。裏通りを風が吹き抜けていった——。

アレルはクリスを連れて家に帰った。毎年誕生日には、ルシアがアレルの好物《こうぶつ》のリンゴのパイを作ってくれることになっているからだ。食卓《しょくたく》には、葡萄酒《ぶどうしゅ》、鹿肉《しかにく》のシチュー、山羊《やぎ》のチーズ、焼きたての黒パン、そしてあつあつのリンゴのパイが並《なら》べられていて、それらの香《こう》ばしい匂《にお》いがアレルとクリスの食欲《しょくよく》を刺激《しげき》した。

ルシアと元戦士だった祖父のガゼルをまじえ、四人は楽しく食事をした。ルシアは、アレルの旅のことを考えると胸がしめつけられる思いだったが、つとめて明るく振る舞っていた。ルシアが城から帰ると、オルテガの悲報が届いて以来めっきり老け込んでしまったガゼルが、

「わしらにはただ神に無事を祈ってあげることしかできんが、アレルはわしとオルテガの血をひく子じゃ、きっと目的を果たしてくれるさ……」と、ルシアを慰《なぐさ》めたのだったが——。

「母《かあ》さん。ぼくたち明日《あす》出発することにしたよ」

空腹《くうふく》がほどよく満たされると、アレルが告げた。

ルイーダの店からの帰路、アレルとクリスは賢者の言葉に従うことに決めていた。賢者の言葉の真偽《しんぎ》はともかく、船を出せない以上、その言葉に従ってレーベの村へ行ってみるより方法がなかったからだ。ルシアが驚いていった。

「そんな突然《とつぜん》……。なにも慌てることはないでしょ。準備だって何もしてないのに」

「準備なんて特にいらないよ。荷物は小さい方がいいし、必要なものがあったら途中《とちゅう》の町で買えばいいんだから」

アレルがそう答えたとき、玄関《げんかん》の扉を叩《たた》く者があった。

ルシアに案内されてきた客を見て、アレルとクリスは一瞬言葉をのんだ。見たこともないような

巨漢《きょかん》だったからだ。背はアレルよりちょっと大きいだけだが、腹《はら》まわりは四倍も五倍もありそうだ。巨大な樽《たる》を思わせるその巨体に、ぼろぼろの薄汚《うすよご》れた法衣をまとっていた。ひと目で乞食僧侶《こじきそうりょ》だとわかった。

「ルイーダの店で紹介されてきただよ……」

巨漢からはとうてい想像できない蚊《か》の鳴くような声で、気弱そうに、にっと笑った。

前歯が三本欠けていた。髪は短く、血色の悪い生気に欠けた顔に不精髭《ぶしょうひげ》を生やしていた。若いのか老《ふ》けているのか見当がつかなかった。クリスは思わず眉《まゆ》をひそめた。

「どう見ても船に乗ってたとは思えないが……？」

「んだども、おばちゃんが人手がないようだから素人《しろうと》でも雇《やと》ってくれるっていっただ」

「おばちゃん？」

「マダム・ルイーダのことだべ」

「おばちゃんか。こりゃいい。はっははは」

クリスが腹を抱《かか》えて笑った。

「お願えだ。おらを雇ってくれ。故郷《こきょう》のバハラタに帰りたいだ」

「悪いがもういらなくなった。別の方法でわたることにしたのさ。さあ帰った帰った」

「そ、そんな……そんな……」

みるみるうちに小さな目に涙《なみだ》が溜《た》まったかと思うと、僧侶は大粒《おおつぶ》の涙をぼろぼろ流し始めた。まるで小さな子供がだだをこねているようだった。

「ふ、船でなくたっていいだよ。とにかく連れていってくれ。た、頼むだよ……」

「な、泣《な》くなよ。まるであたしたちがいじめてるみたいじゃない」

「だ、だどもお……なんでもするから、頼むだ……」

クリスもアレルもすっかりうろたえてしまった。

「どうするのアレル?」

「どうするって……」

アレルはため息をついた。ここまでいわれると断りきれなかった。

「しかたないだろ。こうなったら二人も三人も同じだ」

「おまえがいいならかまわないけど……」

クリスがうんざりしながら僧侶を見ると、

「あ、ありがとう……」

とたんに僧侶はぴたっと泣きやんだ。だが、そのままふらふらっと床に崩《くず》れ落ちた。驚いてアレルとルシアが駆《か》け寄ると、

「は、腹が……」

僧侶はつらそうにあえいだ。空腹のあまり立っていられなくなったのだ。だが、しっかりと食卓の料理を見ていた。したたかな目で——。

「さ、どうぞたくさん食べてください。あまりものですけど」

ルシアが料理を勧《すす》めると、席についた僧侶は猛然《もうぜん》と料理に食らいつき、口のまわりをぐちゃぐちゃに汚《よご》しながらあっという間に全部を平らげた。最後に皿《さら》に残ったシチューの汁《しる》を舌できれいになめまわしてやっとひと息つくと、

「あっ、おら、ブラハムド・モハレっていうだ。こんなおいしいリンゴパイ、生まれてはじめて食っただ。あ、あの……」

ルシアの顔色をうかがいながら、ルシアの前に空の皿を出した。

「おかわり……」

アレルたちはただ呆《あき》れて見ていた。

4　伝説

翌朝《よくちょう》。アレルたちの旅の行方を暗示するかのように、ものすごい烈風《れっぷう》が吹《ふ》き荒《あ》れていた。

春の嵐《あらし》だった。嵐は、地鳴りのようなうなりをあげ、砂《すな》ぼこりを舞《ま》いあげ、空まで茶色に染めた。

ルシアと近衛隊長が心配して最後まで「日を延《の》ばしたらどうか」と勧めたが、アレルとクリスの決心は変わらなかった。

「大丈夫《だいじょうぶ》だよ、母さん。こんなことで音《ね》をあげていたら、この先どうするのさ」

「そうですよ。それにこれぐらい荒れていた方が退屈《たいくつ》しなくてすみますから」

二人が心配させまいとして笑ったとき、出発の時を告げる大聖堂の鐘《かね》の音が鳴り響いた。だが、たちまち烈風にかき消された。

アレルたちはそれぞれ三頭の馬に乗ると、ルシア、ガゼル、近衛隊長の三人に見送られて、城壁の門からアリアハン街道《かいどう》へと飛び出していった。

アリアハン街道は、王都とレーベの先の港町を結ぶアリアハン一の街道だ。街道筋《すじ》にはいくつもの宿場町や村があり、かつては大勢の旅人や隊商で賑わっていた。だが、十年前のネクロゴンドの天変地異のあと、巨大化した魔物が出没《しゅつぼつ》するようになると、街道から旅人の姿が消えた。どうしても旅をしなければならない者は同行者を探すか、大金を払って私兵を連れた大がかりな隊商と一緒に旅をするようになった。

アレルたちは、ひたすら馬を飛ばして北上した。だが、嵐はさらにすさまじさを増した。そのうえ豪雨《ごうう》にも見舞われた。そして三日目、ついにアレルたちは小さな宿場で足止めをくった。宿場の先の川が氾濫《はんらん》したのだ。

「くそっ、ついてないなあ……！」

宿の狭《せま》い部屋《へや》で、アレルは苛立《いらだ》っていた。だが、のんびりごろ寝《ね》をしていたモハレがこともなげに笑った。

「焦《あせ》ることはねえだ。旅は長いだよ。それに、あと何日かの辛抱《しんぼう》だべ。嵐が過ぎれば、ほんとうの春が来る」

そのとおりだった。雨がやむと、日ごとに温かくなった。風がさわやかさを増し、街道筋や野には花が咲《さ》き始めた。だが、同時に魔物や怪物たちの動きも活発化した。

川の濁流《だくりゅう》がひくのを数日待って宿場を出発してから二日目、街道脇《わき》で休息をとっていたときだった。いきなり後方の茂《しげ》みから巨大な黒い影《かげ》が襲いかかってきた。アレルが横にいたモハレを突《つ》き飛ばして斬《き》りかかった。アレルの数倍もある巨体。獰猛《どうもう》な、醜《みにく》い顔。鋭い、長い舌。油ぎってぬめぬめした黒い肌《はだ》。無数のいぼ。フロッガーだった。アレルの剣はむなしく空を斬った。だが、フロッガーが体勢を変えてすぐ目の前に迫《せま》ると、アレルが攻撃をかわして高々と宙に飛んでいた。と、血飛沫《ちしぶき》とともに、不気味な悲鳴が一帯に響きわたった。フロッガーの首が血の尾《お》をひいて宙に飛び、やがて草むらに音をたてて転げ落ちた。

「いやあ、すごいだべ！　結構やるだべよ、アレル！」

モハレが歓声をあげた。

クリスもその動きを見て、アレルの素質を見抜いた。敏捷《びんしょう》さ、瞬発《しゅんぱつ》力、集中力、判断力、どれをとっても抜群《ばつぐん》だった。天性といってもよかった。もしかしたら数年のうちに自分を抜くかもしれない。さすがはオルテガの血をひく者――そう思った。「オルテガの血」という言葉に若干《じゃっかん》の妬《ねた》みと羨望《せんぼう》を覚えながら。だが、クリスはわざと舌打ちをした。

「そんな雑魚《ざこ》をひと討《う》ちできなくてどうするのさ！」

そして、二度目に馬を休めたとき、

「稽古《けいこ》をつけてやる！　あたしを追い越すまでねっ！」

と、猛然《もうぜん》とアレルに斬りかかった。アレルを鍛《きた》えるためでもあったが、自分のためでもあった。

クリスは城にいたときは毎日五時間の稽古を欠かさなかった。城内一の剣の使い手といえども、稽古をしなければ不安になるからだ。稽古が腕を維持《いじ》し、上達させ、自信を与《あた》えるのだ。もっとも、稽古相手としてのアレルは少し役不足ではあったが――。

だが、モハレはいつも逃《に》げまわってばかりいた。一見鈍感《どんかん》そうに見えるが、逃げるときのモハレは感心するほどすばやかった。腹部《ふくぶ》に恐ろしい顔を持つ巨大な人面蝶《じんめんちょう》の群れを斬り落としたあとだった。さすがのクリスも頭にきて怒鳴《どな》りつけた。

「いいかげんにしてよっ、モハレ！　逃げるだけが能じゃないでしょっ!?」

「だ、だども……おら、剣なんか使ったことがねえだよ。呪文なら少し心得があるだども」

「じゅ、呪文!?」

クリスは目を剥《む》いた。そして、自分の太い腕を叩いた。

「男はこれよ！　男ならまず剣の腕を磨《みが》かなきゃっ！　でかい図体《ずうたい》してなにが呪文よ！」

そして、王都を旅立ってから十六日目の夕方。アリアハン街道から西に折れて山間の小さな道をしばらく走ると、四方を山に囲まれた谷間に、戸数五十戸あまりの貧しいレーベの村が見えてきた。

さっそく村の奥にある長老の家を訪《たず》ねると、

「魔法の玉？」

長老は警戒《けいかい》しながら、はじめて聞くような顔をした。

だが、アレルがルイーダの店の前で会った賢者の話をし、父のあとを追ってバラモスを倒しに行くところだと告げると、

「そういえば、オルテガ殿《どの》に似ておる」

長老はほっとして顔を和ませた。だが、すぐ顔を曇《くも》らせた。

「残念だが魔法の玉はここにはない」

驚いてアレルはクリスと顔を見合わせた。

「つい十日ほど前に盗まれたんじゃ。バゴダと名乗る盗賊《とうぞく》にな」

「バ、バゴダだって!?」

思わずクリスが叫《さけ》んだ。

「で、でも、そのコソ泥《どろ》なら城の地下牢《ちかろう》に入っているはずだ。一年前、城に盗みに入ったところをあたしが捕《つか》まえたんだからね。ほんとうにバゴダって名乗ったの？」

「ああ。大声で胸を張ってな。そういえば、つい最近、そのバゴダがナジミの塔《とう》を隠《かく》れ家《が》にしておるという噂が流れてきたな」

内海に小さな島が浮かんでいる。その島にナジミの塔と呼ばれる遺跡《いせき》があった。晴れた日には、王都の港から水平線の上にその塔の最上部をかすかに望むことができた。アレルも何度か王都の大

聖堂の屋根にのぼって見たことがあった。

「だが、たとえ魔法の玉を取り返しても、旅の扉の封印《ふういん》を解かぬ限り、北の大地へはわたれぬ。精《せい》霊《れい》ルビスに選ばれし者以外はな……」

「精霊ルビスに選ばれし者……?」

「この村には、魔法の玉を託《たく》していった賢者の伝説が残っておる……。群雄割拠《ぐんゆうかっきょ》の戦国時代も終わり、やっとアリアハンがひとつの国に平定されたころの話じゃ……」

——およそ八〇〇年ほど前のこと。どこからともなく王都に現れた身なりの貧しい謎《なぞ》の老賢者が、

『精霊ルビス』の啓示《けいじ》だと前置きして、

『この世に大凶《だいきょう》の兆《きざ》しあり。天空は裂《さ》け、大地は割《わ》れ、暗黒より邪悪《じゃあく》なる者出《い》づる。民《たみ》の哭声《こくせい》天空に満ち、民の血涙《けつるい》大地を染め、やがて地上は永久の闇《やみ》となる……』

と、予言し、どこへともなく消え去ったという。

だが、半時もしないうちに、賢者は王都から遠く離れた小さな村に現れ、さらに半時後にはまた遠い別の村に現れたという。予言を聞いた人々は不安に脅《おび》え、その噂が町から村へ、村から町へさざ波のように広がって、国内が騒然《そうぜん》となった。その賢者が、このレーベの村にも現れ、

『この世に邪悪なる者出《い》づる時こそ、この玉の力効《こう》なす時。この地の東の、いざないの洞窟に閉《と》ざされし扉がある。それは、北の大地へといざなう旅の扉。この玉を掲《かか》げ、その扉の封を解く者は、

精霊ルビスに選ばれし者のみ。この地にその者が現れし時、この玉を与え給《たま》え』

と、魔法の玉を長老に託して消えたのだ。

さらにこの賢者は、はるか遠く離れた北大陸にある町や村にも、北東のサマンオサ大陸の町や村にも現れ、予言を残して姿を消した。わずか一年の間に、世界中のすべての国々に賢者が現れ、その町や村の数は八〇〇〇とも九〇〇〇ともいわれた。こうして、賢者の予言は世界中を駆《か》けめぐり、地上は騒然とした空気に包まれた。

驚いた時代《とき》の国王たちは、人心を鎮《しず》めるために、ただちに警《けい》備《び》を固めた。さらに、共同で世界の四カ所に数年の歳月《さいげつ》をかけて、はるか遠くまで監視《かんし》できる巨大な塔の要塞《ようさい》を築き、常時数万の兵士を配して有事に備えた。

しかし、さいわいにも賢者の予言ははずれた。塔の完成から十年も経《た》たないうちに兵士たちは塔から撤退《てったい》し、やがて塔は廃墟《はいきょ》となってしまった——。

「ナジミの塔もそのひとつじゃよ。だが、それから八〇〇年……。長い時を経《へ》た今、魔王バラモスが現れ、その予言が現実のものとなってしまった……」

語り終えると長老は悲しそうに目をふせた。

精霊ルビスに選ばれし者のみ——その言葉が引っかかる。だが、まずは魔法の玉を奪い返すことが先決だ。アレルたちは夜明けとともにナジミの塔に向かうことに決め、その日は長老の家に世話になることになった。

それにしても、あの賢者がどうして魔法の玉のことを知っていたのだろうか。八〇〇年前、予言して歩いたという賢者と何か関係があるのだろうか――その夜、アレルは、「レーベの村へ行け」と勧めた賢者のことを何度も思い出しながら、深い眠《ねむ》りについた。

5 商人

峠《とうげ》一帯を朝の濃霧《のうむ》がおおっていた。

その静寂《せいじゃく》を破って数騎《すうき》の馬蹄《ばてい》の轟《とどろ》きが聞こえ、やがて霧《きり》のなかに疾走《しっそう》する三騎の影《かげ》が見えてきた。アレルたちだった。アレルたちは峠の上に馬を止めると、息を切らしながら東の方角を見た。

空が明るくなるにつれ、ゆっくりと霧が晴れていく。その切れ間に青々とした海が見え、やがて霧が海上から消えると、目の前に雄大《ゆうだい》な眺《なが》めが広がった。内海に浮かぶ小島とそこにそびえる巨大な塔、さらには内海の向こうの王都のある大地とその背後にそびえる雪を冠《かむ》った美しい山々――。

アレルたちは満足気にその風景を見ると、

「それーっ！」

力強く馬の腹を蹴《け》って、海へ続く道を駆けおりた。

めざすは、内海と外海を隔《へだ》てている南端《なんたん》の半島だった。その岬《みさき》にナジミの塔へわたる洞窟があるとレーベの村の長老が教えてくれたからだ。

レーベの村を出発してからすでに七日が過ぎていた。その間魔物たちは何度も襲ってきた。いずれもレーベまでの道中で戦ったことのあるフロッガーや大ガラス、そして人面蝶やスライムの群れだった。クリスは自分から戦おうとはせず、アレルとモハレが魔物を倒すのを眺めていた。二人の腕を上げさせるためにあえて手出しをひかえていたのだ。

モハレは「殺生《せっしょう》はいやだ」などとブツブツ文句をいいながらも必死に戦っていた。巨体を揺《ゆ》らして僧侶がバギの呪文を唱えると惨《みじ》めなほど小さな竜巻《たつまき》が起こり、魔物がたじろいだところを、アレルの剣がとどめを刺す。ここ数日の二人の戦いはそんなふうに決着がつくことが多くなっていた。

峠を越えてから三日目の昼のこと。いくつかの海辺の町や村を通って、アレルたちはやっと半島にある洞窟にたどり着いた。

洞窟は岬の岩場にあった。岬からは、穏《おだ》やかな内海が一望でき、水平線に浮かぶ小島にナジミの塔が人さし指ほどの大きさに見えた。だが、小島まではかなりの距離《きょり》がある。そのうえ、洞窟は馬に乗って通るには天井《てんじょう》が低すぎた。何日かかるかわからなかったが、アレルとクリスは徒歩で行くことに決め、モハレに馬の番を押しつけて暗い洞窟に入った。

洞窟のなかは複雑に入り組んでいたが、アレルとクリスは黙々《もくもく》と洞窟のなかを進んだ。何度か仮《か》眠《みん》もとった。長い洞窟をやっと抜けると、目の前に上空の月に照らされた巨大な塔がそそり立っていた。ナジミの塔だ。気の遠くなるような何百万もの石を一個一個積み重ねて造られたこの塔は、長い年月を経た今、風雪にさらされたまま荒れ果てていた。

なかに入ると、床には砂塵《さじん》が溜《た》まり、石壁や石柱が崩れかけていた。最上階までのぼると、奥の闇からほのかに明かりがもれていた。明かりは奥の部屋からだった。その部屋に接近すると、

「ねえ、ちょっとちょっとちょっと！　助けてください！」

いきなり横から押し殺した男の声がした。

鉄格子《てつごうし》の牢《ろう》に男が閉じ込められていた。三十歳ほどで、頭にターバンを巻いた、やや小太りの男だったが、妙《みょう》に調子がよかった。

「いやいやいや、いいところに来てくれましたよ。あたしは商人なんですが、子分になれってうるさいんですよ」

と、顔をしかめて奥の部屋を指さし、

「泥棒《どろぼう》なんて割《わり》に合わない商売だ。あたしの弟子《でし》になったら、いくらでも儲《もう》けさせてやるっていったらこれですよ。もう三カ月。助けてくださいよ、ね。金の儲け方教えます。頭とこれがあれば、なんぼでも儲けられますからね」

と、持っていた算盤《そろばん》を得意気にかちゃかちゃ鳴らしてみせた。だが、クリスに鋭い目で睨みつけられると、急にたじろいで黙ってしまった。

扉の隙間《すきま》からそっと部屋を覗《のぞ》くと、隅《すみ》のベッドで男が大の字になっていびきをかいて寝ていた。そばには空の酒壺が何本も転がっている。酔ったまま眠ってしまったようだ。部屋には盗品《とうひん》の壺な

どの骨董品《こっとうひん》や絵や首飾りや指輪などの貴金属類《ききんぞく》が所狭《ところせま》しと散乱《さんらん》していた。

「くそっ、やっぱりバゴダだ……！　おい、起きろ！」

クリスがやせた髭面《ひげづら》のバゴダを蹴飛《けと》ばすと、バゴダはいきおいよくベッドから転げ落ちた。

「うっ!?　だ、だれでぇ!?」

バゴダは威勢《いせい》よく飛び起きた。だが、すばやくクリスが剣の刃先《はさき》をバゴダの首元に突きつけていた。

「うわあっ!?」

クリスを見て、とたんにバゴダは青くなって震《ふる》え出した。

「覚えてるよね、あたしを！　いつの間に脱走《だっそう》したんだ!?　ええっ!?」

バゴダは半分観念し、ふてくされて横を向いた。

「四カ月ほど前でさあ。子分が身代わりに入ってますよ……」

「そうか。命は助けてやる。レーベで盗んだ魔法の玉を返せ！」

「な、なんですかい、そりゃ？」

「とぼけるなっ！」

「知らないものは知りませんよっ」

「ほお、そうなの!?　二度と盗みができないように、両手を落としてほしいのっ!?　両目をつぶすって手もあるよなあ!?　足をもぐってのもある！　なんならまとめてやってもいいっ！」

と、いきなりバゴダの腕をつかんで指に刃先を当てた。

「うっ……！　わ、わ、わかりましたよ！」

バゴダがベッドの横の木製の大きな長櫃《ながひつ》の蓋《ふた》を開け、なかから朱《しゅ》の袱紗《ふくさ》の包みを取り出すと、アレルが奪い取った。なかに鈍《にぶ》い光沢《こうたく》の青黒い玉が入っていた。

「こ、これが魔法の玉か……」

ちょうどアレルの両手にすっぽり収まる大きさだった。

「なぜ盗んだ!?　おまえが持っていてもこれはなんの役にも立たん！」

バゴダを牢の前へ引き立てながらクリスが聞いた。

「め、名誉《めいよ》のためですよ。あっしぐらいのになりますと、金にはならなくてもみんなの大事なものが欲《ほ》しくなるんですよ。その方が後世に名前が残るんでさあ」

「なぜ魔法の玉のことを知っていた!?」

「伝説を聞いたことがあるんでさあ。昔《むかし》の仲間にあの村の出身者がいたんでね」

「開けろっ！」

クリスは顎《あご》で牢の錠前《じょうまえ》をさした。バゴダが渋々《しぶしぶ》鍵《かぎ》を出して開けると、

「これは半島の港町の役人にわたしておく」

鍵をもぎ取って、いきなりバゴダを牢のなかに蹴飛ばして鍵をかけた。と、商人はクリスがバゴダを蹴飛ばすよりほんの一瞬早く牢の外に飛び出していた。

「心配するな。十日もしないうちに役人が迎《むか》えにくるさ」

がっくりとうなだれたバゴダにそういってクリスはアレルと立ち去った。

「わおっ！　ま、待ってくださーい！」

商人が慌ててバゴダの部屋に飛び込むと、散乱している貴金属類を大きな布袋《ぬのぶくろ》いっぱいにかき集めて、アレルとクリスを追った。そして、ちょうど二人が塔の外に出たところでやっと追いついた。

「北の大陸に行くつもりなんでしょ⁉　連れてってくださいよ！」

二人は思わず立ち止まり、すかさずアレルが聞いた。

「どうして知ってるの？」

「その伝説ってやつをですね、バゴダに聞かされたんですよ。帰ってきた晩《ばん》、えんえんと自慢気《じまんげ》にね。お願いしますよ、ね？」

「だめっ！」

クリスが怒鳴りつけた。

「あたしたちは遊びに行くのではない。バラモスを倒しに行くんだからね」

バラモスの名前を出せば、恐れてあきらめると踏《ふ》んだのだ。だが、

「バラモス⁉」

商人は一瞬きょとんとしたが、その目が尊敬に輝いた。

「すげえっすげえっすげえっ！　いやあ、ばっちりひと目でわかりましたよ！　普通の人じゃないってね！　いやいや、こうなったらあたしもぜひ仲間に入れてください！　なんせ命の恩人です

からね！　どこまでもとことんついていきますよ！」

「おまえもバラモスと戦うというのか？」

「似合いませんか？」

「剣は？　心得はあるのか？」

「いえ、わたしの武器はこれですよ！」

と、また算盤をかちゃかちゃ鳴らした。

「戦うにもそれなりに金が要《い》るでございますでやんしょ？」

アレルとクリスは呆れて洞窟に向かって歩き出した。

「待ってくださいよ！　お名前聞かしてください！　ねえねえ！　どんなに断られたってとことんついていきますからね！　わたしはねえ、サバロ！　プラスト・サバロっていうんですよ！　サバロ！　サバロ！　サバロをよろしく！」

「どうする、アレル？」

歩きながらクリスがうんざりしていった。

「どうするって……」

アレルは、「しょうがない……」といった顔で笑った。

「おまえがかまわないならいいけど……」

クリスは大きなため息をついた。

「なんでこう変なやつばかり拾うんだ、あたしたちは……」

6　開扉《かいひ》

精霊ルビスに選ばれし者――アレルの心にずっとこの言葉が引っかかっていた。その意味はどういうことなのか見当もつかなかった。自分が「精霊ルビスに選ばれし者」であるとはとても思えなかった。手に入れた魔法の玉が無駄になることの不安の方がはるかに大きかった。

ただ、頼りはルイーダの店の前で会ったあの不思議な賢者だった。「レーベの村に行くがいい」と勧めたときの、賢者の目に宿っていたあの光だった。光は強い確信に満ちあふれていた。もし賢者のいったとおりに、北の大陸にわたれたら、そのときは自分が「精霊ルビスに選ばれし者」であることがはっきりする。とにかく、賢者のことを信じよう。そう思いながら、アレルはいざないの洞窟に向かって馬を走らせた。

半島の港町で商人のサバロのために馬を一頭買ったアレルたちは、ふたたびレーベの村に戻ると、長老に魔法の玉のことを報告し、いざないの洞窟へと向かったのだった。

途中何度も魔物が襲ってきた。大アリクイよりさらに獰猛《どうもう》なお化けアリクイ、眠りの呪文と鋭い一本角で攻撃するアルミラージ、群れをなし尻尾《しっぽ》の先の鋭い針《はり》で急襲《きゅうしゅう》する巨大なさそり蜂《ばち》などの魔物だ。今まで戦った魔物よりはるかに凶暴《きょうぼう》で手強《てごわ》かった。

だが、相変わらずクリスは自分では戦おうとせず、アレルとモハレが戦うのを見守っていた。サバロはただ逃《に》げまわるだけだった。

「おまえも戦え！　弱いやつは仲間じゃない！」

クリスが何度もサバロを怒鳴りつけたが、サバロは気にもとめなかった。

今年で三十歳になるというサバロは、三年前まで故郷のアッサラームで友人と商売をしていたが、その友人が取引先の娘《むすめ》に手を出したことがばれ、二人は町を追われてバハラタまで逃げた。ところが、そのバハラタでも友人は富豪《ふごう》の娘と恋仲《こいなか》になってしまった。

ちょうどそのころ、サバロは一航海すれば莫大《ばくだい》な金儲《かねもう》けができると誘《さそ》われて喜んで船に乗った。だが、その船はなんと海賊船《かいぞくせん》だったのだ。甘い言葉で仲間を集めていた海賊にまんまとだまされたのだ。そして、海賊船がアリアハン大陸の北部に上陸したときに、隙を見て逃げたのだ。それ以来、ずっとアリアハン大陸をさまよっていたのだ——。

サバロの加入で旅は賑やかになった。サバロは相変わらず調子がよかったが、金にだけはうるさかった。旅費はクリスが持っていたが、倹約《けんやく》と貯蓄《ちょちく》を最大の美徳とするサバロは、アレルたちが宿でくつろいでいるときでも算盤を弾《はじ》き、まめに帳簿《ちょうぼ》をつけていた。そして、ちょっとでも贅沢《ぜいたく》をしようものなら目の色を変え、異様なほど怒《おこ》った。

「浪費《ろうひ》は最大の罪悪です！　すべてこの世は金、金、金！　人生の落伍者《らくごしゃ》になりたくなかったら、一に倹約、二に倹約！　とにもかくにも倹約！　何がなくても倹約！　わかってるんですか!?　浪費は敵！　罪悪なんですよ！」

アレルとクリスは耳にたこができるくらい何度も聞かされたが、旅慣れたサバロとモハレの存在は二人にとって心強かった。また、サバロとモハレの旅の知恵には学ぶことがたくさんあった。

そして今、東の突端《とったん》の険しい岩山にあるいざないの洞窟にたどり着いたアレルたちは、馬を引いてこの洞窟を奥へ奥へと向かっていた。

王都を旅立ってから四十五日目。いつの間にか春は過ぎ、青葉の季節を迎えていた。

「あれだっ！」

入り組んだ通路を抜け、大きな空洞に出たところで先頭のクリスが叫《さけ》んだ。

正面に、門扉《もんぴ》のような巨大な石の壁があった。アレルは、賢者の確信に満ちた目の光を思い浮かべた。そして、壁の前に立つと、魔法の玉を高々と掲《かか》げ、心を込めて精霊ルビスに祈った。

「精霊ルビスよ！　わが望みをかなえ給《たま》え！　旅の扉が開かれんことを！」

と、魔法の玉がまばゆい光を放ち、その光が空洞いっぱいに広がると、アレルの手から魔法の玉が消えていた。やがて、空洞を満たした光がゆっくりと吸われるように石の壁に消えていった。と、ズズズズズッ――地響《じひび》きとともに石の壁に稲光《いなびかり》のような亀裂《きれつ》が走り、壁は音をたてて崩れ落ち、そのあとに大きな闇の穴《あな》がぽっかりと開いた。旅の扉が開いたのだ。北の大陸とつながったのだ。

「さあ行くぞ！」

アレルを先頭にほかの三人も馬を引いて闇の穴に入った。

とたんに、強烈《きょうれつ》な七色の光の渦《うず》がアレルたちを包み、急に体が軽くなって体全体が浮いたような気がした。が、次の瞬間、アレルたちの姿が忽然《こつぜん》と消えた――。


「あっ!?」

一同は思わず声をあげた。光の渦に包まれたのは一呼吸か二呼吸のほんの短い一瞬だった。

だが、まわりの世界が変わっていた。そこは巨大な鍾乳洞《しょうにゅうどう》のなかだった。前方の一点に外の明かりが見え、後ろには闇の穴がぽっかりと口を開けていた。

これでアレルが「精霊ルビスに選ばれし者」であることがはっきりした。アレルは、ふと賢者の顔を思い浮かべた。どうして自分が選ばれたのか、ぜひ会ってそのことを聞きたかった。

外に出ると、そこは岬に近いところだった。風に乗って潮《しお》の香《かお》りが鼻をついた。岩にぶつかる波の音が遠くからかすかに聞こえていた。

「北大陸のどの辺だろう?」

アレルがクリスにいったときだった。

「あ、あれは!?」

サバロが北の方角を指さした。

はるか遠くに美しい山々が連なっている。その向こうに雪を冠《かむ》ったひときわ美しい秀峰《しゅうほう》がそびえていた。モハレとサバロの顔が輝いた。見覚えのあるなつかしい山だった。山はこの国の象徴《しょうちょう》でもあった。二人は同時に叫んだ。

「ロマリアだっ！」

第二章　大盗賊カンダタ

北大陸南部とネクロゴンド大陸北部の間に大きな海がある。シシリア海だ。このシシリア海に、長靴《ながぐつ》のような形をした大きな半島が突き出している。このほぼ中央に雪を冠《かむ》った秀峰《しゅうほう》マダロスがそびえ、その麓《ふもと》にロマリア半島の王都ロマリアがある。

王都ロマリアは、かつて古代都市国家として栄華《えいが》を極め、ロマリア時代を築いた。

およそ一五〇〇年ほど前、強力な軍隊を擁《よう》した古代都市国家ロマリアは、北大陸の都市を次々に侵略《しんりゃく》し、その後幾世紀《いくせいき》にもわたって北大陸を支配した。「すべての道はロマリアへ続く」といわれ、かつてない絢爛豪華《けんらんごうか》な文化が花開いた。

もともとこの古代都市国家ロマリアは交通の要所として栄えたところでもあった。西にはポルトガへと続くポルトガ街道《かいどう》が、北には北大陸を縦断《じゅうだん》するカザーブ街道が、さらに東にはアッサラームを経て、はるか東方の中央大陸のバハラタ、ダーマへと続く世界一の距離《きょり》を誇《ほこ》る東方街道が延《の》びていた。

やがてこの古代都市国家ロマリアは衰退《すいたい》したが、その後この地を治めたキカルス王朝が勢力を拡《かく》大《だい》するとふたたび北大陸を併合《へいごう》し、新たにロマリア王国を建国した。九〇〇年ほど前のことである。以後、ロマリア王国は北大陸最大の国として栄え、今では九カ国同盟《どうめい》のひとつとして、盟主《めいしゅ》アリアハンとともに同盟国の指導者的役割《やくわり》を担《にな》っていた。また王都も、北大陸の交易商業文化の中心として賑《にぎ》わっていた。

瞬時《しゅんじ》にしてロマリア半島の南端《なんたん》にわたったアレルたちは、秀峰マダロスを目印に王都ロマリアをめざして馬を飛ばした。そして、二日目の夕方、人口三万八〇〇〇人の王都の街門《がいもん》をくぐった——。

1　王都ロマリア

街《まち》は、迷路のように複雑に入り組んでいた。その狭《せま》い石畳《いしだたみ》の通りを、肌《はだ》や頭髪《とうはつ》の色の違《ちが》う人々が、切れることなく行き交《か》っていた。市場には聞き慣れないさまざまな国の言葉が飛び交い、街角にはジプシーたちが奏《かな》でる物哀《ものがな》しい音楽が流れ、街は異国情緒《いこくじょうちょ》にあふれていた。

だが、街のいたるところに女、子供《こども》、老人などの浮浪者《ふろうしゃ》や難民《なんみん》がたむろしていた。アリアハンと同じように、魔物《まもの》の襲撃《しゅうげき》を恐《おそ》れた人々が故郷《こきょう》を捨《す》て、この王都にぞくぞくと流れ着いてきたことが容易《ようい》に察しがついた。

雑踏《ざっとう》を抜《ぬ》け、街の中央にある大聖堂《だいせいどう》前の広場に出ると、目の前の丘《おか》の上に、夕日を浴びた荘厳《そうごん》なロマリア城が王都を見おろすようにそびえ立っていた。

モハレとサバロは目を輝《かがや》かせながらなつかしそうに街や通りを見ていた。モハレはかつてこの街に半年ほど滞在《たいざい》したことがあり、サバロも商用でこの街に来たことがあるからだ。サバロが街で一番安い宿を案内するといって、宿のある通りの角を曲がったときだった。路地から飛び出してきた男が、突然叫《とつぜんさけ》んだ。

「サ、サバロ!? サバロじゃないのっ!」

「おおっ、ロ、ロザンちゃん!? ロザンちゃん!」

ロザンと呼《よ》ばれた男は、サバロと同世代の華奢《きゃしゃ》だが背の高い男だった。整髪料《せいはつりょう》できちんと頭髪を押《お》さえ、淡黄色《たんおうしょく》の絹のシャツの上に、金刺繍《ししゅう》の入った赤錆色《あかさび》の袖《そで》なしの丈《たけ》の短い胴着《どうぎ》を着ていた。派手《はで》な首飾《くびかざ》りと、金の指輪をしていて、白魚《しらうお》のような指が妙《みょう》にアレルの印象に残った。二人は思わず抱《だ》き合うと、

「なんでロマリアにいるのさ!」

「しつこく結婚迫《けっこんせま》られたからずらかったのよ!」

「逃《に》げ足《あし》だけは子供のころからはやかったもんね!」

などとじゃれ合いながら互《たが》いの体を叩《たた》き合って再会を喜び合うと、サバロは男をアレルたちに紹《しょう》介《かい》した。

「アッサラームで一緒《いっしょ》に商売していた幼友達《おさなともだち》のダリル・ドン・ロザン」

「よろしくね。人は遊び人ロザンと呼んでるの」

ロザンは小指をピンと立て、象牙《ぞうげ》の櫛《くし》で頭髪を梳《と》かしながら彫《ほ》りの深い目で微笑《ほほえ》んだ。その笑顔《えがお》には妙な色気があった。男性用香水《こうすい》のきつい匂《にお》いが鼻をついた。

「それよりねえサバロ、おいしい話があるのよ……」

ロザンがサバロに耳打ちすると、とたんにサバロが顔を輝かせ、

「ちょっと行ってきますから先に行っててください。そこの宿ですから」

そういってロザンと一緒に今来た道を嬉々《きき》として戻《もど》っていった。

「ああいうちゃらちゃらした男は好《す》かぬ」

クリスはむっとしてさっさと宿に向かった。

古い、いまにも崩《くず》れ落ちそうな三階建ての安宿に入ったアレルたちは、部屋《へや》でサバロの現れるのを待ったが、夜になってもサバロは現れなかった。業《ごう》を煮《に》やしたアレルたちは、書き置きを残して夕食をとりに街に出かけた。

その帰り道のこと。市場のそばの雑踏で、いきなりアレルが後ろから杖《つえ》の先で肩を叩かれた。なんと、ルイーダの店の前で会ったあの賢者《けんじゃ》だった。賢者は、おだやかな目でアレルを見あげていた。

「会いたかったよ！」

思わずアレルが叫んだ。

「ぜひ聞きたいことがある！　精霊《せいれい》ルビスのことと、なぜぼくが『精霊ルビスに選ばれし者』なのか……その理由を教えてほしい！」

賢者はやさしく微笑むと、雑踏を避《さ》けてアレルたちを路地の暗闇《くらやみ》に誘《さそ》った。

「およそ八〇〇年ほど前、精霊ルビスさまは信心深いひとりの賢者に啓示《けいじ》をお与《あた》えになったのじゃ。レーベの村で賢者の伝説を聞いたじゃろう。世界各地を予言してまわったというその賢者にな。その賢者は、わしの遠い先祖なのじゃよ……」

アレルたちは驚《おどろ》いて聞いていた。

「わしは、その先祖の教えに従《したが》って、いざないの洞窟《どうくつ》の封印《ふういん》された旅の扉《とびら》を、ずっと見守ってきた。ところが、天からルビスさまのお言葉が聞こえてきたのじゃ。『近いうちに魔界《まかい》より邪悪《じゃあく》なる暗黒の覇者《はしゃ》が地上に現れましょう。でも、その悪に敢然《かんぜん》と立ち向かっていく者が、今この世に生まれようとしています……。正義と平和を愛する心と、何者にも負けない勇気を持つ者が……』とな。やがてルビスさまのお言葉が天に消えると、突然天の一点が光り、その光が流星のように尾《お》を引きながらアリアハンの王都の上空で消えたのじゃよ。わしはその光を見ながら、すぐさま『今生まれようとしている者』が伝説に残る『精霊ルビスに選ばれし者』である、と解釈《かいしゃく》したのじゃ。十六年前の四月の最初の夜のことじゃった。そしてその夜、時を同じくして王都にひとりの玉のような男の子が元気な産声《うぶごえ》をあげたのじゃ。それが……」

賢者は杖の先でアレルをさした。

「おまえさんじゃよ。その後、ルビスさまの仰《おお》せられたとおり、この地上に暗黒の覇者バラモスが出現した。以来、わしはおまえさんが十六歳《さい》になるのをじっと待っておったのじゃ……。精霊ルビスに選ばれし者が成長するのをな……」

「なるほど、魔王《まおう》バラモスと戦う使命と宿命を背負《せお》って生まれてきたというわけか」

クリスは眩《まぶ》しそうにアレルを見た。

「おそらく人間の力をもってしては、今のネクロゴンドに進入するのは不可能《ふかのう》じゃろう。たとえ奇《き》跡《せき》的に行けたとしても、とてもバラモスの居城《きょじょう》まではたどり着けまい。ただ……ひとつだけ方法がある。この世に六つの宝珠《オーブ》があるといわれておる……」

「六つの宝珠《オーブ》!?」

アレルとクリスが同時に聞き返した。

「そうじゃ。翠《グリーン》、緋《レッド》、碧《ブルー》、黄《イエロー》、紫《パープル》、銀《シルバー》、この六つじゃ。この六つの宝珠《オーブ》を集めれば、おのずとネクロゴンドのバラモスの居城へと導かれよう……」

「ど、どこにあるのだ、それは!?」

クリスが聞いた。

「ひとつは、この大陸を荒《あ》らしまわっておる盗賊《とうぞく》が手に入れたという噂《うわさ》を聞いた。だが、あとの五つは……」

賢者は首を横に振《ふ》ると、

「これでわしの役割は終わった。もう会うこともなかろう。選ばれし勇者よ……精霊ルビスのご加《か》護《ご》があらんことを。邪悪なる者を倒《たお》し、この世にふたたび平和の光をもたらされんことを……」

と合掌《がっしょう》して雑踏のなかに紛《まぎ》れた。

「ま、待ってくれ！　まだ聞きたいことがあるんだ！」

アレルは慌《あわ》てて追った。オルテガのことを何か知っているのではないかと思ったのだ。だが、すでに賢者の姿は雑踏のなかに消えていた――。


「アレル、おらも連れていってくれねえだか？」

宿に帰るとモハレが珍《めずら》しく神妙《しんみょう》な顔でいった。

「だけど、故郷のバハラタに帰るんじゃなかったの？」

横からクリスが口をはさんだ。

「そ、そのつもりでいたども……だども、おら一緒に行きたくなってきただよ。それに、バハラタに帰っても待ってる人もいねえし……。おら、孤児《こじ》だったから……」

「あ、そう……」

顔には出さなかったが、クリスは自分と同じ境遇《きょうぐう》だったことに急に親近感を覚えた。

「でも、あのときの泣き方は尋常《じんじょう》ではなかった。なあアレル」

「しょうがねえだよ。あのときは、一銭もなかったし腹が空《す》いてどうしようもなかったから……。泣き落とせば飯にありつけると思っただ。食うための知恵《ちえ》だべ。旅で身につけたおらの生活の知恵だべ」

アレルとクリスは、まんまと芝居《しばい》に引っかかったことを知った。アレルは呆《あき》れたが、クリスは、

「ま……ま、どうせそんなとこだろうと思っていたよ」

わざと平然を装《よそお》って笑《わら》った。癪《しゃく》だからだ。

「おら、物心ついたときには、ババラタの教会の孤児院《こじいん》で育てられていただよ……。そのあと何となく僧侶《そうりょ》になって、修行《しゅぎょう》の旅に出ただ。だども、おらいつもむなしさを感じていただよ。僧侶になにができる……って。魔王バラモスが現れてから、おらますます感じるようになっただ。この世の中が騒然《そうぜん》となって、人々が不安と恐怖《きょうふ》にかられていても、僧侶にはなにもできねえ。僧侶にできることはただ神に祈《いの》ることだけだべ……。だどもおら、あんたらに会って心のもやもやがやっと晴れただ。おらもバラモスと戦いたくなっただ。頼《たの》むだ……」

「よし！　おまえがその気ならかまわない！　なあアレル！」

「嬉《うれ》しいよ、モハレ！　二人より三人の方が心強いからな！」

「覚悟《かくご》しろ！　これ以上足手まといにならないようばっちり鍛《きた》えてやる！」

クリスが白い歯を見せながらモハレの肩を叩いた。

「が、がんばるだ……」

「とにかく明日《あす》ロマリアの国王に会ってみよう。盗賊の詳《くわ》しい情報を聞けるはずだ」

アレルが提案した。北大陸を荒らしまわっている盗賊なら、当然城《しろ》でも野放しにしておくはずがない。なんらかの手を打ってある、と考えたからだ。

アレルはロマリアに特に親近感を抱《いだ》いていた。というのも、過去において、アリアハンのサルバオ王家とロマリアのキカルス王家でいくつもの縁組《えんぐみ》がなされていたし、同盟九国のなかでこの両国は特に親密《しんみつ》な関係にあったからだ。

「それにしても遅《おそ》いなあ」

クリスはサバロのことを心配しながら、窓《まど》から人通りの少ない暗い通りを見た。さわやかな風に乗って、酔《よ》っぱらいの喧騒《けんそう》とジプシーの楽器の音が遠くから聞こえてきた。

その夜、とうとうサバロは姿を見せなかった。だが、翌朝――。

「起きろアレル！　モハレ！」

クリスの慌てふためく声にアレルは起こされた。

「サバロが金を持ち逃《に》げしやがった！」

「えーっ!?」

2　国王の道楽

「い、今起きたら……！」

枕元《まくらもと》の小さな卓《たく》に置いていたクリスの革袋《かわぶくろ》が荒らされていて、サルバオ二十世から授かった旅費がごっそり消えていたのだ。

「こ、これを見ろ！」

クリスはサバロの残した書き置きをアレルに突き出した。

『訳《わけ》あってお金が必要になりました。申し訳ありませんが、拝借《はいしゃく》します。いつの日か必ずこのご恩はお返しします。サバロ』——汚《きたな》い字で、乱暴に書きなぐってあった。

アレルとモハレも愕然《がくぜん》となった。クリスが忌《い》ま忌《い》ましそうに吐《は》き捨てた。

「あの野郎《やろう》！　最初から北大陸にわたったら金を持ってずらかるつもりだったんだ！　なにがどこまでもついていきますだっ！　なにが倹約《けんやく》は美徳だっ！　くそっ！　まだ城壁《じょうへき》の門が開くまでに時間がある！　まだ街にいるはずだっ！」

三人はやっと明るくなりかけた通りに飛び出すと、手分けしてほかの宿屋を叩き起こしてサバロを捜《さが》しまわった。

街がすっかり明るくなったころ、アレルとクリスは街門の前で落ち合ったが、二人ともなんの手がかりもつかめなかった。やがて、大聖堂の朝一番の鐘《かね》が鳴りわたると、警備の兵士たちが街門の大きな扉《とびら》を開けた。だが、出ていく者も入ってくる者もなかった。そこへモハレが血相を変えて飛んできた。

「た、大変だ！　サバロはおらたちの馬まで売っちまってるだよ！」

「な、なにっ!?」

クリスは思わずモハレの胸ぐらをつかんだ。

モハレが馬具屋の前を通りかかると、宿の厩舎《きゅうしゃ》にいるはずの自分たちの馬四頭が店の前の馬止めの柵《さく》につながれていた。不審《ふしん》に思って店の主人に尋《たず》ねると、「サバロという旅の男から買った」と答えたのだ。

「い、いつ!?　いつのことだ!?」

アレルがすかさず聞いた。

「よ、夜中に叩き起こされたといってただ！」

アレルとクリスはまたもや愕然としてしまった。

「こうなったらクリス、ロマリアの国王さまになんとかしてもらうだべ。訳を話せば、きっとわかってくれるだ」

「アリアハンの戦士ともあろうものが、そのような恥《は》ずかしいことができるか！」

「じゃあどうするだよ。宿代だって払《はら》えねえだべ。面子《めんつ》や名誉《めいよ》なんかにこだわってるとロクなことねえだよ。この際泣き落としでもなんでも……」

「おまえなぞにわかってたまるか！　ふん、食べるための知恵だとでもいいたいの!?　生活の知恵だとでもいいたいの!?　だが、あたしは乞食坊主《こじきぼうず》じゃない！」

「なあクリス。この際、正直にお願いした方がいいかもしれない。サルバオ国王だっていってたじゃないか。困《こま》ったときは遠慮《えんりょ》せずに同盟国の国王にいうがいいって」

「おまえまでそのようなことをいうのかアレル！　仮にもあたしたちはバラモスを倒しに行くの

よ！　それが、コソ泥《どろ》に引っかかったなぞといってみろ、とんだ笑い者だ！　とにかく、あたしはどんなことがあってもサバロを捜し出す！　きっとあのちゃらちゃらした野郎のとこに隠《かく》れてるに決まっている！　いいな、みっともないまねしたら絶交だからなっ！」

クリスはそう吐《は》き捨てて街の角に消え、アレルとモハレは顔を見合わせてため息をついた。

だが、結局クリスは無駄足《むだあし》を踏《ふ》んだだけだった。貧民窟《ひんみんくつ》に近い古ぼけた共同住宅のロザンの部屋をやっと捜し当てたが、すでにもぬけの殻《から》だったのだ。

ロマリア城の厚い頑丈《がんじょう》な外門の扉が開いたのは、アレルたちが用件と名を告げて半時ほど待たされてからだった。

外門をくぐり、鬱蒼《うっそう》とした大樹の森の急なつづら折りをやっとのぼりきると、荘重《そうちょう》な三層《そう》建ての中門があり、そこで国王の側近がアレルたちを待っていた。中門の奥《おく》には兵舎や武器蔵《ぶきぐら》などの楼《ろう》塔《とう》がそびえ、さらにその奥の一段高いところに大理石の宮殿《きゅうでん》があった。古代都市国家ロマリアが築いた絢爛豪華《けんらんごうか》な文化の伝統をそのまま引き継《つ》いだ荘厳華麗《そうごんかれい》な宮殿であった。

謁見《えっけん》の間に現れた国王キカルス二十一世は、そばにひかえているどの側近よりも立派《りっぱ》な体格をしていた。肌《はだ》の艶《つや》といい、血色といい、とても六十五歳《さい》とは思えない生気に満ちた顔をしていた。玉《ぎょく》座《ざ》につくと、

「そちが勇者オルテガの息子《むすこ》か……」

体格には似つかわしくない温厚な顔で目の前に平伏《ひれふ》しているアレルを見た。クリスとモハレはアレルの一歩後ろで平伏している。アレルが名を名乗り、まっすぐ顔をあげると、

「ほう。よく似ておるのお」

なつかしそうに微笑んだ。バラモスが現れる前は、毎年アリアハンの王都で同盟国の会議が開かれていた。そのたびにキカルス二十一世はオルテガと顔を合わせていたのだ。

「実は……」

アレルは二年前の冬の悲報を告げると、キカルス二十一世はとたんに絶句し、

「そ、そうか……知らなかった……」

そういうのが精一杯《せいいっぱい》だった。だが、アレルが旅の目的を述べ、盗賊のことを尋ねると、キカルス二十一世は気を取り直して答えた。

「カンダタのことじゃな」

「カンダタ？」

「何をやられたのじゃ？」

「いえ、実は……」

アレルは賢者に聞いた六つの宝珠《オーブ》の話をした。

「そうか。しかし、一筋縄《ひとすじなわ》ではいかんぞ。なにしろ神出《しんしゅつ》鬼没《きぼつ》でな。今までに何度も討伐隊《とうばつたい》を出したが、ことごとく逃《に》げられた。北部に根城《ねじろ》があるのはわかっておるのだが、人気があるから正確な

情報がつかめんのじゃよ……」

「人気があるって……？　どういうことですか？」

「義賊《ぎぞく》を気取っておってな、貴族《きぞく》や富豪《ふごう》などの金持ちばかりを襲《おそ》うんじゃよ。そのうえ、盗品《とうひん》を金に替《か》えて貧しい者たちにめぐむものだから、誰《だれ》も正確な情報を教えたがらんのじゃ。正直なところ、わしも参っておる。恥ずかしい話だが……、三年前にこの城が荒らされてな、わが王家に代々伝わる金の冠《かんむり》を盗《ぬす》まれてしまった……。公式の儀式《ぎしき》で国王が必ず冠《かん》せねばならぬ大事な金の冠をな……」

キカルス二十一世は深いため息をついた。一瞬《いっしゅん》会話が途切《とぎ》れると、

「あ、あの……国王さま……」

モハレがおそるおそる国王の顔をうかがいながら顔をあげた。

「なんじゃ？」

「話が変わりますが、おりいってお願いがございますだ……」

モハレは「金《かね》」のことをいおうとした。だが、次の瞬間《しゅんかん》、「うっ！」と大きく顔を歪《ゆが》めた。クリスが国王や側近に気づかれないように、モハレの尻《しり》を強くつねったのだ。「いったらただじゃすまさん！」とばかりにクリスは鋭《するど》い眼光で睨《にら》みつけている。

「どうした？　遠慮なく申すがよい」

「な、なんでもないでございます！」

慌《あわ》ててクリスが答え、強引にモハレの頭を押さえつけると、自分も深々と頭をさげた。だが、横目でモハレを睨みつけ、尻をつねっている手を緩《ゆる》めようとはしなかった。

「アレルよ。大事な話がある。近う寄《よ》れ……」

キカルス二十一世はアレルを耳元に呼ぶと、小声でささやいた。

「わしに代わってこの国を治めるつもりはないか?」

アレルは驚いてキカルス二十一世を見た。

「そ、そんなめっそうもない!」

「はっははは。冗談《じょうだん》じゃよ、冗談……。それよりな……」

側近たちの顔色をうかがいながら、ふたたび小声でささやいた。

「大聖堂《だいせいどう》のまん前に赤い看板《かんばん》の洒落《しゃれ》た酒場《さかば》がある。城壁《じょうへき》の閉門《へいもん》を告げる大聖堂の鐘《かね》が鳴る前にそこで待っておれ……」

意味を測りかねて、アレルはきょとんとした。

夕刻《ゆうこく》、アレルたち三人は約束《やくそく》の酒場に行って驚いた。口髭《くちひげ》を生やした商売人風の中年男になれなれしく声をかけられて戸惑《とまど》っていると、その男は、

「わしじゃよ。わしじゃ」

と、口のつけ髭を取って笑った。なんとキカルス二十一世が変装《へんそう》していたのだ。

「ついてまいれ。人間、たまには息抜きが必要じゃ」

キカルス二十一世はふたたび口髭をつけるとさっさと酒場を出、アレルたちは意味もわからぬまあとをついていった。

キカルス二十一世が連れていったのは、酒場のすぐ近くにある地下の闘技場《とうぎじょう》だった。賭け札《ふだ》売り場や客席は大勢の客でごった返していた。かつての闘牛場《とうぎゅう》だが、今では金を賭けて魔物を戦わせているのだ。

やがて、賭け札の発売締切《しめきり》間近を告げるけたたましい鐘が鳴り響《ひび》くと、キカルス二十一世は慌てて賭け札を買いに飛んでいった。それまであたりの客たちを鋭い目で見まわしていたクリスとモハレが、アレルを残してそっと人混みのなかに消えた。サバロとロザンがいないか捜しに行ったのだ。

客席から一段低くなった円形の闘技場は、頑丈《がんじょう》な金網《かなあみ》でおおわれていた。試合開始を告げる鐘とともに、三匹《びき》の魔物がそのなかにいっせいに檻《おり》から放たれると、わっと大歓声があがった。大きな羽《はね》と二本の牙《きば》を持つ吸血鬼《きゅうけつき》のバンパイアと強固な甲羅《こうら》を持つ軍隊ガニ、鋭い嘴《くちばし》を持つカラスの巨大化したデスフラッターだった。アレルがはじめて見るものばかりだった。

最初にしかけたのが好戦《こうせん》的なバンパイアだった。ヒャドの呪文《じゅもん》で軍隊ガニを冷気に包み、その動きを封《ふう》じてしまった。そこをすかさずデスフラッターの鋭い嘴が襲《おそ》い、軍隊ガニの双眼《そうがん》を一撃《いちげき》のもとにつぶした。だが、バンパイアが軍隊ガニの首元に二本の鋭い牙を突《つ》き刺《さ》して血を吸い始めると、デスフラッターが標的を変え、バンパイアの額を急襲《きゅうしゅう》した。その額から噴水《ふんすい》のように血が噴《ふ》き出し、バンパイアがあっけなく床《ゆか》に倒れた。さらにデスフラッターがバンパイアの心臓《しんぞう》をめがけて急《きゅう》降下《こうか》し、とどめを刺した。

その直後だった。呪文の解けた軍隊ガニの苦し紛《まぎ》れに振りまわした巨大なハサミが、デスフラッターの首を鋭く切り裂《さ》いていた。デスフラッターはそのまま血を噴きながら倒れ、観客から歓声ともため息ともつかないどよめきが起きた。一番人気のない軍隊ガニが生き残ったからだ。

「やったーっ！　ぎゃははははっ！　やったやった！」

キカルス二十一世は、賭け札の束《たば》を握《にぎ》りしめながら大喜びでアレルに抱《だ》きついた。そして、その勝ち金をすべて次の試合に注《つ》ぎ込んだ。次の試合が始まる直前に、クリスとモハレが暗い顔で戻ってきた。サバロとロザンはいなかったのだ。

檻《おり》から放たれたのは、悪の魔力《まりょく》により犬の死体が墓場から蘇《よみがえ》ったアニマルゾンビと一角ウサギ、大アリクイ、バブルスライムの四匹《ひき》だった。誰の目にもアニマルゾンビが優位に見えた。だが、意外な展開《てんかい》になった。一角ウサギと大アリクイが手を組み、すさまじい戦いの末アニマルゾンビを倒すと、今度は一角ウサギと大アリクイが相撃《あいう》ちで倒れたのだ。観客からまたため息とともに大きなどよめきが起きた。何もしないバブルスライムが生き残ったからだ。

「お、お、お、大穴《おおあな》だ！」

キカルス二十一世は興奮《こうふん》に全身を震《ふる》わせた。

「いやあ！　今夜はツイておる！」

まさにそのとおりだった。その夜、キカルス二十一世は十試合全部を的中させ、手元に元金の三〇〇倍の金貨が残ったのだ。

「いやあ、こんなバカツキは生まれてはじめてじゃよ！」

キカルス二十一世は、金貨の入った革袋《かわぶくろ》をアレルにわたした。

「餞別《せんべつ》じゃ。遠慮せずに取るがいい。わしにはこれくらいのことしかしてやれぬ。旅は長い。いくらあっても困らんじゃろ。さあ、それよりちょっとつき合ってくれ。あの酒場で一杯《ぱい》やってから帰るのがわしの唯一《ゆいいつ》の楽しみなのじゃ」

アレルたちはあ然として、笑いながら入り口に向かうキカルス二十一世の後ろ姿を見ていた。金貨の量は、サバロに持ち逃げされた金額よりも多かった。だが、われに返ると、

「やっただ！」

モハレが思わず飛び跳《は》ね、クリスは思わず床《ゆか》に両手をついて深々とキカルス二十一世の後ろ姿に頭をさげた。

金貨はずっしりと重かった。だが、アレルにはキカルス二十一世の好意《こうい》はそれよりもはるかに重く思われた。アレルは心から感謝した――。

3 謎《なぞ》の美女

カザーブの村は、北ロマリア山系《さんけい》のほぼ中央にある小さな盆地《ぼんち》にあった。

ほかの町や村と同じようにこの村にも、魔物や怪物の襲撃に備え、丸太を組んだ頑丈《がんじょう》な柵《さく》が張りめぐらされていた。入り口にあたる南北の二つの門は、昼でも固く閉《と》ざされたままだ。

アレルたちがこの南門を叩《たた》いたのは、王都ロマリアを旅立ってから二十日目の昼過ぎのことだった。キカルス二十一世から授かった金で馬を買い、カンダタの根城を探《さが》してカザーブ街道を北上してきたのだ。

戸数三〇〇戸あまりのこの村は、十年前までは北ロマリアの交易の中継点《ちゅうけいてん》として賑わった宿場だったが、今では訪《おとず》れる旅人もほとんどなく、ひっそりと静まり返っていた。

昨夜から何も口に入れていなかったアレルたちは、聖堂前の食堂をかねた古い宿屋の前で馬を止めた。いくつかある宿屋や食堂のなかで、営業していたのはここだけだった。

ここまでの道中は決して思いどおりには運んでいなかった。七日前、三人は野宿しているところをバリイドドッグの群れに襲《おそ》われたのだ。ゾンビ化した野犬の動きは闘技場で見たアニマルゾンビよりさらにすばやく、おまけにこの魔物はルカナンの呪文まで使った。このときの戦いでアレルは右腕《みぎうで》に、モハレは左の腿《もも》に手傷《てきず》を負っていた。

傷ついた二人の足取りは重く、この村に着くまでに予定より五日遅《おく》れていた。

「旅で一番の大敵は時間ってヤツさ」

王都ロマリアで買い込んだ食料が尽《つ》きたとき、クリスはぶっきらぼうにいった。

「今度みたいに魔物との戦いで怪我《けが》をするだけじゃない。わたれると思ってた川が氾濫《はんらん》してたり、越《こ》せると思ってた峠《とうげ》が崖崩《がけくず》れで通れないことだってある。だから食料や薬草だけはいつも多めに用意しとくんだな」

十日の予定なら食料は十二日分もあれば、そう考えて支度《したく》をしたのはアレルだった。

そしてこのカザーブの村に入る三日ほど前からアレルたちは、クリスが半日かかってやっと見つけてしとめたヘラ鹿《しか》の肉で飢《う》えを満たしてきたのだ。

「あいにくだけどリング豆《まめ》の煮《に》たやつぐらいしかないよ」

そういいながら水の入った素焼の碗《わん》を三人の前に置いた四十代半ばの宿屋の女将に、クリスは黙《だま》って塩漬《しおず》けにしてあったヘラ鹿の腿肉を差し出した。

「これを半分焼いてくれない？　あとはそのなんとかって豆の煮物《にもの》でいいわ」

クリスは相手によって言葉を使いわけていた。いつもは戦士らしく男言葉を使うが、女性や子供と話すときはやさしい口調に変わる。

残った肉はもらえると聞いて喜ぶ女将にアレルたちはカンダタの根城について尋ねたが、

「カンダタさまの根城ねえ……。聞いたこともないけどねえ……」

女主人の答えにアレルたちは、またか――といった表情で顔を見合わせた。途中《とちゅう》の町や村でも、人々の反応は同じようなものだった。想像していたより、カンダタは人々に人気があった。

「ねえ、話は違うけど、この連中を見かけなかった？」

クリスは気を取り直して、王都ロマリアの似顔絵《にがおえ》描《か》きに描かせたサバロとロザンの人相描きを見せた。

ほかの町や村でも、クリスは二人のことを尋ねるのを忘《わす》れなかった。もっとも、みんな首を横に振ったが――。王都を出て数日後には、サバロたちは西のポルトガか南東のアッサラームに向かったにちがいない――とアレルとモハレはあきらめたが、それでも「念のために」といって、クリスは執拗《しつよう》に行く先々で人相書きを取り出した。

「さあ……」

案の定、女将も首をかしげた。

ちょうどそのとき、玄関から腰《こし》の曲がった白髪《はくはつ》の老人が入ってきた。一〇〇歳《さい》近い高齢《こうれい》だが、足取りはしっかりしていた。

「よそからお客がみえるのも珍《めずら》しくなりましたでのお……」

老人は、村の長老だと名乗ると、いい訳がましくいった。門番から聞いて正体を調べにきたのが容易に察しがついた。アレルたちは聞かれる前に名乗り、旅の目的を告げ、カンダタのことを尋ねたが、やはり女将と同じ答えが返ってきただけだった。

「おそらく、どこへ行ってもカンダタの根城のことは誰も知りますまい。これからどうなさるおつもりじゃ?」

「北西のノアニールの方へ行ってみようと思います」

アレルがとっさにそう答えると、クリスとモハレが驚いてアレルを見た。

だが、手がかりがつかめない以上、先に進むしかないのだ。二人は黙《だま》ってうなずいた。

「しかし、あの村は去年の夏からずっと眠り続けておりますのじゃ……」

「眠り続けている?」

「村人全部がですよ。妖精《ようせい》に呪《のろ》いをかけられてしまってのお」

アレルたちは驚いて顔を見合わせた。

「ノアニールのずっと西に、妖精の隠《かく》れ里がありましてな……。もともと人間嫌《ぎら》いで、ホビット以外の種族とは接触《せっしょく》を避《さ》けておったのですが、どういうわけか、妖精の娘《むすめ》とノアニールの若者が恋《こい》仲《なか》になりましてな、娘がエルフの里に伝わる秘宝《ひほう》夢《ゆめ》見るルビーを持ってその若者と駆《か》け落ちしてしまったのですよ。きっと若者にそそのかされて夢見るルビーを持ち出したにちがいない……そう思いこんだ妖精は、怒ってノアニールの村を眠らせてしまった……と、まあこう伝えられておるのですよ」

「いじらしい話だべ。きっとその娘さん、困らせようとしてやっただけだべ。そうすればきっと許してくれると思っただよ」

モハレがそういったとき、ちょうど女将が注文の品を運んできた。日はまだ高かった。それに、今が一年で最も日が長い季節だ。日没《にちぼつ》までには、隣《となり》の村に着けそうだった。昼食を終え、干し肉などの保存食《ほぞんしょく》を買い込むと、アレルたちは蹄音《ていおん》を轟《とどろ》かせて元気に北門を飛び出していった。そして、門はふたたび固く閉ざされた。

それから半時ほどして、緋《ひ》色の外套《がいとう》をなびかせて疾走《しっそう》する人馬が、カザーブの村の南門にたどり着いた。遠目には、育ち盛《さか》りの少年のように見えた。だが、若い娘だった。娘は、アレルたちを追って王都ロマリアから馬を飛ばしてきたのだ——。

——そして、アレルたちがカザーブの村を発《た》ってから三日目の夜。

カザーブとノアニールのほぼ中間の谷間に、戸数一〇〇戸あまりのモサの村がある。娘は、この村でやっとアレルたちに追いついた。

アレルたちが、村に一軒《けん》しかない宿屋の酒場をかねた食堂で夕食をとっていると、蹄《ひづめ》の音が宿屋の前で止まり、やがて緋色の外套を着た美しい娘が颯爽《さっそう》と入ってきた。のびやかに成長した肢体《したい》。豊かで艶《つや》やかな亜麻《あま》色の髪《かみ》。紺碧《こんぺき》の眸《ひとみ》。気品のある鼻梁《びりょう》。形のいい、それでいて意志の強そうな唇《くちびる》——十七、八歳《さい》の、はっと目を見張るような美貌《びぼう》の娘だった。手には魔道士《まどうし》の杖《つえ》を持っていた。

見慣れない、しかもとびきりの美女の登場に、地元の客たちが思わず見惚《みと》れたが、すぐさまひやかしの声と口笛《くちぶえ》を飛ばした。だが、娘は動じることもなく、めざとく奥の席のアレルたちを見つけて近づいていった。と、髭面《ひげずら》の男が酒臭《さけくさ》い息で卑猥《ひわい》な言葉を吐きながらいきなり娘の腕《うで》をつかんで抱《だ》き寄《よ》せようとした。

だが、娘はすばやく手を払いすかさず魔道士の杖を掲《かか》げると、いきなり火炎《かえん》の玉が男の全身をおおった。メラの呪文をかけたのだ。加減してかけたので火炎の玉は一瞬にして消えたが、威嚇《いかく》するには充分《じゅうぶん》だった。男は青くなって震《ふる》え、そそくさと自分の席に戻った。

「あたしたちになんの用?」

娘がアレルたちの前に来ると、クリスが尋ねた。

娘はじっとアレルたちを見つめた。涼《すず》しげな紺碧《こんぺき》の眸《ひとみ》に見つめられて、アレルとモハレは思わずどぎまぎした。すると、娘は白い綺麗《きれい》な歯を見せて親しげに微笑《ほほえ》んだ。吸《す》い込まれるような美しい笑顔だった。どこかその顔には安堵《あんど》感があった。

娘は、アレルたちがカンダタを追って旅立ったという話を聞き、どんな人たちなのか一刻でも早く見たいと思っていた。そして、アレルたちを見て、この人たちなら——と安心したのだ。

「わたしはリザ。王都ロマリアから来たの」

「王都から? ひとりで?」

思わずアレルが聞くと、

「これからカンダタの根城へ行くところなの」

リザはアレルたちの反応《はんのう》を楽しむようにいたずらっぽく笑った。

「な、なんだってっ!?」

アレルたちは驚いた。

4　義賊《ぎぞく》の根城

「この村のはるか南方にあるシャンパーニの塔《とう》にね」

アレルはすかさず聞き直した。

「シャンパーニの塔!?　そこがカンダタの根城なのか!?」

シャンパーニの塔は、北大陸の西にある古い遺跡《いせき》で、およそ八〇〇年ほど前に、ナジミの塔とともに暗黒の覇者《はしゃ》の出現に備えて建築された四つの塔のなかのひとつだ。

「十年前と同じならね」

「なぜそんなことを知っているの？」

「銀の横笛《よこぶえ》を取り返したいから」

「銀の横笛？」

「訳を聞かせてもらおうか」

クリスが横の席を勧めた。

「苦手なんだけどなあ、身の上話……」

「仲間《なかま》になりたいんでしょ？　ひとりじゃ戦えないから」

そういいながらもクリスの口は笑っている。悪意はないのだ。

「くやしいけど、図星よ」

リザは豊かな髪をかきあげて微笑んだ――。

――十七年前のある朝のこと。

王都ロマリアの城壁《じょうへき》の門前に捨《す》てられていた嬰児《えいじ》を、ちょうど旅から帰ってきた老人が見つけた。愛らしい女の嬰児だった。産着《うぶぎ》にはいわくありげな美しい銀の横笛がはさんであった。不憫《ふびん》に思った老人は、嬰児にリザと名づけ、同じ王都に住む姉の老魔道士《ろうまどし》に預けて育てさせた。老人はロマリア城の間諜《かんちょう》で、王都を留守《るす》にすることが多かったからだ。

リザは銀の横笛を玩具《おもちゃ》にして育ち、片時も銀の横笛を離そうとしなかった。そして、四歳のころには、誰にも教わらないのに、心に浮《う》かんだ旋律《せんりつ》を思いのまま美しい音色《ねいろ》で演奏《えんそう》するようになっていた。

もしかしたら、それは血のなせるわざ。リザの体を流れている血と銀の横笛には、常人には測り知れない特別なものが存在《そんざい》しているにちがいない。それは出生の秘密《ひみつ》に深くかかわっているにちがいない――老人はそう思っていた。

ところが五歳のとき、魔道士の家のある裏通《うらどお》り一帯がカンダタ配下の一味に襲われ、銀の横笛を盗まれてしまった。リザの衝撃《しょうげき》は尋常《じんじょう》ではなかった。銀の横笛は、リザとリザの親をつなぐ唯一の手がかりだ。銀の横笛がないと、永久にリザとリザの親との糸が切れてしまう――そう考えた老人は、是《ぜ》が非《ひ》でも笛を奪《うば》い返してやろうと決意し、任務のかたわらカンダタを追跡《ついせき》した。

だが、リザが七歳のときだった。老人が王都への帰途《きと》、魔王バラモスの出現とともに出没《しゅつぼつ》するようになった魔物の群れに襲撃され、瀕死《ひんし》の状態で王都に運ばれてきた。そして、カンダタがシャンパーニの塔を根城にしている――といい残して息をひきとったのだ。

その後も何度も討伐隊《とうばつたい》が派遣《はけん》されたが、カンダタを逮捕《たいほ》することはできなかった。そこで、リザは自力で笛を奪い返す決意をし、老魔道士に呪文を教わるようになったのだ。

そして、数カ月前リザは十七歳の誕生日《たんじょうび》を迎《むか》えた。だが、育ててくれた老魔道士をひとり残して旅立つことにためらいを覚えていた。また、ひとりでカンダタに立ち向かっていくことに不安もあった。

ところが二十日ほど前のことだ。近所の宿屋――つまりアレルたちが泊《と》まった宿屋の主人から、アレルたちがカンダタの根城を探して旅立ったという話を聞くと、居ても立ってもいられなくなった。すると、リザの気持ちを察した老魔道士が、愛用の魔道士の杖を授けて、遠慮なく旅立つよう勧めたのだ――。

翌朝、アレルたちはリザと一緒にシャンパーニの塔に向かって南下した。

リザはよく笑う、明るい、聡明《そうめい》な娘だった。また、王都ロマリアからひとりでモサの村まで来ただけあって、リザの呪文の威力《いりょく》と正確さには目を見張るものがあった。

モサの村を発って二日目の夜。川原《かわら》で野宿をしていたアレルたちに、突然荒々《とつぜんあらあら》しい羽音《はおと》をたてて、巨大な蛾《が》の大群が襲いかかってきた。鋭《するど》い歯と恐《おそ》ろしい毒牙《どくが》を持つ人喰い蛾だった。アレルたちはすばやく剣《けん》をつかんで斬《き》りかかった。そのときだった、リザの呪文が炸裂《さくれつ》したのは。

「極北の地に住みたもう吹雪《ふぶき》の精よわれに力を……、猛《たけ》き氷の刃《やいば》をもって悪しき魔《ま》を払《はら》い賜《たま》え……」

呪文が響いた瞬間《しゅんかん》、アレルの全身を凍《い》てついた風が包み、吹き抜けていった。

正眼に構えた剣の表面に細かい氷の粒《つぶ》が付着しピシピシと小さな音をたてる。

リザの呪文はすさまじい冷気を呼び起こし、冷気は空中で凝縮《ぎょうしゅく》した。幾《いく》十、幾百もの氷の針《はり》がまるで生き物のように人喰い蛾めがけて殺到《さっとう》し、その全身を貫《つらぬ》くと、まっ白に凍《こお》りついた魔物の群れは瞬時《しゅんじ》にして息絶え川原に落下した。

「す、すげえ……」

アレルは可憐《かれん》な少女の放った呪文のあまりの威力にしばし呆然《ぼうぜん》としていた。

「いやあ、すげえだよリザ！　なあ、おらたちにも呪文教えてくれねえだか!?」

モハレがアレルと自分を指さしながらいうと、とたんにクリスが嫌《いや》な顔をした。リザが微笑《ほほえ》みながらうなずくと、

「おまえも習うだか？」

モハレはわざとクリスをからかった。

クリスにいわせれば、戦士にとって呪文は邪道《じゃどう》なのだ。クリスがむっとして横を向いたが、文句はいわなかった。馬を休める間は以前と同様に剣の稽古《けいこ》を続けていたし、確実にアレルとモハレの腕があがっていたからだ。

こうして、翌日《よくじつ》から剣の稽古のほかに呪文の修練が日課のひとつに加わった。

リザはアレルにはおもに魔法使《まほうつか》い系の呪文を、モハレには僧侶《そうりょ》系の呪文を教えた。僧侶系の呪文をリザは使えなかったが、老魔道士に育てられただけに知識は豊富だった。

「だめじゃないアレル！　もっと集中してといったでしょ！　そんなんじゃ呪文をかける前に先に魔物にやられてしまうわよ！」

リザの教え方は厳《きび》しかった。日頃《ひごろ》のリザからは想像もできないほど真剣《しんけん》で、情け容赦《ようしゃ》なく叱咤《しった》した。リザもまた、そのようにして老魔道士に教え込まれたからだ。呪文は極度に体力を消耗《しょうもう》させる。修練が終わると、アレルとモハレはぐったりとしてしばらく動けないほどだった。

そして、モサの村を発ってから十五日目の夕方。なだらかな峠《とうげ》を越えて、アレルたちは思わず声をあげた。目の前に茜《あかね》色に染《そ》まった広大な草原が広がっていた。その草原が風に揺《ゆ》れるさまは、まるで海かと見まがうばかりの風景だった。そのかなたにシャンパーニの塔がそそり立ち、西の地平線に大きな夕日が沈《しず》もうとしていた。王都ロマリアを発ってからすでに四十日になろうとしていた。アレルたちは、蹄音《ていおん》を轟《とどろ》かせ、一気に峠を駆けおりていった。

が——やがてふたたび峠に静寂《せいじゃく》が戻ると、一陣《いちじん》の風が吹き抜け、砂塵《さじん》が舞《ま》った。そのあとに、白い長衣をまとった美しい娘が忽然《こつぜん》と姿を現した。

腰《こし》の下まで伸《の》ばした艶《つや》やかな黒絹の髪《かみ》がかすかに風になびいている。顔の左半分が長い前髪に隠《かく》れていたが、氷のような冷たい右の眸《ひとみ》でじっとアレルたちを追っていた。と、また強い風が吹き抜け、前髪が風に吹かれ、隠れていた顔の半分が見えた。額から頬《ほお》にかけて大きな刀傷《かたなきず》のあとがあった。そして、眸——いや目は無残にもざっくりとえぐりとられていた。娘の名はチコ。魔王バラモス直属の間諜《かんちょう》である。


アレルたちは塔の七、八〇〇歩手前の茂《しげ》みに馬をつなぐと、日が暮《く》れるのを待って塔に接近した。ナジミの塔同様、何百万個もの石を積んで造られたこの塔も、無残に荒れ果てていた。入り口のそばの馬止めの柵《さく》に四頭の馬がつながれているのを見て、

「よかった。留守だと気が抜けちゃうものね」

リザは笑ってみせた。だが、言葉とは裏腹《うらはら》に、その顔は緊張《きんちょう》と不安に満ちていた。アレルは、気持ちが高ぶってくるのが自分でもはっきりとわかった。

最上階へのぼる階段《かいだん》の下までたどり着くと、上からほのかに明かりがもれていた。アレルたちは息を殺し、慎重《しんちょう》に最上階にのぼると、四隅《よすみ》に松明《たいまつ》が焚《た》かれていた。消えてしまうのが時間の問題

のような頼りない炎《ほのお》が、かろうじて広い空間を照らし出していた。左右二本ずつ、計四本の巨大な円柱が高い天井《てんじょう》を支えている。目をこらすと、そこは大きな広間であることがわかった。

リザを中心に、アレルたちは気配を探《さぐ》りながら広間のまんなかへと進んでいった。だいぶ目が慣れたとはいえ、はっきりと見えるのは四本の円柱だけでその奥は深い闇のなかに沈んでいる。

「くるよっ！」

ささやくような、それでいて凛《りん》と澄《す》んだ声でクリスがいった。そして、その言葉よりわずかに遅れてアレルも四方の円柱の陰から放たれる殺気に気づいた。

「ン!?　くるってなにがだ……」

のんきな声でモハレが尋ねたとき、殺気の主が円柱の陰から飛び出してきた。

カンダタの子分たちである。その数は三人。いずれも同じ黄金《こがね》色の甲冑《かっちゅう》に身を包んでいる。

魔法使いとしてのリザの実力を知らない三人の子分は、先にアレルたちをかたづける作戦をとったのだ。だが、事前に襲撃を察知したアレルとクリスは敵の切っ先をかわして反撃《はんげき》に出た。

唯一、奇襲《きしゅう》に成功したのはモハレを襲った子分だけだった。モハレはかろうじて敵の一撃をかわしたものの、バランスを崩して尻餅《しりもち》をついた。だが、そのときすでにリザがメラの呪文をかけていた。

子分は一発目の火球を右に飛んでかわしたが、魔道士の杖を使ったリザの攻撃はすばやかった。二発目の火球は黄金色の鎧《よろい》の胸に命中し、子分は悲鳴をあげてのけぞった。

「よくもやったな！」

やっとのことで立ちあがったモハレの巨体が突進した。と、相手の体《からだ》は鞠《まり》のように吹っ飛び、壁に激突《げきとつ》して動かなくなった。

「ざまあみろだ。不意打ちなんぞかけやがって」

モハレが意気揚々《ようよう》と振り向いたとき、リザはもうアレルとクリスの援護《えんご》にまわっていた。

四対三がたちまち四対二になり、子分たちはジリジリと後退していく。

「下がれっ！　おまえたちの歯の立つ相手ではない」

怒鳴《どな》り声が響き、子分たちはそそくさと逃げ出した。

闇のなか、広間のちょうど正面に頭巾《ずきん》をかぶった巨漢《きょかん》が立っていた。背丈《せたけ》はクリスと同じぐらいだが、幅《はば》もモハレと同じぐらいあった。暗くて顔までは見えないが、威風《いふう》堂々としたその大男の全身からゆるぎない自信があふれているのが感じられた。

5　碧《ブルーオーブ》の宝珠

「カンダタだな!?」

アレルが叫んだ。

「宝珠《オーブ》をいただきにきた！」

「金の冠《かんむり》もだっ！」

「それに銀の横笛《よこぶえ》もよ！」

クリスが、そしてリザが叫んだ。

「ふっははは。欲深《よくぶか》い若造《わかぞう》どもだ。だが、黙っておとなしく帰るがいい。おれは人をあやめたくねえ。おれの流儀《りゅうぎ》に合わねえからなっ」

「黙れっ、カンダタッ！」

アレルは剣を振りかぶると正面から突っ込んだ。

だが、カンダタは左手を鞘《さや》に右手を柄頭《つかがしら》に当てたまま身じろぎもしないで立っている。アレルの、そして背後《はいご》で見守っているクリスやリザの脳裏《のうり》を不安と疑問《ぎもん》がよぎった。

何故《なぜ》——!?　何故動かない!?　永遠とも思える一瞬が過ぎる。と、キーン！　鋼《はがね》と鋼がぶつかり合う澄んだ音が広間の闇に谺《こだま》した。

「アレル！」

リザの悲鳴が響いた。アレルの身体はカンダタの一歩手前で見えない壁にぶつかったかのようにいきおいよく跳ね飛ばされ、十数歩後方の床に叩きつけられていた。

「運がいいな小僧《こぞう》」

右手に剣を握ったカンダタがいった。

アレルにも、そして後ろから見ていたクリスたちにさえカンダタがいつの間に剣を抜き放ったのか見切れなかった。

「だが、次ははずさねぇぜ！」

不敵に笑うと立ちあがろうとしているアレルめがけて突進《とっしん》した。その巨体からは信じられぬほどのすばやさだ。

「危《あぶ》ない！」

すかさずクリスが斬りかかってカンダタの動きをさえぎった。

「邪魔《じゃま》するな、小娘っ！」

カンダタは無造作に剣を薙《な》ぎ払《はら》い、クリスはその一撃を必死に受け止めた。今まで戦ったどんな相手の一撃よりも痛烈《つうれつ》な衝撃が彼女の全身をとらえた。

「なんて力なんだいこいつは」

クリスは慌てて飛び退くと肩《の》で息をした。

「いい腕だ。女にしとくにゃ惜《お》しいぜ」

カンダタは戦いを楽しむかのようにうそぶいた。と、

「こ、このやろめーっ！」

正面からモハレが剣を構えて突進した。だが、カンダタは笑いながら身をかわすとモハレの脇腹《わきばら》を蹴りあげた。

「グヘッ」

モハレの巨体が無惨《むざん》に床に崩れ落ちて動かなくなった。激《はげ》しい当て身に気を失ってしまったのだ。

そのとき、やっとのことで身体を起こしたアレルが、カンダタの右にまわり込んで激しく斬りかかった。同時にリザが正面から呪文攻撃を連発した。

だが、メラの火球を軽く振り払ったカンダタは、ギラの閃光《せんこう》をものともせずアレルの剣を受け止めた。渾身《こんしん》の力で斬りおろした剣をあっさりと止められ、アレルはいまさらながらこの盗賊の力に戦慄《せんりつ》を覚えていた。

「小僧。悪運てものはそういつまでも……」

といいかけたカンダタはアレルの目を見ていい淀《よど》んだ。

「に、似ている……!?」

カンダタの眼に一瞬戸惑《とまど》いの色が走った。

「いや似てるなんてもんじゃない、そっくりだ……!?」

わずかだが盗賊の力が緩《ゆる》み、アレルはその機会を逃《のが》さず跳躍《ちょうやく》した。

自分の頭より高く飛んだアレルの攻撃を、カンダタは身体を捻《ねじ》ってかわしそのまま突きかかる。

だがその切っ先に先ほどまでのいきおいはなかった。

アレルは敵の剣をかわして着地すると、今度は低い姿勢《しせい》からカンダタの足を狙《ねら》って斬りつけた。

同時に背後からクリスが頭を狙って跳躍していた。

「こしゃくなガキどもが！」

カンダタの剣が一閃《いっせん》した。最初に、アレルの一撃を跳ね返したあの動きだった。

真上から振りおろされたクリスの切っ先を弾《はじ》き飛ばすと、返す刀で下から襲ったアレルの剣を押さえつける。アレルの動きを完全に封じてしまった。そのときだ——。

「黒雲の果てに住みたる雷神《らいじん》よ……！　今この杖の宝玉《ほうぎょく》に汝《なんじ》が息吹《いぶき》を……！」

間合いを測っていたリザが満身の力を込めて魔道士の杖を振りおろしたのだ。

ベギラマの閃光が広間の闇を裂き、盗賊の巨体が揺らいだ。

「おのれっ！」

慌てて体勢を立て直そうとしたカンダタの右手をクリスの突きがとらえた。

「しまった！」

カラカラと乾《かわ》いた音をたてて盗賊の剣が床に転がり落ちた。

同時にアレルは手にした剣の切っ先を、カンダタの喉元《のどもと》に突きつけていた。

「ま、待て！　待ってくれ！」

「ふっ、命乞《ご》いか!?　大盗賊カンダタともあろうものが!?」

クリスはカンダタの頭巾《ずきん》を剥《は》ぎ取った。総髪《そうはつ》に鬚髯《しゅぜん》。我《が》の強そうな鼻梁《びりょう》。眉《まゆ》が濃く、眼も大きい。四十歳少し前の、いかにも盗賊の頭領といった粗野《そや》な顔をしていた。

「な、名はなんという!?」

カンダタはアレルに聞いた。

「勇者オルテガの息子《むすこ》、アレルだっ！」

カンダタは驚いてアレルを見ていた。

「オ、オルテガの……!?　ど、どうりでそっくりな顔をしていると思った……！　だが、なにゆえにオルテガの息子がこんなところに……!?」

アレルが旅に出た目的を告げると、

「な、なにっ!?　死んだ!?」

カンダタは愕然《がくぜん》とした。

「あのオルテガが死んだというのか!?　そんなばかな！」

「ぼくだって信じたくない！」

アレルはさらに賢者に聞いた六つの宝珠《オーブ》の話をすると、

「さあ、宝珠《オーブ》のあるところに案内しろ！」

アレルが剣の刃先《はさき》をさらに近づけてカンダタに命じた。

カンダタはうつろな眼で大きく息をつくと、広間の奥の一室に行って燭《しょく》台《だい》の蠟燭《ろうそく》に火をともした。アレルたちは思わず目を見張った。そこはカンダタの宝物殿《ほうもつでん》ともいうべき部屋だった。

美しい青銅の水差し、無数の宝石《ほうせき》をちりばめた光り輝く首飾《くびかざ》りや指輪、ブローチ、細かい彫刻《ちょうこく》が施《ほどこ》してある象牙《ぞうげ》の筆箱、珍《めずら》しい壺《つぼ》や皿《さら》、金の聖杯《せいはい》、短剣、青銅の鏡——およそ二〇〇点ばかりの名品が綺麗《きれい》な棚《たな》に陳列《ちんれつ》されていた。

今までにカンダタが盗んだ品はおよそ八〇〇〇点あまり。いずれも高価で名のあるものばかりだった。そして、ここに陳列してあるのはそれらのなかでも特にカンダタが気に入ったものばかりだった。あとは、闇商人を通じて金に替《か》え、貧しい人々にめぐんだのだ。

「宝珠《オーブ》ならそれだ」

カンダタは陳列棚の一角を顎《あご》で示した。美しい碧《ブルーオーブ》の宝珠が、朱《しゅ》の袱紗《ふくさ》の上で光り輝いていた。ちょうど鶏卵《けいらん》ほどの大きさの宝珠《オーブ》だった。

「どこで盗んだ!?」

すかさずアレルが聞いた。

「かつてアリアハン大陸の西にあるランシールという島の神殿《しんでん》にあったものだそうだ。どういう経路でわたったたか知らねえが、アッサラームの闇商人から買ったのよ」

「なんという商人だ!?」

「カルチーノだ。表向きは『山猫亭《やまねこてい》』という酒場をやっている」

そのとき、リザが声をあげた。

「あった！　これだわ！」

リザは、美しい銀の横笛を手にして眼を輝かせていた。

「金の冠もあるだよ！」

モハレの指差した先に、純金製《じゅんきんせい》の王冠《おうかん》が光り輝いていた。

その横に、赤い六角形の美しいルビーがあった。女性が首にさげるにはほどよい大きさだ。モハレはそれを摘《つま》んでカンダタに尋ねた。

「この綺麗な石はなんだべや!?」

「夢見るルビーだ」

「えっ!?　どうしてこれを持ってるんだ!?」

アレルは思わずモハレから奪い取って見た。

「頂戴《ちょうだい》したのよ。妖精の里で」

「妖精の娘が持って逃げたのではなかったのか？」

今度は、カンダタを見張っていたクリスが尋ねた。

「そういうことになっているが、おれが盗んだその晩《ばん》に偶然《ぐうぜん》二人が駆け落ちしただけの話だ。二人は今王都ロマリアで幸せに暮らしている。気がひけたからな、二人を王都まで連れていってやったのよ」

カンダタはそういうと、一瞬の隙をついていきおいよくクリスの剣を弾いた。クリスが気づいたときには、剣は弧《こ》を描《えが》いて大きく宙《ちゅう》に舞っていた。

「さらばだっ！」

すかさずカンダタが逃げた。

「待てっ！」

アレルとクリスとモハレの三人は慌てて追った。

だが、広間にはすでにカンダタの姿はなかった。アレルたちが手分けして最上階にある部屋を調べ、ふたたび広間に集まったときだった。窓の外から、遠ざかる数騎《すうき》の蹄音《ていおん》が聞こえてきた。アレルたちは窓に駆け寄ったが、どこにも馬の姿は見えなかった。やがて、蹄音は眼下の広大な闇のなかに消えてしまった。

「くそっ！　キカルス二十一世の前に引き立ててやろうと思ったのに！」

くやしそうにクリスは舌打ちをした。

と、静かに美しい笛の音色が流れてきた。奥の部屋でリザが一心に銀の横笛を吹いていた。物哀《ものがな》しい旋律《せんりつ》だった。リザの眸《ひとみ》から涙《なみだ》が零《こぼ》れて頬《ほお》を伝った。その涙は銀の横笛を手にした嬉《うれ》しさなのか、それとも見知らぬ両親への思慕《しぼ》なのか、アレルたちにはわからなかった――。

6　若き魔女

かつて荘厳華麗《そうごんかれい》な美しい姿を湖面に映《うつ》していたネクロゴンド城《じょう》は、この十年の間に不気味な異形《いぎょう》の城に姿を変えた。また絢爛豪華《けんらんごうか》な宮殿も、恐ろしい魔宮《まきゅう》に姿を変えていた。この魔宮にチコが現れたのは、アレルたちが碧の宝珠《ブルーオーブ》を手に入れた十日後のことだった。

「なに？　オルテガの息子が？」

謁見《えっけん》の間の玉座のある空間が、暗黒の闇におおわれている。その闇から、おどろおどろしい低い声が響きわたった。闇の中心で異様《いよう》な気配がうごめいていた。闇に隠れて姿が見えないが、バラモスが玉座についているのだ。

闇の前にチコが、その横に魔将《ましょう》エビルマージがひかえていた。エビルマージは、十年前のネクロゴンド制圧に活躍《かつやく》したバラモス四天王《してんのう》のひとりで、北大陸とネクロゴンド大陸の統治責任者である。

「はい。アレルという十六になる者でございますが、すでに六つの宝珠《オーブ》のひとつ、碧の宝珠《ブルーオーブ》を北ロマリアにて入手いたしました」

チコは顔をあげて闇を見た。真剣な顔であった。

「この地に侵攻《しんこう》したおり、銀の宝珠《シルバーオーブ》を火山の火口に投げ捨てたとか……。まことなのでございましょうか？」

「どうしたのだ、チコともあろうものがっ」

「まことなのでございましょうか？」

「まことだ。余がエビルマージに命じた。やつらがいくつ手に入れようが、最後のひとつだけはどうにもならぬっ」

「それを聞いて安心いたしました……」

チコが深々と平伏《ひれふ》すと、バラモスはいちだんと声をあげた。

「エビルマージよっ！　ただちにオルテガの息子を始末するがいいっ！　その屍《しかばね》を八つ裂《ざ》きにしてアリアハンに送りつけるのだっ！　盾突《たてつ》く者への見せしめになっ！」

「ははっ！」

エビルマージが平伏すと、バラモスの気配が闇から消え、やがてその闇も消えた。あとには巨大な玉座がひとつ残っていた。

「ふっ。やつらなら赤子の手をひねるも同然……！」

そううそぶいて立ち去ろうとしたエビルマージをチコが呼び止めた。

「宝珠《オーブ》。しかと投げ捨てたのでございましょうね？」

「な、なにっ!?」

エビルマージの顔がさっと変わり、すさまじい形相《ぎょうそう》になった。

「どういう意味だっ!?」

「しかと投げ捨てたかどうか尋ねておるのでございます」

「こ、このわしが信用できぬと申すのか!?」

「いえ。ただ本人の口から確かめたいのでございます」

チコも負けずに睨《にら》んでいた。冷たい、冷酷《れいこく》な眸《ひとみ》だ。エビルマージは思わず背筋《せすじ》の寒くなるのを覚え、「なんという眼だ。小娘のくせに……」と、心のなかで吐き捨てた。

「そのような女特有の執拗《しつよう》な気性はどうも好かぬ！」

「執拗なのではありませぬ。ただ慎重なだけ……」

「ま、役目柄《やくめがら》そのような気性でなくては務まらんのだろうがな……！」

エビルマージは精一杯の皮肉をいった。

四天王と呼ばれているエビルマージ、八岐の大蛇《ヤマタノオロチ》、ボストロール、サラマンダの四魔将は、互いに反目《はんもく》し合っていた。互いに己《おのれ》が最もすぐれていると自負していたからだ。そのひとりサラマンダに力を認められて、チコはバラモス直属の間諜《かんちょう》になった。「直属」ということがエビルマージは気に入らなかった。

そのうえ、二年半ほど前に腸《はらわた》が煮えくり返るような思いをさせられた。オルテガにサラマンダが命を奪われると、バラモスはただちにオルテガの首をアリアハンに送りつけるようエビルマージに命じた。だが、絶好《ぜっこう》の活躍の機会を与えられて喜び勇んで赴《おもむ》くと、なんとチコがすでにオルテガを葬《ほおむ》ったあとだったのだ。チコにすれば恩あるサラマンダの仇《あだ》を討ったつもりなのだが、エビルマージにすれば手柄《てがら》を横取りされた格好《かっこう》になった。

「いずれにせよ、四天王をおいてさしでがましいことはするなっ」

「オルテガを葬ったからといって図に乗るでない……そうおっしゃりたいのですね」

チコが薄笑《うすわら》いを浮かべると、そのまわりに一陣の風が舞った。と、その風に乗ってチコがすっと姿を消した。

「ふっ、女だてらに……！　新参者《しんざんもの》めがっ……！」

エビルマージは忌《い》ま忌《い》ましそうに舌打ちした。

第三章　女王とピラミッド

碧の宝珠《ブルーオーブ》を手に入れたアレルたちは、そのあと妖精《ようせい》の隠《かく》れ里に行き、夢《ゆめ》見るルビーを返して駆《か》け落ちした娘《むすめ》と若者《わかもの》の誤解《ごかい》を解くと、妖精の女王から眠《ねむ》りの呪《のろ》いを解く目覚めの粉を授かってノアニールの村へ向かった。そして、村人を眠りから解き、王都ロマリアに帰ったのが、八月中旬《ちゅうじゅん》だった。金の冠《かんむり》を見たキカルス二十一世は涙《なみだ》を流して喜んだ。またほかの盗品《とうひん》は被害届《ひがいとど》けと照合して持ち主に返すと約束《やくそく》してくれた。

翌日《よくじつ》、アレルたちはリザと別れ、東方街道《かいどう》をアッサラームへと向かった。カンダタに宝珠《オーブ》を売ったという闇商人《やみしょうにん》に会えば、別の情報が得られるのではないかと思ったからだ。また、イシスに行くにはアッサラームを経由しなければならないからだ。

道中、アレルたちは何度も魔物《まもの》に襲《おそ》われた。だが、道中出会ったのは敵ばかりではなかった。私兵を連れた隊商といくつもすれ違った。旅人を連れて数百人にも膨《ふく》れあがった大隊商もいた。街道筋《すじ》にはたくさんの宿場や村があり、かつての賑《にぎ》わいほどではないが、それでもアリアハンやロマリア北部とは比較《ひかく》にならないほど隊商や旅人で賑わっていた。

そして、無事アッサラームの街門《がいもん》をくぐったのは、ロマリアを発《た》ってから十六日目、九月の最初の日の昼過ぎのことだった――。

1　不夜城《ふやじょう》アッサラーム

古い城壁《じょうへき》に囲まれたこの街《まち》は、かってアッサラーム王朝の王都として栄えた。だが、王朝が滅《めつ》亡《ぼう》すると、北大陸と中央大陸の交通の重要な中継《ちゅうけい》地点《ち》として、また東西の文化の交流地点として発展《はってん》してきた。今では人口四万人を越える大商都であり、独特な文化を持つ自由都市でもあった。

街には聖堂《せいどう》や教会のほかに、先のとんがった丸屋根の寺院が目についた。東方街道は東西の文化だけでなく宗教《しゅうきょう》をも運んできた。アッサラームはさまざまな文化や人種や宗教をも簡単《かんたん》にのみ込んでしまう巨大《きょだい》な胃袋《いぶくろ》のような街なのだ。通りには珍《めずら》しい建築様式の建物が並《なら》んでいて目を楽しませた。

だが、アレルとクリスは何となく肩《かた》すかしを食ったような気分だった。王都ロマリアの、いやそれ以上の雑踏《ざっとう》を想像していたが、通りには人が少なく、街には活気がなかったからだ。ところが、

「夜がこの街のほんとうの顔です。別名不夜城とも呼《よ》ばれておりましてな、朝まで眠らせてくれません。まあ、ゆっくりとアッサラームの夜を楽しんでください」

「山猫亭《やまねこてい》」の場所を聞くと、宿屋の主人はそういってアレルたちを送り出した。

日が落ちると、街の様相が一変していた。街は、どこからこんなに人が出てくるのかと思うほどの賑わいだった。さまざまな人種が行き交《か》い、聞き慣れない言葉が飛び交《か》い、街角《まちかど》という街角ではジプシーたちが音楽を奏《かな》で、露店《ろてん》の花屋や土産屋《みやげ》の客を呼ぶ声が乱れ飛んでいる。おのずとアレルたちの心は弾《はず》んだ。リザが一緒《いっしょ》ならもっと楽しいのに――ふとアレルはリザのことを思い出した。

だが、アレルたちに気づかれないように宿からあとをつけている怪《あや》しい男がいた。四十そこそこのやせた男で、普通《ふつう》のなりをしているが、アレルたちを追うその目は異様《いよう》に鋭《するど》かった。

めざす店は、酒場《さかば》が軒《のき》を並べる裏通《うらどお》りにあった。日が落ちたばかりだというのに、酔《よ》っぱらいや女給たちの嬌声《きょうせい》があちこちから聞こえてきた。その一角で若い娘が客寄《きゃくよ》せをしていた。褐色《かっしょく》の肌《はだ》と大きな黒い眸《ひとみ》が妙《みょう》に妖《あや》しげだ。

「ねえ、パフパフしない。気持ちよくしてあげる。ねえってば」

娘はアレルとモハレに抱《だ》きついた。いい訳《わけ》をしながらなんとか振《ふ》りほどいたが、モハレはまんざらでもなさそうに、何度も振り返っては手を振っていた。

店はほぼ満員だった。「カルチーノに会いたい」と三十代半ばの主人に告げると、最初は無視《むし》されたが、カンダタの名を出すと、店の隅《すみ》にアレルたちを呼んでささやいた。

「今旅に出ているが、明後日の昼には帰る……」

ちょうどそのとき、アレルたちをつけていた怪しい男が客を装《よそお》ってすぐそばの席に腰《こし》をおろした。

もちろん、アレルたちは気にもとめなかった。

クリスは、サバロとロザンの人相描《にんそうが》きを出して主人に尋《たず》ねた。王都ロマリアを出発してから、宿屋や街道の町で、同じことを繰《く》り返していたが、みんな首を横にひねるだけだった。だが、この主人はこともなげにいった。

「なんだ、ロザンとサバロじゃないか」

クリスは思わず顔を輝《かがや》かせた。

「最近見かけなかったか?」

「いや、ここんとこしばらく見てないな。何があったか知らないが、ロザンはこの街の大富豪《だいふごう》のひとり息子《むすこ》でな、子供《こども》のころからさんざん親に尻拭《しりぬぐ》いさせたから、とっくに勘当《かんどう》されてるって話だ。行っても親は会ってくれないぜ。サバロの母親ならアッサラーム・ローズって名で劇場《げきじょう》で踊《おど》っているがな」

劇場は山猫亭《やまねこてい》から三〇〇歩ほどのところにあったが、劇場とは名ばかりで、ベリーダンスのショーを見ながら酒を飲む店だった。席につくと、「ローズさんならあの人よ」と、案内嬢《あんないじょう》が舞台《ぶたい》で踊っている中年の踊り子を指さした。若い踊り子たちと一緒に腰を振りながら踊っているが、齢《とし》はごまかせなかった。太めの体型もひとり浮《う》いていた。と、モハレがベリーダンスを踊りながら舞台《ぶたい》のローズに近づいていった。

「だめよお客さん。舞台にあがっちゃ」

サバロの母は驚《おどろ》きもせずたしなめた。こういう客がよくいるからだ。だがモハレは、

「ちょっくらあとで話があるだよ」

踊りながらそう告げると、若い踊り子のお尻を触《さわ》って戻《もど》ってきた。

舞台が終わると、そのままサバロの母はアレルたちの席にやってきて、何も聞かないうちにいきなりいった。

「サバロが迷惑《めいわく》でもかけたのかい？」

でも、あたしには関係ないよ──といいたげな口調だ。

「いくら捜《さが》してもこの街にはいないよ」

「あ、あたしたちは……」

クリスはためらったが、すかさずアレルとモハレが言葉を続けた。

「友達《ともだち》なんですよ」

「んだ、友達だべ、友達」

そして、身分を明かし、アッサラームに来た目的を告げた。

「アッサラームに行ったら、ぜひおふくろに会ってくれっていわれただよ。なあクリス」

「そう。元気だからよろしくいってくれって」

クリスも口裏《くちうら》を合わせた。サバロの母は、そんなアレルたちをじっと見ていた。その顔から警戒《けいかい》心《しん》が消えていた。

「いい人たちなんだねえ、あんたたち……。人さまにだけは迷惑かけるなって……そういって女手ひとつで育てたんだが……調子ばっかりよくてねえ……」

サバロの母は急に涙《なみだ》ぐんだ。

「どこで何をしているやら……」

「心配ないだよ、あいつなら。おらたちよりよっぽどしっかりしてるだよ」

「ああ、忘《わす》れてた。頼《たの》まれてたんだ、これわたしてくれって……」

クリスは金貨を五枚出すと、

「遠慮《えんりょ》しないでとってよ。サバロの金だから」

ためらっているサバロの母の手に握《にぎ》らせた。

「ほ、ほんとにいい人たちなんだねえ、あんたらは……」

金貨を握りしめたその手に大粒《おおつぶ》の涙が落ちた――。


「だめだなあたしは……涙に弱くて……」

劇場を出るとクリスはため息をついた。サバロから金を取り返そうとしているのに、そのサバロのために大金を使った自分を悔《く》やんでいた。もちろん、アレルもモハレも責めはしなかった。むしろそれでよかったと思っていた。

そのあと、アレルたちは表通りの食堂で夕食をとり、宿に帰って寝《ね》た。三日ほど野宿が続いていたので、ベッドに横になるとアレルはすぐ深い眠りに落ちた。

しばらくして扉《とびら》を叩《たた》く音でアレルは目を覚ました。扉を開けて、一瞬《いっしゅん》夢を見ているのではないかと思った。だが、夢ではなかった。リザが微笑《ほほえ》んで立っていたのだ。

「どうしたのリザ!?」

「追いかけてきちゃった」

リザはいたずらっぽく笑った。だが、旅疲《たびづか》れからか憔悴《しょうすい》して見えた。そのとき、クリスが目を覚まして、

「リ、リザ!? リザじゃない!」

喜んでいきなりリザに抱《だ》きついた。

「でも、おばあさんは!?」

アレルが聞くと、リザはとたんに暗い眸で唇《くちびる》を嚙《か》んだ。

「死んじゃった……」

アレルとクリスは驚いて顔を見合わせた。

「あなたたちを見送って帰ったら死んでいたのよ……。また、ひとりぼっちになっちゃった……」

「そう……。そうだったの……」

クリスは慰《なぐさ》めるようにまたリザを抱いた。

「お葬式《そうしき》を終えると、急にあなたたちに会いたくなって……」

「じゃあ、ぼくたちと一緒に旅を!? よかった! モハレもきっと喜ぶよ! 別れてからずっと淋《さび》

しがっていたから！　モハレ！」

モハレを起こそうとした。だが、ベッドは空だった。

「どこ行ったんだろ!?　一緒に寝《ね》たのに……!?」

「それよりリザ、おなかすいてるんじゃないの？　食べに行こっ」

クリスがいうと、リザはいつもの笑顔《えがお》でこっくりとうなずいた。


そのころモハレは、裏通りで客寄せをしていたあのパフパフ娘の部屋《へや》にあがって、服を脱《ぬ》がされていた。粗末《そまつ》なベッドがひとつあるだけの簡素《かんそ》な部屋だった。

「きっときてくれると思ってたわ、お坊《ぼう》さん」

「だははは。さあ思いっきり気持ちよくパフパフしてけろ」

「さ、ベッドに横になって。消すわよ」

ふっと娘が燭台《しょくだい》の蠟燭《ろうそく》を吹《ふ》き消すと、とたんにまっ暗になった。

「行くわよ、パフパフ」

香水《こうすい》のいい匂《にお》いがモハレの鼻をついた。

と、いきなり肩《かた》を揉《も》まれた。別のことを想像していただけに呆気《あっけ》にとられたが、つぼを心得ていて上手《じょうず》だった。それにしても、娘にしては力があるし、手がごつごつして大きい。モハレは訝《いぶか》ったが、さらに揉む手に力がこもると、つい口に出てしまった。

「ああ……いい気持ちだべ……」

「だろっ!?」

ぎょぎょっ——!? いきなり太い男の声が返ってきた。

「な、な、なんだべよ!?」

モハレは慌《あわ》てて手を払って飛び起きた。

パッと明かりがついた。相手が燭台の蠟燭に火をともしたのだ。年配の白衣を着た男が立っていて、娘の姿はどこにもなかった。

「お、女の子はどうしただよ!? これは詐欺《さぎ》でねえだか!?」

「ひょっとしてあんた、いやらしいこと期待してたな? よく勘違《かんちが》いするんだ、みんな。娘から詳《くわ》しく聞かなかったのかい?」

モハレは肩のこりをほぐしただけで自己嫌悪《じこけんお》に陥《おちい》りながら帰ったが、この夜のことは誰《だれ》にもいわなかった。いえるはずもなかった。


二日後の昼、アレルたちはふたたび「山猫亭」を訪《おとず》れると、掃除《そうじ》前の散らかったままの店内でカルチーノが待っていた。七十歳ぐらいのやせた小柄《こがら》な老人で、とても闇商人には見えなかったが、その目は鋭かった。さっそくアレルが宝珠《オーブ》の話をすると、

「そうか、あの宝珠《オーブ》は六つもあるのか……。だが、わしはもうひとつのことしか知らん。かれこれ

十年になるかのお、同じ闇商人の仲間《なかま》から聞いたんじゃ。イシスの国のピラミッドに眠っておるとな。イシス王朝代々の墓じゃ。もっとも今もあるかどうかはわからんがな……」

イシスはネクロゴンド大陸の北部にある砂漠《さばく》の国だ。バラモスが支配するネクロゴンドと国境を接しているが、東西に走る前人未到《ぜんじんみとう》の険しい山脈が二つの国を分断していた。また、アッサラーム同様、九カ国同盟《どうめい》に加盟しているが、加盟国中唯一《ゆいいつ》、女王が統治している国でもあった。まだ即位《そくい》して八年あまりだが、若き女王パトラの美貌《びぼう》は近隣諸国《きんりんしょこく》にまで知れわたっていた。

もともとイシスに行くつもりだったから、願ってもないことだった。アレルたちが礼を述べて店を出ると、カルチーノはにやりと笑った。と、その体が幾重《いくえ》にもぶれ、やがて四十そこその不気味な男に姿を変えた。一昨日の夜アレルたちを追っていたあの男だった。その眼が怪しく光った。

そして、カウンターのなかには無残に斬《き》り裂《さ》かれた血まみれの死体が二つ転がっていた。本物のカルチーノと店の主人の死体だった。

2　女王パトラ

九月になったとはいえ、砂漠には灼熱《しゃくねつ》の太陽が照りつけていた。

アレルたちは、アッサラームを起点とするイシス街道を、ひたすら西に向かって馬を走らせていた。権木《かんぼく》だけが生《お》い茂《しげ》る不毛の砂漠や、風によって刻一刻《こくいっこく》姿を変える砂丘《さきゅう》が、くる日もくる日も続いた。すさまじい砂嵐《すなあらし》や竜巻《たつまき》に襲《おそ》われることもしばしばだった。

アッサラームを出て三日目の晩《ばん》、アレルたちは小さなオアシスで野営していた。昼間の猛暑《もうしょ》で疲労《ひろう》は極限に達し誰もが泥《どろ》のように深い眠りに落ちている。

だが、そんな眠りのなかでもアレルの直感は危険《きけん》が近づいているのを察知していた。かたわらではモハレがゴーゴーといびきをたて、少し離《はな》れた権木の横からはリザの静かな寝息《ねいき》が聞こえてくる。

「クリス、起きてるかい？」

闇《やみ》のなかでアレルが尋《たず》ねると、女戦士の嬉《うれ》しそうな声が返ってきた。

「たいしたもんだよアレル。この殺気に気づくなんてさ」

クリスはそういいながらそっとリザの体《からだ》を揺《ゆ》り動かしていた。

そのとき、不気味な羽音《はおと》とともにアレルの頭上を何かが横切った。同時に足元の砂《すな》が風に舞《ま》い周囲がほんのりと明るくなる。上空に垂《た》れこめていた雲が風に流され下弦《かげん》の月が顔を見せたのだ。

「起きろモハレ！　魔物だ！」

アレルは乱暴にモハレの身体を蹴飛《けと》ばすと剣《けん》を抜《ぬ》いた。上空には猫《ねこ》とコウモリの合体魔獣《まじゅう》であるキャットバットが旋回《せんかい》している。

「な、なんだァ、もう朝だか？　それにしちゃずいぶんと暗い……」

いいかけたモハレは急降下してきた魔物に、

「ひえっ！」

慌てて身を沈《しず》めると、ビシュッ！　鋭い爪《つめ》が空を切りアレルの頬《ほお》をかすめた。

リザとモハレをかばいながらアレルたちは必死で剣を振《ふ》るったが、空飛ぶ魔物には届かなかった。

「アレル、呪文《じゅもん》よ！　ギラを使って！」

リザの声にアレルはとっさに印《いん》を組むと閃光《せんこう》呪文を詠唱《えいしょう》した。

魔物に向かって突《つ》き出した掌《てのひら》に不思議な感覚が宿ったかと思うと、次の瞬間《しゅんかん》アレルの手からひと筋の閃光が伸《の》びていた。

生まれてはじめての魔法《まほう》だった。不意を突かれた魔物の一匹《ぴき》が火だるまになって砂漠に落下すると、残ったキャットバットの群れは鳴きながら飛び去っていった。

アッサラームを出発して十三日目、イシス砂漠のほぼ中央にある小さな宿場を予定どおりに通過した。この宿場を起点に、一本の街道がイシス街道から分かれて北へ伸びていた。北のシシリア海の港町サスズまで続いているサスズ街道だ。

だが、街道を通過して二日目、予期せぬことが起きた。モハレが原因不明の熱病にかかってしまったのだ。高熱でモハレは立つことも、自力で馬に乗ることもできなかった。

アレルたちは馬を引いて歩き始めた。だが、途中《とちゅう》で持ち合わせの薬草も切れ、症状《しょうじょう》はますます悪化した。

アッサラームを発って二十二日目の昼過ぎ、やっと地平線に緑のオアシスが見えてきたときには、モハレはげっそりとやせこけ、ほとんど意識がなかった。クリスがモハレの馬に乗り、モハレをしっかり抱《だ》きかかえると、アレルたちは七日ぶりに馬を飛ばした。

そこは広大なオアシスだった。森を抜けると、目の前に美しい湖が広がっていた。そのほとりに華麗《かれい》なイシス城と城壁《じょうへき》に囲まれた人口一万八〇〇〇人の王都イシスがあった。

門兵の制止を無視して街門を走り抜け、表通りの宿屋の前で馬を止めると、リザは薬草を買いに道具屋へ飛んだ。アレルとクリスがモハレを担《かつ》いで宿屋の玄関《げんかん》を入ると、ちょうど二階から階段《かいだん》をおりてきた武闘着《ぶとうぎ》を着た辮髪《べんぱつ》の男がモハレを見て慌てて飛んできた。

三十歳前後で、顔は日に焼け、目は細いが剃刀《かみそり》の刃《は》のように鋭かった。背丈《せたけ》はアレルとほぼ同じぐらいだったが、武闘着からはみ出ている筋肉《きんにく》はまるで鋼鉄のように硬《かた》くしまっていた。男は、すっかり形相《ぎょうそう》の変わってしまったモハレの顔を覗《のぞ》き込んで叫んだ。

「モ、モハレ!?」

アレルたちが部屋のベッドにモハレを寝かせると、男はリザの買ってきた薬草の煎《せん》じ薬を水と一緒にモハレの口に含《ふく》ませた。ひと息つくと男はやっと名乗った。

「モハレの幼友達《おさなともだち》のギビルド・カーンだ」

カーンはモハレと同じバハラタの孤児院《こじいん》で育てられた。二人は仲《なか》がよく、何をするにも一緒だった。十三歳になると二人は孤児院を出され、モハレは僧侶《そうりょ》になるために修道院に、カーンは武闘家になるために秘境《ひきょう》に住む老武闘家に入門した。それ以来、二人は会っていなかった。その後、モハレは修道院を飛び出し、放浪《ほうろう》の旅に出たという噂《うわさ》をカーンは聞いた。カーンもまた十七歳のときに師匠《ししょう》が死ぬと山をおり、ずっと放浪の旅を続けていたのだ。そして、先月からこの宿に泊《と》まって闘技場の用心棒《ようじんぼう》をやっていたのだ。

アレルたちは交代《こうたい》でモハレの看病《かんびょう》をした。カーンもずっとモハレのそばから離れなかった。カーンは寡黙《かもく》な男で必要なこと以外は喋《しゃべ》らなかった。アレルたちが旅の目的や旅の話をあれこれしたが、無表情のまま黙《だま》って聞いていた。

翌々日の朝、やっとモハレの意識が戻った。モハレはカーンを見てさすがに驚いていたが、

「す、すまねえだ……みんな……」

苦しそうにあえぎながら涙を浮かべた。自分の病気のために、予定が狂《くる》ってしまったことを気にしているのだ。

「つまんないこと気にするなよ。ピラミッドへは三人で行ってくる」

「そうよ。あなたはここでゆっくり病気を治せばいいのよ」

アレルとリザが慰《なぐさ》めると、カーンがいった。

「おれが代わりに行ってやる」

アレルたちは驚いてカーンを見た。

「カ、カーンちゃん……。そ、そういえば……子供のころ……け、喧嘩《けんか》の弱いおらに代わって……いつも戦ってくれただよな……。す、すまねえだ……カーンちゃん……」

涙ぐみながら差し出したモハレの手をカーンは強く握《にぎ》りしめた。

湖に張り出た岩島に建てられた煉瓦《れんが》造りのイシス城は、アリアハン城やロマリア城に比べれば小《しょう》規模《きぼ》だが、高い城壁に囲まれた正方形の中庭、四隅《よすみ》に立つ円塔《えんとう》などが機能的に設計された、名城だった。

その日の午後、アレルとクリスはリザとカーンにモハレを任せて女王を訪《たず》ねた。

近衛兵《このえへい》に案内されて女王の私室に入ったアレルとクリスは、女王の誇《ほこ》りと自信に満ちた美しい容《よう》姿《し》に思わず見惚《みと》れた。豊かで艶《つや》やかな黄金《こがね》色の髪《かみ》。神秘《しんぴ》的な翠《みどり》の眸《ひとみ》。気品ある整った顔立ち。宝石をちりばめた金襴《きんらん》の絹装束《きぬしょうぞく》が、二十七歳のこの若い女王の美貌を、さらに引き立てていた。

女王もまた、アレルを見て思わず目を見張った。茶褐色《ちゃかっしょく》の髪、澄《す》んだ涼《すず》しげな双眸《そうぼう》、端正《たんせい》な顔――すべてがあのオルテガの面影《おもかげ》を彷彿《ほうふつ》とさせた。

「そっくりですのね……オルテガさまに……」

女王はなつかしそうにアレルを見つめた。

「ぼくには今でも父の死が信じられません……。従者《じゅうしゃ》はなんといって父の死を告げたのでしょうか?」

「オルテガさまがはじめてこの地におみえになられたのは六年ほど前……」

女王は顔を曇《くも》らせておもむろに答えた。

「足を骨折《こっせつ》しておられ、すぐさま手当てをさせました。魔物との戦いで骨折したのだそうです。でも、三カ月もすると歩けるようになり、翌年《よくとし》の春、ふたたび旅立っていかれました。そのとき、城で一番腕《うで》の立つ戦士を従者としてお供《とも》させたのです……。ところが、三年前の十月八日の真夜中のことでした……。その従者が瀕死《ひんし》の状態で王都の街門にたどり着いたのです……。そして、ネクロゴンド北部の火山での魔物との戦いの最中、オルテガさまは足を滑《すべ》らせて地底の火口に落ちて無念の死を遂《と》げた……そう告げて息をひきとったのです……。手には見覚えのあるオルテガさまの剣がしっかりと握られておりました……」

「剣が!?」

「城に滞在《たいざい》している間、オルテガさまは片時も手入れをおこたりませんでしたので……。なんでも、サルバオ国王から授かった剣だとか。どうか、お持ちになってください……」

女王は奥《おく》の部屋からその剣を持ってきてアレルに差し出した。

しっとりとした油のような光沢《こうたく》の刃《やいば》。触っただけで血が飛び散りそうな鋭い刃先《はさき》。大鷲《おおわし》の飛翔《ひしょう》するサルバオ家の紋章《もんしょう》をあしらった優雅《ゆうが》な鍔《つば》。赤い宝石をいくつも埋《う》めた美しい柄《つか》。まぎれもなくサルバオ二十世から授かった秘剣《ひけん》だった。

アレルはオルテガの死を信じていなかった。いや信じたくなかった。だが、今オルテガの剣を手にして、信じざるをえなかった。この剣で父《とう》さんは戦ったのか——そう思うと熱いものが込みあげてきた。

アレルにはオルテガの思い出はこれといってなかった。六歳になってすぐバラモス討伐《とうばつ》の旅に出たから、無理もなかった。ただ、いつのことだか定かではないが、膝《ひざ》に抱《だ》かれたときのオルテガの体温の温《ぬく》もりがかすかな記憶《きおく》として残っていた。その温もりと同じ温もりが握りしめた手に伝わってきた。とたんに熱い涙が頰《ほお》を伝った。同時に、バラモスに対する怒《いか》りと闘志《とうし》が燃えあがってきた――。

アレルは気を取り直すと、六つの宝珠《オーブ》の話をし、ピラミッドにあるという宝珠のことを尋《たず》ねた。

「そうですか。そのようなものがあるとは知りませんでした。ピラミッドは代々わが王家の墓ですが、ここ二〇〇年ばかり使われておりません。それに、バラモスの出現以来、魔物の巣窟《そうくつ》になっているとか……。でも、バラモス討伐のお役に立つのであれば、どうぞお持ちになってください……」

さらに女王はいった。

「わたしにできることがあるなら、遠慮なくなんなりと申し出てください……」

「ラクダを四頭お貸しくださいませんか？ それに、仲間のひとりが熱病にかかって宿で寝ているんですが……」

アレルがピラミッドに行ってくる間モハレを城《しろ》で預かってくれるよう頼むと、女王は微笑んで快諾《かいだく》した。アレルとクリスが丁重《ていちょう》に礼を述べて部屋を出ていくと、

「オルテガさま……」

女王の白いほっそりとした右手が左の二の腕《うで》をつかんだ。五本の指が金襴の絹を破り、肌《はだ》に食い込むのではないかと思うほど強く握りしめた。その目に涙があふれていた。アレルと会ってオルテガの死の悲しみがまた蘇《よみがえ》ってきたのだ。

六年前、二十一歳だった女王は、この城にやってきたオルテガを見て、ひと目で心を奪《うば》われ、妻

子があるのを知りながら愛してしまったのだ。やがて、別れの日がきた。女王はオルテガに愛を告白し、その厚い胸に飛び込んでイシスにとどまるよう哀願《あいがん》した。

だが、オルテガは、「わたしには大事な使命がある」といって、旅の途中で手に入れたという星降る腕輪《うでわ》を世話になった礼にと残して旅立ったのだ。今となってはオルテガがその腕輪のいわれを知っていたかどうか確かめる術《すべ》もないが、それは大昔《おおむかし》、王女との結ばれぬ恋《こい》に絶望した若き戦士が、星の降る夜に美しい腕輪を残して湖に身を投げ、王女は一生その腕輪を肌から離さなかった――という伝説の腕輪だった。

女王は二の腕を握っている右手にさらに力を込め、激しく嗚咽《おえつ》した。左の二の腕――そこには、オルテガが残していった星降る腕輪がはめられていたのだ――。

3　ピラミッド

砂漠には道らしい道はなかった。だが、アレルたちは四頭のラクダに乗ってピラミッドがあるイシスの北部をめざしていた。

途中、何度も魔物が襲ってきた。最初の晩、小さなオアシスで野宿していると、突如茂《とつじょしげ》みの闇から巨大なあばれ猿《ざる》が襲撃《しゅうげき》してきた。だが、カーンは落ち着いてアレルたちを制すると、自分より数倍もあるあばれ猿に素手で立ち向かっていった。

ハッ！　短い気合いとともにカーンの長身が高々と宙《ちゅう》に舞った。同時にあばれ猿の巨体も跳躍《ちょうやく》した。

アレルはすぐには自分の目が信じられなかった。助走もなしで、しかも足場の悪い砂地で、カーンはあばれ猿の三倍もの高さまで飛びあがったのだ。

また、あばれ猿も武闘家の並外《なみはず》れた跳躍力に動転していた。しゃにむに腕を伸ばして武闘家を捕まえようとしたが、指の鋭い爪《つめ》がカーンに触れることはなかった。と、次の瞬間、

「キエーッ！」

すさまじい気合いが空を切ると魔物の身体が地響《じひび》きをたてて落下した。一瞬のできごとだった。

そして、そのかたわらにカーンが何事もなかったかのように着地した。呼吸《こきゅう》ひとつ乱していなかった。

アレルは今のカーンの動きが見切れなかった自分の未熟《みじゅく》さに内心腹立《はらだ》たしさを感じていた。いつの日かきっと今の動きも見切れるようになってやる。そしてあのカンダタの太刀筋《たちすじ》も——そう考えながら。

そして、王都を出発して六日目の昼、赤茶けた岩山の谷を抜けると、地平線に二等辺三角形の側面を持つ四角錐《すい》の巨大なピラミッドが見えてきた。ピラミッドは、何万個もの巨大な長方形の石を四方から天に向かって階段状に積みあげた建造物で、イシス城がすっぽり入るほどの壮大《そうだい》なものだった。

だが、その頂上《ちょうじょう》に立って、埋葬殿《まいそうでん》に入っていくアレルたちを冷酷《れいこく》な目で見おろしている白絹の

長衣を着た髪の長い女がいた。チコだった。

石畳《いしだたみ》の床《ゆか》のひんやりとした埋葬殿の廊下《ろうか》を奥へ進むと、左右に厚い石扉に閉じられた埋葬室がいくつもあった。

「どうなってんだいまったく!?」

クリスが忌《い》ま忌《い》ましげに舌打ちするとピラミッドの壁を蹴飛《けと》ばした。

すでにこのなかに入ってからかなりの時間が経過していた。床も、壁も、そして天井も巨石を組んで築かれたピラミッドの内部は恐《おそ》ろしく入り組んだ迷路になっていたのだ。いかにも何かありそうな通路の先は行き止まりになっており、何気ない石室の陰《かげ》に階段が造られている。まるで古代の建築家がアレルたちを困《こま》らせるために築いたような建造物だった。

「わかったわ！」

後衛《こうえい》を務め、最後尾《さいこうび》を歩いていたアレルの前でリザが叫《さけ》んだ。

「上よ、天井を見ればいいのよ」

「どういうこと、それは？」

先頭を行くクリスが怪訝《けげん》な表情で尋ねると、リザはなかば得意気に手にした松明《たいまつ》をかざしてみせた。

「このピラミッドも大昔はもっと人の出入りが多かったのよ。だから……」

リザの気づいたのは天井に付着した煤《すす》だった。本来の道筋、つまり階段に通じていたり、重要な部屋へつながっている通路の天井はそれだけついている煤《すす》の量が多くほかの場所より色が黒いのだ。

「なるほどね。墓泥棒《はかどろぼう》だか昔の王家の連中だか知らないけど、なかの様子をよくわかってる人間は無駄《むだ》な場所を通るわけないもんね」

クリスが感心すると、四人は天井についた何百、何千年も前の松明の煤を頼りに歩き始めた。途中、何度か魔物に襲われはしたがいずれもアレルたちの敵ではなく、一行はほどなく玄室《げんしつ》らしい広間へと足を踏《ふ》み入れた。そして、そのときになってアレルたちはカーンの姿が見えないのに気づいた。

「どうしたのかしら？　まさかはぐれたわけじゃ」

「彼ならきっと大丈夫《だいじょうぶ》さ」

心配するリザにアレルがそういったとき、先頭を行くクリスの足が止まった。

「どうやらお迎《むか》えらしい……」

クリスが前方の闇を睨《にら》みつけると、玄室の正面に明かりがともり、人影《ひとかげ》が浮《う》かびあがった。アッサラームで会った闇商人のカルチーノだった。

「待っていたぞアレル。おまえも親父《おやじ》のあとを追って地獄《じごく》に行くがいい」

「な、なに!?　どういうことだこれは!?」

アレルが思わず叫ぶと、突然カルチーノの体を毒々しい紫《むらさき》の霧《きり》が包み込んだ。やがてその霧が晴れると、そこにはブヨブヨとした異形の魔物が立っていた。身長は大人《おとな》の肩ほどで、手には不釣《ふつ》り合《あ》いに長い杖《つえ》を持っている。全身緑色の魔物――幻術師《げんじゅつし》だ。

「カルチーノには死んでもらったよ。人間てのはほんに華奢《きゃしゃ》な生き物よな。ちょっとこの杖で心臓《しんぞう》をえぐっただけでくたばっちまう」

幻術師はクックッと喉《のど》の奥で笑うと、突然アレルたちの背後から声がした。

「おまえたちがあの店に現れる直前のことだ」

振り向くと玄室の入り口に巨大な魔物が立ちはだかっていた。背丈も横幅も幻術師の数倍はある。四天王のひとり、エビルマージ直属の部下であるデスストーカーだ。手には巨大な斧《おの》を持ち、顔全体を緋《ひ》色の頭巾《ずきん》ですっぽりとおおっている。二匹の魔物はジリジリと間合いを詰《つ》めてきた。

「あの緑色の化《ば》け物《もの》は任せた」

アレルの言葉にクリスは驚いた。

「ひとりであのデカぶつとやり合おうっての!?」

「リザを頼んだぜ！」

アレルは敢然《かんぜん》とデスストーカーに挑《いど》みかかった。

「こざかしいガキめ。そんなに死に急ぎたいか!?」

デスストーカーがアレルの剣を斧で受け止めると憎々《にくにく》しげに叫び、

「宝珠《オーブ》は？　このピラミッドにあった宝珠《オーブ》はどうした？」

渾身《こんしん》の力で斧を押しとどめながらアレルが叫んだ。

「馬鹿奴《ばかめ》が！　もともと宝珠《オーブ》などここにはありはしないのだ！　すべてはうぬらをおびき寄せるた

め の罠《わな》よ！」

魔物はそう言い放つとアレルの剣を跳《は》ねあげようとした。だが、アレルの剣はピクリとも動かなかった。

「うぬぬっ！」

魔物には信じられなかった。相手の身体は己《おのれ》の半分しかないのだ。それなのに——。

「ど、どこにこんな力が……!?」

デスストーカーは思いがけぬアレルの力に苛立《いらだ》ちを覚えた。

そしてアレルたちの背後では、幻術師を相手にリザとクリスが予想外の苦戦を強《し》いられていた。

魔物はクリスが斬《き》りかかるより一瞬早くマヌーサの呪文を唱えたのだ。

「クリス、無理しないで！」

幻惑《げんわく》されたまま強引に攻撃《こうげき》しようとするクリスをリザは必死で押しとどめ、

「ここはあたしがなんとかするわ！」

すばやくベギラマの呪文を唱えようとした。だが、今度もまた幻術師の呪文がわずかに早く大気を震《ふる》わせていた。

「メダパニーッ!!」

地の底から響《ひび》くような不気味な声が、混乱の波動が玄室の壁に谺《こだま》した。リザは間一髪《かんいっぱつ》その波動から身をかわすのに成功した。だが、

「クリス!?」

リザは愕然《がくぜん》とした。クリスがリザに向かって剣を構えたのだ。

「ククク。殺し合え、殺し合え！　仲間同士で戦うのじゃ！」

魔物が杖を振り愉快《ゆかい》そうにまわすと、メダパニにかかったクリスはリザに向かって突進《とっしん》した。と、

「ギャーッ！」

断末魔《だんまつま》の悲鳴が闇に吸《す》い込まれ、血飛沫《ちしぶき》が石畳に飛び散った。そして、額を割られた幻術師の体が仰向《あおむ》けに倒《たお》れた。

「すまん。こいつを取りに行ってたもんでな」

魔物の死骸《しがい》のかたわらに立ったカーンが右手にはめた金色の爪を高々と掲げてみせた。

それはイシスの古伝が伝える黄金《おうごん》の爪で、武闘家にとっては最強の武器といわれる品だった。カーンがイシスの国へ来たのは、実は、この黄金の爪を手に入れるためだったのだ。

極度の緊張《きんちょう》から解放されたリザはその場にしゃがみ込んで大きく息をついた。と、幻術師の死によってわれに返ったクリスがアレルの戦いに気づき、リザとカーンも思わず振り返った。

玄室の反対側ではデスストーカーとアレルがすさまじい形相で対峙《たいじ》していた。両者の体には無数の切《き》り傷《きず》が走り、足元の床には滴《したた》る汗《あせ》と血の染《し》みが点々とついている。

「アレル！」

慌ててリザが飛び出したが、カーンはリザの肩に手をやり無言で首を振った。そして、

「あの間合いのなかには入れない。たとえどっちの味方でもね」

怪訝そうに見つめるリザに完全に正気を取り戻したクリスが諭《さと》すようにいった。

デスストーカーの巨体がゆっくりと前に出、それにつれてアレルが後退する。両者が放つ息詰まるほどの殺気に、リザはクリスのいった言葉の意味を理解した。

次の一撃で勝負が決まる――アレルは自分でも不思議なほどの冷静さで敵の動きを読んでいた。今までの戦いで互いの体力が底をついているのはわかっている。あとはちょっとしたきっかけだけだ。どちらかが攻撃に出るかあるいは誘《さそ》いをかければそれが最後の戦いの幕開《まくあ》けとなるのだ。

焦《あせ》るな。焦ったら負けだ――アレルは自分の心にいい聞かせた。

この緊張《きんちょう》感に先に耐《た》えられなくなったのはデスストーカーの方だった。魔物は怒《いか》りと憎《にく》しみに全身を震わすと斧を構えて突進した。

だが、アレルは動かなかった。巨大な斧が空を切り頭上に迫《せま》ってもなおアレルの身体は微動《びどう》だにしなかった。ちょうどあのときのカンダタのように――。

一瞬すべての音が消えた。だが、次の瞬間、アレルとデスストーカーの身体が激しく交差した。ひと房《ふさ》の髪――アレルの前髪が宙を舞い、魔物の悲鳴が轟《とどろ》いた。そして、喉《のど》から鮮血《せんけつ》を噴《ふ》き出しながらデスストーカーの巨体がゆっくりと床に崩れ落ちた。

がっくりと膝《ひざ》をついたアレルの全身から滝《たき》のような汗が流れていた。

アレルたちが王都イシスに帰ったのは、デスストーカーを倒してから六日目の夕方のことだった。

城の跳《は》ね橋をわたり、城門の前でラクダをおりると、元気に回復したモハレが中庭を横切って飛んできた。アレルはすかさず手を振って叫んだ。

「モハレ、もういいのか!?」

「心配かけただ！　それより宝珠《オーブ》はあっただか!?」

アレルたちはバラモスの手下にだまされたことを話した。

「そうだか……。ああ、サバロから手紙が届いてるだよ！」

「サバロから!?」

アレルとクリスが驚いた。

「一昨日だよ！　ポルトガの国王の伝書鳩《でんしょばと》を使って女王のところへよこしただよ！」

モハレは小さな紙切れを出すと、クリスがひったくって読んだ。

「『お元気ですか？　至急《しきゅう》ポルトガに来るべし。恩返しに宝珠《オーブ》の情報を提供《ていきょう》します。サバロ――』」

なにが元気だ！　なにが恩返しだ！　あのコソ泥《どろ》めがっ！」

「でも、どうしてサバロが宝珠《オーブ》のことを知っているんだろう？」

「んだ。知ってるわけはねえだよ」

「まあ、いい。とにかくこれで行く先が決まった！　絶対取り返すからな金！」

「カーンちゃん、せっかく会えたのにまたお別れだあよ……」

モハレが淋《さび》しそうにいうと、カーンは黄金の爪を見せて笑った。

「イシスにはもう用はない。これを手に入れたからな」

「んだば、おらたちと一緒にバラモス倒しに行かねえだか!?」

「悪いが、おれには興味がない。武闘家としての道を極めること以外な。それに、来年の夏は師匠の十三回忌《き》だ。それまでに山に戻らねばならん。そのあと、また山に籠《こも》って修業を積む」

「来年の夏なら、急ぐことねえだよ！　な、しばらくの間だけでいい、カーンちゃんと一緒に旅したいだよ！　なっ!?」

「しばらくか……。それも悪くはないな」

「んなら決まりだべ！　みんないいだよな!?　な!?」

「ひとつだけ条件がある」

アレルが笑いながらいった。

「黄金の爪。ちゃんと女王の許可《きょか》をもらってくれよ」

カーンは苦笑《くしょう》した。

「さあ女王さまに挨拶《あいさつ》に行くだあよ。ずっと心配してただ」

アレルたちはラクダを門兵に預け、女王の待つ宮殿《きゅうでん》へ向かった。

ちょうどそのころ——。
チコはバラモスの居城《きょじょう》にある魔宮の一室にエビルマージを訪ねていた。

「あの愚《おろ》か者《もの》めがっ！　絶好の機会を与《あた》えてやったというのにっ！」

エビルマージは自分の部下の不甲斐《ふがい》なさに思わず吐《は》き捨《す》てた。

「なにゆえに部下を派遣《はけん》したのでございます？　ま、部下に手柄《てがら》を立てさせ、あわよくばひとつ空位になっている四天王に……そう思ったのでございましょう……」

「うぬぬぬっ！」

エビルマージは視線《しせん》をそらして奥歯《おくば》を噛《か》んだ。図星だったからだ。自分の配下の者を四天王にすれば、立場上他《た》の四天王より優位になるからだ。

「部下への温情が仇《あだ》になったようでございますね」

「頼む！　魔王さまへの報告は今しばらく待ってくれ！　わしがただちに赴《おもむ》き、オルテガの息子の首を取ってこよう！」

「その必要はありませぬ」

チコは冷やかに笑った。

「な、なにっ!?　どういうことだ!?　まさかすでに魔王さまに!?」

「まだでございます……」

だが、エビルマージがほっと胸をなでおろしたのも束《つか》の間だった。

「ただ、すでにこのことは他の四天王のおふた方もご存《ぞん》じ」

「うっ!?　き、貴様《きさま》っ!?　なにゆえに余計なことをする!?　このことはわしが魔王さまに命じられたことっ！　やつらとは関係ない！」

「しかし、エビルマージさまの領域は北大陸とこのネクロゴンド大陸。だからこそ魔王さまはあなたさまに命じたのでございましょう。他のお方の領域で好き勝手は互いにご法度《はっと》。四天王同士の暗《あん》黙《もく》の約束《やくそく》ごとではございませぬか？　やつらがこの先どこへ現れるかわかりませぬが、南中央大陸にやつらが現れたら八岐《やまた》の大蛇《おろち》さま。サマンオサ大陸とスー大陸に現れたらボストロールさま……」

「うぬぬぬっ！」

「それに、機会は平等に与えるべきでしょう。誰もが亡《な》きサラマンダさまの領域、アリアハン大陸と北中央大陸を自分の配下の者に任せたいでしょうから……。だが、くれぐれも他の領域だけは侵《おか》さぬよう……。それだけを進言したくてまいりました……」

「だ、黙《だま》れいっ！　貴様の指図《さしず》なぞ受けん！」

「わたしの指図ではありませぬ。八岐《やまた》の大蛇《おろち》さまとボストロールさまのご意見でございます……。そして、おそらく魔王さまも……。では……」

一陣《いちじん》の風が吹き、チコは薄笑《うすわら》いを浮かべてすっと風に乗って姿を消した。

「うぬぬぬっ！　くそっ！」

エビルマージは握りしめた拳《こぶし》を床に叩きつけた——。

第四章　日出づる国のヒミコ

　王都イシスを出発したアレルたちは、砂漠《さばく》のほぼ中央にある小さな宿場まで戻《もど》ると、イシス街道《かいどう》と別れ、サスズ街道を北上した。シシリア海に面した北の港町サスズから船でポルトガへわたることができる――と、女王パトラが教えてくれたからだ。

　北大陸とネクロゴンド大陸の間に横たわっているシシリア海は、イシスの国がすっぽり入るほどの広大な海で、波おだやかな美しい海として知られていた。また、比較的《ひかく》魔物《まもの》が少ないので、わずかだが貿易船が航海を続けていた。

　王都イシスを発《た》ってから十六日目、人口五〇〇〇人のサスズの港に着くと、警備《けいび》に当たっているイシス軍に馬を預け、ポルトガへ向かう貿易船を探《さが》し、六日後サスズを出航した。

　ロマリア国籍《こくせき》のこの貿易船は、シシリア海を中心に航海している乗組員二十名の中型船で、自国の物資を満載《まんさい》してロマリアを出航し、アッサラームの西海岸、サスズ、ポルトガなどで売買を繰《く》り返し、異国《いこく》の物資を満載してふたたびロマリアへ帰るのだ。

　途中《とちゅう》、硬《かた》い貝殻《かいがら》に棲《す》むマリンスライムや毒性のしびれくらげの大群、さらには全身を鱗《うろこ》におおわれた半魚人マーマンなどに襲《おそ》われはしたが、船は順調に航海を続けた。

そして、サスズを出航してから十二日目の夕方、大きな岬《みさき》をまわってポルトガ湾《わん》に入ると、目の前に茜色《あかね》に染《そ》まった美しい港町が姿《すがた》を現した。人口二万四〇〇〇人の、ポルトガ国の王都ポルトガだった。王都イシスを発って三十四日目、王都アリアハンを旅立ってからすでに七カ月、暦《こよみ》は十月から十一月に変わっていた——。

1 成り金商人

北大陸西南の大きな半島に位置するポルトガ国は、かつて古代都市ロマリアに侵略《しんりゃく》され、長い間その支配下にあった。だが、古代都市国家ロマリアが衰退《すいたい》すると、現王朝のマドリド家が勢力を拡大《かくだい》し、やがてこの半島を治めるようになった。およそ八五〇年ほど前のことだ。そのマドリド家の居城《きょじょう》が、小高い丘《おか》にそびえていた。

港には数隻《すうせき》の貿易船が停泊《ていはく》していた。船が桟橋《さんばし》に横づけになると、アレルたちは船長や乗組員に別れを告げて船をおりた。桟橋の前には倉庫がいくつも並《なら》び、その奥《おく》に港と街《まち》を隔《へだ》てている城壁《じょうへき》があった。アレルたちがこの城壁の街門《がいもん》に近づくと、門兵が尋《たず》ねた。

「もしや、アレルさまのご一行ではありませんか?」

アレルたちが上陸したら連絡《れんらく》するようサバロに頼《たの》まれていたのだ。門兵はそうだとわかると、

「ここでお待ちください」

と告げて、馬を飛ばして街門の向こうに消えた。

「すごい出世だべ。門兵をこき使うなんて」

モハレが感心しながら門兵を見送ったが、

「ふん。金をつかませれば下っ端《したっぱ》などどうにでもなるさ」

クリスはばかにして鼻で笑《わら》った。それは、モハレではなくサバロに向けたものだった。

しばらく待つと、門兵の馬と一緒《いっしょ》に四頭立ての屋根つきの豪華《ごうか》な馬車が駆《か》けつけ、派手《はで》できらびやかな服をまとったサバロがおり立った。

「いやあどうもどうも！　お待ちしておりましたよ！」

サバロは、宝石《ほうせき》をちりばめた金や銀の首飾《くびかざ》りを何本もさげ、派手な宝石の指輪をいくつもはめていた。アレルとモハレはサバロとの再会を喜び合い、リザとカーンを紹介《しょうかい》した。クリスはむっとしてサバロを睨《にら》みつけていたが、ついに怒鳴《どな》った。

「おまえなっ、よくもあたしたちの前におめおめと顔を出せるなっ！」

「まあまあ、そんな顔なさらないで！　わかってますわかってますよ！　ほら、ちゃんと利子つけておきましたからね！」

と、金貨の入った革袋《かわぶくろ》をクリスに差し出した。アレルが聞いた。

「それより、どうして宝珠《オーブ》のことを知っているんだ？」

「みんながイシスに発ったすぐあと、あたしは取引のためにアッサラームに行ったんですよ。そこでおふくろに聞きましてねえ」

「ちゃんと親孝行《おやこうこう》してきたんだろうねっ」

クリスがまだむっとした顔をしていった。

「いやあ、その節はおふくろまで世話になったそうで、すみませんでしたねえ。おふくろにはねえ、屋敷《やしき》を一軒《けん》買ってやりましたよ。おふくろはもう喜んで涙《なみだ》、涙、涙……。あたしもつい……あっ、いやいやそれより本題本題。実はですねえアレルさん、アッサラームの帰りにある港で闇商人《やみしょうにん》に聞いたんですがね」

「アッサラームのカルチーノと関係があるのか？」

「いえ、別ルートの商人です。闇の世界も広うございましてね。頭領の、ああ、以前あたしがだまされて船に乗った海賊なんですがね、その頭領の息のかかった商人なんですが、宝珠《オーブ》が日出づる国にあるという噂《うわさ》を聞いたことがあるんだそうですよ」

「日出づる国？」

アレルたちは顔を見合わせた。

「ええ。おそらく東国のジパングという島のことじゃないかと思うんですがね。それ以上のことはその商人も知りませんでした。それに、オルテガさまのことですがね、その商人が頭領から聞いたそうですが、五年前に頭領の船に乗せたことがあるんだそうですよ」

「どこで？」

「シシリア海の島からネクロゴンドのテドンの近くまでだそうです」

「ねえ、その頭領に会えないの？」

「いやあ、なにしろ世界中まわってますからねえ。今どこを航海しているのか……。本拠地《ほんきょち》はサマンオサ大陸の南端《なんたん》の近くにあるって話は聞きましたがねえ。そこにだって年に一度帰るかどうか……。ま、それでポルトガに帰るや、すぐイシスへ伝書鳩《でんしょばと》を飛ばしたというわけですよ。女王さまのところへ寄《よ》っているんじゃないかと思いましてね」

「だども、国王の伝書鳩を使うなんてたいしたもんでねえだか」

モハレが感心して、眩《まぶ》しそうにサバロを見た。

「いまや国王さまの信頼《しんらい》がゼツでしてね。まあこれもその、何です。ちょっと拝借《はいしゃく》した何のおかげでしてね。ぜひ見せたいものがあります。さあさあどうぞ」

サバロは桟橋の方にアレルたちを案内しながら、

「黒胡椒《くろこしょう》でひと山当てたんですよ」

と、王都ロマリアで別れたあとのことを話した。

サバロがアレルたちの旅費を黙《だま》って持ち逃《に》げしたのは、ロザンからポルトガの国王が黒胡椒を欲《ほ》しがっているという情報を聞いたからだった。サバロとロザンは、拝借した金を持ってさっそくアッサラームの西にあるシシリア海に面した小さな港へ向かった。そこが海賊や盗賊《とうぞく》が盗品《とうひん》を闇取引するところだと海賊時代に聞いたことがあったからだ。

そして、そこの酒場《さかば》でサバロは海賊時代の頭領とばったり再会した。それがサバロにとって幸運だった。サバロは驚《おどろ》いてさっそく逃亡《とうぼう》した詫《わ》びを入れたが、意外にも頭領はあっさりと許してくれた。しかも、持っている黒胡椒を全部売ってくれて、そのうえ黒胡椒取引の独占契約《どくせんけいやく》まで結んでくれたのだ。頭領にすれば、海賊としてのサバロは役立たずのお荷物でしかなかったが、その商才は高く買っていたのだ。

昔《むかし》から、ポルトガは胡椒や香辛料《こうしんりょう》の消費の多い土地だった。だが、バラモスが出現し、魔物が出没《しゅつぼつ》するようになると、胡椒や香辛料は北大陸の端《はし》にあるポルトガまで届《とど》かなくなってしまった。特に黒胡椒は中央大陸南部のバハラタ地方の聖《せい》なる河のほとりでしか採《と》れない貴重《きちょう》なものだった。それがために、盗賊や海賊の狙《ねら》い目《め》だった。最終的には、そのほとんどが彼らの手に握られていた。

サバロたちがポルトガの国王のもとに黒胡椒を持っていくと、国王は目の飛び出るような破格の値段《ねだん》で買い、さらに大量に注文した。サバロはここぞとばかりに値をつりあげ、前金を条件にした。またポルトガ国における黒胡椒を含《ふく》む香辛料の独占販売許可証《どくせんはんばいきょかしょう》まで授かったのだ。

買いつけのために、サバロはふたたびアッサラームの西にある港へ向かった。だが、予定より早く到着《とうちゃく》したので、アッサラームに立ち寄って母親に会った。そして、アレルたちが宝珠《オーブ》を探していることを聞いたのだった——。

サバロは港のはずれにある小さな桟橋の前で立ち止まると、

「どうですこの船？　いいでしょう？」

と、目の前に停泊《ていはく》している小型の帆船《はんせん》を自慢気《じまんげ》に指さした。

国王マドリド家の紋章《もんしょう》と同じ海鳥の船首飾りのついた、二本帆柱《マスト》の白い船だった。十年以上前に造られたものだが、よく手入れがされてる、とサバロは説明した。

「二度目に約束《やくそく》の黒胡椒を持って帰ると、国王は大喜びでなんでも好きなものを褒美《ほうび》にやるといったので、これをもらったのですよ。これで日出づる国に行ってください」

アレルたちはただ驚いて船を見ていた。

「水も食料も積んでありますから、いつでも出航できますよ。魔物がいくら出ようが、剣《けん》の達人、いや天才がいるんですから怖《こわ》いものなしでしょ？　ねえ、クリスの姐御《あねご》？」

「だが、誰《だれ》が船を動かすのだ？」

クリスが誰にともなくいった。

「このサバロに抜《ぬ》かりはありません。ちゃんと用意してますよ。おーい、爺《じい》さん！」

サバロが船室に向かって叫《さけ》ぶと、やせぎすの六十歳《さい》過ぎの老人が顔を出した。片足がなく、杖《つえ》をついていた。

「バーマラという元海賊でしてね。さっき話した頭領のとこにいたんですよ。七年前に右足をなくして陸にあがったんですが、どうしても故郷《こきょう》のバハラタに帰りたいっていうもんですからね。頭領の本拠地のことなら詳《くわ》しく知っているはずですよ。爺さんよ！　この間話した人たちだ！　バハラタまではちゃんと連れていってくれよ！」

モハレはバハラタという地名を聞いてとたんに顔を輝《かがや》かせた。

「ということは、バハラタ経由で日出づる国に行くということだべ！ よかっただ！ カーンちゃん、ババハラタまでまた一緒に旅ができるだよ！」

サバロの話次第ではポルトガでカーンと別れることになっていたからだ。

「船の動かし方なんかは、バハラタへ行くまでに見よう見まねですぐ覚えます」

サバロは船に案内した。後部の甲板《かんぱん》をおりるとすぐ船室になっていた。手前に炊事場《すいじば》と食堂があり、食堂の床《ゆか》の食料庫には食料が満載されていた。奥にはくくりつけの二段ベッドが並《なら》んでいて、六人分あった。

「これは付録ですよ」

サバロが手前のベッドを指さした。

紺《こん》色の鋼鉄《はがね》の鎧《よろい》が二着と鋼鉄の剣《つるぎ》が二振《ふ》り、さらに杖が一本置いてあった。杖の先には鉤付《かぎつ》きの鋭い短剣《たんけん》を模《も》した飾りがついていて、その中央に青い宝石が埋《う》め込まれていた。呪文《じゅもん》をかけるときに使用すれば、さらに呪文の威力《いりょく》が増すといわれている理力《りりょく》の杖だった。

「この街ではろくなもの売ってませんので、アッサラームの帰りに買ってきたんですよ。ま、気に入るかどうか知りませんが、こんなところで許してもらえませんかねえ？」

わざとクリスの顔を下から覗《のぞ》き込んだ。

「ゆ、許すもなにも……。ありがとうよ。ここまでしてもらって」

クリスはバツが悪そうに苦笑《くしょう》したが、本心だった。

「ありがとう、サバロ。遠慮《えんりょ》なく使わせてもらうよ」

アレルも心から礼をいった。


アレルたちを乗せた馬車が、城壁の街門をくぐり、倉庫街を抜けると、大きな通りに出た。さまざまな店が軒《のき》を並べ、買物客で賑《にぎ》わっていた。その一角に空き地があった。

「ここに闘技場《とうぎ》を建ててロザンちゃんに任せようと思ってるんですよ。賭博《とばく》はやるよりやらせるもの。今度来たときには好きなだけ儲《もう》けさせてあげますよ」

サバロは得意気に笑った。馬車は大聖堂《だいせいどう》前の広場を過ぎると、由緒《ゆいしょ》ある立派《りっぱ》な宿の前で止まった。

サバロとロザンはこの最上階の特別室を借りきって住んでいた。

「あいやあ……すごいでねえの」

モハレは目を丸くして豪華《ごうか》な居間を眺《なが》めていた。寝室《しんしつ》は四部屋あった。

「こんなことで驚いてちゃいけません。でかい館《やかた》を買ったんですよ。城のそばの貴族のものだったんですがね。今改装《かいそう》中です。ま、黒胡椒御殿《ごてん》とでも申しますかねえ」

サバロが隣《となり》の客間の扉《とびら》を開けると、

「あおおおっ！」

モハレがまたなんともいえない感嘆《かんたん》の声をあげた。

色とりどりの花が飾られた食卓《しょくたく》には、地鶏《じどり》の丸焼き、蛤《はまぐり》と小海老《こえび》のサラダ、白身の魚の揚《あ》げもの、車海老の焼いたもの、特産のヌードル、羊肉の炒《いた》めもの、季節の果実、さらに地酒や葡萄酒《ぶどうしゅ》が何本も並べられていた。門兵が知らせにきて、サバロが港に飛んでいくとき、注文しておいたのだ。もっとも、粗食《そしょく》と質素を旨《むね》とするカーンは眉《まゆ》ひとつ動かさなかったが——。

「黒胡椒がぴりりときいたポルトガの郷土《きょうど》料理ですよ。それにこの葡萄酒、ちょっとやそっとじゃ手に入らない代物《しろもの》です」

席を勧《すす》め、乾《かわ》いた音をたてて葡萄酒の栓《せん》を抜いたときだった。扉が乱暴に開き、

「た、た、た、大変だ！」

ロザンが血相変えて飛び込んできた。だが、リザを見るや、思わずその美貌《びぼう》に見惚《みと》れて口笛《くちぶえ》を吹《ふ》いた。鮮《あざ》やかな手つきで髪の毛を櫛《くし》で梳《と》かすと、食卓の花を一輪摘《つ》んで、

「ぼく、ロザン……。よろしくね」

熱っぽい目でリザに差し出すと、モハレが投げたパンがロザンの頭に命中した。

「な、なにすんのさ、お坊《ぼう》さん？」

「おらたちのリザを口説《くど》こうなんていい根性してるだべ」

睨みつけていたのはモハレだけではなかった。クリスもまた、指一本触《ふ》れたらただじゃすまさないーーとでもいいたげに睨みつけたまま地鶏の丸焼きにフォークを突き立てた。カーンもまたむっ

としていた。このような軽い人種にはなじめないのだ。

「それより、どうしたのさ、ロザンちゃん!?」

「あっ、そ、そうだ！　ど、どうしようサバロ、ばれちまった！」

「いーっ!?」

サバロは青くなって震《ふる》えあがった。

2　ポルトガ出航

「だから適当にやめておけといったじゃない！　あいつらやばいよお！」

「またこれなの？」

クリスが呆《あき》れてサバロの前に小指を突き出した。

「いいえ！　博打《ばくち》ですよ、博打！」

ポルトガに来てロザンは暗黒街を仕切るならず者の頭領が経営する賭博場《とばくじょう》に入りびたりになった。ロザンはカード博打が得意だった。手先の器用さは天下一品で、カードさばきが抜群《ばつぐん》にうまかった。毎日のように勝ち続け、莫大《ばくだい》な金をならず者たちから巻きあげていた。だが、ロザンは八百長《やおちょう》をやっていたのだ。それが、ついさっき賭博場でばれて、頭領の手下や用心棒《ようじんぼう》たちに追われて逃《に》げてきたのだ。

「もうこの街にはいられないよ！　に、逃げよう！　な、サバロ！」

「金があるんだから返せばいいだべ。なんぼでも」

モハレはうんざりした顔《かお》をしてサバロにいった。

「そんな甘《あま》い連中じゃないんですよ！　捕《つか》まったら全財産取られて拷問《ごうもん》ですよ！　一本一本指を切られて……！」

「ああ、明日の朝は冷たい海の底だあ！　ど、どうしよう！　サバロ！」

そこへ棍棒《こんぼう》や短剣《たんけん》、鎖鎌《くさりがま》などの武器を持った十数人のならず者たちが雪崩《なだ》れ込んできた。見るからに人相の悪い連中だ。思わずロザンとサバロがクリスたちの後ろに隠《かく》れた。

「ロザンをよこせ！　サバロもな！」

そのなかの大男がいった。

「いーっ⁉　な、な、なんであたしが⁉」

「よそ者がここで商売するにはそれなりの流儀《りゅうぎ》があんのさ！　だが、おめえときたら挨拶《あいさつ》にもこなかった！　それなりの落とし前をつけてもらわなきゃなっ！」

「どうする⁉」

クリスが戦うかどうかアレルに聞いた。

だが、アレルは首を横に振った。小悪党とはいえ、意味もなく人間の血を流したくなかった。と、ならず者たちが襲いかかった。同時に、

「逃げろっ！」

カーンが叫《さけ》びながら高々と宙《ちゅう》に飛んでいた。

カーンの強烈《きょうれつ》な蹴《け》りが先頭の大男の顔面に炸裂《さくれつ》した。さらに素手で立ち向かっていったクリスがひとりを殴《なぐ》り倒《たお》していた。その隙《すき》に、アレルたちはすばやく荷物を持って隣の居間に逃げた。モハレは葡萄酒を数本懐《ふところ》に入れるのを忘《わす》れなかった。

カーンは数人に鉄拳《てっけん》を浴びせ、クリスも次々に殴り飛ばして、アレルたちが逃げる時間をかせいだ。そして、アレルたちの気配がなくなると、カーンとクリスはそのあとを追った。ならず者たちもすかさず追った。

アレルたちが宿から飛び出すと、運よくサバロの馬車が玄関《げんかん》横の馬止めに止めたままだった。アレルが馭者台《ぎょしゃだい》に、リザとサバロ、ロザン、モハレの四人が慌てて馬車に飛び乗った。すると、横の路地から武器を持った別の十数人のならず者たちが駆《か》けつけ、別の路地からも十数人が飛び出してきた。また、カーンとクリスを追って宿からも七、八人が飛び出してきた。アレルはカーンとクリスが馬車に飛びつくのを確認《かくにん》しながら、馬の尻《しり》に思いっきり鞭《むち》を当てた。馬車は石畳《いしだたみ》の道をいきおいよく走り出した。

街の通りを走り抜けたアレルたちの馬車は港の街門を抜け、自分たちの船の停泊《ていはく》している桟橋《さんばし》で急停車した。だが、気勢をあげながらならず者たちが街門を抜けて追ってくるのが見えた。その数は五、六十人に膨《ふく》れあがっていた。

「バーマラ！　急げっ！　出航だっ！」

船に飛び乗りながらアレルが叫んだ。ことの急を察知したバーマラは、

「錨《いかり》をあげいっ！　帆《ほ》を張れっ！」

海賊時代を思い出したのか、さっきの印象とはがらりと変わって、生気に満ちた顔できぱきと指示した。

モハレとクリスが慌てて錨をあげ、アレルやカーンやサバロたちが必死に帆をあげた。海賊時代に鍛《きた》えられただけあって、帆をあげるサバロの手つきは慣れたものだった。やっと帆をあげ、夜風をはらんで帆がピーンと張ったときには、ならず者たちはもう四、五十歩のところまで接近していた。衝撃《しょうげき》とともに船体が軋《きし》み、やっと船が動き出した。

だが、ならず者たちが動き出した船に次々に飛びついて、甲板にあがるや、武器を振りかざして襲いかかってきた。その数は二十人あまり。アレルたちは必死に素手で応戦した。ならず者たちを殴り、蹴り、投げ、次々に海に放り込んだ。

アレルたちはほっとして甲板に座《すわ》り込んだ。美しいポルトガの夜景がゆっくりと遠ざかる。

船は順調に湾の外に向けて静かに走っていた。上空には三日月が出ていた。と、ひときわ強い風が吹き抜け、冬の間近さを感じさせるその冷たさにアレルたちは思わず震えた。

「ああ……。せっかくいいとこまでいったのになあ……」

サバロは未練たっぷりにポルトガの夜景を見ていた。

大金を積んでやっと買った豪華な館もふいになった。未回収の金もかなり残っていた。サバロは、その損額を一瞬のうちに頭のなかで弾《はじ》き出していた。莫大な金額だった。

「しかしまあこれだけあれば……」

サバロは気を取り直し、やっと持ち出した金庫代わりの革の鞄《かばん》を開けた。まだ館ひとつ買えるぐらいの金貨が入っているはずだった。だが、

「あーっ!?」

愕然《がくぜん》となった。なかには下着がどっさり入っていた。鞄を間違えたのだ。

「こ、こんな……」

サバロはがっくりとうなだれ、しばらく口が利けなかった。肩を震わせ、目にはうっすらとくやし涙を浮かべていた。アレルたちには慰《なぐさ》めようもなかった。と、持ち出した高価な葡萄酒をカーンと美味《うま》そうにラッパ飲みしていたモハレが、

「こうなったら、おらたちと一緒にバラモスを倒しに行くだか」

「たしかいったな。一緒にバラモスを倒しに行きます。どこまでもついていきます……ってな。だからロマリアまで連れてきたんだ。なあ、アレル」

クリスがからかうと、

「そ、そんなこといいました? やだなあ、あたしみたいな弱い者がいたら足手まといになるだけですよ。冗談《じょうだん》がうまいんだから……」

いつものサバロの口調だったが、顔は引きつったままだった。

「ごめんな……。サバロ……」

いつになくロザンが神妙《しんみょう》な顔をしている。

「いいよ……いいって……。慣れてるから……」

サバロは自分にいい聞かせるようにつぶやいた。

ロザンはサバロにとって、幸運をもたらす一種の女神のような存在《そんざい》だった。サバロが困《こま》っていると、ロザンはなぜかきまって金儲《かねもう》けの話を持ってくるのだ。今まで何度もそうだった。商才はまったくなかったが、不思議な嗅覚《きゅうかく》を持っていた。だから、サバロはロザンから離れられないのだ。

もっとも、最終的にいつもぶち壊《こわ》すのもロザンだったが――。

「こうなったら一番近いエジンベアに行ってまたひと旗《はた》あげるか……」

サバロは自分を奮《ふる》い立たせるように愛用の算盤《そろばん》をかちゃかちゃ鳴らした。

「それがいい。そこで一から二人でやり直そう。うん。あの国の女もなかなか情が細《こま》やかだっていうしね。そうしよう、ねっ、サバロ！　はい決定！」

すっかりいつものロザンに戻っていた。

「アレル。クリス。モハレ……」

サバロは床に正座すると、真顔で三人を見あげた。

「今日返したお金、また拝借させてもらえませんか？」

思わずクリスの顔が引きつった。

「お願いします！　このとおりです！」

サバロは床に頭をすりつけた。クリスはアレルと顔を見合わせたが、

「わかった。好きに使えよ。あたしたちは船をもらったからね」

と、金貨の入っている革袋を返した——。

そのあとアレルたちは船室でこれからの航海の予定を立てた。まずエジンベアでサバロとロザンをおろし、そのあとテドンに向かい、ネクロゴンド大陸の南端をまわって、バハラタ経由で東国の日出づる国へ行くことに決めた。テドンに行くのは、オルテガがどういう経路でネクロゴンドに進入したかを知りたかったからだ。と、それまで黙《だま》って聞いていたバーマラが、

「テドンへ行ってもたぶん何もありゃしませんぜ」

行くのに反対したのではなかった。ただ、テドンのことを教えようと思ったのだ。

「バラモスの魔物たちに襲われる前とそのあと、あっしは二度テドンの村へ行ったことがあるんですがねえ。もちろん、海賊のときですが……。テドンの村は、昔からあの地方の中心地でしてね、村といっても結構賑やかなとこでしたよ。ところが、バラモスに襲われたあと行ったら、もう廃墟《はいきょ》でした。いたるところに白骨《はっこつ》が転がってましてねえ……。そりゃひどいものでした。どこを探《さが》しても、人ひとりいやあしませんでしたよ。もちろん、近在《きんざい》の集落にも行ったんですが、同じでしたよ……」

船はポルトガ半島に沿《そ》って西に向かい、やがて外海に出ると、北に進路を取った。

冬の間近い外海はさすがに波が荒かった。だが、運よく好天《こうてん》にめぐまれた。アレルたちは毎日バーマラに綱《つな》の結び方や帆のあげ方、海図や星座《せいざ》の見方、羅針盤《らしんばん》の使い方、操舵《そうだ》の方法などの知識を教わった。

また、毎日甲板で剣の稽古《けいこ》と呪文の習練を繰《く》り返した。サバロにもらった理力の杖はリザが使うことにし、リザは魔道士の杖をモハレに譲《ゆず》った。

そして、王都ポルトガを出航してから二十三日目の早朝――。

船室で眠っていたアレルたちは、バーマラの叫び声に起こされた。慌てて甲板に飛び出すと、舵輪《だりん》を握っていたバーマラが微笑みながら水平線を指さした。朝日に輝く水平線のかなたに黒々とした島影《しまかげ》が見えた。エジンベアだった――。


かつて七つの海を見おろしていると謳《うた》われた荘厳華麗《そうごんかれい》なビクトア王朝の居城が、小高い山の頂上《ちょうじょう》にそびえていた。その麓《ふもと》に人口九〇〇〇人の王都エジンベアがあった。

だが、とても王都とは思えないほど寂《さび》れていた。港には崩《くず》れかけた倉庫が並《なら》び、街には廃墟《はいきょ》然とした教会や建物が目立った。広場にあるひときわ大きな大聖堂も、訪《おとず》れる人もなく閑散《かんさん》としたまま冷たい風にさらされていた。宿屋や武器屋、食料品店などの店はひととおりそろっていたが、人通りはほとんどなく、活気がまったくなかった。

古代都市ロマリアが衰退《すいたい》したあと、世界に名を馳《は》せたのがビクトア王朝だった。強力な軍船と商船がまたたく間に七つの海を支配し、エジンベアは栄光と栄華《えいが》を欲しいままにした。王都には世界中からさまざまな人々が集まり、人口は四万人を越え、当時世界一の都市として繁栄《はんえい》を極めた。また、王朝や貴族、豪商《ごうしょう》は競って贅《ぜい》の限りをつくした。

だが、三〇〇年ほど前、アリアハンなどの国々が勢力を持つようになると、エジンベアは斜陽《しゃよう》の一途をたどり、停滞《ていたい》したまま今日にいたった。だが、エジンベア国民の伝統と格式を重んじる誇《ほこ》りと気位《きぐらい》の高さだけは、時代が変わっても昔のままだった。もっとも、異国の人々はそれを揶揄《やゆ》することしか知らなかったが——。

翌朝《よくちょう》、水と食料を補給すると、アレルたちはサバロとロザンに別れを告げ、テドンに向けて出航した。

3　テドンの亡霊

航海は順調だった。だが、外洋の波は荒く、船は激《はげ》しく揺《ゆ》れた。烈風《れっぷう》の日もあった。すさまじい豪雨《ごうう》に見舞《みま》われることもあった。いくらか航海に慣れたとはいえ、まだ日の浅いアレルたちに、海はさまざまな姿を見せつけ、たじろがせた。

また何種類かの海の魔物も執拗《しつよう》にアレルたちの船を襲《おそ》ってきた。だが、ガニラスやしびれくらげ程度の敵なら、今の一行にとってたいした相手とはいえなかった。リザとモハレの呪文はますますその威力《いりょく》を増し、アレルとクリスの剣技《けんぎ》もまた格段に上達していたからだ。ところが、航海を続けるにしたがってさらに恐《おそ》ろしい魔物がアレルたちを待ち受けていた。

エジンベアを出てまっすぐ南下して十五日目の晩《ばん》のこと。ガリガリガリッ――という船体を傷《きず》つけるような不気味な音で目を覚ましたアレルたちは慌てて船室から飛び出してみると、巨大な魔物が甲板にはいのぼろうとしていた。数多い海の魔物のなかでも最大級の魔物である大王イカだった。

「気をつけなせぇ！　そいつは恐ろしくしぶといですぜ！」

自らもモリを手にしたバーマラの言葉に、アレルとクリスは慎重《しんちょう》に大王イカに接近して斬《き》りかかった。丸太のような十本の触手《しょくしゅ》は意外なすばやさで伸《の》びてくる。

すかさずカーンとモハレも二人のあとに続いた。だがいくら斬りつけても魔物の動きはいっこうに衰《おとろ》えなかった。そして、無数の傷口から薄青《うすあお》い体液を流しながら、大王イカはついに巨大な全身を甲板に現した。

クリスの剣先はいくつもの吸盤《きゅうばん》を斬り飛ばし、モハレの唱えたバギマの呪文は触手《しょくしゅ》の先端を断ち斬り、カーンの黄金《おうごん》の爪《つめ》は固い肌《はだ》を引き裂《さ》いた。さらにリザのベギラマがその巨体の表面を焦《こ》がすと生臭《なまぐさ》い匂《にお》いが船全体を包み込んだ。だがいずれも致命《ちめい》的な効果を与《あた》えることができず、逆にアレルたちはジリジリと追い込まれていった。

「おらに一度、ザキの呪文を試させてくれ！」

苛立《いらだ》ったモハレは印を結び、アレルたちが時間をかせいだ。

「冥府《めいふ》に住まいたる死の言霊《ことだま》よ。禁断の呪法を解き放ち悪しき魔物を払《はら》い賜《たま》え！」

僧侶系の呪文のなかで最も恐ろしいとされるザキの呪文。それはモハレにとってもはじめて唱える呪文だった。モハレの呪文は始まったときと同じように唐突《とうとつ》に終わった。

「チェッ、効き目はなしか」

クリスが舌打ちをしたとき、突然大王イカが大きく伸びあがった。死を呼ぶザキの呪文が巨大な魔物を襲ったのだ。魔物は全身を二、三度、痙攣《けいれん》させるとピクリとも動かなくなった。

「やっただ！」

体力を消耗《しょうもう》しその場に座り込んだモハレは、息を弾ませながら叫んだ。

エジンベアを出て三十八日目、アレルたちは海上で新年を迎《むか》えた。

そして、左手の水平線にネクロゴンド大陸の黒々とした遠景が見えてくると、今度は大陸に沿って南下し始めた。

大陸に沿って南下して十日目、船はテドン河をのぼった。テドン河は海のような大河で、両岸の水平線にかろうじて大陸が見えた。

数日もすると、河幅《かわはば》がかなり狭《せば》まった。だが、水量豊かなテドン河は何万年も変わることなく滔々《とうとう》と流れていた。行く手の左側には天を突くような険しい山脈が壁のようにそそり立っていて、その山頂は暗雲におおわれたままだった。この山脈の東側がネクロゴンドだ。バラモス配下の魔物や怪獣たちはこの山脈を越えて、テドン地方を襲ったのだ。右側には鬱蒼《うっそう》とした密林《みつりん》が果てしなく続いていた。

河をのぼって八日目の朝、テドン河中流の合流地点にかつての船着き場のあとが見えてきた。アレルたちは船をそこに着けた。密林から小川が船着き場の横に注いでいた。この小川に沿って半日ほど密林を西に行けばテドンの村に着く、とバーマラがいった。

さっそくアレルたちは、バーマラとカーンを残して、小川に沿って歩き始めた。カーンは自分から船に残るといった。バーマラをひとり船に残すのが不安だったのだ。

やっとテドンの村とおぼしきところに着いたときには、すでに夜になっていた。

ほとんどの家が朽《く》ちかけ、村には人の住んでいる気配もなかった。だが、バーマラのいったことと違《ちが》う点がひとつだけあった。アレルはすぐ気づいた。

「白骨が……？　村人たちの白骨の死体がないじゃないか？」

「そういえば、白骨がいたるところに転がっていたといっていたな」

「どういうことだべ、これは？　白骨が消えただなんて……？」

「別の村なのかしらここは……？」

「とにかく、少し調べてみよう」

四人は手分けして通りに面した教会や道具屋、宿屋、民家などを一応調べたが、なんの手がかりもなかった。だが、みんながふたたび教会前に集まったときだ。最後にやってきたモハレが震《ふる》えながら小声でささやいた。

「あ、あ、明かりがついてるだよ……」

「えっ!?」

裏通《うらどお》りにある武器屋の店先からかすかに明かりがもれていたというのだ。

モハレのいったとおりだった。教会から二〇〇歩ほど離《はな》れた裏通りの武器屋の扉の隙間《すきま》からかすかに明かりがもれていた。アレルたちが隙間から覗《のぞ》くと、店に中年の男がひとりいた。棚《たな》にはさまざまな武器が並《なら》んでいる。どうみても店番をしているとしか思えなかった。アレルたちは互いに目配せをすると、いきなり飛び込んで剣を突きつけた。

「何者だっ!?」

「あ、怪《あや》しい者ではありません!」

脅《おび》えよりも驚きの方が大きかった。男はひと目で盗賊《とうぞく》でないと判断したからだ。

「わ、わたしはここの武器屋です! ここの主人です!」

アレルたちは驚いて顔を見合わせた。

「で、でもどうして!? どうして人もいないのに武器なんか……!?」

「売るつもりはありません。ただ、わたしは人がくるのを待っているんです……。テドンの人間が現れるのを……」

「ほかに生き残っている者がいるのか!?」

　今度はクリスが聞いたが、主人は首を横に振った。

「わたしはこの武器屋の息子《むすこ》としてこの村で生まれ育ったのですが、バラモス配下の魔物たちに襲われたとき、ちょうどロマリアの王都に仕入れに行っていたのです。テドン村全滅《ぜんめつ》の噂《うわさ》を聞いて、わたしはすぐにでも戻ってこようと思ったのですが、テドンに来る定期便がすぐに廃止《はいし》になってしまいました。そこでわたしはいくつも船を乗り継いで、三年かかってやっとたどり着いたのです……。村は見るも無残な姿でした……。わたしはしばらく呆然《ぼうぜん》としていました。そんなとき、たったひとり生き残った女がこの村にたどり着いたのです。ここがテドンの中心でしたから、ここまでくれば誰か生きのびているのではないかと考えて、危険な密林をやってきたのです。もっとも、自分の村にいても危険なのは一緒ですが……。それがわたしの妻です……」

　奥の暗がりから乳飲《ちの》み子を抱いた女がそっと顔を出した。その横に五、六歳の男の子を頭に五人の子供がいた。

「わたしは、生きる希望が沸《わ》いてきました。いつの日かこの村をふたたびもとの平和な村にしたい……そう思うようになったのです。また、もしかしたらまだ生き残った者がいるかもしれないと思って、昼は魔物がうろついておりますから、夜こうやって待っているのです……」

　アレルが聞いた。

「たくさん白骨死体が転がっていたと聞きましたが、どうなったんですか?」

「わたしと妻が、毎晩骨を拾い集めて、村の共同墓地に葬《ほおむ》ってあげました。全部葬るのに三年もかかりました。ところが、ひとつだけどうしても動かせない白骨がありまして……。わたしの幼友達なんですが、あいつだけはあそこから動こうとしないのです。何度も葬ってあげようと思ったのですが、あいつの亡霊が嫌《いや》がるのです。近づくと決まって、宝珠《オーブ》をわたすまでは死にきれないというのです」

「宝珠《オーブ》っ!?」

アレルは驚いた。

「なんでもこの世に六つの宝珠《オーブ》があるとか。そのひとつを持っているといって……」

「そ、その白骨はどこにあります!?」

「なんでしたら案内しましょう」

主人に案内されて、集落の奥の崩《くず》れ落ちた牢獄《ろうごく》の跡地《あとち》に行くと、床に白骨体がひとつ転がっていた。錆《さ》びた剣や甲冑《かちゅう》が一緒に転がっているので、ひと目で戦士のものだとわかった。と、白骨から妖《あや》しげな青白い炎《ほのお》がゆらゆらと立ちのぼって、青い炎の亡霊になった。やがて、その亡霊から声が聞こえてきた。

「宝珠《おーぶ》ヲ持ッテオルカ……」

「ええ！　これです！」

アレルは慌《あわ》てて革袋から碧《ブルー》の宝珠《オーブ》を取り出した。

「ソウカ……。待ッテオッタゾ……。ズットズットナ……」

「どうして、あなたが宝珠《オーブ》を!?」

「先祖代々、我ガ家ニ伝ワッテオルモノダ……。ナゼダカ知ラヌ……。ダガ、宝珠《おーぶ》ヲ持ツ者ガ現レタトキ、ソレヲワタスノガ我ガ家ノ者ノ役目ダト……ソウ教ワッテ育テラレタノダ……。サア、持ッテイクガイイ……。ヤット拙者《セッシャ》モ心オキナクアノ世ニ導カレル……」

そういうと、亡霊はゆらゆら燃えながらゆっくりと白骨のなかに消えた。

と、次の瞬間《しゅんかん》、どこへともなく忽然《こつぜん》と白骨が消えた。そのあとにキラリと光るものが残った。美しい翠《みどり》の玉が輝いていた。翠の宝珠《グリーンオーブ》だった——。

4　ジパング

ネクロゴンド大陸に沿って南下したアレルたちの船は、大陸の最南端をまわって北東に進路を取った。そして数日後、中央大陸に向かって吹く季節風にうまく乗った。

テドンの村を出発してから五十八日目の午後、中央大陸南部の聖《せい》なる河の河口にあるバグラの港に到着《とうちゃく》した。ここから聖都バハラタまでは徒歩で一日の行程だ。

人口七〇〇〇人のこの港は、聖都バハラタの海の玄関として昔から栄えてきた。また年中温暖《おんだん》なこの地方は、胡椒《こしょう》などの香辛料《こうしんりょう》の産地で、バグラがその集散地であり積み出し港でもあった。

バラモスが出現する前とは比べようもないが、町は活気に満ちていた。三月中旬だというのに、色とりどりの花が咲き、街路《がいろ》の木々が目にしみるような青葉をつけ、初夏のようなさわやかな風が吹いていた。

バーマラはさっそく水と食料を手配すると、ジパングの地図を見つけてきた。

「ジパングはヒミコという美しい女王が支配しているそうですよ。それに、ひと月ほど前に頭領がこのバグラに寄ったそうです。西へ向かったのでしょう。ひょっとしたら、夏の終わりには、根城《ねじろ》に帰ってるかもしれませんぜ」

アレルたちはバーマラの手際のよさに驚いたが、海賊時代からのつながりのある者がこの港にかなりいる様子だった。

なつかしそうにバグラの町を見ているモハレにアレルが、

「カーンと一緒にバハラタまで行ってきてもいいよ」

と勧めた。だが、モハレは笑いながら首を横に振った。

「たしかにバハラタはなつかしい。だども、おらが行っても喜んで迎《むか》えてくれる人は誰もいねえだよ。それに、おらカーンちゃんと会えたし……」

アレルはモハレの言葉を聞きながら、ふとやさしい母ルシアの笑顔と祖父ガゼルの顔を思い出した。王都アリアハンを旅立ってから、もう一年になろうとしていた。

翌日、カーンとバーマラに別れを告げ、アレルたちはジパングに向けて出航した。

そして、四月中旬——。バグラを発ってから二十八日目、やっと日出づる国ジパングの美しい島影が水平線に姿を現した。アレルは船上で十七回目の誕生日《たんじょうび》を迎えていた。

バーマラがくれた地図を頼りに、アレルたちは大きな湾《わん》に入ると、奥へと船を進めた。湾には大小さまざまの島が点在《てんざい》していた。ジパングは春の盛《さか》りを迎えようとしていた。風はまだ肌寒《はだざむ》かったが、島々の山肌には野の花が咲き乱れ、木々には若芽が吹いていた。

やがて、アレルたちの船は一面に葦《あし》が生《お》い茂《しげ》っている河口に着いた。その葦の原を縫《ぬ》うように川をさかのぼると、目の前に満開の桜並木《さくらなみき》が現れ、アレルたちは思わずその美しさに目を見張った。何百本という桜並木が両岸に続いていた。わたる風に無数の薄紅《うすべに》色の花びらが散っている。その妖《あや》しげで幻想的《げんそうてき》な花の乱舞《らんぶ》に、アレルたちはわれを忘れてしばし見惚《みと》れた。この桜並木の中程に船着き場があり、川岸に戸数一〇〇戸あまりの集落が見えた。日出づる国ジパングの、女王ヒミコの里だった。

船着き場から集落へ行く途中、木立に囲まれた小さなほこらの前で、三十歳ぐらいの農夫が祈《いの》りを捧《ささ》げていた。だが、妙《みょう》にそわそわして落ち着きがなかった。そこへ、老婆《ろうば》が飛んできて赤子の誕生を告げた。どうやら産婆《さんば》のようだ。農夫は大喜びで、すかさず男か女か尋ねたが、産婆が顔を曇《くも》らせると、とたんに農夫は泣き出しそうな顔でうなだれてしまった。生まれた赤子は女の子だった。産婆も同情を禁じえない表情だった。

「しょうがないだ、こればかりは……。だが、生け贄《にえ》にされると決まっとるわけではねえ。早く行って抱いてやれ。はじめての子供でねえだか」

産婆は農夫を慰《なぐさ》めたが、アレルたちに気づくと二人は慌てて集落に逃《に》げ去っていった。

「なんだろ、生け贄って？」

アレルたちは怪訝《けげん》そうに顔を見合わせた。

高床式《たかゆかしき》の、屋根に茅《かや》を葺《ふ》いたジパングの木造家屋は、石や煉瓦《れんが》造りの家を見慣れたアレルたちにはもの珍《めずら》しいものだった。集落のなかはひっそりと静まり返っていた。だが、あちこちの家からアレルたちの様子をうかがっている気配がした。アレルたち異邦人《いほうじん》を見て、警戒《けいかい》して家に閉《と》じ籠《こも》っているのだ。集落には宿屋とか道具屋とか食料品店といった店は一軒もなかった。全部が農家のようだ。集落の奥にひときわ大きな鳥居《とりい》がそびえていた。

「なんだべ？　塔《とう》でもないし、門だべか？」

モハレが首をかしげ、鳥居に向かおうとしたときだった。一軒の家から長老とおぼしき老人が警戒しながら姿を現した。

アレルたちは身分を明かし、旅の目的を告げて宝珠《オーブ》のことを尋ねると、老人の顔からいくらか警戒の色が消えた。老人は宝珠《オーブ》のことは知らなかったが、アレルたちはさらにほこらで見た話と生け贄のことを聞くと、老人は暗い目をしてため息をついた。

「そうか、女の子だったか……。実はな……」

老人は北の方角を見た。なだらかな山並みの向こうに、切り立った険しい山が見えた。赤茶けた色をした、燃え盛る火焔《かえん》のような形の山だった。

「あの火の山の洞窟《どうくつ》に、八つの谷と八つの尾根《おね》にわたるともいわれておる、聖なる大蛇《おろち》さまが棲《す》んでおるのじゃ。だが、その大蛇さまに汚れなき娘を生け贄として捧《ささ》げなければ、大蛇さまのお怒りに触れ、大蛇さまがこの大地を八つ裂《ざ》きにし、海に沈《しず》めてしまうのじゃ」

「昔からのいい伝えなのですか？」

　アレルが聞くと、

「いえ、この国を司《つかさど》るヒミコさまが、女王にご即位《そくい》なされたとき、そう告げられたのじゃ。この国は大蛇さまに守られておる。決して、大蛇さまの怒りに触れてはならぬ……とな。そこで毎年、この季節になるとヒミコさまが国中の娘たちを社《やしろ》にお集めになって、そのなかの一番器量のよい娘を選ばれるのじゃ。ヒミコさまの気に入った娘をのお。だから、女の子が生まれるとどの親も嘆《なげ》き悲しむのじゃよ……。なかには、娘が大きくなる前に顔を醜《みにく》くつぶしてしまう者もおる……。もっとも、そのことがヒミコさまに知れたら大変なことになるがな……」

「むごい話だべよ。だども、ヒミコとやらのでまかせでねえだか？」

「な、なんということを!?　ヒミコさまの御言葉にそのようなことを！　そ、それは誰《だれ》も見た者はおらぬが、生け贄にされた娘は二度と戻ってはまいらぬ！」

「誰も見たことがないとは、ますます怪《あや》しい。よし、ほんとうかどうか女王に問いただしてみる。

あの奥にいるのね？」

クリスは鳥居を見た。

「め、めっそうもない！ ヒミコさまはこの国を司る生き神さま！ そのようなことをすればヒミコさまのお怒りに触れる！ 悪いことはいわぬ！ このまま立ち去ってくれぬか！ それに、このようなことをいったとなれば……！ お願いじゃ！ なっ！」

だが、すでにアレルたちは鳥居に向かって歩き出していた。

鳥居をくぐると、その奥の木立のなかに女王ヒミコが住む高床式の大きな社があった。

アレルたちは厳《おごそ》かな神殿《しんでん》に案内された。靴《くつ》を脱《ぬ》いでなかにあがるのは生まれてはじめての経験だった。不気味なほど静まり返った神殿は物音ひとつせず、よく磨《みが》かれた木の床はまるで鏡のように光っていた。

やがて、衣《きぬ》ずれの音をたてながら、白絹の長衣をまとったヒミコが二人の巫女《みこ》を連れて正面の高い席に現れた。ゆったりとした白絹の長衣の上から、やはり長い白絹の帯をきりりと腰に巻《ま》いているその姿は、艶《あで》やかで、悩《なや》ましくさえあった。噂《うわさ》に違《たが》わぬ美貌の持ち主だった。背中まである緑色の髪。雪のような、ぬけるような白い肌。黒々とした神秘的な双眸《そうぼう》。紅《べに》を塗《ぬ》った薄い唇《くちびる》。ふとした仕種《しぐさ》に、童女のようなあどけなさと、熟女《じゅくじょ》の妖《あや》しさが同居していた。年齢《ねんれい》すら測れなかった。十四、五歳にも見えれば、二十歳にも、三十歳にも見えた。

アレルが宝珠《オーブ》のことを尋ねると、ヒミコは眉《まゆ》ひとつ動かさず、よく通る澄《す》んだ声で冷やかにいった。

「いかにも……。火の山の大蛇《おろち》さまが持っておる。それがどうかしたのかえ？」

アレルたちは驚いて顔を見合わせた。すると、

「ヒミコさま……！」

クリスが挑戦《ちょうせん》的な目でヒミコを見た。

「その大蛇、まことにいるのでございますか!?」

「どういう意味かえ？」

ヒミコはとたんに鋭い目でクリスを睨《にら》んだ。

「どうしても生け贄を捧げなければならぬのですか!?」

「な、なんと、余の戯言《たわごと》とでも申すのかえ!?」

「いえ……。ただ、まことなら退治せねばなりませぬ！　宝珠《オーブ》を手に入れるためにも！　美しい娘たちを守るためにも！」

クリスはヒミコから目を離そうとしなかった。ヒミコもじっと睨み返した。と、

「ほっほほほほ！」

突然《とつぜん》、神殿《しんでん》中に響《ひび》くような甲高《かんだか》い声で笑うと、

「なりませぬ……！　大蛇さまは豊穣《ほうじょう》な地と水を司る御国の守護神！　そのようなこと、断じて余が許しませぬ！」

これ以上の話は無用——といいたげな強い口調だった。クリスは反論せず、じっと睨みつけたま

まだった。ヒミコも睨み返していたが、ふっと不気味な笑《え》みを浮かべると、

「さあ、異邦人のお帰りぞえ」

巫女《みこ》におだやかな声でそう告げて立ちあがった。

社を出ると、いつの間にか日が暮《く》れかけていた。アレルたちは、その晩は船でゆっくり休み、夜明けとともに火の山の洞窟に向かうことに決めた。

上空に青々とした上弦の月が出ていた。その月明かりに照らし出された満開の桜は、昼に見るのとはまた違った趣《おもむき》があった。舵輪《だりん》のある船尾《せんび》の甲板の手すりにもたれながらリザはおもむろに銀の横笛を取り出した。美しい笛の音色が一帯に流れた——。


その音色が、社のヒミコの寝室《しんしつ》にまで聞こえてきた。二人の巫女に長い緑の髪を梳《と》かせていたヒミコの形相がとたんに変わった。ヒミコは急に胸騒《むなさわ》ぎを覚えた。はるか昔にどこかで聞いたことがあるような、なつかしい音色だった。だが、いくら記憶《きおく》をたどっても思い出せなかった。ヒミコの肩が細かく揺《ゆ》れた。巫女たちは驚いて思わず手を止めた。だが、気を取り直してふたたび髪を梳かすと、ヒミコの苛立《いらだ》ちが頂点に達した。

「ええいっ、やめいっ！」

ヒミコは巫女たちの手を乱暴に払って立ちあがった——。

そして、その笛の音に苛立ちを覚えた者がもうひとりいた。数百歩離れた桜並木の木陰《こかげ》からアレルたちを見張っていたチコだった。チコはリザの笛の音を聞きながら、皮膚《ひふ》の裏側《うらがわ》がざらつくような不思議な悪寒《おかん》を覚えた。はじめて聞く音色なのに、なぜだかわからなかった。悪寒はやがて、苛立ちに変わった――。

5　八岐《やまた》の大蛇《おろち》

洞窟のなかにおりたとたん、強烈《きょうれつ》な熱気がアレルたちを包んだ。その熱気が何なのか、アレルたちは迷路のような通路を先に進んでやっとわかった。通路の横に大きな穴《あな》が開いていて、そのはるか下の地底を恐ろしいまっ赤《か》な溶岩《ようがん》の川が流れていた。

アレルたちは夜明けとともに火の山をめざして歩き出し、半日かけてやっとこの洞窟にたどり着いたのだった。だが、溶岩の川を目《ま》の当たりにして、火の山は形だけでなく、文字どおりの火の山であることを知った。

奥に進み、地下におりると、洞窟は狭《せば》まり、熱気は耐《た》えがたいほどひどくなった。灼熱《しゃくねつ》の溶岩で隔《へだ》てられた迷宮は、さらに地下へと下っていた。

そしてこんな場所にも何種類かの魔物が巣喰《すく》っており、アレルたちを狙《ねら》っていた。坩堝《るつぼ》のように煮えたぎる溶岩魔人は灼熱の炎を吐き、以前戦ったことのある幻術師《げんじゅつし》と同族の鬼面《きめん》道士《どうし》はやはり混乱呪法《じゅほう》のメダパニを使って攻撃してきた。

だが、アレルたちは魔物の攻撃を片っ端《かたっぱし》から退《しりぞ》け洞窟の奥へ進んだ。

「まったくこんなときによく寝《ね》てられるよ」

通路に横になっていびきをかいているモハレを見おろしながら、クリスが呆《あき》れ顔でいった。

半時ほど前、アレルたちは鬼面道士と豪傑熊《ごうけつぐま》の混成部隊に急襲《きゅうしゅう》された。この洞窟に入ってから最大規模の襲撃《しゅうげき》だった。四人は力の限り戦った。そして、最後に残った豪傑熊の首をアレルの剣が斬り落としたとき、倒れていた瀕死《ひんし》の鬼面道士がモハレにメダパニの呪文をかけた。混乱したモハレが猛然《もうぜん》とクリスに襲いかかり、アレルはやむなくラリホーの呪文で眠らせたのだった。

「あたしが混乱したときもこうだったの？」

幻術師との戦いを思い出してクリスが尋ねると、

「あのときはカーンがきてくれてすぐに正気に戻ったじゃない……」

リザがモハレの寝顔《ねがお》を眺《なが》めながら答えた。

メダパニの呪法は術《じゅつ》をかけた存在が死ぬか、遠く離れてしまえば簡単に解くことができるのだ。

「それにしても気持ちよさそうに寝ている。おい、起きろよモハレ」

アレルに突かれモハレはゴロンと寝返りを打った。

「おら腹いっぱいだよ……食えねえだ……」

モハレの寝言《ねごと》に三人は顔を見合わせて吹き出した。そのとき——。

「フフフフッ」

　不気味な含み笑いが闇のなかに谺《こだま》した。

　四方の壁に反響《はんきょう》した笑い声は前からとも後ろからとも感じられる。アレルは剣を抜《ぬ》いて周囲を見まわした。

「前よ！」

　じっと耳を澄ましていたリザが叫んだ。研《と》ぎ澄《す》まされた彼女の聴覚《ちょうかく》は声のする方向を正確に感じ取ったのだ。

　目を凝《こ》らすと、正面に煮えたぎる溶岩の川にはさまれた道が延びていて、その突き当たりの奥に暗闇《くらやみ》がぽっかりと口を開けていた。

「なんだぁ!?　また魔物が出ただか？」

　やっと気がついたモハレが寝ぼけ眼《まなこ》で尋ねた。

「どうやら今度の相手は簡単にゃ勝たせてくれそうもない」

　剣を持つ手に力を込めながらクリスが先に立って歩き出した。

　暗闇の奥は大きな空洞になっていた。広さはちょっとした庭園ほどで、半球形の天井の頂点は四層の塔に匹敵《ひってき》する高さまで延びていた。そして空洞の中心部には明らかに人工の物とおぼしき石造りの祭壇《さいだん》がしつらえてある。

「待っておったぞオルテガの息子よ」

祭壇を前に姿を現した巨大な魔物がアレルを見おろしていた。

八つの首が小山ほどもある胴体《どうたい》から生え、巨木のような三本の尾が蛇《へび》のようにうねっている。バラモス配下、四天王《してんのう》のひとり、八岐《やまた》の大蛇《おろち》だった。

「貴様が集めた宝珠《オーブ》、このわしがもらい受ける！」

八つの頭が、ひと抱えもありそうな八つの顔が同時に叫んだ。めくれあがった唇の間に大振りの短剣ほどもある牙《きば》が覗いている。

「バラモスの手下だな！　今の台詞《せりふ》そっくり返してやるぜ！」

アレルとクリスが魔物の前足を狙って敢然《かんぜん》と突っ込んだ。

「馬鹿奴《ばかめ》！」

大蛇の八つの口がカッと開き、八条の強烈な火炎が二人めがけて吐き出された。だが、アレルたちは剣を構えたまま、前足に斬りつける寸前《すんぜん》ですばやく跳躍《ちょうやく》していた。

「ヌッ!?」

思いがけぬ敵の動きに魔物は当惑《とうわく》した。八つの口から吐き出された紅蓮《ぐれん》の炎はむなしく空を焦《こ》がし空洞の床で炸裂《さくれつ》した。

そのとき左右から間合いを詰めたリザとモハレが同時に攻撃を開始していた。バギの真空とベギラマの閃光《せんこう》が魔物の頭に命中した。

アレルたちの攻撃が囮《おとり》だったと知った大蛇は逆上し、モハレとリザに火炎を浴びせて反撃した。

と、着地した二人が今度はほんとうに魔物の両足に斬りつけた。

「グワッ」

血飛沫《ちしぶき》が飛び散り、大蛇の咆哮《ほうこう》が地底の闇を震《ふる》わせる。

「エエイッ、小うるさい人間どもが！」

八岐の大蛇の八本の首がうねり、別々の生き物のようにアレルたちを追い始めた。

「キャー」

リザの悲鳴にアレルが思わず振り返ると、リザの華奢《きゃしゃ》な腰《こし》にはぬらぬらと光る魔物の尾が絡《から》みついていた。

「リザ！」

駆け寄ろうとするアレルの目の前に巨大な顎《あご》が迫《せま》った。と、アレルはまっ赤な口から燃え盛る炎をまともに浴び吹っ飛んだ。激痛《げきつう》に意識が遠のいていった。

「アレル！　アレル！　大丈夫だか!?」

ふっと目を開けるとそこには心配そうなモハレの顔があった。モハレはすばやく治癒《ちゆ》呪文でアレルの火傷《やけど》を治してくれたのだ。モハレ自身、全身ひどい火傷を負っている。

「ど、どのくらい気を失っていた？」

アレルの問いにモハレは怪訝そうな顔で答えた。

「どんなって……十数える間かそこらだども。それより急ぐだよ！　クリスひとりじゃいくらももたないだ！」

クリスは魔物の攻撃を巧《たく》みにかわしながら、リザを助ける機会をうかがっていた。

「リザッ！」

アレルは大蛇に向かってふたたび突っ込んだ。

押し寄せる火炎の渦を剣で払いのけながら突きかかると、今まで防戦一方だったクリスも魔物の前足に向かって剣を突き立てた。

「グギャーッ！」

最前二人に斬られた傷をさらにえぐられ八岐の大蛇は苦痛《くつう》にのたうった。苦し紛《まぎ》れに吐き出す火炎をかわし、魔物の背後にまわり込むと、

「このやろう！　リザを放せっ！」

リザの胴をしめつけている尾をめがけアレルは剣を振りおろした。

魔物の悲鳴が響き、数枚の鱗《うろこ》が千切《ちぎ》れ飛ぶ。逆上した大蛇は血まみれの前足を引きずりながらアレルの方に向き直ろうとした。そのとき、すばやく駆け寄ったモハレが魔物の胴《どう》に取りつき、手にした剣を鱗の間にこじ入れたのだ。

「そのまま心臓に突き刺せ！」

アレルの声にモハレは剣を持つ手にいっそう力を込めた。細身の長剣はズブズブと魔物の身体に沈み込む。

たのだ。

正面から大蛇の頭に斬りつけていたクリスが叫んだ。首の一本がグーンとしなり僧侶の方を向い
「モハレ！　危《あぶ》ないっ！」

「逃げろっ！」

うごめく尾の先端を斬り飛ばしながらアレルも怒鳴《どな》った。

カッと口を開いた魔物は怒りに燃える目をモハレに向けるとすさまじい炎を吐きかけた。

だがモハレはこうなることを予想していた。柄元《つかもと》まで刺さった剣につかまったままで精神を統一していたのだ。次の瞬間、バギ——いやバギマ級の真空の渦《うず》が大蛇の頭を直撃《ちょくげき》した。血が噴《ふ》き出し、肉が千切れ、赤《あか》ん坊《ぼう》の頭ほどある眼球が弾け飛んだ。

頭部を失った首はしばらくウネウネとうごめいていたが、やがてガックリと垂《た》れ下がった。

「今だ、アレル！」

クリスは叫びながら跳躍し、モハレに気を取られている魔物の首に向かって剣を振りおろした。同時にアレルもリザに絡《から》みついている尾によじのぼると、渾身《こんしん》の力で剣を振るった。

三方から攻めたてられてはたまらず大蛇はリザに巻きつけた尾を緩《ゆる》めた。気を失ったリザの身体が落下し、アレルはそれを追って飛びおりた。アレルがリザの身体を受け止めたとき、クリスは二つ目の首を斬り落としていた。同時にモハレも残った首に向かってバギを連発した。

魔物は悲鳴をあげ、炎を吐きまくった。

「大丈夫かリザ？」

アレルの腕のなかで少女はうっすらと目を開けた。

「平気よ。巻かれる寸前にスカラの呪文をかけたの」

リザはアレルの肩につかまると上体を起こした。

「それより早くあいつを……」

ふたたび背中によじのぼったモハレが三つの頭を相手に苦戦していた。

アレルはリザの身体をそっと横たえると魔物に向かって走り出した。最前からの攻防でアレルやクリスたちの疲労《ひろう》は限界に達していた。

たび重なる火炎攻撃で火傷による火膨《ひぶく》れが全身に広がっている。だが誰一人戦いの手を休める者はいなかった。

三人は残った力のすべてを奮《ふる》って大蛇の巨体に挑《いど》みかかった。やがてリザもそれに加わり、四人を相手にした魔物は徐々《じょじょ》に弱り始めた。

「ターッ！」

「やーっ」

クリスとアレルが地面を蹴《け》り高々と宙を飛んだ。

援護《えんご》にまわったリザがヒャドで魔物の火炎を吹き飛ばし、モハレのフバーハが、二人の身体を柔《やわ》らかく包み込むと、血塗《ちぬ》られた剣がきらめき、三つの首が同時に落下した。

と、大蛇が全身を硬直《こうちょく》させ、激しく痙攣《けいれん》しながら、大木が倒れるようにゆっくりと溶岩のなかに落ちた。灼熱の飛沫《しぶき》が飛び、やがて大蛇の巨体が溶岩のなかに消えると、そのあとに不気味な闇が残った。溶岩の川にぽっかりと闇が口を開けたのだ。

アレルは、はっとわれに返った。宝珠《オーブ》のことを思い出したのだ。

「お、追うんだ！」

よろめきながら必死に立ちあがると、クリスが肩を貸した。闇が閉じ始めていた。闇はどこへ通じているのかわからなかったが、大蛇はこの闇を抜けてどこかへ行ったのだ。

「行くぞ！」

アレルの言葉にクリスたちがうなずいた。いっせいに飛び込むと、

「うわあああああっ！」

すさまじいアレルたちの悲鳴を残しながら、闇が閉じた──。

アレルたちは激しく回転しながら闇のなかを落下した。

だが、それはほんの一瞬のことだった。

次の瞬間、背中から叩きつけられ、しばらく息もできなかった。やっと気力を振り絞《しぼ》って起きあがると、

「あっ!?」

アレルたちはあ然として、自分たちの目を疑った。

そこは社の神殿だった。すぐそばに髪を振り乱したヒミコがうつ伏《ぶ》せに倒れていた。白絹の長衣がまっ赤な血にまみれ、床にも血が滲んでいた。アレルが、ヒミコを抱き起こすと、右手が何かをしっかり握っているのに気づいた。血の滲《にじ》んだ白い指の隙間《すきま》から、紫《むらさき》の美しい玉が見えた。

「こ、これは……!?」

アレルたちは思わず顔を見合わせた。紫の宝珠《パープルオーブ》だった。

「そうか、八岐の大蛇はヒミコだったのか……!」

ヒミコがうめきながら目を開けた。かすかに息が残っていた。だが、目の焦点《しょうてん》は定まっていなかった。目が見えていないのだ。

ヒミコが王に即位したあと、いくつかの部族を支配下においた。そのなかの部族が、ヒミコへの忠誠《ちゅうせい》の証《あかし》に献上《けんじょう》したのがこの紫の宝珠《パープルオーブ》だった。その部族がなぜ紫の宝珠《パープルオーブ》を持っていたのか定かではないが、ヒミコはひと目でこの美しい宝珠《オーブ》に魅《み》せられてしまった。それ以後、肌身離さず持っていた。

「なぜだ!? なぜ生け贄が欲しかった!?」

アレルの横からクリスが覗き込んで聞いた。

だが、答える必要などない――とでもいいたげに、ヒミコはかすかに笑った。いう力も残っていなかった。

十八年前、ヒミコは王位につく前に一度死んだ。だが、巨大な魔力により、八岐の大蛇としてふたたび命を与えられた。蘇《よみがえ》ったヒミコはもとの人間の姿に返ることができたが、過去の記憶をすべて消されていた。そして、永遠の若さと永遠の美しさを維持《いじ》するために、汚れなき娘の生き血が必要だったのだ。

「ふ、笛は……」

ヒミコの唇がかすかに動いた。やっと聞き取れるほどの声だった。

笛の音は誰が――ヒミコはそう尋ねようとした。だが、それが最期の言葉だった。ヒミコはそのまま息絶えると、みるみるうちに顔が変化し、四十歳過ぎの、年相応の顔になった。緑の髪が一瞬にしてまっ白になった。同時に、ことりと音をたてて紫の宝珠《パープルオーブ》が床に転がり落ちた。と、突然桜の花びらとともに突風が吹き込んで、ヒミコの白い髪をいきおいよく舞いあげた。

外に出ると、空一面に桜の花びらが乱舞していた。花吹雪《はなふぶき》だった。やがて、風は雨を含んだ。春の嵐だった――。

それから十日後。バラモスの居城の魔宮でのこと――。

「なにっ!?　八岐の大蛇がやられたじゃと!?」

暗黒の闇で異様な気配がうごめき、謁見《えっけん》の間に魔王の声が響《ひび》きわたった。闇に隠れて姿が見えないが、バラモスが玉座についているのだ。その、闇の前にチコとエビルマージが平伏《ひれふ》していた。チコが答えた。

「はい。隠し持っていた紫の宝珠《パープルオーブ》も取られました……」

「ふっ。四天王ともあろうものが……。エビルマージよ！」

「ははっ！」

エビルマージは青ざめた顔をあげた。額には冷汗《ひああせ》が浮いていた。

さっきから生きた心地《ここち》がしなかった。八岐の大蛇の死によって、部下の失態が図《はか》らずも露見《ろけん》してしまったからだ。

「も、申し訳ありませぬ！　ただちにわたしが赴《おもむ》き、首を撥《は》ねてまいります！　どうか、今一度このわたしに機会を！」

闇を見つめて哀願《あいがん》した。必死だった。

「その必要はない！」

エビルマージは衝撃《しょうげき》に顔を引きつらせた。見限られたと思ったからだ。

「お、お願いでございます！　なにとぞ今一度機会を！」

「はずせ」

「はっ!?」

「席をはずせっ」

低いが有無をいわせない迫力《はくりょく》があった。

エビルマージは唇を震《ふる》わせながら深々と頭をさげると、うなだれて退席した。

「チコよ」

「はい……」

「八岐の大蛇がそちの母親であったとしたらなんとする?」

「はっ!?　い、今、なんと申されました!?」

チコは驚いて聞き返した。それほど、唐突《とうとつ》な言葉であった。

「ど、どういうことでございましょう!?」

「さぞや、無念であろうの!?　サラマンダがオルテガに殺《や》られた以上にな!?」

バラモスが暗にアレルを始末しろと命じているのがチコにはわかった。だが、

「そ、そんな……!?　わ、わたしが八岐の大蛇さまの……!?」

チコは愕然《がくぜん》として闇のバラモスを見ていた。

「いずれはわかることだ。はっははは」

笑い声とともに闇が消え、あとには巨大な玉座が残っていた。

四天王のなかで恩のあるサラマンダはともかく、チコは他の三魔将をずっと冷やかな目で見てきた。三魔将のいさかいを楽しんでいるようなところがあった。だが、

〈あの八岐の大蛇さまが……!?〉

衝撃《しょうげき》の大きさにチコはうなだれたまま立ちあがれずにいた——。

第五章 もうひとりの勇者

ヒミコの里を出航して外洋に出たアレルたちは、そのまま北上し、中央大陸の北端《ほくたん》に位置するムオルの村の近くの小さな港で水と食料を補給すると、今度は東に進路を取った。そして、スー大陸の西海岸にあるアープの塔《とう》のそばの小さな港に寄《よ》った。

アープの塔は、およそ八〇〇年前、ナジミの塔やシャンパーニの塔とともに、暗黒の覇者《はしゃ》の出現に備えて建設された四つの塔のうちのひとつだ。だが、宝珠《オーブ》の手がかりはなかった。アレルたちは、スー大陸を左に見ながら、大陸に沿《そ》ってまっすぐ南下した。

めざすは、サマンオサ大陸南部にあるという海賊《かいぞく》の根城《ねじろ》だった。夏の終わりには頭領が帰っておるでしょう——といったバーマラの言葉を頼《たよ》ってのことだ。宝珠《オーブ》のことはともかく、頭領に会えばオルテガのことが聞けると思ったからだ。

スー大陸から、やがてサマンオサ大陸に沿って南下した。サマンオサ大陸の西海岸は、切り立った断崖《だんがい》が続き、その奥《おく》に険しい山脈が連なっていた。そのさらに東に、九カ国同盟《どうめい》に加盟しているサマンオサ王国があるのだ。

ジパングを出航してから、アレルたちは毎日のように魔物《まもの》に襲《おそ》われていたが、それらは今まで何度も戦ったことのあるものばかりだった。

アレルたちは剣《けん》の稽古《けいこ》と呪文《じゅもん》の習練を一日として忘《わす》れなかった。航海は順調だった。そして、サマンオサ大陸の最南端をまわったのが、八月の末だった——。

1　海賊の頭領

アレルたちは海賊の根城を探《さが》しながら大陸の沿岸《えんがん》を北上したが、それらしきものを見つけることができなかった。

だが、大陸最南端をまわって四日目の夜のこと。波はおだやかで空はよく晴れていた。心地《ここち》よい風に、舵輪《だりん》の番をしながらモハレがうっかり居眠《いねむ》りをしていると、いきなり何者かに肩《かた》を揺《ゆ》すられ、驚《おどろ》いて飛び起きた。眼光の鋭《するど》い男たちが取り囲んでいた。さらにアレルたちの船に中型船が横づけしていて、その甲板《かんぱん》から十四、五人の男たちがモハレを見ていた。海賊だった。モハレを揺り起こした年配の男がいった。

「勇者オルテガさまのご子息《しそく》のアレルさまたちですかい？」

「ど、どうしておらたちを知ってるだ!?」

「迎《むか》えにきやした。頭領がお待ちですぜ」

モハレは一瞬呆気《いっしゅんあっけ》にとられたが、はっとわれに返ると、慌《あわ》てて船室に飛んでいき、寝《ね》ていたアレルたちを起こした。アレルたちが驚いて甲板に飛び出すと、

「頭領にいわれて見張っていたんでさあ。マドリド家の船首飾《かざ》りをつけた白い船がこないかどうかね。さあ誘導《ゆうどう》しやす。ついてきてくだせえ」

年配の男は海賊たちを引き連れて自分たちの船に乗り移った。

海賊の根城は、近くの切り立った崖《がけ》の裏側《うらがわ》にある巨大《きょだい》な洞窟《どうくつ》の奥《おく》にあった。洞窟のなかを海賊の船についてゆっくり船を進めると、最深部に桟橋《さんばし》があり、そこに大型商船を改良した軍船のような厳《いか》めしい海賊船がつながれていた。

出迎えた頭領を見て、アレルたちは驚いた。二十代後半の、はっと目を見張るような男装《だんそう》の麗人《れいじん》だったからだ。足がすらりと長く、髪《かみ》を短く切り、両耳を出している。化粧《けしょう》っけはまったくないが、整った美しい顔は生気に満ちていた。頭領は、

「十年前に亡《な》き父のあとを継《つ》いだ三代目のオルシェだ」

と名乗ると、

「話はすべてサバロから聞いたよ。まさかあのオルテガどのがな……」

ため息をついて顔を曇《くも》らせた。アレルは驚いて聞いた。

「い、いつ会ったのですかサバロと？」

「去年の十二月だ。エジンベアでしょげていたのでスー大陸まで乗せてやった。さすがのサバロも、

あの国で商売するのは難《むずか》しかったらしい。だが、道具や武器を大量に安く流してやった。今ではそれをもとにスー大陸の東海岸で手広く商売をやっている。ひと月ほど前には金鉱を掘り当てたという噂《うわさ》まで流れてきた」

そういいながらオルシェは奥へ案内した。

迷路のような通路を進むと、大きな広間に出た。そこで四、五十人ばかりの海賊たちが焚《た》き火《び》を囲みながら酒盛《さかも》りをしていたが、突然《とつぜん》そのなかの数人が喧嘩《けんか》を始め、海賊たちは騒然《そうぜん》とした。そのときだった。バシーッ――――！　鞭《むち》を叩《たた》く音が広間に谺《こだま》し、海賊たちは驚いてオルシェを見た。オルシェが腰《こし》に携《たずさ》えていた鞭を鳴らしたのだ。

「客人だ。見苦しいところを見せるんじゃない」

オルシェが落ち着いた声でさとすと、海賊たちは照れ臭《くさ》そうに笑《わら》いを浮《う》かべ、再び和気あいあいと酒盛りを始めた。

広間の奥の階段《かいだん》をのぼると、豪華《ごうか》な調度品が並《なら》べられた一室があった。テーブルには最高級の葡《ぶ》萄酒《どうしゅ》が用意され、その横で美味《おい》しそうな匂《にお》いをたてながら鍋《なべ》が煮《に》えていた。さっそく二人の手下が葡萄酒の栓《せん》を抜《ぬ》き、人数分の食器に料理を盛《も》りつけてアレルたちの前に差し出した。何種類もの魚をぶつ切りにし、貝類や野菜などをたっぷり入れて煮込んだものだった。

「俗《ぞく》にいう海賊鍋《かいぞくなべ》だ。食べていてくれ」

綺麗《きれい》な白い歯を見せて笑いながらオルシェが大股《おおまた》で奥の部屋に消えると、

「素敵な方ね……」

リザは眩《まぶ》しそうに見送りながらアレルにささやいた。

オルシェの颯爽《さっそう》とした態度には、頭領としての自信と誇《ほこ》りが満ちていた。権力者《けんりょくしゃ》や上に立つ者によくありがちな鼻持ちならない高慢《こうまん》さは微塵《みじん》もなかった。三代目とはいえ、若《わか》い女が荒《あら》くれ者の海賊たちを率いて世界中の海で活躍《かつやく》するには、それ相応の度量や頭脳《ずのう》や魅力《みりょく》がなければ務まらない。オルシェは生まれながらにしてそれらのすべてを備えているように見えた。

「うめえだよ！　うめえだべよ！」

モハレが平らげておかわりをしたところで、オルシェが戻《もど》ってくると、

「昔《むかし》、祖父が手に入れたものらしい。目当てのものだったら遠慮《えんりょ》なく持っていっていい」

掌《てのひら》にちょうど載《の》るぐらいの古い木彫《きぼ》りの宝石箱《ほうせきばこ》をアレルに手わたした。なかに美しい赤い半透《はんとう》明《めい》の玉が収められていた。

「こ、これは!?」

思わずアレルたちは顔を輝《かがや》かせた。緋の宝珠《レッドオーブ》だった。

「よかった。六つの宝珠《オーブ》の話をカンダタから聞かされたとき、ふと蔵《くら》に眠《ねむ》っていたその宝珠《オーブ》のことを思い出したのさ。もしかしたらと思ってね」

「カンダタから!?」

アレルたちはまた驚いた。

「サバロにも宝珠《オーブ》のことは聞いたが、エジンベアに向かう前にシシリア海でカンダタと会ったのさ。おまえさんたちになんとか協力してほしいと頼《たの》まれた。やつは盗賊《とうぞく》から足を洗《あら》ってしばらく旅を続けるといっていた」

「あ、足を洗って……？」

「オルテガどのが死んだのがこたえたらしい。なにしろ、オルテガどのを崇敬《すうけい》していたからな」

「す、崇敬……？」

アレルたちはまたまた驚いて顔を見合わせた。

「カンダタはオルテガどのの剣《けん》に目がくらんで、盗《ぬす》もうとしたことがあるそうだ。だが、失敗してオルテガどのにこういわれたのだそうだ。『この剣は、これを持つにふさわしい者のみが持つことができる。どうしても欲しくば、それにふさわしい男になってから来い。いつでも授けてやる……』とね。以来、そのときのオルテガどのの目がカンダタの脳裏《のうり》に焼きついたまま離《はな》れなくなったんだそうだ。あの目に潜《ひそ》む、光り輝く自信と威厳《いげん》と誇り。そして、限りないやさしさ……」

オルシェはオルテガをなつかしむように遠くを見た。

「だから、おまえさんにオルテガどのが死んだと聞かされたときは、驚きと衝撃《しょうげき》で一瞬《いっしゅん》めまいを覚えたのだそうだ。オルテガどののあの目を思い出すたびに、盗賊稼業《かぎょう》にむなしさを覚えたといっていたから、それがきっかけで未練もなく足を洗ったのだろうね……」

オルシェの言葉を聞きながら、アレルはじっと形見の剣を見ていた。

「あの……以前、父を船に乗せたってほんとうですか?」

「かれこれ六年ほど前だ。シシリア海にあるわたしの隠《かく》れ家《が》に現れて、テドンの村の近くまで乗せてくれといった。サイモンと一緒にネクロゴンドに進入することになっていたそうだ。だが、約束《やくそく》の日になってもサイモンが現れないので、従者《じゅうしゃ》と二人でネクロゴンドに進入するのだといっていた」

「誰ですか、そのサイモンって?」

「サマンオサ王国の勇者さ。オルテガどのと同じように、サマンオサでは彼《かれ》は勇者としてみんなから崇《あが》められている。強くて、やさしくて、まるでオルテガどのの兄弟のような男だ」

そういってオルシェはオルテガに聞いたという話をした。


七年ほど前、オルテガはある港町で、国王の使いでやってきていたサイモンと偶然《ぐうぜん》再会した。バラモスが出現するまで、アリアハンで開催《かいさい》される九カ国会議のたびにサイモンがサマンオサ国王のお共《とも》で何度もアリアハンに行っていたので、二人は面識があったのだ。オルテガから旅の目的を聞いたサイモンは、オルテガの勇気と行動にいたく感動し、オルテガと手を組んでバラモスを倒《たお》す決心をしたのだ。

だが、サイモンはどうしても一度サマンオサに帰らなければならなかった。忠臣《ちゅうしん》であるサイモンは、途中で任務を放棄《ほうき》できなかったし、また国王の許可《きょか》を得なければ、と考えたからだ。もちろん、国王を説得する自信はあった。そこで二人は一年後に再会することを約束して別れたのだという。

だが一年後、いくら待ってもサイモンが約束の場所に現れないので、従者を連れてテドン側から進入しようとした——というのだ。

「どうして、サイモンは約束を守らなかったのですか？」

「わからない。だが、サイモンは簡単《かんたん》に約束を破るような男ではない。きっと、どうしようもない理由ができたのだろう……そうオルテガどのはいっていた……」

「じゃあ、今もサマンオサにいるかもしれないんですね？」

「行ってみようよ、アレル！　その勇者とやらにぜひ会ってみたい！」

クリスが身を乗り出すと、

「だが、サマンオサへの道はふさがれている」

「えっ？　どういうことですか？」

アレルが聞いた。

「以前は、北部のサマンオサ河の河口をのぼれば、王都の近くまで船で行けた。だが、八年前のことだ。突然河口付近の休火山が噴火《ふんか》し、険しい新山がいくつもできて、サマンオサへの道を完全に断ち切ってしまった。今ではサマンオサ王国は外の世界からまったく隔離《かくり》されている。まるでネクロゴンドのようにね」

「でも、八年前なら、どうやってサイモンがサマンオサから出国したのですか？　どうやってサマンオサに帰国したのですか!?」

「あたしも同じ質問をオルテガどのにしたが、一箇所《いっかしょ》だけサマンオサにわたることができる秘密《ひみつ》の洞窟《どうくつ》があるのだそうだ。おそらくサイモンはそこから帰ったのだろう」

「どこですか、それは?」

「スー大陸の北部にある島の洞窟だそうだ。そこから瞬時《しゅんじ》にしてサマンオサ国の東方の洞窟にわたることができるとオルテガどのがいっていた」

「瞬時にして!?」

アレルは、アリアハンから瞬時にしてロマリアにわたったあのいざないの洞窟と、あの賢者《けんじゃ》の顔を思い出しながら聞いた。

「だれでもわたれるのですか!?」

「わからない。とにかくスー大陸へ行ってサバロに会った方がいい。今ではわたしよりあの辺のことには詳《くわ》しいはずだからね」

オルシェは、アレルたちの空の杯《さかずき》に葡萄酒を注いだ――。

2 出生の秘密

魔界《まかい》にある暗黒の闇《やみ》に若い女の声が響《ひび》いた。

「八岐《やまた》の大蛇《おろち》さまの死、すでにお聞きになっているでしょうね、おばば？」

チコの声だった。チコは、育ての親である魔法使《まほうつか》いのおばばのもとを訪《たず》ねていた。バラモスの侵《しん》攻《こう》の際、六つの宝珠《オーブ》のひとつを地上から消せばバラモスは災いから逃《のが》れることができると占《うらな》ったおばばである。二人の姿は互《たが》いに闇に隠れて見えないが、ほんの数歩しか離れていないところで対座《たいざ》していた。

「聞いておる。無念なことじゃ……」

闇のなかでしわがれたおばばの声が答え、ひと呼吸《こきゅう》おいた。バラモスに聞いたときに、すでにチコがここにくることを察していた。

「そして……八岐の大蛇さまがおまえの母上であると告げたということもな……」

「まことなのか、おばば？　ま、まことに八岐の大蛇さまはわたしの母上なのか？」

チコの声はかすかに震《ふる》えていた。つとめて冷静を装《よそお》っているような口調だが、おばばにはチコの動揺《どうよう》が手にとるようにわかった。

「今となっては隠し立てしてもしょうがない。間違いなくおまえの母君じゃ……」

「そ、そんな……」

チコの深いため息がもれた。

バラモスに暗に告げられたときも激《はげ》しい衝撃《しょうげき》を受けたが、そのあとチコは必死に自分のなかで打ち消していた。とにかく、おばばに確認《かくにん》するまでは、と思っていたのだ。だが、今チコは立ちあがれないほどの衝撃のなかにいた。

チコは八岐の大蛇の死になんの悲しみも同情も覚えなかった。八岐の大蛇が嫌《きら》いだったからだ。同性ということもあったが、妙《みょう》に反発ばかり覚えていた。声を聞くたびに身の毛がよだつ思いがした。その嫌いな八岐の大蛇が実の母であることの事実が衝撃だった。

「ここまで隠していたのなら、ずっと隠し通してほしかった……嘘《うそ》でもいいから、違うといってほしかった……」

チコは恨めしそうにいった。チコの偽《いつわ》らざる気持ちだった。

「おまえの気持ちはよくわかる。ただ……今まで隠し立てしていたのにはそれなりの理由があってのことだ。おまえが実の娘《むすめ》であることを八岐の大蛇さまはご存じなかったのだからな」

「ご、ご存じなかった!? な、なぜ!? なにゆえに!?」

「八岐の大蛇さまはおまえたちを産むまでの記憶《きおく》を消されておったからじゃ」

「お、おまえたち!? どういうことだ、それは!?」

「とにかく、こうなったらすべてを話さねばなるまい……。バラモスさまは、侵攻なされるとき、地上にも忠実《ちゅうじつ》な配下をつくっておきたかったのじゃ。そこでバラモスさまは、ひとりの美しい娘に白羽《しらは》の矢を立てた。その娘は人間離れした魔力を秘《ひ》めておって、ジパングの神として崇《あが》められておった。そこで、わしはバラモスさまに命ぜられ、侍女《じじょ》に扮《ふん》してその娘に接近した。それが、ヒミコさまじゃ。じゃが、わしが接近したときには、ヒミコさまから急速に魔力が消えかかっておった。旅の若者《わかもの》に恋《こい》をしたからじゃ。若者はサマンオサの間諜《かんちょう》じゃった。そこでバラモスさまはその若者を抹殺《まっさつ》しろとわしに命じ、わしはその言葉に従《したが》った……。ヒミコさまの悲しみは尋常《じんじょう》ではなかった。毎日、男の形見である銀の横笛《よこぶえ》を抱《だ》いて泣いてばかりおった」

「銀の横笛……!?」

「男は笛の名手じゃった……。ところが、それからしばらくして、ヒミコさまがその若者の子を身《み》籠《ご》っていることがわかったのじゃよ……。神が子を宿したとなれば、もはや神としての神通力が失われる。ジパングを治めることもままならぬ。そこで、わしはバラモスさまの命令に従ってヒミコさまを火の山の洞窟にお隠しして、そこで子を生ませたのじゃが、これが難産《なんざん》でな、ヒミコさまは命と引《ひ》き換《か》えに双子《ふたご》の女の嬰児《えいじ》を残して亡《な》くなられたのじゃ。じゃがバラモスさまは、ヒミコさまを魔力で八岐の大蛇としてこの世に蘇《よみがえ》らせたのじゃ。すべての記憶を消滅《しょうめつ》させてな。そして、わしにその双子の嬰児を抹殺しろと命じた。じゃが、姉の嬰児にただならぬ魔力の相が出ておった。わしはそれを見て、この嬰児はヒミコさまの生まれ変わりだと直感したのじゃ。そこで、わしは双子の嬰児を抹殺したとバラモスさまに報告し、内緒《ないしょ》で育てたのじゃ。じゃが、バラモスさまの目はごまかせなかった。すぐにそのことが露見《ろけん》してな。じゃが、バラモスさまもその嬰児のただならぬ相に気づかれてな、許してくれたのじゃ。そして、優秀な魔物に育てるよう命ぜられたのじゃ。その嬰児がおまえなのじゃよ、チコ……」

「それでは、もうひとりの嬰児……いや、妹は!?」

「わしはひと思いに抹殺しようとした。じゃが、ヒミコさまへの情が移っておったのじゃろうな。魔界のものにあるまじき情け心が出てな、もうひとりの嬰児はロマリアの王都の街門《がいもん》の前に捨てたのじゃ」

「ロ、ロマリアへ!?」

「ヒミコさまの男の形見じゃった銀の横笛を産着《うぶぎ》に添《そ》えてな……。金に替《か》えればかなりの額になりそうな立派《りっぱ》な笛じゃった。運がよければ、だれかいい人が拾ってくれるじゃろうと思ったのじゃ」

「ふ、笛を……!?」

チコの胸が急に騒《さわ》いだ。そして、ヒミコの里の満開の桜《さくら》の花の下で聞いたあのリザの笛の音を思い返した。あのとき感じた皮膚《ひふ》の裏側がざらつくような感覚を、チコは今でも鮮明《せんめい》に覚えていた。

まさか——!? チコは頭の中ですぐ打ち消した。そんなばかな——!?

「どうしたのじゃ、チコ?」

チコの返事はなかった。

チコは、長い黒絹の髪をしきりに振った。だが、チコの脳裏からあのときのことが離れなかった。

〈あのときの妙な苛立《いらだ》ち——もしかしたらそれは、自分の体に流れている血が呼び起こしたものだったのか——!? も、もし——!? もしそうだとしたら——!? あのリザという女は——!?〉

3　サバロバーグ

海賊の根城を出発してから二カ月後の昼過ぎ、アレルたちはやっとめざすスー大陸東海岸の小さな村に着いた。

サマンオサ大陸を左に見ながら北上し、サマンオサ大陸とスー大陸に広がる大海を縦断《じゅうだん》すると、スー大陸に沿って北上してきたのだ。

人口八〇〇人ばかりの漁村だったが、港では大がかりな設岸工事が行われていた。桟橋に接岸すると、サバロ商会の支配人だという中年の男が飛んできて、

「アレルさまたちですね!?　お待ちしておりました！　船は出航するまで配下の者に管理させますから、さあ、どうぞどうぞ！」

と、村の通りにある「サバロ商会」と看板《かんばん》の出ている新築の建物に案内した。

『倹約《けんやく》』と書かれた紙が壁《かべ》にべたべた貼《は》られたそのなかで、数人の男たちが黙々《もくもく》と働いていた。壁にはもう一枚、港の完成予想図が貼ってあった。支配人は、港の工事はサバロの資本で行われている、やがて港はサバロバーグの外港として大いに賑《にぎ》わうであろう、とその図を見ながら得意気に説明した。クリスが怪訝《けげん》な顔で聞いた。

「サバロバーグ？」

「ええ。以前は単なるさびれた村だったんですが、サバロさまが来てから急速に発展《はってん》したので、今ではこの地方の者にそう呼ばせているのですよ。この村の主要な商店もすべてサバロさまが経営しております。わたしらにとってはサバロさまは神さまなのですよ」

やがて、表に四頭立ての荷馬車が到着《とうちゃく》すると、支配人はその荷馬車でサバロバーグまで案内した。道中、支配人はサバロの出世物語をさも自分のことのように自慢《じまん》した。

昨年の十二月に村、つまり現在のサバロバーグに来たサバロは、すぐ道具屋と武器屋を開店したのだという。品数が豊富だったので、近隣《きんりん》近在から客が押《お》しかけ、大繁盛《だいはんじょう》したのだ。また、かつてこの地方から砂金《さきん》が採れたことがあった。そのことに目をつけたサバロは、儲《もう》けた金で一帯の山を安く買い叩き、金鉱を掘《ほ》り当てたのだという。それ以来、近在の村から五〇〇人もの坑夫《こうふ》が雇《やと》われ、村の人口は半年で六倍にも七倍にも膨《ふく》れあがり、村は今にわか景気に沸《わ》いているのだという。

西の山に夕日が沈《しず》みかけたころ、馬車は小さな盆地《ぼんち》にあるサバロバーグに着いた。市場を中心に、仕事帰りの坑夫たちであふれている酒場《さかば》や食堂、さらには宿屋、馬蹄《ばてい》屋、金細工屋、貴金属商、道具屋、武器屋などがずらりと軒《のき》を並《なら》べていた。また建築中の商店や共同住宅がやたら目についた。だが、人々は疲《つか》れきった顔をしていて、なりも粗末《そまつ》で貧しそうだった。

「港と同様、この村の主要な商店のほとんどをサバロ商会が経営しておりまして、ああ、その先の角に完成しているのが数日前に開店した博打《ばくち》場と劇場《げきじょう》です」

支配人が劇場の手前の大きな建物の前に馬車を止めた。

煉瓦《れんが》造りの三階建ての立派な建物で、表に「サバロ商会」の大きな看板が出ていた。その後ろにある立派な館《やかた》がサバロの自宅《じたく》だった。アレルたちが馬車からおりると、

「いやあ、お久しぶりです！」

玄関《げんかん》からサバロが飛び出してきた。ポルトガで会ったときよりもさらに派手《はで》な服を着、身につけている金銀の高価な首飾《くびかざ》りや腕輪《うでわ》や指輪の数も増えていた。

「ますますたくましくなりましたなあ！　また背が伸びたんじゃないですかい!?」

サバロは眩《まぶ》しそうにアレルを見ると、

「それにまあ、リザさんもいちだんと綺麗《きれい》になって！　クリスの姐御《あねご》もモハレの旦那《だんな》も相変わらず元気そうで！　頭領のところに寄ったんでしょ!?　きっとそうじゃないかと思って、ずっと待っておったのですよ！　さあさあこんなところで立ち話もなんですから！」

サバロは自宅の豪華《ごうか》な広間に案内すると嬉々《きき》としていった。

「実はですね、朗報《ろうほう》があるんですよ、朗報！　黄の宝珠《イエローオーブ》が手に入るんですよ！」

「ほんとか!?」

アレルたちは思わず顔を輝かせた。

「この大陸の中央部にスー族の村がありましてね！　そこの族長の家にあったんですよ！　三日後に収穫《しゅうかく》を神に感謝する感謝祭がこのサバロバーグで盛大《せいだい》に行われるんですが、その日に族長が黄の宝珠《イエローオーブ》を持って訪れることになっているんです！　はい！」

およそ一〇〇年ほど前のこと。スーの村にやってきた旅人が重い病に倒れ、族長たちは必死に看病してやった。旅人はやっと一命をとりとめると、感謝の印だといって美しい黄の宝珠《イエローオーブ》を族長にわたして立ち去っていったのだという――。この話をロザンが博打仲間から聞いたのは、スー大陸にわたってから四カ月目のことだった。サバロはさっそく兵を連れてスーの村に行き、譲《ゆず》ってくれるよう交渉《こうしょう》すると、族長は大量の武器や道具との交換《こうかん》を条件に――と約束してくれたのだった。

「ありがとう、サバロ。なにからなにまで……」

アレルが心から礼をいうと、

「なにを水臭《みずくさ》い。あたしがここまでこれたのも、もとはといえばロマリアでみんなのお金を拝借《はいしゃく》したおかげ。なんでもいいから役に立ちたいと思ってたのですよ。それより、今夜は再会を祝《しゅく》してぱーっと盛大《せいだい》にやりましょっ！　ねっ！」

「ところでサバロ、ひとつだけ聞きたいことがある」

クリスがスー大陸北部の島の秘密の洞窟のことを尋ねると、

「さあ？　はるか北のグリンラッドの老人のことなら聞いたことがあるんですがねえ。グリンラッドは年中氷におおわれた島なんですが、なんでもそこに物知りの老人がひとり住んでいるんだそうですよ。もっとも、変化《へんげ》の杖《つえ》を持っていかなければ会ってはくれないそうですがね。よくは知りませんがね、望みどおりになんにでも姿を変えることができる不思議な杖なのだそうですよ。ま、洞窟のことは、知っている者がいるかどうかさっそく部下に調べさせましょう！　料理の準備ができるまでこの部屋で休んでいてください！」

といってサバロが出ていくと、入れ替わりに寝起きの顔でロザンが入ってきた。

夜遊びをして昼の間ずっと寝ていたのだが、リザを見ると、とたんに髪の毛を櫛《くし》で梳《と》かしながら口笛を鳴らして、

「いやあ、いつ見てもお美しい！」

リザの手を取ってその手にキスをしようとすると、すかさずクリスとモハレが咳払《せきばら》いをして睨《にら》みつけた。

「な、なにさ……ふん」

ロザンは渋々《しぶしぶ》あきらめた。だが翌朝《よくちょう》、ロザンはリザの寝室《しんしつ》に豪華な花束《はなたば》と恋心を綴《つづ》った手紙を送り届《とど》けた。さらに二日目の朝も同じことをし、そのことを知ったクリスとモハレはかんかんになって怒ったが、ロザンは飄々《ひょうひょう》としてとぼけていた。

その日の昼過ぎのこと。広い裏庭《うらにわ》でアレルたちが剣の稽古《けいこ》をしていると、サバロが嬉々《きき》として飛んできた。

「わかりましたよ、例の洞窟のことが！　偶然《ぐうぜん》、その島の出身の坑夫がいましてね、たしかに島には洞窟があるそうです！　ただ、サマンオサへわたれるかどうかはわからないそうです！　島の者たちは神隠《かみかく》しに遭《あ》うといって、怖《こわ》がってその洞窟に近寄らないんだそうですよ！　とにかく、その坑夫と兵士たちに洞窟まで案内させましょう！　もしうまくサマンオサにわたれたら、帰るまでそ

の島で船の番をさせてもいい！」

そして、感謝祭の日——。村は大勢の人々で賑《にぎ》わっていた。

だが、見物に出かけたアレルたちは意外なことを知らされた。サバロは村人から恨《うら》まれていたのだ。儲《もう》けをひとり占《じ》めにしているうえに、人使いが荒《あら》く、金に細かすぎるので、村人たちの不満と怒《いか》りが鬱積《うっせき》していた。アレルたちは帰ってサバロに忠告《ちゅうこく》したが、サバロは歯牙《しが》にもかけなかった。

夕方、槍《やり》や弓《ゆみ》、斧《おの》で武装《ぶそう》したスー族の一行が大型の荷馬車八台を連ねてやってきた。一行は六十人あまりで、一様に黒々とした長い髪を三つ編みにしていた。そのなかの矍鑠《かくしゃく》とした老人がひとりだけ髪に立派な羽根飾《はねかざ》りをさしていた。族長だった。

その夜、村の長老やスー族を招いてサバロの自宅の大広間で盛大な晩餐会《ばんさんかい》が催《もよお》された。その席上、サバロは族長から袱紗《ふくさ》の包みを受け取ると、アレルにわたした。包みを開けると、美しい半透明の黄色の玉が光を放っていた。間違いなく、黄の宝珠《イエローオーブ》だった——。

一カ月後の十二月初旬《しょじゅん》——。アレルたちはスー大陸北部の島の洞窟の奥に立っていた。目の前には暗黒の闇がぽっかりと口を開け、不気味な気流が渦《うず》を巻いていた。
アレルたちは、島出身の坑夫と兵士たちが乗った船に案内されてこの島まで来たのだ。島の人々に、六年前サマンオサの勇者サイモンがこの島に現れたかどうか尋ねたが、誰もが首を横に振った。洞窟に近づかないので、わからないというのだ。

とにかく、オルテガがオルシェにいった「瞬時にしてサマンオサ国の東方にわたれる秘密の洞窟がある」という言葉を信じるしかなかった。

「行くぞ！」

アレルが意を決して叫び、いっせいに暗黒の闇に飛び込むと、突然まばゆい光の渦がアレルたちを包んだ。次の瞬間、アレルたちの姿が忽然《こつぜん》と消えた——。

4　サマンオサ

ほんの一瞬のことだった。アレルたちはいきおいよく地面に叩きつけられた。

「こ、ここは……!?」

アレルたちは慌《あわ》てて飛び起きて背後を振り返った。

飛び込んだときと同じように、暗黒の闇がぽっかりと口を開け、そのなかで不気味な気流が渦を巻いていた。やはりここも同じような洞窟だった。サマンオサの洞窟かどうか定かではないが、確実に闇の通路を抜けて別の場所に出たのだ。

洞窟の外に出ると、眼下にはじめて見る風景が広がっていた。西の空に夕日が沈《しず》もうとしていた。島の洞窟に入ったときには日が落ちかけていたので、瞬時にしてこの洞窟にわたったことになる。

アレルたちは夕日に向かって歩き出した。もしここがオルテガのいったサマンオサ東方の洞窟なら、王都サマンオサはその西方にあるからだ。

その夜、野宿に適した場所を探《さが》しながら歩き続けていたアレルたちは、はるか前方にいくつかの人家の明かりを見つけた。そこは谷間にある戸数一〇〇戸あまりの小さな村だった。さっそく村に一軒《けん》ある宿屋に飛び込むと、奥から出てきた五十代半ばの主人に、サマンオサかどうか尋ねた。主人は警戒《けいかい》しながら怪訝《けげん》な顔で答えた。

「サ、サマンオサだが……？」

「やった！」

アレルたちは思わず顔を輝かせた。

「もしかしてあんたら、東の洞窟を抜けてきなすったのかね？」

「ほかにも抜けてくる人がいるのですか？」

逆にアレルが聞くと、

「いや、七年前ひとりだけおった。勇者サイモンさまがね」

「サイモンが!?」

アレルたちは思わず顔を見合わせた。

「やっぱりあのほこらを抜けて帰国したのか！　実は、ぼくたちはそのサイモンに会いに王都へ行くところなんだ！」

「し、しかし……行ってもサイモンさまは……」

「王都にいないのですか⁉」

「そ、それが……」

主人は顔を曇《くも》らせた。

「どこへ消えたのか行方《ゆくえ》が知れませんでね」

「なんだって⁉」

「七年前、突然王都から姿が消えてしまったらしい。国王さまの逆鱗《げきりん》に触《ふ》れて処刑《しょけい》されたとか、牢《ろう》に入れられたとか、いろいろ噂《うわさ》が流れたが、誰もほんとうのことは知らん……。奥さまは今でも王都におるらしいが……」

「でもサイモンほどの男がなぜ？」

「そうだよ。サイモンはこの国の英雄《えいゆう》でねえだか⁉　勇者だべ⁉」

クリスとモハレが聞いた。

「国王はやさしくて人望があった……。だが、サイモンさまが帰国したあたりから、すっかり性格が変わってしまった。王都では夜間の外出が禁じられ、人が少しでも集まればすぐ兵士が飛んできて解散させる。うっかり国王の悪口をいったことがばれたり、兵士に逆らったりすると、それこそ大変だ。たちまち逮捕《たいほ》され、見せしめのために広場で処刑される。国王は密告《みっこく》する者には賞金を与えるので、あることないこと密告する者があとを絶たず、王都の人たちは肉親までも信じられなくなっておるそうでしてね」

「ひどい話だ」

アレルたちは顔を見合わせてため息をついた――。

翌朝、宿の主人が執拗《しつよう》に引き止めたが、アレルたちは四頭の馬を調達し、王都サマンオサに向けて馬を飛ばした。街道筋《かいどうすじ》にはたくさんの宿場町や村があったが、どこもひっそりと静まり返っていた。アレルたちは、人影《ひとかげ》のない街道をひたすら飛ばした。

夜は宿場に泊《と》まり、国王や王都や勇者サイモンの情報を集めるために、宿や食堂の人たちと世間話をしながらなにげなく探《さぐ》りを入れた。正面きって聞くと、ほとんどの人が警戒して口を固く閉ざすからだ。だが、特に新しい情報はなかった。最初の宿の主人から聞かされたこととほとんど同じような内容だった。

そして、東方の洞窟にわたってから十五日目の昼過ぎ、街道の前方に城壁《じょうへき》に囲まれた大きな街《まち》が見えてきた。人口二万三〇〇〇人の王都サマンオサだった。中央には国王ルスカ二十四世の居城《きょじょう》である美しい白亜《はくあ》の城がそびえていた。門をくぐりアレルたちは馬を引いて街の中央に向かった。と、広場の方角から大勢の人たちがぞろぞろやってきて、それぞれの家や路地に散っていった。一様に暗い顔をしていて、なかには涙《なみだ》を浮かべている者もいた。

「どうしたんですか!? 何があったのです!?」

アレルはそのなかのひとりを呼び止めたが、中年のその男は恨《うら》めしそうに広場の方を見て唇《くちびる》を噛《か》むと無言のまま立ち去った。

宮殿《きゅうでん》前の広場に行って絶句した。無表情な兵士が警備《けいび》をしていて、群集がすべて散ったあとだった。処刑が行われた直後だったのだ。広場の中央に設置された処刑台の上に、これ見よがしに斬首《ざんしゅ》されたばかりの血まみれの三つの首が無残にさらされていた。若いのか歳《とし》なのか判別《はんべつ》がつかないが、頭髪の量からかろうじて男女の区別がついた。

「む、むごいことするだよ……」

アレルたちは思わず顔を背《そむ》けた。どこから集まってきたのか禿鷹《はげたか》の群れが大理石の宮殿《きゅうでん》や、広場に面した大聖堂《だいせいどう》の屋根に止まってその首を狙っていた。

5　勇者の妻

通りにはさまざまな商店が軒《のき》を並べていたが、宵《よい》の口だというのに人影がまばらだった。ほとんどの店には客の姿がなく、店の者たちはすでに店仕舞《じま》いを始めていた。二人組の兵士たちが何組も街を巡回《じゅんかい》していた。

アレルたちは閉店したばかりの食堂の角を曲がり、裏通りの古い三階建ての共同住宅のなかに入った。宿でサイモンの家を聞いてきたのだ。だが、階段や壁が崩《くず》れかけていて、とても勇者と崇《あが》められた者が住むようなところには見えなかった。

二階の奥のドアを叩くと、三十歳過ぎの色の白い女性が警戒しながらドアをほんの少しだけ開けた。整った美しい顔をしていた。

サイモンの妻のサリーヌだった。化粧《けしょう》っけがまったくなく、質素な服装《ふくそう》をしていたが、それがかえって女性らしい清潔感《せいけつ》を与えた。

アレルがオルテガの息子《むすこ》だと名乗ると、サリーヌは驚いてアレルを見ていたが、慌てて内側の鎖《くさり》をはずし、廊下《ろうか》に人がいないのを確かめると、アレルたちをなかに入れた。

小《こ》ぎれいに整頓《せいとん》された居間で、サリーヌがアレルたちに椅子《いす》を勧《すす》めたとき、隣の部屋のドアの隙《すき》間《ま》から七、八歳の子供が不安気な目でアレルたちを見ているのに気づいた。大きな目をした利発《りはつ》そうな男の子だった。

「息子のサザルです。お客さまですからね」

サリーヌがさとすと、サザルは黙《だま》ってドアを閉めた。

アレルの目に、サザルの姿と自分の幼《おさな》いときの姿が重なって見えた。同時に、なつかしい母の姿を思い出していた。アレルが旅に出たいきさつを話し始めると、

「オ、オルテガさまが死んだというのですか!?」

サリーヌは驚いてアレルを見つめた。

「あ、あの……夫はオルテガさまと一緒ではなかったのでしょうか!?」

「えっ!? バラモスを倒しに旅に出たのですか!? で、でも!?」

アレルたちは思わず顔を見合わせた。そして、サイモンがオルテガとの約束の場所に現れなかったという話をすると、

「そ、そうなのですか……。も、もしかしたら、と思っていたのですが……」

サリーヌは肩で大きくため息をついた。が、気を取り直して話し始めた。

「……七年前、夫が帰国するなり、オルテガさまとバラモスを倒しに行く約束をした、明日にでも国王に許しを得て出発するつもりだ、とわたしに告げました……。そして、翌朝旅の報告とその許しを得るために城へ赴きました。ところが、突然昼過ぎに帰宅して、国王に命じられて急にオリビアの岬《みさき》の近くの島へ行くことになった、二週間もあれば帰れる……と告げ、旅支度《たびじたく》をして南の湖にある島の洞窟へ向かったのです……」

「オリビアの岬……!?」

アレルが革袋《かわぶくろ》から世界地図を出して広げると、サリーヌはロマリアのある北大陸と中央大陸と北中央大陸の三大陸にまたがる大きな湖に突《つ》き出た岬を指さした。オリビアの岬を境に、東側がカルピ海、西側がコスタ海である。サリーヌの左手の薬指には青い宝石の結婚指輪《けっこんゆびわ》がはめられていた。

「このオリビアの岬から帰国したら旅を許すと国王が申されたのだそうです」

すかさずリザが聞いた。

「でも、なぜそこへ行くのに南の洞窟へ!?　も、もしかして、その南の洞窟からオリビアの岬の近くの島へわたれるのですか!?」

「ええ。瞬時にしてわたれる穴があると国王陛下《へいか》が申されたそうです。でも、夫はいつまでたっても帰ってきませんでした……。わたしは、予定より仕事に日数がかかり過ぎたので、帰国せずに直接オルテガさまとの約束の場所へ向かったのではないかと勝手に思っていたのです。ところが、ある日突然城から使いが来て、夫は今後一切城ともルスカ王家とも関係ないと告げられ、毎月届けられていた夫の給金が急に打ち切られたのです。また、巡回《じゅんかい》の兵士たちが急増し、街の人々を取りしまるようになり、国王や兵士に逆らう者を片《かた》っ端《ぱし》から逮捕《たいほ》して、宮殿前の広場で処刑するようになったのです。やがて、夫が国王の逆鱗《げきりん》に触れて処刑されたとか、牢に入れられたとかいろいろな噂が流れるようになりました……。わたしはほんとうのことが知りたくて、何度もお城へ足を運びました。結婚前お城に奉公《ほうこう》していましたから国王陛下のことはよく存じておりますし、結婚後もいつも温かいお言葉をいただいておりましたから。それに、息子のサザルという名を授けてくれたのも陛下ですから。でも、今まで丁重《ていちょう》に扱《あつか》ってくれた門兵たちが相手にもしてくれませんでした。挙《あ》げ句《く》の果ては、あまりしつこいと逮捕すると脅《おど》かしたのです……」

「でも、どうして急にそんなに……」

アレルが聞いた。

「わかりません……。ただ、わたしの知っている国王陛下は、とてもあんな冷酷《れいこく》で残忍《ざんにん》なことのできるお方ではございません。わたしには、何者かが国王陛下に姿を変えているとしか思えないのです……」

「な、なぜですか？　何か根拠《こんきょ》でもあるのですか？」

「はじめて宮殿前の広場で処刑が行われた日のことです。見物のために城からやってきた国王が宮殿にお入りになるとき、偶然《ぐうぜん》わたしと視線《しせん》が合ったのです。でも、国王陛下は冷たい目でわたしを見ただけでした。いくら無視しても、知っている顔を見ればなんらかの反応があるはずです。なんらかの感情が現れるはずです。ところが、その目にはなんの反応《はんのう》も感情もありませんでした。他人を見るのと同じ目でした。そのときわたしは直感しました。国王陛下はわたしを意識して無視しているのではない。わたしの顔を知らないのだ……と」

サリーヌの眸《ひとみ》は確信にあふれていた。そして、

「も、もしわたしが男なら……ラーの鏡で正体を暴いてやるのに……」

と、唇を噛んだ。

「ラーの鏡？」

「魔術《まじゅつ》によって姿を変えた者をその鏡に映《うつ》し出せば、たちまちにして魔法が解け、真の姿に戻ると伝えられている神器の鏡です。古くからサマンオサに伝わっているもので、南の湖の洞窟に奉納《ほうのう》されていると聞いたことがあります。かつては妖精《ようせい》たちが使っていたものだそうですが……」

そのときだった。突然、大聖堂の鐘《かね》が鳴り響《ひび》いた。

なぜこんな時間に——？　アレルたちが怪訝な顔をして鐘の音を聞いていると、

「外出禁止の時を告げる鐘です……」

サリーヌは悲しそうに笑った。

「見てのとおり汚《きたな》くて狭《せま》い家ですが、今晩はお泊《と》まりください。巡回の兵士に見つかると大変なことになりますから」

「いえ。大丈夫です。ご迷惑《めいわく》はかけませんから……」

そういってアレルたちは立ちあがった。

『何者かが国王に姿を変えているとしか思えないのです』という言葉と確信にあふれた眸が、アレルに強い印象を与えた――。

6 ラーの鏡

「くそっ！ いつまで探せばいいんだっ！」

ゾンビマスターを斬《き》り倒すと、クリスは苛立って吐き捨てるようにいった。

五日後、王都から馬を飛ばしてきたアレルたちは、南の湖にある島の洞窟で、オリビアの岬の近くにわたることができるという穴《あな》とラーの鏡を探していたが、いくら探してもそれらしき穴も物も見つけることができないでいた。洞窟に入ってから、かれこれ五、六時間が経《た》とうとしていた。

湖の島へは崩れかけた古い石橋がかかっていてなんなくわたれたが、迷路のように入り組んだ洞窟は魔物の巣窟《そうくつ》だった。コングの群れや、腐《くさ》った死体を連れたゾンビマスター、ガイコツ剣士《けんし》、べホマスライムなどのほかに、新種の魔物も現れた。

奥の階段をおりるといきなり魔物が襲ってきた。先頭に立っていたアレルは敵の最初の攻撃《こうげき》をかわすと頭部に一撃を加えた。魔物――錆《さび》だらけの鎧《よろい》をまとったキラーアーマーは騒々《そうぞう》しい音をたてて階下に転がり落ちた。

なんとか起きあがった敵にアレルが正面から斬りかかり、すばやく階段を駆《か》けおりたクリスとモハレが左右にまわり込み同時に剣を突き刺した。胸と腹をえぐられて苦しむ魔物の顔面にリザのヒャドが命中し戦いはあっけなく終わった。

「なあ、もともと穴なんかなかったのでねえだか？」

モハレがいうと、すかさずクリスが聞いた。

「どういうこと？　サイモンが国王にだまされてここへきたというの？」

「それしか考えられねえだよ。ひょっとしたら、このなかのどこかに閉じ込められているのかもしれねえ。とっくに骨《ほね》になってるのかもしれねえ」

「だが、仮にも勇者といわれた男、この程度の連中に殺《や》られたとは思えないわ」

「とにかくもう一度探そう。見落としているところがあるかもしれない」

アレルが気を取り直して歩き始めると、リザもあとを追い、クリスとモハレも渋々《しぶしぶ》あとに続いた。
四、五十歩進んだときだった。モハレが岩陰《いわかげ》の奥の闇のなかに大きな木製の宝箱を見つけ、
「ラーの鏡が入ってるかもしれねぇだ！」

嬉々として蓋《ふた》を開けた。

ギロッ！　宝箱のなかで不気味な双眼《そうがん》が光った。

「危ない！」

モハレの巨体を後ろにいたリザが突き飛ばした。アレルはとっさに身をかわしクリスもすばやく床にふせた。ゾッとするような呪文の波動が頭上を通過する。

「気をつけて。そいつはザラキの呪文を使うの！」

死の呪文の波動をやり過ごしたリザはそう叫びながら宝箱に化けていた魔物――ミミックに向けて理力の杖を振りかぶった。ギザギザの歯が無数に生えた口にメラミの火球が吸い込まれる。魔物の悲鳴が響き、箱の口から黒煙《こくえん》があがった。

ミミックはうめきながら跳躍《ちょうやく》し、ふたたび大きく口を開けると、立ちあがったアレルの剣の先端が魔物の口を直撃し、モハレとクリスがとどめを刺《さ》した。

「脅《おど》かしやがって……」

アレルはミミックの体液が付着した剣を拭《ぬぐ》い鞘《さや》に収めた。ほっとしたときだった。ビシッビシッ――足元に鋭《するど》い亀裂《きれつ》が走り、突然床の岩盤《がんばん》が粉々に砕《くだ》けながら崩壊《ほうかい》した。

「うわあああっ！」

アレルたちは砕け散った岩盤とともにまっ逆さまに落下して、岩場に叩きつけられた。骨が軋《きし》み、一瞬気を失いかけた。やっと起きあがると、そこは地底湖に浮かんだ島のような大きな岩場だった。岩場の隅《すみ》に煉瓦《れんが》と切り石を積んだ祭壇《さいだん》が築かれている。四人が祭壇に向かって数歩進んだとき——ザザザザッ、背後で水音がし、巨大な魔物が姿を現した。

この地底湖の主であるガメゴンだ。迫ってくる魔物をめがけてリザがヒャダルコの呪文を唱える。だが冷気が凝結《ぎょうけつ》してできた無数の氷の刃《やいば》は、魔物の甲羅《こうら》に当たり砕け散った。

「おらにまかせるだ」

斬りかかろうとするアレルとクリスを制してモハレが印を結び、低い声で呪文を唱えた。と、死を呼ぶザキの波動がガメゴンの巨体を貫《つらぬ》き、地底湖の主はゆっくりと崩れ落ちた。

祭壇の中央に円形の鏡が祀《まつ》ってあった。ちょうど両手を並べたぐらいの大きさで、薄翠《うすみどり》の外枠《そとわく》には美しい文様《もんよう》が、黄金《こがね》色の内枠には古代の楔形文字《せっけいもんじ》が刻《きざ》まれ、中央には鈍《にぶ》い光沢《こうたく》の灰《はい》色の鏡がはめられていた。ラーの鏡だった。

そのあと、アレルたちはまた数時間かけて穴を探した。だが、結局それらしき場所を見つけることができなかった——。

7　王都奪還

アレルたちがラーの鏡を手に入れてから五日後のこと——。

二〇〇名ほどの武装《ぶそう》兵士が宮殿前の広場に設置された処刑台を取り囲み、それを数千の群集が遠巻きにして見ていた。人々の顔には、悲しみと怒りと、どうにもできない苛立ちとあきらめが同居していた。

やがて宮殿の三階のバルコニーに六十歳過ぎの恰幅《かっぷく》のいい国王ルスカ二十四世が現れ、おもむろに玉座についた。国王は、新年の祝いや誕生日《たんじょうび》などの公式行事のときに、このバルコニーに立って国民にお言葉を述べるのが慣例になっていた。そのために城内の宮殿とは別にわざわざこの広場に建てられたのだ。だが、それらの行事も七年前からは中止になり、代わって処刑を見るために十日に一度姿を見せるようになったのだ。

と、国王の登場を待っていたかのように、処刑の時を告げる大聖堂の鐘の音が晴れた空に響きわたると、二人の罪人が泣きわめきながら兵士によって処刑台に連行されてきた。老婆《ろうば》と中年の男の親子だった。

やがて罪状を高々と読みあげる処刑兵の声が静まり返った広場に響きわたった。「国王中傷《ちゅうしょう》」と「武器の不法所持」がおもな罪状だった。二人の罪人は無実を叫びながらさらに泣きわめいたが、処刑兵が処刑台に押さえつけて国王の合図を待った。群集の目はいっせいに国王に向けられた。国王は冷酷《れいこく》な笑みを浮かべて見ていた。国王が合図を送れば、あとは処刑兵が罪人の首を撥《は》ねるだけだった。

そのときだ。国王の背後を警備していた兵士たちが血飛沫《ちしぶき》をあげて倒れた。

「何奴《なにやつ》だ！」

「エーイ出会え！　狼藉者《ろうぜきもの》だ！」

罵声《ばせい》と怒号《どごう》のなかで四つの影がバルコニーを駆《か》け抜《ぬ》ける。アレルたちだ。四人はクリスを先頭に押し寄せる兵士たちを薙《な》ぎ倒《たお》し国王に駆け寄った。

「痴《し》れ者《もの》っ！」

近衛兵《このえへい》らしい壮漢《そうかん》が槍《やり》を構えてクリスを襲ったが、

「雑魚《ざこ》に用はない！」

クリスは繰《く》り出された槍の穂先《ほさき》を簡単にかわすと兵士の胴を払い、のけぞるところを真正面から斬り倒した。すると倒れた兵士の身体はみるみるうちに風化しバラバラの白骨《はっこつ》へと変わってしまった。魔物のガイコツ剣士が化けていたのだ。

逃げようとする国王を捕《つか》まえたアレルとモハレが国王の顔にラーの鏡を突きつけた。銀色の鏡面は七色の光彩《こうさい》を放ち、神器の発する霊光《れいこう》は周囲すべてを金色に染めあげた。

「魔物め！　正体を現せ！」

アレルは鏡を持つ手に力を込めた。鏡面からほとばしる光の奔流《ほんりゅう》はますます激しくなる。一瞬、狼狽《ろうばい》と驚愕《きょうがく》の表情を浮かべた国王の身体がブルッと震えた。

「ウググッ」

不気味なうめき声をあげる国王の身体が徐々に膨《ふく》らみ始め、金糸銀糸をふんだんに使った豪奢《ごうしゃ》なガウンが引き千切れ、白テンの衿当《えりあ》てが弾《はじ》け飛んだ。

「おのれ小わっぱ、よくも我が化身《けしん》を破りおったな！」

サマンオサの国王・ルスカ二十四世になりすましていた魔物はラーの鏡の力によってついに正体を現したのだ。

「バラモスの配下か!?」

バルコニーにいた残りのガイコツ剣士を一刀《いっとう》のもとに斬り捨てたクリスが怒鳴《どな》った。

「われはバラモス四天王がひとりボストロール！　者ども、もう窮屈《きゅうくつ》な格好《かっこう》をせずともよいぞ！」

巨大な魔物の声に広場を埋《う》めつくした群衆から悲鳴と罵声《ばせい》が沸《わ》き起こる。警備についていた兵士たちも次々とガイコツ剣士に姿を変えたのだ。

「国王は魔物だ！　兵隊も魔物だ！」

若い男が足元の石を拾うとバルコニーの下にいた魔物に投げつけた。そして、それをきっかけにして群衆はいっせいに魔物に挑《いど》みかかっていった。

「おまえの企《たくら》みもここまでだ！」

ボストロールに向かってアレルが叫んだ。

「ふざけるな、こうなったうえは貴様らもこの国の人間どもも皆殺《みなごろ》しにしてくれるわ！」

魔物は怒りに燃える双眼《そうがん》でアレルたちを睨みつけると、手にした棍棒《こんぼう》を振りあげた。

「サイモンはどうした!?　勇者サイモンはどこにいる!?」

剣を構えたアレルの言葉に魔物はニヤッと笑った。皮肉な、酷薄《こくはく》な笑みだった。

「はっははは！　あやつならオリビアの岬の近くの島で、とっくに骨になっておるわ！」

群集からまたも大きなどよめきが起きた。

「だが、どうやってオリビアの岬までやったのだ!?　南の湖の洞窟にはオリビアの岬の近くの島へわたる穴なんかどこにもなかった！」

「サイモンがわたったあと、二度と戻れぬよう跡形《あとかた》もなく穴を封《ふう》じたのだ！　八年前、われはこの変化《へんげ》の杖を手に入れた！」

「変化の杖!?」

アレルたちは驚いてボストロールが腰に差している杖を見た。先端《せんたん》に美しい大きな水晶玉と、それを保護する青白い金属性の環の飾りがついていた。

「そして七年前、国王になりかわってこの国を手中に収めた！　だが、あやつが帰国するや、魔王バラモスさまを倒しに行くなどと抜かしおった！　そこで、オリビアの岬の島の牢獄《ろうごく》へ封じ込めたのだ！　永久になっ！」

「こ、国王は!?　ルスカ二十四世はどうした!?」

「そやつなら地下牢《ちかろう》に閉じ込めておる！　さあ覚悟《かくご》するがいい！」

ボストロールは大人《おとな》の身長ほどもある棍棒を軽々と振りまわすとアレルに襲いかかった。轟音《ごうおん》とともにバルコニーの床が砕け、瓦礫《がれき》と砂ぼこりが舞いあがる。すんでのところで棍棒をかわしたアレルは気合いとともに跳躍し魔物の首筋《くびすじ》を狙《ねら》って剣を突き出した。が、ボストロールはその巨体からは信じられないほど身軽だった。切っ先を紙一重《かみひとえ》の差で見切ると自らも床を蹴《け》って跳躍したのだ。

「死ねっ！」

魔物の鉄拳《てっけん》がアレルの顔面をとらえる。

「アレル！」

すさまじい衝撃《しょうげき》が全身に広がり、激痛《げきつう》に意識が遠のいた。リザの悲鳴がひどく遠くで聞こえ、アレルの前に闇が広がった。

〈死ぬのか……ぼくはこんなところで死んでしまうのか？〉

アレルは闇のなかでもがいた。すべての感覚がマヒし苦痛だけが全身を押し包んでいる。そして、唐突に闇が裂《さ》けた。朦朧《もうろう》とした意識の片隅《かたすみ》でアレルは自分を呼ぶ声を聞いた。目の前に光が広がり、蒼白《そうはく》なモハレの顔がかすかにぼやけて見えた。

「よかった！　間に合っただよ！」

巨漢《きょかん》の僧侶は苦しげにいった。

「ぼ、ぼくは……どうなったんだ？」

口中に広がる血の香《かお》りに顔をしかめながらアレルは尋ねた。

「気絶してただよ。殴《なぐ》られて、気絶して、バルコニーからまっ逆さまに落っこっただ」

モハレは手短にアレルが気を失ってからのことを話した。落下した彼を抱き止めたのはクリスだった。屈強《くっきょう》な女戦士はアレルの身体を担《かつ》ぎ、魔物の攻撃をかいくぐって安全圏《あんぜんけん》まで連れ出したのだ。

そしてモハレは瀕死《ひんし》のアレルに治癒呪文《ちゆじゅもん》を連続して施《ほどこ》していたのだ。攻撃呪文であれ治癒呪文であれ高度な魔法を連続して使用すれば、術者《じゅつしゃ》は極度に消耗《しょうもう》する。アレルは蒼白《そうはく》な顔で自分を見ているモハレに感謝した。

「大丈夫かモハレ？」

「ああ平気だ。ホイミの一〇〇や二〇〇いつでも唱えてやるだよ。それよりアレル、クリスたちが……」

僧侶の言葉にアレルは上半身を起こした。アレルがさっきボストロールと戦っていた場所ではリザとクリスが魔物の猛攻《もうこう》を必死で防いでいた。

女戦士は棍棒による攻撃をすばやくかわし、魔物の足を狙って剣を振るっている。背後からはリザが使える限りの攻撃呪文で援護していた。

「小娘どもが！」

二人の執拗《しつよう》な攻撃に業《ごう》を煮《に》やした魔物は手にした棍棒を高々と振りあげた。すさまじい衝撃にバルコニー全体がグラグラと揺れる。

「リザ！　クリス！」

アレルは立ちあがると魔物に向かって走った。モハレのホイミのおかげで傷はかなり治っていたが、それでも全身に鈍《にぶ》い痛みが走る。

そしてアレルたちが戦っているバルコニーの下の大広場では、兵士に化けていた無数のガイコツ剣士と群衆がすさまじい集団戦を繰り広げていた。

当初は優位に戦いを展開《てんかい》していた魔物側も街の武器屋から運び出された剣や槍が民衆にいきわたるとしだいに劣勢《れっせい》になっていった。

「しぶといガキどもが！」

ボストロールは右に左に棍棒を振りまわし、そのたびにバルコニーの床に亀裂《きれつ》が走った。

クリスとアレルは左右から交互《こうご》に攻撃をかけ、そしてリザとモハレがその後方から、援護する。

だが、今までの魔物に対して有効だった作戦もボストロールに対してはさして効果がなかった。

「なんてしぶといやつだ！」

肩で息をしながらクリスは額の汗を拭《ぬぐ》うと剣を持つ手に力を込めた。

「ターッ！」

右から接近したアレルが棍棒の一撃をヒラリとかわして跳躍し、クリスも同時に左側から魔物のすねに斬りかかった。右足と左の脇腹《わきばら》に手傷を負ったボストロールはすさまじいうなり声をあげ、着地したばかりのアレルに襲いかかる。

そのときだ、足元のバルコニーが轟音《ごうおん》とともに崩れ落ちた。

「ウワーッ」

アレルたち四人は、そしてボストロールの巨体は石材とともに落下した。

背中をしたたか打ったアレルが苦痛に顔をしかめて立ちあがったとき、目の前に棍棒を振りかぶった魔物が立っていた。

「アレル！　危ない！」

「逃げろ！」

背後でリザとクリスが口々に叫んだ。

ところが、魔物は棍棒を振りあげたまま、ピタッとその動きを止めたのだ。そして憤怒《ふんぬ》の形相《ぎょうそう》もすさまじくクルリと振り返った。背中には無数の槍と矢が突き立っていた。

ガイコツ剣士の一団を駆逐《くちく》した民衆がアレルたちの加勢に駆けつけたのだ。

「勇者サイモンの仇《かたき》だ！」

先頭にいた若者が放った矢を魔物はこともなげに振り払い、叫んだ。

「ウジ虫めらが。貴様らもみんなまとめてサイモンのいる地獄《じごく》に送ってやるわ！」

棍棒がうなり、避け損ねた数人の身体が血まみれの肉塊《にくかい》となって消し飛ぶ。

「おのれ！」

アレルはなおも民衆を襲おうとするボストロールに挑みかかった。

長剣がきらめき、ふくらはぎから血を流した魔物の身体が大きく傾いた。この機を逃《のが》さずクリスは無傷の左足に攻撃を加え、アキレス腱《けん》を切断された魔物は崩れ落ちるように膝《ひざ》をついた。

「今だ！」

動けなくなった魔物に向かってアレルは剣を構えた。

「ばかな……こ、このわしがただの人間に負けるなどと……」

魔物は続けざまに飛んでくる矢を払いのけ、立ちあがろうともがいた。

「勇者サイモンの、そして貴様に殺された多くの人々の仇だっ！」

地を蹴り高々と飛んだアレルにボストロールは右腕《みぎうで》を伸ばした。裂《れっ》ぱくの気合いとともにアレルの剣が一閃《いっせん》し、魔物の手首を切り飛ばすと、アレルはそのまま空中で体勢を整え、全体重をかけてボストロールの胸に剣を突き立てた。魔物の四肢《しし》が痙攣《けいれん》し、カッと見開かれた双眼から急速に光が消えていった。

バラモス四天王中で最大の怪力《かいりき》を誇《ほこ》ったボストロールは、ゆっくりと両腕を伸ばし何かを探るように指をうごめかした。アレルの方を見た魔物の表情はまだ、人間の手による突然の死が信じられない様子だった。

アレルの周囲でワーッという歓声《かんせい》が沸《わ》き起こった。数万にのぼるサマンオサの人々があげる歓声はアレルを、そしてクリスたち三人を包み込みさらに大きく広がっていった。

群衆の誰もがどこかしらに手傷を負い、血を流している。だがその表情は数年におよぶ恐怖《きょうふ》と暗黒の支配から解き放たれた喜びに満ちていた。

アレルが呆然としながら群集の歓声を聞いていると、

「大丈夫、アレル？」

リザがやさしくアレルの顔の返り血を拭《ふ》いた。

そのとき、一陣の風が吹き抜けていった。と、「ふふふふふふ」と不気味な女の笑いがした。見

ると、宮殿屋上の隅に白絹の長衣をまとった長い髪の若い女が立っていた。チコだった。

「な、何者だ!?」

アレルが叫んだ。だが、チコは冷たい眸でじっとリザを見たまま目を離さなかった。

「誰？　あなた、誰なの？」

背筋に悪寒が走るのを覚えながらリザが叫んだ。

「ふっ……」

チコが口許《くちもと》に笑みを浮かべた。だが、眸は冷たいままだった。チコはロマリアに行ってリザのことをすべて調べた。その帰りだったのだ。

「バラモスの配下の者かっ!?　そうだなっ!?」

アレルが慌てて床に転がっていた剣を拾いあげて身構えた。クリスとモハレも必死に立ちあがった。

「ふっふふ。そう……」

チコはアレルを見てにやりと笑った。

「そして、オルテガをあの世に送ったのもこのわたし……」

「な、なにっ!?」

アレルたちは愕然《がくぜん》とした。一瞬、二の句が継げなかった。

「これがそのときの傷……」

チコはさっと前髪をあげ、隠していた左の目を見せた。無残につぶれていた。だが、アレルを睨みつけるように見ている右の眸は恨《うら》みに満ちていた。チコは、左目を醜《みにく》くつぶされてはじめて自分が女であることを意識したからだ。今では鏡で自分の顔を見ることがなにより嫌《きら》いだった。

「く、くそっ！　父の仇っ！　おりてこい！　戦えっ！」

アレルが叫んだ。

「今日は戦いにきたのではない。そのリザという娘を見にきただけ……」

「な、なぜ!?　なぜわたしを!?」

「いずれわかるときがこよう……」

チコはアレルを見てにやりと笑った。

「だが、いくら宝珠《オーブ》を集めてもしょせん無駄《むだ》なこと……」

「な、なんだとっ!?」

「最後の宝珠《オーブ》は、もはやいかなる者でも手にすることは不可能……。ふっふふふ……」

チコは不気味な笑い声を残しながら姿を消した——。

広場はひときわ大きな歓声に沸いていた。城に雪崩《なだ》れ込んだ群集が地下牢に閉じ込められていた国王を救出し、国王とともに広場にやってきたのだ。

「サマンオサ！　サマンオサ！　サマンオサ！」

群集は拳《こぶし》をあげて国名を絶叫《ぜっきょう》した。

そのあと、誰ともなく、どこからともなくサマンオサ国歌が沸き起こった。やがて歌声が広場をびっしりと埋《う》めた群集に広がると、怒濤《どとう》のような大合唱になった。喜びに涙を流す者、笑顔を浮かべる者、抱き合う者——それぞれの感慨《かいがん》を込め、群集は声の限りに国歌を合唱した。そのなかにサイモンの妻サリーヌと息子のサザルの姿もあった。

この日、王都を奪還《だっかん》した歓喜《かんき》の大合唱は夜が更《ふ》けるまで続いた——。

第六章　ガイアの剣

「この世に六つの宝珠《オーブ》がある。翠《グリーン》、緋《レッド》、碧《ブルー》、紫《パープル》、黄《イエロー》、銀《シルバー》の六つじゃ。この六つの宝珠《オーブ》を集めればおのずとネクロゴンドのバラモスの居城《きょじょう》へと導かれよう……」と告げた賢者《けんじゃ》の言葉に従《したが》い、アレルたちは五つの宝珠《オーブ》を手に入れた。残すは銀の宝珠《シルバーオーブ》ひとつだけだった。

ところが、サマンオサの国王に姿《すがた》を変えていたバラモスの四天王《してんのう》のひとりであるボストロールを倒《たお》した直後、アレルたちの前に現れたバラモス配下の女魔法使《まほうつか》いが、「最後の宝珠《オーブ》はもはやいかなる者でも手に入れることは不可能《ふかのう》……」と謎《なぞ》の言葉を残して消えた。

アレルたちは大きな衝撃《しょうげき》を受けた。事実なら今までの苦労は水の泡《あわ》と化すからだ。

だが、とにかく前へ進むことに決め、スー大陸北部のグリンラッドをめざした。

そこに住む謎の老人に会ってから、勇者サイモンが幽閉《ゆうへい》されたというオリビアの岬《みさき》の小島の牢獄《ろうごく》に向かうつもりだった。

冬の北の海は荒《あ》れに荒《あ》れていた。連日すさまじい吹雪《ふぶき》が吹《ふ》き荒《あ》れ、逆巻《さかま》く大波が容赦《ようしゃ》なく襲《おそ》いかかってきた。やっとグリンラッドの名も知らぬ小さな港に到着《とうちゃく》したときには、すでに二月の上旬《じょうじゅん》になっていた――。

1　謎の老人

見わたす限り、荒涼《こうりょう》とした雪原が続いていた。

雪原の下は氷河《ひょうが》だった。夏期でもこのグリンラッド北部は地表を見せることがないという。

アレルたちは、老人の家があるという北へ向かって歩き続けていた。

だが、うなりをあげ、地をはう烈風《れっぷう》がたちまちアレルたちの足跡《あしあと》を消した。

ボストロールを倒したあと、アレルたちはひと月近く王都サマンオサに滞在《たいざい》せざるをえなかった。戦いで負った傷は思いのほか深かったからだ。そして、アリアハンを出てから二度目の新年をサマンオサで迎《むか》えた。

傷が癒《い》え、体力が回復すると、アレルたちは国王や勇者サイモンの妻サリーヌに別れを告げ、東方の洞窟《どうくつ》へと向かった。そこからスー大陸北部の島へ瞬時《しゅんじ》にしてわたると、待機していた兵士にサマンオサでのことを報告したサバロへの手紙を託《たく》し、このグリンラッドに向けて出航したのだ――。

烈風が弱まりほっとひと息ついたときだった。突然《とつぜん》、目の前の雪原が盛《も》りあがり、すさまじい雪《ゆき》煙《けむり》とともに巨大《きょだい》な氷の魔物《まもの》が姿を現した。寒冷地に棲《す》む氷河魔人《まじん》だ。

魔物は先頭にいたアレルに向かって猛然《もうぜん》とつかみかかった。

「危《あぶ》ねえだ！」

背後《はいご》からモハレが放ったバギが氷河魔人の顔面に炸裂《さくれつ》した。

魔物は一瞬《いっしゅん》動きを止め、その隙《すき》に右にまわり込《こ》んだアレルが斬《き》りつけた。鈍《にぶ》い音とともに氷の破片《はへん》が砕《くだ》け散る。だが、真空呪文《じゅもん》も剣《けん》による攻撃《こうげき》も氷河魔人を倒すことはできなかった。アレルとクリスが交互《こうご》に斬りつけ、二人を援護《えんご》する形でリザが呪文を唱えた。

ギラの火炎《かえん》が魔物の右腕《みぎうで》を直撃《ちょくげき》し、右腕は水蒸気《すいじょうき》とともに瞬時にして消えた。片腕を失って荒《あ》れ狂《くる》う魔物にモハレは続けざまにバギを放った。真空の渦《うず》を全身に浴びた氷河魔人が動きを止めると、アレルとクリスは一気に間合いを詰《つ》めてとどめを刺《さ》した。

その夜、アレルたちは松明《たいまつ》の明かりを頼《たよ》りに暗黒の雪原を歩き続けていた。

と、にわかに天空が明るくなって、

「うわあ！」

思わず感嘆《かんたん》の声をあげた。

いつの間にか暗雲が切れ、天空に神秘《しんぴ》的な蒼《あお》い光の幕《まく》が広がっていた。壮大《そうだい》な眺《なが》めだった。薄《うす》い光の幕は、ときおり七色の美しい光を帯びながら、ほんのわずかだがゆっくりと移動している。オーロラだった。

「すてき……！」

リザがうっとりと見惚《みと》れてつぶやいた。

厳《きび》しい自然は人間を拒《こば》む。だが、それでもときとして自然は思いがけない贈《おく》り物《もの》をする。自然が織りなす闇《やみ》と光の調和は、どんな宝石《ほうせき》よりも美しく、優雅《ゆうが》で高貴《こうき》に思えた。

アレルたちは時の経《た》つのを忘《わす》れてしばらく見惚れていたが、やがてふたたび歩き始めた。

そして、オーロラが暗雲に隠《かく》れようとするころ、やっと前方にそれらしい洞窟を見つけ、いきおいよくなかに飛び込んだ。石段《いしだん》をおりると、奥《おく》に頑丈《がんじょう》な木の扉《とびら》があった。

「変化《へんげ》の杖《つえ》を持ってきました！　開けてください！」

アレルが扉を叩《たた》きながら叫《さけ》ぶと、やがて扉がギギィと軋《きし》みながら開き、黒の長衣をまとった白髪《はくはつ》の小柄《こがら》な老人がアレルたちを鋭《するど》い眼で見あげた。

「変化の杖じゃと……!?」

「はい！　これです！」

アレルが差し出すと、

「おおっ！　まさしくこれは!?」

老人は眼を輝《かがや》かせた。サマンオサの国王に化けたボストロールの話をすると、

「そうか、やはり盗《ぬす》んでいきおったのはバラモス配下の者だったのか！」

なかでは焚《た》き火《び》が音をたてて燃えていた。老人がなかに案内して暖《だん》をとるように勧《すす》めると、

「この変化の杖は、もともと魔物が人間に化けるために作ったものだそうじゃが、人間界に置いてあるとロクなことがないのでな、二〇〇年ほど前、わしの先祖がここの奥のほこらに封印《ふういん》したのじゃ

よ。だが、八年前、ならず者たちが押《お》しかけてきて盗んでいきおったのじゃ……。ところで、ガイアの剣《つるぎ》は手に入れなすったか？」

「ガイアの剣!?」

「だれが持っておるかはわしにはわからぬが、かつて精霊《せいれい》ルビスさまが高僧《こうそう》のひとりに授けたと伝えられておる、大地を司《つかさど》る伝説の剣《けん》じゃ。銀の宝珠《シルバーオーブ》とガイアの剣は互《たが》いに呼《よ》び合う力を持っておると昔《むかし》祖父に聞いたことがある」

　アレルたちは驚《おどろ》いて顔を見合わせた。

「どうして宝珠《オーブ》のことを!?」

　アレルが聞くと、

「勇者オルテガの倅《せがれ》さんじゃろ？」

　老人は歯の抜《ぬ》けた口を開けて笑《わら》った。

「一年半ほど前かのお、アリアハンのいざないの洞窟に住んでおった賢者が現れて、もしそなたらが見えたら力を貸してくれといって、六つの宝珠《オーブ》の話をしてくれたのじゃよ。わしは魔道士《まどうし》じゃが、彼《かれ》とは遠縁《とおえん》にあたる」

「その賢者が今どこにいるのかご存じですか!?」

「わからぬ。だが、自分の役目はこれですんだといっておった。おそらくいざないの洞窟へは帰っておるまい」

「そ、そうですか……。実は、宝珠《オーブ》を五つまでは集めたのですが……」

サマンオサでボストロールを倒したあと忽然《こつぜん》と現れ、オルテガを倒したと告げたバラモス配下の謎の女——チコに聞いた最後の宝珠《オーブ》のことを話すと、

「そうか……」

老人はとたんに顔を曇《くも》らせた。

「ということは、すでに銀の宝珠《シルバーオーブ》はバラモスが手に入れた……というわけじゃな？」

「あるいは、すでにこの世に存在《そんざい》していないか、そのどちらかだと思います……」

「ならば、これからどうするつもりじゃ？」

アレルが気を取り直して答えた。

「オリビアの岬の西のコスタ海へ行ってみようと思っています」

「コスタ海へ？」

「はい」

アレルが勇者サイモンの話をすると、

「そうか……。じゃが、愛の思い出がなければ岬は通れぬぞ」

「愛の思い出!?」

「伝説の首飾《くびかざ》りじゃよ。およそ四〇〇年ほど前のことじゃが……」

そういって老人はオリビアの岬にまつわる悲恋《ひれん》の話をした。

およそ四〇〇年ほど前――岬のそばにあるトルニアという町に、オリビアという名の美しい娘《むすめ》がいたという。オリビアの父は国でも一、二を争う大富豪《だいふごう》で、オリビアを溺愛《できあい》していた。だが、オリビアが十七歳《さい》のとき、十九歳になる下層《かそう》階級の町の若者《わかもの》と恋《こい》をすると、激怒《げきど》したオリビアの父は若者を無実の罪で投獄《とうごく》し、罪人として奴隷船《どれいせん》に送り込んだのだ。

その日から、オリビアは毎日岬の突端《とったん》に立ち、沖《おき》を行く船を見ながら若者への思いをつのらせたのだという。ところが二年後、若者の乗った船がシシリア海にあるロマリア半島の南方を航海中に嵐《あらし》に遭遇《そうぐう》し、波にのまれて海底に沈《しず》んだ。

そのことを知ったオリビアは、悲しみのあまり岬から海に身を投げたのだという。以来、岬を航行する船が次々にオリビアの悲しみに呪《のろ》われて遭難《そうなん》するようになり、人々はいつしか岬をオリビアの岬と呼ぶようになったのだという――。

「そのオリビアの呪いを解き、岬をもとの静かな海にするには、オリビアが若者に愛の誓《ちか》いとしてあげたという美しい首飾りを岬に返してやらねばならぬ。それが愛の思い出という首飾りじゃよ。そしてまた、若者の乗っていた船も幽霊船《ゆうれいせん》として、ロマリア半島の南方の海域をさまよっておるそうじゃ……」

老人は奥から布の包みを持ってくると、

「ロマリア半島の南方の海域へ行き、船乗りたちの霊《れい》が宿っているこの船乗りの骨《ほね》を海に放って、さまよっている幽霊船を呼ぶがいい。きっとその幽霊船のどこかに愛の思い出が眠《ねむ》っておるはずじゃ」

と包みを開けた。釣《つ》り糸を巻いた白い人骨《じんこつ》がひとつ入っていた——。

2 幽霊船

三月下旬《げじゅん》、アレルたちの船はシシリア海にあるロマリア半島の南方の海域にさしかかっていた。

グリンラッドを出航したアレルたちは、北大陸に沿《そ》って西へ向かい、ノアニール半島まで行くと、半島に沿って南下し、ポルトガ海峡《かいきょう》を抜けてシシリア海に入ったのだ。

シシリア海に入ると季節はすでに春を迎えていた。海上を吹き抜ける風も柔《やわ》らかく、波もおだやかだった。うららかな春の陽光を浴びて、海鳥の群れが上空を舞《ま》っていた。

その日の夜、アレルたちはロマリア半島南方の海域の中央まで行くと船の速度を落とした。上空にはおぼろ月が出ていた。舵輪《だりん》のある後部の甲板《かんぱん》に立つと、

「それーっ！」

アレルはおぼろ月に向けて高々と船乗りの骨を放り投げた。

骨は大きく宙《ちゅう》に弧《こ》を描《えが》き、小さな音をたてながら海中に消えた。

アレルたちは、息を殺して見守った。と、静かな海面にどこからともなく霧《きり》がどんどん流れてきて、やがて一帯を濃霧《のうむ》がおおった。視界《しかい》は、後部の甲板から船首がおぼろげに見えるほどしかなかった。

すると、背後の霧のなかからギギィーギギィーと船体の軋《きし》む不気味な音が聞こえてきた。

はっと見ると、おどろおどろした黒い船影《せんえい》が濃霧のなかに現れた。その巨大な船首がすぐ目の前に接近していた。

「ゆ、幽霊船だ！」

アレルが叫んだときだった。すさまじい衝撃《しょうげき》を受けてアレルたちの船が激《はげ》しく揺《ゆ》れ、

「うわあああっ！」

海に放り投げられそうになったアレルたちは慌《あわ》てて甲板や手すりにしがみついた。

幽霊船が激突《げきとつ》したのだ。後部の甲板の一部が粉々に破損した。だが、幸運にも船を動かすのには影響《えいきょう》はなかった。

アレルたちは幽霊船の横に船をつけると、慎重《しんちょう》に幽霊船に飛び移った。甲板の手すりは崩《くず》れ落ち、床《ゆか》のいたるところに穴《あな》が開いていた。巨大な三本の帆柱《マスト》はなんとか原形をとどめていたが、帆《ほ》は無残に千切《ちぎ》れていた。

と、いきなり帆柱の陰《かげ》から魔物が火炎《かえん》の球を浴びせて襲《おそ》いかかってきた。小悪魔《こあくま》属のミニデーモンだった。アレルたちはすばやくかわすとリザがベギラマの火炎の渦《うず》を浴びせ、モハレがバギマの呪文をかけた。強烈《きょうれつ》な真空の渦がミニデーモンを襲い、全身の肉を切り裂《さ》いたが、ミニデーモンは必死に宙に跳《と》んだ。

だが、一瞬早く鋭《するど》い閃光《せんこう》が闇《やみ》を走った。悲鳴とともに鮮血《せんけつ》がいきおいよく飛び散った。アレル

の剣がミニデーモンの肩口《かたぐち》を斬り裂いたのだ。すかさずクリスの剣が刃音《はおと》をたてて横から払《はら》うと、ミニデーモンは床に転げてまっ二つに割《わ》れた。

さらに、強固な甲羅《こうら》を持つ生命力の強いガニラスと、マーマンの同属だがさらに強力なマーマンダインが襲ってきたが、アレルたちは火炎の呪文とラリホーで動きを鈍《にぶ》らせると、次々に斬りかかって息の根を止めた。

甲板と舵輪《だりん》の下にある荒れ果てた船長室をくまなく探《さが》したが愛の思い出はなかった。

船底への階段《かいだん》をおりかけたときだった。頭上に殺気を感じて見あげると、目の前に巨大な大王イカが迫《せま》っていた。アレルたちは慌てて逃《に》げようとした。だが、階段が狭《せま》すぎて思うように動けず、大王イカの下敷《したじ》きになった。とたんに大王イカの重みで腐《くさ》りかけた階段がつぶれ、

「あああああっ！」

悲鳴をあげながら大王イカとともに落下して、船底に叩きつけられた。

大王イカは十本の足で襲いかかった。だが、アレルたちが攻撃をかわしながら数本の足を斬り落とし、リザがベギラマの火炎の渦を浴びせ、モハレがバギマの強烈な真空の渦を見舞《みま》うと、大王イカは動きを止めた。あとはとどめを刺すだけだった。

船底には塵《ちり》にまみれた無数の白骨《はっこつ》が転がっていた。アレルたちは白骨を踏《ふ》まないよう足元に気をつけながら、愛の思い出を探した。と、奥のもうひとつの階段の陰《かげ》からほのかな赤い光がもれていた。駆《か》け寄《よ》ると、床に金色の鎖《くさり》のついた美しい首飾りが転がっていた。

「こ、これだ！」

まんなかに円形の赤い宝玉《ほうぎょく》がはめ込んであり、光はこの宝玉が発していたのだ。アレルたちは思わずその美しい光に見惚れた。愛の思い出だった。アレルがおもむろに取ると、すーっとその光が消えた。そのときだった。アレルたちはいきなり胴《どう》をきつくしめつけられ、

「うわあっ!?」

いきおいよく四人一緒《いっしょ》に宙に持ちあげられた。

テンタクルスだった。その巨大な足がそれぞれアレルたち四人を巻きあげたのだ。テンタクルスは海上に出没《しゅつぼつ》する魔物のなかで最大でしかも最強の魔物だ。

テンタクルスが力任せに横板に叩きつけると、アレルたちは一瞬気を失いかけた。すかさず十本の足がうなりをあげて攻撃してきた。アレルたちは転がりながら必死にかわすと、その足が横板をぶち破った。と、ドドドドッ――と大量の海水が流れ込んできた。

アレルたちは逃げながら立て続けに呪文をかけた。リザがベギラマの灼熱《しゃくねつ》の白炎《はくえん》を浴びせ、アレルがイオラの呪文をかけると、ひときわ鋭い閃光が船底を真夏の太陽のように照らし、その光がテンタクルスの頭上で大爆発《だいばくはつ》を起こした。さらにモハレがバギマを放った。とたんにテンタクルスの動きが止まった。

「うりゃあああっ！」

アレルとクリスがすばやく宙に高々と跳んでテンタクルスの双眼《そうがん》に剣を突き刺すと、テンタクル

スは苦しみながら激しくもがいた。すでに踝《くるぶし》の上まで海水に浸《つ》かっていた。と、テンタクルスの巨体が無様《ぶざま》に横板に倒れた。その衝撃で横板が大きく破れ、すさまじい海水が流れ込んだ。

「逃げろっ！」

アレルたちはすぐそばの階段を必死に駆けのぼった。甲板に出ると幽霊船は大きく傾《かたむ》き、また船の外に投げ出されそうになった。慌てて自分たちの船に飛び移ったアレルたちは船を動かして幽霊船から離《はな》れた。

幽霊船はゆっくりと傾きながら海中に沈んでいった。

やがて濃霧が消えると、目の前に静かな海が広がっていた。上空にはおぼろ月が出ている。夢《ゆめ》か幻《まぼろし》を見ているような錯覚《さっかく》にとらわれながら、アレルたちはあ然として幽霊船が沈んだ海面を見ていた。アレルの手にはしっかりと愛の思い出が握《にぎ》られていた——。

3　リザの衝撃《しょうげき》

三日後、アレルたちの船はロマリア半島の南端《なんたん》にある小さな港町に入港した。

破損した後部の甲板を修理し、水と食料を補給するためだった。港にひとつしかない造船所のドックに船を入れると、アレルたちはやはり港にひとつしかない宿に移った。修理まで七、八日かかるということだった。

この港に滞在《たいざい》して二日目、アレルは旅に出てから二度目の誕生日《たんじょうび》を迎えた。

リザもまたひと月ほど前に海上で十九歳の誕生日を迎えていた。クリスとモハレは二人のために酒場《さかば》をかねた宿の食堂で誕生日のお祝いをしてくれた。その席で、まずアレルとモハレが、

「おらとアレルが選んだだよ」

「喜んでもらえると嬉《うれ》しいんだけど……」

と、港の貴金属《ききんぞく》店で買った小さな包みをリザにプレゼントすると、

「何かしら!?」

嬉しそうにリザは包みを開けた。美しい薄翠《うすみどり》の首飾りだった。

「まあ！」

とたんにリザとクリスが笑い出した。

「気に入らねえだか!?　二人で必死に探しただよ！」

「違《ちが》うのよ。はい、これわたしとクリスから。十八歳の誕生日おめでとう」

リザは同じ貴金属店の同じような包みをアレルにプレゼントした。包みを開けて、

「あっ!?」

アレルは驚いて思わずモハレと顔を見合わせた。まったく同じ首飾りだった。

「わたし、一生大事に身につけるわ。どう、似合うでしょ？」

首飾りをつけてリザがいたずらっぽく笑った。

「似合うだべよ。リザがつければ石ころだって世界一の宝石だべ。だども……」

モハレは首飾りをつけたアレルを見てすねた。

「同じってのは、はっきりいって妬《や》けるだべよ」

「一軒《けん》しか店がないんだから、しょうがないだべ」

クリスがモハレの口調をまねて笑うと、

「でも早いものね。アリアハンを旅立ってからあっという間に二年だ」

アレルを見て頼《たの》もしそうに微笑《ほほえ》んだ。

この二年で、アレルは見違えるほどたくましく成長していた。背丈《せたけ》もかなり伸《の》び、筋肉《きんにく》もはちきれんばかりに隆々《りゅうりゅう》としている。二年前よりも確実にひとまわり大きくなっていた。また、日に焼けた顔は精悍《せいかん》さを増していた。

剣の腕《うで》も上達していた。クリス自身、この旅の間に自分の腕がかなり上達したことを自覚していた。だが、アレルのそれはクリスの比ではなかった。今なら互角《ごかく》、いやもしかしたらすでにアレルに抜かれたかもしれないと思っていた。

まだ十八歳になったばかりだというのに、妙《みょう》に風格すらあった。眩《まぶ》しくさえ見えるときがある。やはりこの男にはかなわない。ひょっとしたら勇者オルテガよりもっと偉大《いだい》な勇者になるかもしれない――クリスはアレルの成長を見ながらそう思っていた。

その真夜中のこと。アレルは笛《ふえ》の音《ね》で目が覚めた。港に打ち寄せる波の音に混じって、遠くから美しい笛の音が聞こえた。

リザが桟橋《さんばし》の綱止《つなど》めの石に腰《こし》かけ銀の横笛を吹いていた。寝《ね》つかれず、散歩に出てきたのだった。と、ふと背後に気配を感じて笛を吹く手を止めた。

黒い長衣をまとった小柄《こがら》な老婆《ろうば》が鋭い眼光でリザを睨《にら》みつけていた。手には魔道士の杖を握《にぎ》っている。チコを育てた魔界《まかい》の魔法使《まほうつか》いのおばばだった。

「誰《だれ》⁉　誰なの⁉」

リザはただならぬおばばの気配に思わず身構えた。

「血というものは、げにも恐《おそ》ろしきもの。やはりチコさまの勘《かん》が当たったようじゃな」

「チコ⁉」

「いつぞやおまえたちの前に現れたはずじゃ。おまえの姉さまじゃ」

「あ、姉⁉　なにをいうの！　わたしは孤児《こじ》よ！　姉なんていないわ！」

「オルテガをあの世に葬《ほおむ》ったお方じゃ」

「えっ⁉」

リザはボストロールを倒したあと現れた謎の女性を思い浮《う》かべた。「リザという娘の顔を見にきただけ……。いずれわかるときがこよう……」といったときのあの冷たい眸《ひとみ》を。そして、その意味が今やっとわかった。だが、

「そ、そんなバカな!? どうしてわたしがあんな魔物と姉妹《しまい》なの!? 何の根拠《こんきょ》があるのよ!?」

「その銀の横笛が動かぬ証拠《しょうこ》……!」

おばばはじっと笛を見つめた。

おばばはチコと同様、王都ロマリアまで赴《おもむ》いてリザのことを確かめてきたのだ。

「こ、これが!?」

「何を隠《かく》そう、その笛とともに嬰児《えいじ》のおまえを王都ロマリアの街門《がいもん》の前に捨《す》てたのはこのわしなのじゃよ!」

「な、なんですって!?」

「そして、おまえの母上さまは、おまえたちが殺したあのヒミコさま……!」

「ヒ、ヒミコが……!?」

リザは愕然《がくぜん》とした。謎の女性と姉妹だといわれただけで動揺《どうよう》していたのに、

〈よりによってあのヒミコが……!? そ、そんなバカな……!?〉

「十九年前のことじゃ……」

おばばは、半年前に暗黒の闇のなかでチコに告げたのと同じことを手短に話した。

ヒミコが旅の若者の子を身籠《みご》ったこと。そして自らの命と引《ひ》き換《か》えに双子《ふたご》の嬰児《えいじ》を生んだこと。

その後、バラモスの魔力《まりょく》によって、ヒミコが過去の記憶《きおく》を消され、八岐《やまた》の大蛇《おろち》として蘇《よみがえ》ったこと。バラモスが双子の嬰児を抹殺《まっさつ》しろとおばばに命じたことなどを——。

おばばの話を聞きながらリザは、「ふ、笛は……」とかすかにいったヒミコの最期の言葉を思い出していた。だが、おばばの話を打ち消すように激しく頭を振った。たとえそれが事実だとしても信じたくなかった。

「おまえのその体にはチコさまと同じ血が流れておるのじゃ！　ヒミコさまと同じ血が脈々《みゃくみゃく》とな！」

「嘘《うそ》よ！　そんなの嘘よ！」

リザは大声で叫んだ。

「皮肉なものじゃ！　そのおまえがこともあろうに魔王《まおう》バラモスさまに逆らう一味だとはのお！　じゃが……そうと知った以上、もはや生かしてはおけぬ！　わしのこの手で始末をつけねば、あのお方に申し訳《わけ》が立たぬ！」

おばばが手にした杖をかざすと同時にリザも自らの杖を構えた。

二人が放った火球と火球が激しくぶつかり合い、すさまじい爆発音《ばくはつおん》が闇夜に轟《とどろ》いた。

「ホッホッホッ、メラミ程度は使えるのかえ。ならばこれはどうじゃ⁉」

おばばはさらに巨大な火球を放った。

リザはすばやく体《からだ》を回転させメラゾーマの魔法から身をかわした。だが、火球の直撃《ちょくげき》をまぬがれても、強烈な熱波を避《さ》けることはできなかった。

「アーッ！」

リザは桟橋の石畳《いしだたみ》の上を転がりまわり、服についた炎《ほのお》を消した。

「リザ!?」

アレルたちが駆《か》けつけたのは、おばばが苦しむリザにとどめを刺そうとしたときだった。

「邪魔《じゃま》するでない!」

おばばが振るった杖の先端《せんたん》からまっ白い冷気の渦《うず》が巻き起こって三人を襲《おそ》った。

アレルとクリスは左右に飛んでヒャダルコの冷気が生んだ氷の矢から身をかわし、モハレは無数の矢にバギの呪文で対抗《たいこう》した。続けざまに唱えた呪文は小さな竜巻《たつまき》を大量に発生させ、冷気魔法を完全に食い止めた。

「おのれ、生意気な!」

おばばがモハレに新たな呪文をかけようとしたとき、

「ターッ!」

左からまわり込んだアレルがいきおいよく斬りつけた。

おばばは必死にアレルの切っ先をかわして跳躍《ちょうやく》する。だが、そのときすでにアレルの後方から走り寄ったクリスが宙に身を躍《おど》らせていた。クリスの剣《けん》が一閃《いっせん》し、右肩から胸《むね》にかけて斬り裂《さ》かれた。

悲鳴をあげておばばは桟橋の中央に転落し、あえぎながらやっと身を起こすとその手から乾《かわ》いた音をたてて杖が落ちた。

「む、無念じゃ……。じゃ……じゃが……、いくらそなたらが……オ、宝珠《オーブ》を……さ、探しても……無駄《むだ》なこと……」

「銀の宝珠《シルバーオーブ》はどこだ!?　どこにやった!?」

思わずアレルが叫んだ。

「ネ、ネクロゴンド……北東部の……か、火口に捨てた……」

「な、なにっ!?」

「し、四天王の……ひとりがな……。はっは……は、は、は……」

顔を大きく歪《ゆが》めながら笑うと、キッとリザを睨みつけた。だが、そこまでだった。おばばはそのままゆっくりと倒れ、桟橋から無残に海に落ちた。

「大丈夫《だいじょうぶ》かリザ!?」

アレルが駆け寄って倒れているリザを抱《だ》き起こした。

リザは悲しげな顔でアレルを見つめた。と、みるみるうちに涙《なみだ》があふれ、思わずアレルの横にいたクリスの胸に抱きついて嗚咽《おえつ》した。

「どうしたのリザ!?　何があったの!?」

クリスがやさしく抱きしめながら尋《たず》ねた。

リザの目からとめどもなく大粒《おおつぶ》の涙《なみだ》が流れた。と、激しく頭を振ると逃げるように泣《な》きながら駆け去った。

「リザ!?　待ってよリザ！」

慌ててアレルが追った。

宿の自分の部屋に駆け込むと、リザはドアを閉《し》めて鍵《かぎ》をかけた。

「リザ！　開けてくれ！　何があったんだ!?」

何度もドアを叩くアレルの声がした。だが、リザは開けようとはしなかった。

〈あの謎の女が姉だなんて……！　あのヒミコが母親だなんて……！〉

リザは銀の横笛を握りしめ、激しく嗚咽した。自分の体内を流れている血を呪《のろ》った。運命の残酷《ざんこく》さを恨《うら》んだ。だが、

〈いまさらそれがなんだというのよ……！　ましてや、バラモス配下の邪悪《じゃあく》な連中なのよ……！　憎《にく》むべき敵よ……！　そうよ、わたしはもともと孤児……！　親や姉妹なんかいないのよ……！　そのかわりわたしには育ててくれたやさしいおじいさんやおばあさんがいた……！　親切な王都ロマリアの人たちだっていた……！　そして今、旅をしている素晴らしい仲間《なかま》がいる……！　アレルがいる……！　クリスがいる……！　モハレだっている……！〉

リザは何度もそう自分にいい聞かせた——。

4　悲劇《ひげき》の勇者

中央大陸と北大陸に囲まれた広大な湖がある。この湖はほぼ中央にあるオリビアの岬《みさき》を境に、東

だった。


のカルピ海と西のコスタ海に分かれている。アレルたちが東のカルピ海に入ったのは、六月の中旬《ちゅうじゅん》だった。

ロマリア半島の南端の港を出航すると、グリンラッドからシシリア海へきた航路を引き返し、北大陸の中央を東西に流れている大河オルビを西にさかのぼってきたのだ。

──リザが魔法使いのおばばに出生の秘密《ひみつ》を知らされた翌朝《よくちょう》のこと。

朝食をとりに宿の食堂に現れたリザが、

「昨夜はごめんね。なんでもないから気にしないでね」

いたずらっぽく舌を出して笑うと、話題を変えていつものように明るく振《ふ》る舞《ま》った。

だが、珍《めずら》しく化粧《けしょう》をしていた。夜通し泣いたのをさとられまいとして、腫《は》れた目を目張りで、やつれた肌《はだ》を顔料で隠《かく》していた。リザが明るく振る舞えば振る舞うほど、アレルたちはなぜ泣いたのか理由を聞くのがはばかられた。昨夜のことにリザは触《ふ》れてほしくないのだ──ということが容《よう》易《い》に察しがついたからだ。アレルたちはいつもと同じように明るくリザに接していたが、リザが席をはずすと、

「機会を見て、あたしが聞くよ」

と、クリスがいった。だが、なかなかその機会がなかった。

翌日《よくじつ》からリザは化粧をやめ、すっかりもとの明るい元気なリザに戻《もど》っていた。少なくともアレル

たちからはそう見えた。ところが、日を増すごとにアレルたちの見ていないところでもの思いにふけることが多くなっていた。魔法使いのおばばが告げた事実への衝撃《しょうげき》はかなり薄《うす》れていたが、血に対するこだわりは消えなかった。

〈実の母とも知らずにヒミコを殺し、そのうえ、実の姉であるチコとも戦わなければならないなんて……！　どうして⁉　なぜ⁉　なぜこんな目に合わなきゃならないの……⁉〉

リザは皮肉な運命のいたずらを恨《うら》んだ。同時に、呪文の習練にいっそう熱が込もるようになっていた。

〈ヒミコやチコと同じ血が流れているなら、もっと呪文が上達するはずだわ。もしかしたら自分でも信じられないような想像を絶する恐《おそ》ろしい呪文を使えるようになれるかもしれない。そのために、自分の出生の秘密がたとえアレルに知られたとしても、バラモスを倒すためなら……。少しでもアレルの役に立てるのなら……〉

そう思ったからだ。それは悲壮《ひそう》な決意だった——。

カルピ海に入って八日目の夜のことだった。空はどんよりと曇《くも》り、初夏だというのに風は肌にねばりつくような湿気《しっけ》を含《ふく》んでいた。リザが甲板に立ってひとりもの思いに沈んでいると、クリスがやさしく声をかけた。

「何を考えているの？」

リザは慌《あわ》てて微笑《ほほえ》んだ。暗い顔を見せてはいけないと思ったのだ。

「伝説のオリビアのことを考えていたの。好《す》きな人と結ばれないなんてかわいそう……」

「でも、リザなら心配いらないわね。きっと好きな人と結ばれるわ」

リザがアレルに好意《こうい》を抱《いだ》いているのをクリスはそれとなく気づいていた。女の勘《かん》といってもよかった。また、リザとアレルなら理想の恋人《こいびと》同士になれると思っていた。だが、

「そ、そんな……」

リザは一瞬うろたえた。

たしかに、リザはアレルに友情以上のものを感じていた。容貌《ようぼう》といい、腕といい、度量といい、同年配の若者でアレルほどの男が世界のどこを探してもいるとは思えなかった。

眩しいくらい輝いて見えるときすらあった。やがて、アレルは勇者となり世界中の人々から愛される人物になる――リザはそう信じて疑《うたが》わなかった。そして、できることならずっとアレルのそばにいたいと思っていた。だが、自分の出生の秘密を知ってから、

〈アレルを好きになってはいけないわ……。それが、わたしの宿命なのよ……。ヒミコの血と同じ血が流れている者の……。バラモスを倒したら、アレルの前から黙《だま》って静かに消えよう……。それが一番いいんだわ……〉

そう思うようになっていたのだ。

「ねえ……。あの夜、何があったの？」

クリスは、いやアレルもモハレもだが、魔界の魔法使いに襲われたあの夜以来、リザが銀の横笛《よこぶえ》を吹かなくなったことを疑問《ぎもん》に思っていた。いつも身につけていたのに、あの夜以来ずっと革袋《かわぶくろ》の底にしまったままだった。リザは内心ぎくりとした。だが、わざととぼけた。

「あの夜って？」

「あの魔法使いと何があったの？」

「ああ、あれ？　なんでもないっていったでしょ？」

「心配事や悩《なや》み事があったらなんでも相談してほしいんだ……。アレルやモハレだって心配しているしさ……」

「ありがとう。でも、ほんとよ。なんでもないの」

リザは明るく笑って見せた。

そのときだった。突然、薄気味の悪い女の忍《しの》び泣きが上空から聞こえてきた。思わずぞっとしてクリスがリザと顔を見合わせると、

「アレルッ！」

船室に向かって叫んだ。

と、急に突風《とっぷう》が吹いた。突風《とっぷう》に乗って女の忍び泣きがまた聞こえてきた。船が大きく揺れ、帆《ほ》が激しく音をたてていきおいよく風になびいた。

「どうしたっ!?」

アレルとモハレが甲板に飛び出してきた。

船首飾りの前方に黒々とした断崖絶壁《だんがいぜっぺき》の岬《みさき》が見えた。オリビアの岬だった。

忍び泣きがだんだん大きくなると、波がいきなり恐ろしい牙《きば》を剥《む》いて襲いかかってきた。すさまじい轟音《ごうおん》をたてながらはるか頭上から怒濤《どとう》が押し寄せ、アレルたちは必死に甲板の手すりにしがみついた。高波を受けるたびに船は大きく軋みながら木の葉のように激しく揺れた。

アレルが鎧《よろい》の下の衣服から取り出した愛の思い出を握りしめると、

「オリビアの霊《れい》よ！　恋人《こいびと》とともに安らかに眠りたまえ！」

祈《いの》りを捧《ささ》げ、荒《あ》れ狂《くる》う海に向かって思いっきり放り投げた。

愛の思い出が波間に消えると、さらに巨大な高波が襲ってきた。

だが、やがて突風がやみ、忍び泣きが静かにどこへともなく遠ざかっていくと、高波が嘘《うそ》のように静まった。

いつの間にか暗雲が切れ、その隙間《すきま》から差し込んだ月光がおだやかな湖面を照らしていた。オリビアの呪いが解けたのだ。

船は滑《すべ》るようにオリビアの岬の横を航行し、やがて西のコスタ海に入った。

二日後の昼、アレルたちはコスタ海に浮かぶ洞窟のある小島に着いた。

島は奇岩《きがん》と断崖絶壁におおわれていたが、島の北側の崖《がけ》の裏《うら》に天然の桟橋《さんばし》のような岩場があり、その奥に洞窟の入り口が見えた。アレルたちは岩場に船を止めると、洞窟へと入っていった。

洞窟は迷路のように複雑に入り組んでいたが、しばらく奥へ進むと下へおりる階段があった。階段は右へ左へと何度も曲がりながら下へと続いている。やっと平らな場所まで行くと、前方に外の光が見え、アレルたちは思わず駆け寄って、

「うわあああっ!?」

慌てて立ち止まった。足元に目のくらむような断崖絶壁の巨大な穴が広がっていて、危《あや》うくその穴へ落ちそうになったのだ。

はるか頭上の穴の上に青空が見えた。そこは、ナジミの塔《とう》やシャンパーニの塔がすっぽり入るほどの巨大な円筒《えんとう》の穴の中腹《ちゅうふく》だった。薄暗いその底できらきら光るものがあった。

「綱《つな》だっ!」

アレルたちは急いで船に戻り、ありったけの綱を集めて穴の中腹まで運んだ。

そして綱をつなぎ合わせると、その先をそばの切り立った岩の根にしっかりと結わえ、反対側の先を地底に放り投げた。綱は宙を舞い落ちながらなんとか底まで届いた。アレルたちはさっそく綱を伝っておりた。底の岩盤《がんばん》がはっきり見えるところまでおりると、

「あっ!?」

先頭のアレルが思わず声をあげた。

人間の白骨体がひとつ転がっていた。アレルたちはふと嫌《いや》な予感を覚えた。そのそばにひと振り

の剣《けん》が落ちていた。光はその剣の鍔《つば》に陽光が反射《はんしゃ》したものだった。

地面に飛びおりると、アレルたちは白骨体と剣に近づいた。

立派《りっぱ》な由緒《ゆいしょ》ありげな剣だった。鍔と鞘《さや》には燃え盛《さか》る炎《ほのお》を象《かたど》った模様《もよう》が施《ほどこ》してある。柄《つか》の両側に美しい数個の宝石が埋《う》め込んであった。

「ねえ、この指輪を見て！」

リザが大声で白骨の手の指輪を指さした。

「こ、これは……!?」

アレルたちは愕然《がくぜん》とした。

嫌な予感が的中した。それは見覚えのある青い宝石の指輪だった。勇者サイモンの妻のサリーヌが指にはめていた結婚《けっこん》指輪と同じ指輪だった。と、白骨体がほのかな不思議な光に包まれたかと思うと、

「勇者おるてがドノヨ……」

と、光のなかから男の声がした。

「スマヌ……。ソナタトノ約束《ヤクソク》ヲ守レナカッタ……」

アレルたちは驚いて思わず顔を見合わせると、アレルが確認《かくにん》するように聞いた。

「ゆ、勇者サイモンですね？」

「ソウダ……」

「ぼくはオルテガではありません。息子《むすこ》のアレルです」

「息子……？」

「はい。父は……」

アレルはオルテガの死を告げた。

「シ、死ンダ!?　アノおるてがガドノガ……!?」

さらに旅の目的と、バラモス配下の魔物がサマンオサの国王に化けていたことを告げると、

「ヤハリソウデアッタカ……。ココニ幽閉《ユウヘイ》サレテカラ、ソウデハナイカトズット睨《ニラ》ンデオッタノダガ……」

と、地面に落ちていた立派な剣がすーっと宙に浮いた。

「コレハ、がいあノ剣《ツルギ》ダ……」

「ガイアの!?」

アレルたちはまた驚いて顔を見合わせた。

「ソナタニ授ケヨウ。カツテ国王ヨリ授カッタモノダ……。魔王ばらもすヲ倒シ、勇者おるてがドノトワタシノ無念ヲ晴ラシテクレ……」

「はい！」

アレルがガイアの剣を握ると、すーっと光が消えた。

「勇者サイモン！」

アレルは思わず叫んだ。聞きたいことや話したいことがもっとたくさんあったのだ。

だが、二度とサイモンの亡霊《ぼうれい》の声はしなかった。一陣《いちじん》の風が吹き抜けていった。

アレルが鞘からガイアの剣を抜くと、陽光を浴びてぎらりと白刃《はくじん》が光った。しっとりとした光沢《こうたく》のある美しい見事な刃《やいば》だった。

「くそっ、酷《むご》い殺し方をしやがって……！」

「ああ。生殺しだべよ！」

クリスとモハレが腹立《はらだ》たしげに断崖絶壁の穴を見あげた。

はるか上空を禿鷹《はげたか》の群れがゆっくりと旋回《せんかい》している。まさに、ここは鉄柵《てっさく》も鉄格子《てつごうし》もない天然の牢獄《ろうごく》だ。サイモンは指の爪《つめ》を立てて何度もこの切り立った岩肌をのぼったにちがいない。だが、いかに勇者といえども、この絶壁をのぼって穴から脱出《だっしゅつ》することは不可能だ。サイモンは何度も失敗し、やがて水もない、草木一本生えないこの底で、絶望と飢《う》えに苦しみながら死んでいった。そのあと、あの禿鷹の群れが無残についばんだのだ。

アレルたちは周囲を調べてみたが、王都サマンオサの南方の洞窟とつながっていた時空の穴のあとらしきものは発見できなかった。だが、間違いなくサイモンが瞬時にしてあの洞窟からここへわたった直後穴を閉《と》じられたのだ。

「チキショーッ！」

アレルは激しい怒《いか》りを覚えながらサイモンの遺骨《いこつ》を予備の袋《ふくろ》に拾い集めた。妻のサリーヌになん

とか届け、故郷《こきょう》サマンオサの土に眠らせてやろうと思ったからだ。詰《つ》め終えると、

「勇者サイモンよ……！」

アレルは袋の遺骨に両手を合わせて固く誓《ちか》った。

「かならずやこの手で魔王バラモスを倒し、ふたたびこの世界に平和と自由をもたらしてみせます……！　かならず……！」

第七章　不死鳥ラーミア

勇者サイモンの変わり果てた姿《すがた》と対面したアレルたちは、数日後オリビアの岬《みさき》にある人口六〇〇〇人のトルニアの町に着いた。

トルニアはかつてこの地方の交易や文化の中心として繁栄《はんえい》していたが、オリビアの呪《のろ》いで岬が航行不能になると、急にさびれてしまったのだ。また、オリビアの生家もとうの昔《むかし》に没落《ぼつらく》していた。

だが、町の人々は岬の呪いが解けたことを知って喜びに沸《わ》いた。

ガイアの剣《つるぎ》がどういうかたちで銀の宝珠《シルバーオーブ》と呼《よ》び合うのか想像もつかなかったが、アレルたちはトルニアの豪商《ごうしょう》に船を売って馬を買うと、魔物《まもの》が銀の宝珠《シルバーオーブ》を捨《す》てたというネクロゴンド北東部の火山をめざして、中央大陸を南下した。

船で行くとなれば、オルビ河から再び北海に出て、北大陸とネクロゴンド大陸をぐるりと迂回《うかい》しなければならない。ゆうに半年近くかかる。だが、陸路でアッサラーム地方へ行き、そこから船でわたれば四分の一の日数で行ける。

途中、一箇所《いっかしょ》寄りたいところがあった。中央大陸の西部を険しい山脈が南北に走っている。その山脈のノルドの洞窟《どうくつ》を抜《ぬ》け、アッサラームを通過すると、アレルたちは西方のシシリア海に面した小さな港町へ向かった。二年近く前、アレルたちの旅費を拝借《はいしゃく》したサバロが海賊《かいぞく》のオルシェとばったり再会したという港だ。

その小さな港に到着《とうちゃく》したのは、七月の中旬《ちゅうじゅん》のことだった——。

1 小さな漁村

険しい断崖《だんがい》を背《せ》にした戸数五十ばかりのこの港は、表向きは小さな漁村だが、海賊オルシェの息のかかった者ばかりが住んでいる特殊《とくしゅ》なところだった。

アレルたちは港に一軒《けん》しかない酒場《さかば》をかねた宿屋に行くと、

「オルシェと親しい人物に会いたいんだが……」

単刀直入に聞いた。宿の主人は警戒《けいかい》してオルシェの名をはじめて聞いたような顔でとぼけたが、アレルが身分を名乗ると、

「酒場で待っていてくだせえ」

帳場に隣接《りんせつ》している酒場を指さして外へ出ていった。

酒場を見てアレルたちは驚《おどろ》いた。この村には不釣《ふつ》り合《あ》いな豪華《ごうか》で大きな酒場だったからだ。棚《たな》には世界各国の銘酒《めいしゅ》がずらりと並《なら》べてある。ひと目で、闇商人《やみしょうにん》たちが闇取引する酒場だという察

しがつく。

「さすがは海賊や闇商人たちのたまり場だべ。いい酒ばっかり置いてある」

　モハレは感心しながらそれらの酒を見ていた。

　やがて、宿の主人が九十近い白髪《はくはつ》の村の長老を連れて戻《もど》ってくると、

「オルテガさまのご子息《しそく》さまでございますか。噂《うわさ》はオルシェさまから聞いております。よくぞいらっしゃいました」

　長老は親しげに微笑《ほほえ》んだ。表向きは長老だが、この村を仕切っている闇商人だった。

「お願いがあってきました。オルシェが来たらこれをわたしてほしいんです」

　アレルは勇者サイモンの遺骨《いこつ》を納《おさ》めた袋《ふくろ》に二通の手紙を添《そ》えてテーブルの上に差し出した。

　一通はオルシェに、もう一通はサイモンの妻のサリーヌに宛てたものだった。サリーヌの手紙にはサイモンの遺品《いひん》である青い宝石《ほうせき》の結婚《けっこん》指輪が同封《どうふう》してあった。だが、

「その必要はありませんですよ。数日もすればこの港に入ることになっておりましてね。どうか会って直接おわたしください」

「ほんとですか!?」

　アレルたちが思わず顔を輝《かがや》かせると、

「それまでゆっくり体を休めてください。長旅で疲《つか》れておるでしょうからな」

　長老は宿の主人に部屋《へや》に案内するよう命じた。

アレルたちはこの宿で最も豪華な部屋を二つ与《あた》えられた。窓《まど》を開けると目の前に美しい入江《いりえ》が広がっていた。

夜になると酒場はさまざまな人種の商人や船乗りたちで賑《にぎ》わった。こんな小さな村のどこから人が集まってくるのかと思うほどだった。また、海岸にあるいくつかの大きな洞窟は物資を貯蔵《ちょぞう》する倉庫になっていることもあとで知った。

滞在《たいざい》して三日目の夜のことだった。夕食をとりに酒場に行こうとしていると、宿の主人が飛んできてオルシェの船が入港したことを告げた。窓を開けると、夕日に赤く染《そ》まった入江に巨大《きょだい》な海賊船が停泊《ていはく》していて、海賊たちが帆《ほ》をおろしている姿が見えた。

栈橋《さんばし》へ行くと、すでに長老がオルシェの出迎《でむか》えにきていた。やがて、海賊船から数人の海賊が乗った小舟《こぶね》が栈橋へ向かってきた。顔がはっきりとわかるところまで近づくと、

「アレル!? アレルたちじゃないか!?」

アレルたちの姿に気づいたオルシェが驚いて叫《さけ》んだ。

アレルたちもまたオルシェの名を叫びながら手を振《ふ》った。

栈橋で再会を喜び合うと、アレルたちはオルシェと一緒《いっしょ》に酒場へ向かった。途中《とちゅう》、

「サマンオサでのことはサバロから聞いたよ」

と、オルシェがいった。

酒場に入ると、オルシェの姿に気づいた客たちがいっせいに立ちあがって会釈《えしゃく》をし、敬意《けいい》と憧《どう》

憬《けい》の眼差《まなざ》しで奥《おく》の部屋に向かうオルシェを眩《まぶ》しそうに見ていた。

奥の部屋は特別豪華で、オルシェがきたときだけ使うのだと長老が説明してくれた。

「実はオルシェ……。これを勇者サイモンの奥さんにわたしてほしいんだ……」

アレルが部屋から持ってきた勇者サイモンの遺骨を納めた袋とサリーヌ宛《あて》の手紙を差し出すと、

「こ、これは……!?」

オルシェは愕然《がくぜん》として袋を見ていた。ひと目でそれが何であるか察したのだ。

そのとき、料理や酒が次々に運ばれてきた。アレルがサマンオサを出発してからの旅の経過と、
オリビアの岬の牢獄《ろうごく》でのことを話すと、

「わかった。わたしが責任を持ってわたすわ……」

オルシェは気を取り直して快く約束《やくそく》してくれた。

さらに、料理を食べながらこれからの旅の予定を聞くと、

「アッサラーム南方の港には懇意にしている知人がいる」

といって、紹介状《しょうかいじょう》を書いてくれた。

翌朝《よくちょう》――。アレルたちはオルシェに別れを告げ、ふたたび馬を飛ばした。

そして、七月下旬、アッサラーム南方の港に着くと、オルシェが懇意にしているという知人に小型船を手配してもらい、食料と水を積み込んでネクロゴンドへ向けて出航した。

2 ネクロゴンド

アレルたちの船は順調に真夏のアッサラーム海を南下した。

船は前の船より旧型で性能も悪かったが、波のおだやかなアッサラーム海を航海するには問題はなかった。

出航してから十日目のこと。急に潮《しお》の流れが速くなり、波も荒《あら》くなった。

船はアッサラーム海からイシス海に出たのだ。右に進路を変えてイシス海をまっすぐ北上すればネクロゴンド大陸の北東の端《はし》を通ってイシスの砂漠《さばく》地帯へ、左にそのままイシス海を南下すれば外洋へと出る。だが、アレルたちはそのまま直進した。

やがて水平線に黒々とした不気味なネクロゴンド大陸が現れ、はるか上空にまで灰《はい》色の噴煙《ふんえん》をあげている活火山が見えた。

アレルたちはさらに接近すると、上陸可能《かのう》な地形を探《さが》した。切り立った断崖絶壁《だんがいぜっぺき》が巨大な壁《かべ》のようにそびえ、荒々《あらあら》しい大波が打ち寄せていて、そばまで近寄れなかった。

だが、その日の夕方、断崖絶壁に囲まれた波の静かな入江を見つけると、船を接岸して夜の明けるのを待った。そして、夜明けとともに断崖絶壁を一歩一歩のぼり始めた。

半日かかってやっと崖《がけ》の上に立つと、目の前に切り立った険しい岩山が立ちふさがっていて、その後方に噴煙が見えた。アレルたちは噴煙を目印に火口をめざした。

だが、はじめて出会う新種の魔物《まもの》が次々に襲《おそ》いかかってきた。

冷気を操《あやつ》るガス状の怪物フロストギズモや、死の呪文《じゅもん》ザラキを唱えるホロゴーストだ。

四人はさらに手強《てごわ》くなった敵を退《しりぞ》けながら火口をめざして歩き続けた。

崖の上にあがってから二日目の晩《ばん》。一行は月明かりを頼《たよ》りに進んでいた。権木《かんぼく》と枯木《かれき》、そしてひねこびた雑草の草原を過ぎると、月は雲間に隠《かく》れ、あたりは急に岩場に変わった。周囲にはひと抱《かか》えもある妙《みょう》に丸っこい岩がそこかしこに転がっている。

「クリス……」

先頭に立っていたアレルが思わず足を止めて小声でいった。

「なんか変だぜ……まるで誰《だれ》かに見張られてるみたいだ……」

アレルの言葉にクリスはうなずき、腰《こし》の長剣《ちょうけん》に手をやった。

「アレル……」

リザが恐怖《きょうふ》で喉《のど》まで出かかった悲鳴を押し殺して前方を指さした。

周囲に転がっている無数の岩のひとつが、じっとこちらを睨《にら》んでいる。

「爆弾岩《ばくだんいわ》ってやつだべ……」

近づこうとするアレルをモハレが制した。

まるでその声を合図にしたかのように、上空にかかっていた雲が風に流され、皓々《こうこう》たる月が顔を出した。そして、四人は自分たちのまわりの岩塊《がんかい》がすべて魔物だということを知った。

「こいつらなら大丈夫《だいじょうぶ》だ。こっちが仕掛《しか》けない限り何にもしやしねえだよ」

「あたしも前にそんな話を聞いたわ。爆弾岩は攻撃《こうげき》されない限り様子を見てるだけだって」

二人の言葉にクリスとアレルは半信半疑《はんぎ》でうなずくと慎重《しんちょう》に歩き出した。

侵入者《しんにゅうしゃ》を道づれに自爆《じばく》することだけを目的に造られた魔物は、身じろぎもせず四人が通り過ぎるのを見守っていた。

そして、四日目の午後、やっと火口のある山頂《さんちょう》にたどり着いた。

山頂はアリアハン城の城郭《じょうかく》ほどの広さがあり、浅いすり鉢《ばち》状の地形になっていたが、アレルたちがのぼった東側の壁にあたる部分がほかの三方より極端《きょくたん》に低かった。前回のネクロゴンドの大異《だいい》変《へん》の爆発《ばくはつ》で吹き飛んだあとなのだ。山頂の東よりのところに巨大な火口がぽっかりと口を開け、恐《おそ》ろしい噴煙をあげていた。また、火口のまわりには無数の巨岩がごろごろしていて、あちこちの噴《ふん》気孔《きこう》から噴煙があがっていた。

アレルたちが火口に向かって走り出したとき、突如《とつじょ》として前方の岩陰《いわかげ》から魔物の群れが出現した。その数およそ五十体。頭には赤錆《あかさ》びた甲《かぶと》をかぶり、手にはやはり錆びついた剣を握《にぎ》っている。骸《がい》骨《こつ》の魔物、地獄《じごく》の騎士《きし》だ。魔物の群れは乾《かわ》いた音をたてながらゆっくりと近づいてきた。一糸乱れぬその動きに、

「手強そうだぜ、こいつらは」

そういってクリスが前に出ようとするのをリザが制した。

「ここは任せて。今あなたとアレルが疲れたらきっと、あとで困《こま》ることになるわ」

そういうなりリザは走り出した。

「あなたたちの相手はあたしひとりで充分《じゅうぶん》よ！　さ、かかってらっしゃい！」

リザの言葉を理解したのか、魔物の群れは一団となってリザを追走した。

と、リザはぴたっと足を止めた。そのまま振り返るとリザは手にした杖《つえ》をかざしゆっくり呪文を唱えた。

かなりの距離《きょり》を置きながらも、アレルにはリザの周囲の大気が凝縮《ぎょうしゅく》する様子がはっきりと感じられた。急接近した魔物の群れに向かってリザが杖を振りおろすと、先端部《せんたんぶ》から発した白熱光はたちまち数倍の大きさに膨《ふく》れあがり、一気に魔物たちの頭上に達した。

閃光《せんこう》がきらめき、爆発音が衝撃波《しょうげきは》となって一帯を震撼《しんかん》させた。

「すげえ！」

アレルたちの眼前《がんぜん》で五十体の魔物は瞬時《しゅんじ》にして消滅《しょうめつ》した。

あとには赤茶けた地肌《じはだ》が剥《む》き出しになった窪地《くぼち》が残っているだけだ。

「イオナズンてはじめてだったから間合いがわからなくって」

アレルたちのところに戻ってきたリザは爆発の余波ですすけた顔をこすりながら微笑んだ。

今の戦いでかなり疲労《ひろう》した様子のリザをかばいながら一行は火口へと近づいた。

急峻《きゅうしゅん》な崖のはるか下方から猛烈《もうれつ》な熱風と噴煙が吹きあげていた。噴煙の切れ間に恐ろしいまっ赤《か》な溶岩《ようがん》が煮《に》えたぎっているのが見えた。

「このなかに銀の宝珠《シルバーオーブ》を投げ捨てたのか……！」

アレルたちは愕然《がくぜん》として火口の溶岩を見ていた。

やっと火口までたどり着いても、どうやったらガイアの剣と銀の宝珠《シルバーオーブ》が呼び合うのか見当すらつかないのだ。また、たとえガイアの剣にそのような力があったとしても、溶岩の底に銀の宝珠《シルバーオーブ》がそのまま残っているとは思えなかった。

アレルたちが途方《とほう》に暮《く》れて大きく肩《かた》でため息をしたときだった。後方から、

「ふっふふふふ……」

不気味な笑い声がした。アレルたちが振り向いて、

「あっ!?」

思わず身構えた。

緑の法衣に身を包んだ魔物が、巨岩の上に立って鋭《するど》い眼光でアレルたちを見おろしていた。バラモス四天王《してんのう》のひとりエビルマージだった。

3　最後の宝珠《オーブ》

「見てのとおり、この火口に来ても最後の宝珠《オーブ》を手に入れることは不可能《ふかのう》！　ネクロゴンド城に伝わっておった銀の宝珠《シルバーオーブ》をこの火口に投げ捨てたのはこのわしだ！　六つの宝珠《オーブ》のうちひとつでも欠ければその効用がないのだからな！」

「なぜだ!?　なぜおまえたちが宝珠《オーブ》のことを知っている!?」

アレルが剣を握り直しながら叫んだ。

「答える必要などないわっ！　だが、よくぞ来た！　待っておったのだぞ！　おまえらがこのネクロゴンドに現れるのをなっ！」

その眼に異様《いよう》な殺気が走ると、

「命はもらった！」

エビルマージは両手をかざすとアレルたちに向かって矢継《やつ》ぎ早《ばや》に呪文を唱えた。

メラミの火球はクリスを弾《はじ》き飛ばし、マヒャドの冷気にモハレが悲鳴をあげた。

「おのれ！」

思わず突《つ》っ込んだアレルは魔物がメダパニの呪文を唱えたのを見て慌《あわ》てて飛び退《の》いた。

体勢を立て直してクリスが斬《き》りつけたが、エビルマージはなんなくかわし、背後《はいご》からラリホーの呪文を浴びせた。

「うっ！」

クリスは振り向き魔物を睨みつけた。

だが、五体はしびれ、耐《た》えがたい睡魔《すいま》がクリスをとらえていた。手から剣を放したクリスは崩《くず》れるように倒《たお》れた。

「クリス！」

駆《か》け寄るアレルの動きを数発のメラミで封《ふう》じると、魔物はリザに襲いかかった。

「よくもわが子飼《こが》いの部下を葬《ほおむ》りおったな！」

エビルマージは怒《いか》りに燃える目をリザに向け、マヒャドの呪文を唱えた。

リザはとっさにベギラマの火炎《かえん》で冷気を防ぎ、駆けつけたアレルとモハレが斬り込んだ。

「最前おまえがイオナズンの呪法《じゅほう》で全滅《ぜんめつ》させたはわが配下の一群！ この仇《かたき》は討《う》たせてもらうぞ！」

左右からの攻撃をすばやくかわした魔物はふたたびリザに襲いかかった。

エビルマージの指先から不気味な波動がほとばしり、リザの全身に悪寒《おかん》が走る。

リザは杖を構え必死にイオナズンの魔法を使った。が、古《いにしえ》の大魔道士《だいまどうし》が編み出したと伝えられる最強の攻撃呪文は何の効果も生み出さなかった。

「おまえの呪文はすでに封《ふう》じた！ じたばたせずあの世へ行くがよい！」

勝ち誇《ほこ》って叫ぶエビルマージにモハレが突っ込み、アレルもあとに続いた。

「さがれ小僧《こぞう》ども！」

自らの魔力に絶対の自信を持つ悪の魔道士は動ずることなく呪文を唱えた。

モハレが火炎の渦《うず》に包まれた瞬間《しゅんかん》、アレルは地を蹴《け》って高々と跳躍《ちょうやく》していた。通常ならば左右に分かれて攻撃をかけるところをモハレは危険《きけん》を承知で正面から斬りかかった。そして、仲間のそんな動きからアレルはモハレが囮《おとり》になろうとしているのを理解した。

アレルは一気に決着をつけるべく大上段に構えた剣を振りおろした。だが、エビルマージはそんな二人の動きを見切っていたのだ。

紙一重で切っ先をかわすと、魔物は至近《しきん》距離からアレルにマヒャドの冷気を浴びせかけた。鋭い氷の刃《やいば》を払《はら》いのけアレルは必死でギラを放った。炎《ほのお》は帯になりエビルマージに向かって直進する。

だが魔物は避《よ》ける気配さえ見せず、残忍《ざんにん》な笑《え》みを浮かべていた。

「馬鹿奴《ばかめ》！　炎というのはこういうのをいうのだ！」

エビルマージの指先は連続して火球を放ち、紅蓮《ぐれん》の炎は渦巻きながら激突《げきとつ》した。

一発目のメラミはギラの火炎帯を跳《は》ね返し、二発目が足元で炸裂《さくれつ》する。三発目をかろうじてかわしたが、魔物はさらなる呪文攻撃を加えてきた。

「死ね！　死んで自らの無力さをさとるのだ！」

火炎と冷気、混乱と睡魔《すいま》の魔法が立て続けに襲いかかり、アレルはかろうじて身をかわした。

クリスはラリホーで眠らされ、傷《きず》ついたモハレは苦しげにうめいている。そしてアレルが内心一番頼りにしていたリザの呪文は、敵のマホトーンによって封じられてしまったのだ。

アレルはなんとか形勢を逆転しようと、知る限りの攻撃呪文を試みた。しかしエビルマージはメラやベギラマ程度の効く相手ではないのだ。

「どうすればいいんだ!?　どうすればやつに勝てるんだ?」

凍傷《とうしょう》と火傷《やけど》、まったく正反対の傷が生んだ痛《いた》みに五体はしびれ、腫《は》れあがった瞼《まぶた》に視界《しかい》は狭《せば》まっている。アレルは徐々《じょじょ》に後退し、戦いの場もいつか火口近くに移っていた。

「遊びはここまでだ!」

意外としぶとい相手の戦いぶりに魔物もまた苛立《いらだ》っていた。

「地獄で父親が待っておるわ!」

エビルマージはそう叫ぶなり今までで最大級のメラミを放った。

渦巻く火球は最前までのものより白っぽく、その炎がいかに高温であるかを示していた。アレルは気力を振り絞《しぼ》って火口の縁《ふち》へ飛び、なんとかして火球から逃《のが》れようとした。

だがたった今まで立っていた位置で爆発したメラミの火球は無数の炎の塊《かたまり》となって四散《しさん》し、飛び散った炎のひとつがアレルの腰《こし》を直撃《ちょくげき》した。

「ウワッ!」

悲鳴をあげてのけぞった瞬間、腰に差していたガイアの剣がはずれ火口に落下した。

「しまった!」

思わず手を伸ばしたアレルの眼前を剣は乾いた音をたてて転がり、はるか下方の溶岩のなかに消えていった。

「あきらめろ小わっぱ！　ここが貴様《きさま》の墓場になるのだ！」

エビルマージは自らも火口の縁に移動すると、アレルに向かって両腕《りょううで》を突き出した。

だが、魔物は早急に勝負を決しようとはせず慎重《しんちょう》に狙《ねら》いを定めていた。さしもの大魔道士も今までの戦いで魔力を消耗《しょうもう》しきっていたのだ。勝負を急ぎすぎたわ──魔物は内心舌打ちをした。緒戦《しょせん》で高位の呪文を乱発したのは明らかに彼の失策《しっさく》だった。だがまもなく決着が着く──わしの勝利だ──。

「来るっ！」

アレルは敵の周囲の大気の揺《ゆ》らめきから、相手がまたもメラミを唱えようとしているのを察知した。

「ここまでか……」

無念さが込みあげ、脱力《だつりょく》感が全身に広がる。

父オルテガの顔が、アリアハンで自分を待つ母ルシアの顔が、さまざまな顔がアレルの脳裏《のうり》を駆け抜けた。と、記憶《きおく》の底から浮かんできた老人の顔がアレルに向かって微笑んだ。それは──アリアハンで呪文を習った老祈禱師《ろうきとうし》の顔だった。

「ごめんよ爺《じい》さん。あんたの教えも結局は無駄《むだ》になってしまった」

そうつぶやいたアレルは唐突《とうとつ》にはじめて老人の家を訪ねた日のことを思い出した。

「父のあとを継《つ》ぎ魔王《まおう》を倒す旅に出たいとな?」

「はい、そのためにはどうしても魔法の修業《しゅぎょう》を……」

アレルを前に老人は歯のない口を開けてニヤリと笑った。

「たしかに勇者オルテガのあとを継ぐなら剣の修業だけではたりん。魔道の、呪文の修業も肝要《かんよう》じゃ。だがわしはあくまでも一介《いっかい》の祈禱師、勇者の呪文までは教えられん」

「勇者の呪文?」

老人は強靭《きょうじん》な肉体と精神を併せ持った勇者のみが使える呪文が存在《そんざい》すると話した。

デイン系《けい》の呪文として知られるその魔法は、いかなる敵でも一撃《いちげき》で倒す威力《いりょく》があるという。だが、ギラやメラ系の呪文を修行するうちにアレル自身、勇者の呪文のことをすっかり忘《わす》れてしまっていたのだ。

「デインの呪文か……」

アレルの意識がふっと現実に引き戻されたとき、エビルマージはメラミの呪文を唱え始めていた。

「アレル逃《に》げて!」

傷ついたモハレを介抱《かいほう》していたリザが叫んだ。

だが、アレルは瞑目《めいもく》したまま動こうとはしなかった。エビルマージはアレルが放つ異様な気配に一瞬たじろいだ。

「小僧、何をいまさら……?」

ふたたび魔物が火炎呪文の詠唱《えいしょう》を始めたとき、アレルの周囲の大気は異様なうねりを見せ始めていた。そしてそのうねりは徐々に大きな波動となりアレルとエビルマージを、呆然《ぼうぜん》とするリザとモハレを、そしていまだ眠り続けるクリスをも包み込み火口周辺全体へと広がっていった。

「天駆《あまか》ける雷神《らいじん》よ！　正邪相克《せいじゃそうこく》するこの地に清めの光を！　猛《たけ》き力もて魔《ま》に仕えし悪しき物《もの》の怪《け》に裁《さば》きの鉄槌《てっつい》を！」

アレルの叫びに呼応《こおう》するかのように上空には黒雲が渦巻き、湿《しめ》りを帯びた風が火口からあがる噴煙をなびかせる。

「ライデインの呪文……？」

「まさか!?　アレルはそんな魔法使ったことがねぇだよ」

リザとモハレの疑問《ぎもん》を振り払うかのようにアレルは魔道士に向けて右手を突き出した。

黒雲は雷鳴《らいめい》を呼び、電光が空《くう》を切り裂いた。

「ギャー！」

電撃《でんげき》呪文の直撃を受けたエビルマージは悲鳴をあげてのけぞり、炎に包まれたまま火口に落下した。と、同時にズズズズッ！　すさまじい地鳴りが大地を震《ふる》わせた。

アレルが火口の縁から離れると、まるでそれを待っていたかのように火山は噴火を開始した。噴《ふ》きあげた灼熱《しゃくねつ》の溶岩は天を焦《こ》がし、漆黒《しっこく》の噴煙はあたりを闇に染める。

噴火から逃《のが》れたアレルたちはやっと意識を取り戻したクリスとともに火口から離れ、中腹《ちゅうふく》の洞窟まで避難《ひなん》した。

まる一日続いた噴火がやむと、火山灰《かざんばい》の混じった黒い雨が降《ふ》り始めた。やがて急速に雨足を増し、豪雨《ごうう》となった――。


三日目の朝――。

仮眠《かみん》していたアレルがはっと目を覚ますと、いつの間にか雨がやみ、青空が広がっていた。はるか東の海の水平線から美しい朝日がのぼっている。

と、火口付近の溶岩と溶岩の間で、朝日を浴びてまばゆい光を放っているものがあるのに気づいた。

「お、おい起きろクリス！　リザ！　モハレ！」

アレルは慌てて三人を起こすと、光に向かって駆け出した。

「あーっ!?」

豪雨で固まった溶岩の間に飛び込んで、アレルたちは思わず顔を輝かせた。

光を放っていたのはなんと火口に落ちたはずのガイアの剣だった。そして、剣の刃に銀の光を放つ美しい珠《たま》が磁石《じしゃく》に吸い寄せられたようにぴたりとくっついていた。銀の宝珠《シルバーオーブ》だった。

「や、やった……！」

アレルはそっと銀の宝珠《シルバーオーブ》に手を触《ふ》れた。

宝珠《オーブ》はなんなく刃からはずれたが、宝珠《オーブ》を取ったとたんガイアの剣から光が消え、みるみるうちに錆びついた剣に変わり、ビシビシビシッと刀身に亀裂《きれつ》が走ったかと思うと、バシッと鋭い乾いた音をたてて粉々に砕《くだ》け散った。

「これで六つ全部そろった……！」

アレルは革袋から五つの宝珠《オーブ》を取り出して、感慨深《かんがいぶか》そうに両の掌《てのひら》に六つの宝珠《オーブ》を並べた。と、突然《とつぜん》六つの宝珠《オーブ》が眩《まぶ》しい大きな光を放ってアレルたちを包んだ。光はさらに輝きを増し、強《きょう》烈《れつ》な白光が一帯をおおった。

やがて、白光が消えると、アレルたちの姿が忽然《こつぜん》と消えていた——。

4　伝説の鳥

強烈な光が渦巻いていた。あまりの眩しさに一瞬意識を失いかけたとき、アレルたちはいきなり光の渦から解放された。時間にすれば、ほんの数呼吸の間だった。

「こ、ここは!?」

アレルたちが驚いて見まわすと、そこは巨大なほこらのなかだった。

暗闇のなかにいくつもの篝火《かがりび》が焚《た》かれていて、そのひとつのそばで、瓜二《うりふた》つの顔をした二人の美女がおだやかな顔でやさしくアレルたちを見つめていた。妖精《ようせい》の双子《ふたご》の姉妹だった。二人は揃《そろ》いの白絹の長衣に赤い法衣のようなものをまとい、腰《こし》まで伸びた長い黒髪《くろかみ》を後ろでひとつに束《たば》ねていた。

「ようこそレイアムランドへ……」

姉とおぼしき方が親しみを込めて微笑んだ。

「レイアムランド?」

アレルたちは思わず顔を見合わせた。誰もがはじめて聞く名前だった。

「ここは、ネクロゴンド大陸のはるか南の果てにある雪と氷に閉ざされし島……。そして、わたしたち姉妹は、精霊《せいれい》ルビスさまに仕えし者……。ルビスさまの御言葉《みことば》に従《したが》い、あなたがたが現れるのを長い間待っておりました……。ラーミアの卵《たまご》を守りながら……」

「ラーミアの卵……?」

アレルが聞き返すと、姉妹はおもむろに正面の祭壇《さいだん》を見た。

祭壇の前の台座《だいざ》に、成人の手でふた抱《かか》えもありそうな巨大な銀色の卵が置いてあった。

「ラーミアは美しい雄大《ゆうだい》な翼《つばさ》を持つ伝説の鳥……。そして、ルビスさまの忠実《ちゅうじつ》なるしもべ……。はるか昔《むかし》のこと……。『光ある限り、闇もまたある……。いずれこの地上界は邪悪《じゃあく》なる者の手によって暗黒の闇におおわれるでしょう……』。ルビスさまはそう予言なされると、新たなる大地を創造《そうぞう》し、その地に理想の楽園を築く決意をなされたのです。そして、ラーミアの卵をわたしたち姉妹に授けると、こうおっしゃられたのです。『ラーミアは不死鳥……。そなたらの祈《いの》りによって、いつの日か誕生《たんじょう》するでしょう……。ただ、ラーミアはこの地上を守る最後の光……。いたずらに誕生させてはなりません。それに、ラーミアは伝説の生き物……。人間の力ではラーミアを御《ぎょ》することはとうてい不可能……。わたしが力を与えたこの六つの宝珠《オーブ》がそろったときのみ、人間がはじめてラーミアを御することができるのです……。その者は、悪しき力を倒す力を持つ心正しき者……。その者が現れるまで、そなたたちはラーミアの卵を守り続けるのです……』と。そして、翠《グリーン》、緋《レッド》、碧《ブルー》、黄《イエロー》、紫《パープル》、銀《シルバー》の六つの宝珠《オーブ》を天空に向けてお放りになると、六つの宝珠《オーブ》は光り輝きながら六つの方角に分かれて流星のようにはるかかなたへと消え去ったのです……。『願わくば、この地上界に永久の平和が訪れんことを……』。ラーミアが誕生することなき世界が訪れんことを……』。最後にルビスさまはそうお祈《いの》りを捧《ささ》げると、心ある民を連れて、創造した新天地へと旅立っていかれたのです……。でも、ルビスさまの予言どおり、今この地上界は邪悪なる者によって暗黒の闇に閉ざされようとしています。ですから、わたしたちは悪しき力を倒す力を持つ心正しき者が現れるのをじっと待っていたのです……」

姉妹はじっと熱い眼差しでアレルを見ると、おもむろにラーミアの卵の前に進み出て、

「精霊ルビスよ……！」

両手を合わせて無心に祈った。

「われらに力を与えたまえ……！　伝説の鳥、不死鳥ラーミアを誕生させる聖《せい》なる力を……！」

さらに渾身《こんしん》の力を込めて祈ると、ビシッ――ビシビシッ――と、卵の殻《から》にひび割《わ》れが走り、卵のなかからまばゆい光があふれ出た。と、卵は二つに割れ、光はさらに輝きを増してほこら全体を強《きょう》烈《れつ》に照らし出した。が、やがて光が静かに消えると、

「おおっ!?」

アレルたちは思わず目を輝かせた。

巨大な美しい鳥が雄大で艶《つや》やかな翼を広げていた。伝説の鳥、不死鳥ラーミアが誕生したのだ。

アレルはラーミアの美しい姿を見ながら、六つの宝珠《オーブ》を集めればおのずとバラモスの居城《きょじょう》まで導かれよう——と、王都ロマリアで告げたあの賢者《けんじゃ》の言葉を思い返していた。このラーミアに乗ればバラモスの居城へ行くことができるのだ。

ラーミアはきらきら輝く無数の光を撒き散らしながらゆっくりと大きく羽《は》ばたくと、ほこらの入り口に向かって飛んでいった。アレルたちは思わずあとを追った。

雪と氷におおわれた外に出ると、ラーミアが上空を優雅《ゆうが》に旋回《せんかい》していた。アレルたちはその美しい雄姿《ゆうし》にしばし見惚《みと》れた。と、あとを追ってきた姉妹が告げた。

「六つの宝珠《オーブ》がある限り、あなたがたの思いのままにラーミアは飛んでくれるでしょう。バラモスの居城へ行く前に、ぜひ北大陸にある竜の女王さまの居城へ行ってください」

「竜の女王?」

アレルが聞いた。

「竜の女王さまはルビスさまと同じ天上界の神のおひとりで、ルビスさまが旅立たれたあと、ルビスさまに代わってこの地上界の人間を守っておられたのですが、噂《うわさ》ではだいぶ前から重い病《やまい》に伏《ふ》しているとか……。でも、誕生したラーミアの姿を見ただけで、女王さまはこの地上界に何が起きているかを、お悟《さと》りになるでしょう。竜の女王さまの居城へは地上から行くのは不可能。でも、ラーミアならわけなく飛んでいけます……」

「よし、さっそく出発しよう！」

アレルがいうと、まるでその言葉を聞いていたかのようにラーミアが急降下《きゅうこうか》してきてアレルたちの横に滑《すべ》るように着地した。アレルたちはその背に飛び乗った。柔《やわ》らかいふさふさした暖《あたた》かな毛が気持ちよかった。

「かならず魔王バラモスを倒してみせます！」

アレルは姉妹にそう告げると、ラーミアはふたたび翼を広げてゆっくりと上昇《じょうしょう》した。

「うわあっ！　すごい！　最高！」

リザが興奮《こうふん》して歓声《かんせい》をあげた。

心地よい風が流れていく。アレルもクリスもモハレも興奮しながら眼下の風景を見ていた。みるみるうちに姉妹の姿が小さくなり、やがて海上に浮かんだ雪と氷のレイアムランドの全貌《ぜんぼう》が見わたせた。

ラーミアは水平飛行に入ると、優雅に羽《はね》を羽ばたかせながら北へ向かった——。

第八章　バラモスの居城

アレルたちが乗った伝説の鳥——不死鳥ラーミアは、優雅《ゆうが》に翼《つばさ》を羽《は》ばたかせながら、風を切り、雲を抜《ぬ》け、竜《りゅう》の女王の居城《きょじょう》があるという北大陸をめざして北上した。

ラーミアはゆったりと飛んでいるように見えたが、アレルたちはものすごい風圧を受けていた。見た目よりもはるかに速かった。

ネクロゴンド大陸の東の青々とした大海を越《こ》えると、やがてイシス海からアッサラーム海の上空を通ってさらに北上した。

途中《とちゅう》、クリスの剣《けん》を買うために、アッサラームの街《まち》に立ち寄《よ》った。数えきれないほど魔物《まもの》を斬《き》り倒《たお》したため、刃《は》がぼろぼろに欠け、役に立たなくなっていたからだ。

だが、みんな軽すぎてクリスの手にぴったりくる剣がなかった。しかたなく店で一番高価で破壊《はかい》力のある鉄の斧《おの》を買うと、アレルたちはふたたび北に向かって空を飛んだ。

中央大陸の西の険しい山脈を越えると、やがて眼下にコスタ海とカルピ海にはさまれたオリビアの岬《みさき》が見えてきた。

岬の上空を通過したところでラーミアは進路を北東に変えた。レイアムランドを出発してからわずか六日しか経《た》っていなかった——。

1　竜の女王

「あっ!?　あ、あれだ！」

カルピ海を越え、鬱蒼《うっそう》と生《お》い茂《しげ》った原生林の上空をしばらく飛ぶと、アレルは前方を指さした。原生林のはるか前方に西日を浴びた険《けわ》しい山岳《さんがく》地帯があった。その中央の山頂《さんちょう》にかすかに城《しろ》らしきものが見えた。

だが、城に接近して驚《おどろ》いた。城は見るも無残に荒《あ》れ果てていた。

城壁《じょうへき》に囲まれた五層建ての城だったが、屋根や壁《かべ》が崩壊《ほうかい》し、巨大《きょだい》な円柱や瓦礫《がれき》の山となった床《ゆか》や階段《かいだん》が風雨にさらされたままだった。アレルたちはあ然として見ていた。ラーミアは城の周囲を旋回《せんかい》すると、崩《くず》れ落ちた壁や円柱の間をすり抜けながら五階から四階、そして三階へとゆっくりと飛行した。

一階の床に大きな穴《あな》が口を開けていた。ラーミアはためらわずに進入すると、地下は巨大な空間になっていて、そのなかに大理石の宮殿《きゅうでん》があった。だが、やはり地上の城と同じように無残に崩壊し、荒れ果てたままだった。

円柱の間をすり抜けながら奥《おく》へ進《すす》むと、突然「ゼィゼィ……ゼィゼィ……」という、かすれたうなり声ともつかない不気味な音が聞こえてきて、アレルたちは思わず緊張《きんちょう》した。その奥に、広い部屋《へや》があった。ラーミアが崩れかけた壁に沿《そ》ってそのなかに入ると、突如《とつじょ》アレルたちの目の前に恐《おそ》ろしい巨大な竜の顔が現れた。

「うわあっ⁉」

アレルたちは思わず恐怖《きょうふ》に震《ふる》えた。

巨大な竜もまた目の前を飛翔《ひしょう》するラーミアの姿《すがた》に驚いていた。巨大な竜は、竜の女王だった。まっ赤《か》な双眼《そうがん》。大きく耳まで裂《さ》けた口。鋭《するど》い二本の角。鋼鉄《はがね》の鱗《うろこ》と背《せ》びれ。巨大な爪《つめ》。背丈《せたけ》だけでもアレルたちの十倍以上もある。ゼィゼィ——という不気味な音は竜の女王の息遣《いきづか》いだった。

「おお、ラ、ラーミアよ……。誕生《たんじょう》したのだな……」

ラーミアが着地すると、竜の女王は苦しそうにあえぎながら弱々しい声で語りかけた。だが、その眼には親しみとなつかしさが込められていた。

アレルが自分たちのことを名乗り、レイアムランドの姉妹《しまい》のことを話すと、竜の女王はみるみるうちに姿を変えた。角が消え、翼《つばさ》や背びれが消え、鱗も消え、一瞬《いっしゅん》にして巨体から人間に近い通常の姿になった。人間の年齢《ねんれい》にすれば四十歳《さい》ぐらいに見える。

だが、極度に衰弱《すいじゃく》しているのがひと目でわかった。異様《いよう》なほどやせ衰《おとろ》え、立っているのもやっとのようだった。顔色も悪く、やつれ果てていた。

「わ、わたしは……精霊《せいれい》ルビスに代わって……長い間、この地から人間を見守ってきた……」

竜の女王はやはり苦しそうにあえぎながら弱々しい声でいった。

「ところが……ルビスが予言したとおり……邪悪《じゃあく》なる魔界《まかい》の覇者《はしゃ》……魔王《まおう》バラモスが……ギアガの大穴を抜けて……こ、この地上界に侵攻《しんこう》し……あ、暗黒の闇《やみ》に……閉《と》ざそうとしている……」

「ギアガの大穴!?」

アレルが思わず聞き返した。

「バ、バラモスの居城がある湖の……東の島に大穴がある……。そこは……瞬時《しゅんじ》にして……暗黒の闇と混沌《こんとん》の……異空間《いくうかん》へわたることができる……時空の穴……。おそらく今では……バラモスの魔力によって……封《ふう》じられているはず……。ただ……」

竜の女王は顔を曇《くも》らせた。

「バ、バラモスがやってきた……異空間が……ルビスが創造《そうぞう》した新天地でなければ……いいのだが……。も、もし……そうだとしたら……その地も……バラモスに……し、支配されていることになる……。わ、わたしが……昔《むかし》のように……元気でさえあれば……こ、この手で……バラモスを倒し……人間を守ることができたものを……。だ、だが……残念なことに……わたしの命は……もはや、いくばくもない……。わ、わたしは……不治の病に……冒《おか》されているのだ……」

「えっ!?」

衰弱し、苦しそうにあえいでいた原因を知ってアレルたちはあ然とした。

「もうじき……命の炎《ほのお》が……燃えつきる……。だ、だが……わたしのこの体には……あ、新たな命が……芽生《めば》えている……。わ、わたしは……こ、この命と引《ひ》き換《か》えに……卵《たまご》を生むつもりだ……。そ、その子は……やがて竜神《りゅうじん》として……人間を保護しなければならない……運命にある……」

竜の女王はじっとアレルを見つめると、

「ど、どうか……わたしに代わって……魔王バラモスを……倒してくれ……。こ、これを授けよう……」

懐《ふところ》から朱《しゅ》色の絹の包みを出してアレルに手わたした。

両手にすっぽり入るほどの大きさだった。

「そ、それは……わ、わが竜の一族に伝わる……光の玉だ……」

「光の玉?」

アレルがおもむろに布を開いてた。

「うわあっ!?」

思わずアレルたちは見惚《みと》れた。燦然《さんぜん》と輝《かがや》く美しい光の玉が入っていた。

「そ、その光の玉は……邪悪な者から……暗黒の闇の衣を……は、剥《は》ぎ取ることができる……。また……暗黒の闇を……ひ、光に満ちた世界に変える……不思議な力を……持っている……。い、いずれ……役立つことがあろう……」

「わかりました! かならずやバラモスを倒してみせます! そのときは、すぐさま知らせにラーミアをよこしましょう！」

アレルが力強く答え、クリスたちがうなずくと、

「あ、ありがとう……。た、頼《たの》んだ……」

竜の女王は目を潤《うる》ませた――。


漆黒《しっこく》の闇のなかから凛《りん》とした女の声が聞こえた。チコの声だった。

「はい……。伝説の鳥ラーミアに乗って、明日《あす》にもバラモスさまの居城にたどり着くのではないかと……。しかしながら、心配にはおよびませぬ……。ただちに任地に戻《もど》り、この手でやつらを地獄《じごく》の底に葬《ほおむ》ってみせましょう……。あのオルテガと同じように……」

闇に隠《かく》れてチコの姿が見えないが、胸中《きゅうちゅう》を激《はげ》しい怒《いか》りと苛立《いらだ》ちが渦巻《うずま》いていた。

育ての親である魔法使《まほうつか》いのおばばを殺された恨《うら》みもあったが、絶対不可能《ふかのう》だと信じていた最後の宝珠《オーブ》をアレルたちが手に入れたと知ったとき、アレルたちの底知れぬ力にいいようのない衝撃《しょうげき》を受けた。同時に不甲斐《ふがい》ないエビルマージに腸《はらわた》が煮えくり返るような怒りを覚えた。そして、バラモスの居城でアレルたちを迎《むか》え撃《う》つつもりでいたが、突然異空間にあるこの漆黒の闇に呼《よ》び出されたのだ。

すると、闇のはるかかなたからおどろおどろしい低い男の声が響《ひび》きわたった。

「その必要はない……」

「ど、どういう意味でございましょう？」

「おまえをここに呼んだのはほかでもない。八魔将《ましょう》のうち四魔将が葬られてしまった。この三年の間にな……」

さすがのチコも驚いた。

「な、何者でございます、その相手は!?」

「おまえもよく存《ぞん》じておる男だ……」

「わ、わたしが……!? な、名は!? なんと申す男でございます!?」

「それは……直接おまえが赴《おもむ》いて確かめるのだな……」

突《つ》き放すような冷たい口調でいうと、それっきり声がしなくなった。

「わたしが知っている男……!?」

チコは自問した。だが、八魔将のなかの四魔将を倒すほどの腕《うで》を持つ男をチコは知らなかった。

あの男――たったひとり、あの男を除いては――。

「し、しかし……そんなばかな……! そんなことがあり得るはずがない……!」

不安を打ち消すように自分にいい聞かせた。

2 大魔宮《だいまきゅう》

ラーミアに乗ったアレルたちはバラモスの居城のあるビクトカ湖をめざしていた。

アッサラームの街の上空を通過し、アッサラーム海を南下すると、前方に黒々としたネクロゴンド大陸が姿を現した。

ラーミアはそのまま直進し、銀の宝珠《シルバーオーブ》を手に入れた火山の上空を通過すると、南西に進路を変えた。荒涼《こうりょう》とした険しい山脈《さんみゃく》が、まるで荒海《あらうみ》の高波のように、どこまでも続いていた。

上空には暗雲が垂れこめ、鋭い稲光《いなびかり》を発している。奥へ進めば進むほど風も強くなった。また気温もそれにともなってどんどんさがった。

そして、竜の女王の居城を発《た》ってから三日目の昼過ぎのこと。突然山脈が切れると、眼下に毒々しい赤茶けた色の広大な湖が広がった。かつて壮大《そうだい》な美しい景観が訪《おとず》れた人々の心をとらえて離《はな》さなかったというビクトカ湖だ。だが、アレルたちには恐ろしい悪魔が巨大な口を開けているようにしか見えなかった。

東の島はすぐ見つかった。しかし、何度も低空飛行で上空を旋回《せんかい》してみたが、ギアガの大穴らしい地形のあとを見つけることはできなかった。

ラーミアは湖の上空をさらに西へ向かった。稲光はさらに激しくなり、風は暴風に変わった。湖水の波は、湖とは思えないほど荒れに荒れていた。アレルたちは思わず震《ふる》えあがった。八月の中旬《ちゅうじゅん》だというのに、真冬のような寒さだった。しばらく行くと、波頭の向こうに不気味な島影《しまかげ》が見えてきた。

「あれだっ！」

アレルたちは思わず緊張《きんちょう》した。

さらに接近すると、岩肌《いわはだ》が露出《ろしゅつ》した険しい崖《がけ》の上に、おどろおどろしい異形《いぎょう》の城がはっきりと見えた。バラモスの居城だった。

「やっと、来たんだ！　やっと！」

アレルは興奮《こうふん》しながらバラモスの居城を睨《にら》みつけた。

故郷《こきょう》アリアハンを旅立ってから、すでに二年と四カ月が経《た》っていた。ふとチコの顔が、オルテガを倒したと告げたあの冷酷《れいこく》な顔が、アレルの脳裏《のうり》をかすめた。アレルは父オルテガの無念さを思い、新たな怒りに燃えた。全身の血が異様に高ぶっているのが自分でもはっきりとわかった。

クリスとモハレも、アレルと同じように血が高ぶるのを覚えていた。だが、高ぶりと同じぐらい不安と恐怖《きょうふ》もある。

「くそっ！　バラモスめ！」

「絶対に倒してやるっ！」

「ああ！　世界中の人々の恨みを晴らしてやるだよ！」

アレルたちがさらに闘志《とうし》を奮《ふる》い立たせると、

「この日のために苦しい旅を続けてきたのね！　この日のために！」

リザも興奮して闘志をあらわにした。

だが、言葉の響きとは裏腹《うらはら》に、その眸《ひとみ》は一瞬いいようのない悲しみに満ちた。ふとチコのことを思い出したのだ。そして、血を分けた実の姉と殺し合わなければいけない運命を呪《のろ》った。

たしかに、魔法使いのおばばに出生の秘密《ひみつ》を知らされたときには激しい衝撃を受けたが、今では気持ちに少しの迷いもなかった。ヒミコを母だとも、チコを姉だとも思っていない。

だが、ときどき不安に襲《おそ》われることがあった。いくら今の気持ちに迷いがなくても、チコとの戦いの最中に、呪われた血がその気持ちを裏切《うらぎ》り、戸惑《とまど》ったり、躊躇《ちゅうちょ》したり、うろたえたり、動揺《どうよう》したりするのではないだろうか――と。そのたびに自分の血に脅《おび》え、そして憎悪《ぞうお》した。だが、

〈血がなによ！　なにをつまらないことに脅えているのよ！　あの二人がなんだというの！　母なんかじゃないわ！　姉なんかじゃないわ！　残忍《ざんにん》な悪魔よ！　人間の敵よ！　憎《にく》むべきバラモスの配下よ！　アレルのお父さんを殺した相手なのよ！〉

何度もそう自分にいい聞かせてきたのだった――。

目の前にバラモスの居城が接近してきた。ラーミアが強固な城壁《じょうへき》を越《こ》えて宮殿《きゅうでん》の前庭に着地すると、アレルたちは剣《けん》を抜いていきおいよく飛びおりた。

と、ピカッ――ひときわ大きな稲光が上空を切り裂いた。アレルたちは息を殺して宮殿に近づき、厚い大きな鉄扉《てっぴ》を押してなかに忍《しの》び込んだ。

薄闇《うすやみ》に包まれた宮殿の内部は森閑《しんかん》として静まり返っていた。

かなたまで一直線に延びた廊下《ろうか》は、四頭立ての馬車でも通れるほどの幅《はば》があり、左右には巨大な円柱が並《なら》んでいる。

前を進んでいたアレルとクリスは、前方から感じられたわずかな殺気に同時に足を止め顔を見合わせた。

「どうする?」

クリスが短く尋《たず》ね、それに答えるようにリザが前に出る。

そしてリザとアレルがそのまま数歩進んだとき、左右の円柱の陰《かげ》から無数の魔物が姿を現した。

火口での戦いで倒したエビルマージの部下だった地獄《じごく》の騎士《きし》の一団である。

魔物の群れはいっせいに剣を構え襲いかかった。だがそれより早くリザとアレルはベギラマの呪《じゅ》文《もん》を唱えていた。二筋《ふたすじ》の閃光《せんこう》は通路の闇を切り裂き、三十体近い魔物の群れはあっという間に全滅《ぜんめつ》していた。

地獄の騎士の焼けただれた死骸《しがい》の間を縫《ぬ》って進むと、目の前に上へ続く階段があった。

階段の上は迷路のような回廊《かいろう》になっていた。床には煉瓦《れんが》が敷《し》かれ、壁《かべ》もまた煉瓦を積み重ねて造られていた。アレルたちは回廊を奥へと進んだ。そして、いくつもの階段をのぼりおりし、さらに奥へ進んで広いホールに出ると、クリスが嫌《いや》な予感にとらわれて舌打ちをした。

「気に入らねえぜっ」

無限に続く迷路に思われたのだ。

「だども、ここまできたんだ。もう少し進んでみるだよ……」

モハレの言葉に気を取り直してさらに奥へ奥へと進んだ、そして、

「あっ!?」

アレルたちは思わず立ち止まった。さっき通ったホールに出たからだ。

「くそっ！」

クリスが肩《かた》で大きくため息をついたときだった。

風を切る鋭い音とともにアレルたちの頭上を何かがよぎった。

「フフフフッ、よくぞここまでたどり着いたな」

見あげれば巨大なスノードラゴンが天井《てんじょう》にかかる梁《はり》のひとつから見おろしている。青白い胴体《どうたい》は硬《かた》い鱗《うろこ》でおおわれ、顔にはウネウネと動く一対《いっつい》の髭《ひげ》が生えていた。

バサッ！　背中の羽根《はね》を羽《は》ばたかせ、飛竜属の一種は急降下した。

アレルはすばやく剣を抜き放ち、魔物の顔面に向かって床を蹴《け》った。

ブオオオオーッ、スノードラゴンの口からまっ白な吹雪《ふぶき》が吐《は》き出され、視界《しかい》をさえぎられたアレルの剣が空を切った。

そして、待ち受けていたクリスとモハレの攻撃《こうげき》を巧《たく》みにかわすと、魔物はもとの梁へと戻っていった。

「エビルマージを倒したというからどれほどの強者《つわもの》かと思えば、ただのガキではないか！　このスノードラゴンさまの相手など千年早いわ！」

魔物はうそぶくとふたたび激しい吹雪を吐きかけた。

四人は円柱の陰に身を隠して攻撃を避《さ》けると、

「これでも食らえ！」

アレルは円柱の反対側から身を乗り出して、ベギラマの呪文を放った。

スノードラゴンはその蛇《へび》のように長い体《からだ》を捻《ひね》って見事に火炎《かえん》をかわし、意外な高速度で急降下してくる。とっさに身をかわしたアレルの剣が硬い鱗に弾《はじ》かれ、澄《す》んだ音をたてた。

「こいつ！」

のたうつ尾《お》に向かって突き出されたクリスの斧《おの》が数枚《すうまい》の鱗を斬り飛ばし、飛竜属独特の薄紫《うすむらさき》色の血液が噴《ふ》き出した。

「よくもわしの体に傷《きず》をつけおったな！」

怒りに燃えるスノードラゴンはクリスめがけて猛攻《もうこう》を加えた。

すさまじい吹雪を吐きかけてクリスの動きを止めると、その大木のような胴体で絡《から》みついた。

クリスは必死になって手にした斧を自分に絡んでいる魔物の胴に突き立てた。刃先が鱗と鱗の間から滑《すべ》り込み柔《やわ》らかい肉をえぐると、スノードラゴンは恐ろしいうなり声をあげてクリスから離れた。

空中で体勢を立て直し、一気に急降下しようとした魔物に衝撃が走り、身体がビクンと震えた。

スノードラゴンは恐ろしい眼で背後を振《ふ》り返った。

「油断しただな！」

円柱の陰から陰へと移動したモハレがバギの呪文をかけたのだ。

クリスにつけられた傷を、今また真空の渦にえぐられ魔物は完全に逆上した。

前にもまして強烈《きょうれつ》な吹雪を吐きながらモハレに向かって一直線に突っ込むと、モハレの体がまっ白な氷におおわれ、その頭上を魔物の巨体がうなりをあげて通過した。

「モハレ大丈夫《だいじょうぶ》か!?」

剣を構えたアレルが慌《あわ》てて駆《か》け寄ったとき、広間の奥まで飛んでいたスノードラゴンは鈍《にぶ》い音をたてて壁に激突《げきとつ》し、そのまま床へ落下した。

吹雪を浴びながらかけたモハレのザキが一瞬にしてスノードラゴンの命を奪《うば》ったのだ。

「ウー、冷たかっただ」

モハレは法衣についた吹雪を振り払《はら》って身体をぶるぶると震わせると、

「この魔物の吹雪なんかマヒャドに比べりゃたいしたことねぇだ」

そういいながら先頭に立って奥へと進み始めた。

そして、やっと出口を探《さが》し当てて外に出ると、そこは四方を建物に囲まれた狭《せま》い中庭だった。すでに夕暮《ゆうぐ》れが迫《せま》っていた。

宮殿のどこに位置しているのか見当すらつかなかったが、正面の建物に地下におりる階段があった。進めるところはそこしかなかった。

3 魔物たち

階段をおりると、ふたたび迷路のような薄暗い回廊が続いていた。

いくつ目かの角を曲がったとき、突然ひと筋の閃光がアレルたちを襲った。

「伏《ふ》せて！」

アレルの後ろにいたリザがそう叫《さけ》ぶなり飛び出した。

ベギラマの閃光を放ったのは六本足の巨大な魔物だった。背中にコウモリのような羽根を持ち、頭部は獅子《しし》そっくりの、合成魔獣《まじゅう》のライオンヘッドだ。

リザはすばやく自らの身をマホカンタで守ると、魔物に向かって理力の杖《つえ》を突きつけマホトーンの呪文を唱えた。

魔法を封じられたライオンヘッドはうなり声をあげながらリザに飛びかかった。だが、リザの動きは魔物の予想をはるかに越えていた。鋭い爪《つめ》と牙《きば》はむなしく空を切り、目標を失ったライオンヘッドの目に狼狽《ろうばい》の色が浮《う》かんだ。

「ターッ！」

すかさずアレルが魔物の前足に斬りつけた。

血飛沫《ちしぶき》が飛び散り片足を失った魔物はアレルに向かって闇雲《やみくも》に襲いかかった。骨《ほね》を断ち斬る鈍い音が響き、ひと抱《かか》えもあるライオンヘッドの首が石畳《いしだたみ》の床に転がった。

アレルは魔物のたてがみで刃先《はさき》を拭《ぬぐ》うと剣を鞘《さや》に収めた。鍔鳴《つばな》りの残響音《ざんきょうおん》が闇に吸い込まれ、一行は前進を再開した。

階段をおりるとアレルたちは大きなホールに出た。ホールに一歩踏《ふ》み出したとたん、突然激しい衝撃波を浴び、

「うわあああっ!?」

次々に悲鳴をあげて苦しみもだえた。

全身が麻痺《まひ》し、思うように動けなくなった。アレルたちは必死にはいながら階段まで戻ってやっと衝撃波から逃《のが》れたが、極度に体力が消耗《しょうもう》して、しばらくの間立ちあがれなかった。

床から発する目に見えない邪悪な衝撃波が渦巻いて侵入者《しんにゅうしゃ》を拒《こば》んでいたのだ。やがてアレルたちの体力が回復すると、リザは胸《むね》の前で両手を組んで呪文を唱えた。両手から発した青い激しい光が四人の全身を包んだ。

「邪悪な衝撃波から身を守るトラマナの呪文よ」

リザが微笑《ほほえ》んでまっ先に衝撃波のなかに飛び込み、アレルたちもあとに続いた。

トラマナの光は衝撃波を弾《はじ》き、なんの抵抗《ていこう》も摩擦《まもう》も感じなかった。

「すごいだべ、リザ！　いつの間にこんな呪文を習得しただよ!?」

二十歩ほど進んで衝撃波の渦から抜けると、モハレが感心して聞いた。

「才能よ。なんたって呪文の天才なんだから」

リザはわざと明るく笑ってみせた。

ここ数カ月、リザはアレルたちの見ていないところでひとり黙々《もくもく》と呪文の習練に励《はげ》んでいた。その結果、たしかに呪文の種類は増えたが、皮肉なことに増えれば増えるほど、自分の体を流れている『血』を意識せざるをえなかった。もっとも、それは最初から覚悟《かくご》の上だった。

リザはさらに習練を積み、威力《いりょく》と種類を増やしたいと思っていた。少しでもアレルの役に立ちたいからだった——。


しばらく休んで体力を回復させた一行は巨大な扉《とびら》を押し開くと、次の間へと入っていった。

二つ目の角を曲がって、先頭のクリスが足を止めた。気配が——かすかだが魔物らしい気配が感じられたのだ。

「見える？」

クリスは背後にいるリザに尋ねた。四人のなかで彼女《かのじょ》が一番夜目《よめ》が利くからだ。

リザは首を横に振ると確かめようと前に出た。と、突然前方の闇から一条の閃光がほとばしった。

慌てずに火炎をかわしたリザが杖を振りかぶると、杖の先端から放たれたメラミの火球が周囲の壁を橙《だいだい》色に染《そ》めあげ、前方の床で炸裂《さくれつ》した。

だが、たった今火炎攻撃をしてきた魔物の姿はどこにも見えなかった。

「なんだったのかしら？」

リザが不安そうに振り返った。すると、

「うわっちちッ！」

最後尾《さいこうび》にいたモハレが悲鳴をあげ、

「誰《だれ》かおらの尻《しり》に火をつけようとしただよ！」

ブツブツいいながら焼け焦《こ》げた法衣の尻にホイミを唱えた。

このあとも謎《なぞ》の敵は前後、左右おかまいなしに攻撃を仕掛《しか》けてきた。たいがいの場合、攻撃は一瞬で終わる。アレルやクリスが斬りかかったときも、リザやモハレが呪文による攻撃を加えたときも、相手の姿は闇のなかに消えていた。

「クソッ！　いったい何者だ!?」

数度目の攻撃のあと、クリスが忌《い》ま忌《い》ましげにいった。

「たいした攻撃力は持ってないらしいがともかく油断だけはしない方がいいな」

アレルがそういってふたたび歩き出そうとしたとき、

「またくるわ。今度は後ろよ」

リザが杖を構えて振り返った。耳を澄《す》ませ、全身の神経を闇のなかへ集中させる。

ガサッ――ズルズル。なんとも形容しがたい音が聞こえてきた。

「もう少しだ。もうちょい近づいたらぼくがギラで正体を暴《あば》いてやる」

閃光呪文の光で正体さえわかれば、残る三人の攻撃でかならずしとめられるはずだ——アレルはそう考えながら相手が近づくのを待ち受けた。

シュッ——小さな空気音が聞こえた瞬間、アレルは気配めがけてギラを放った。

「む……？」

火炎の光に照らし出されたのは見たこともない魔物だった。

食事を運ぶ円盆《えんぼん》ぐらいの直径《ちょっけい》で、中央部が半球形に盛《も》りあがっている。色は黒鉄《くろがね》色で不釣《ふつ》り合《あ》いに大きな目が二つ光っていた。

「はぐれメタルだわ！」

リザがそういいながらイオの白熱球を放った。

爆発は魔物に何の影響も与《あた》えず、はぐれメタルはこそこそと逃げ出した。

「この野郎《やろう》！　さっきはよくもやったな！」

モハレが唱えたバギは今までのものよりはるかに大きな真空の渦をつくり出した。その規模《きぼ》はすでにバギマと呼んでも差《さ》し支《つか》えないほどだった。

ところが岩をも砕《くだ》くかと思われた真空の渦も魔物の表皮にかすり傷ひとつつけることができなかった。まるで液体のように魔物の表面は波打ち真空呪文の衝撃を打ち消してしまったのだ。

続いてリザが今度はイオラの呪文を唱えその白熱球の爆発が通路を皓々《こうこう》と照らし出した。爆風は闇のかなたへと吹き抜け、轟音《ごうおん》が石壁を震わせた。

「なんだこいつは？」

アレルは一瞬、自分の目が信じられなかった。

石造りの床さえ溶かすイオラの高熱にもはぐれメタルはさして影響《えいきょう》を受けていなかったのだ。

呆気《あっけ》にとられている四人の前で、魔物はまるで水が染《し》み込むように床の石材の隙間《すきま》へ逃げ込んで姿を消してしまった。

「どうなってるだ？」

モハレが焦げた法衣の尻をかきながらつぶやく。

「また来るかしら？」

リザが不安そうにいったとき、クシュッ――またもあの形容しがたい音が聞こえた。

「下だ！」

アレルが叫ぶのとほとんど同時に四人の足元から黒鉄色の塊《かたまり》が飛び出してきた。

「キャッ！」

リザが悲鳴をあげて飛びついてきたはぐれメタルを振り払い、

「こいつめ！」

アレルとクリスは左右に身をかわすとすばやく斬りつけたが、剣はむなしく魔物の表皮に弾き返された。

「この魔物、硬《かた》いのかしら柔《やわ》らかいのかしら？」

クリスがふたたび飛びかかってきたはぐれメタルに突きを入れながらいった。

切っ先で弾かれた魔物は鞠《まり》のように跳《は》ねあがった。と、ピーッ——笛《ふえ》のような泣き声をあげて落下した魔物に向かってモハレが正面から斬りつけると、バギーン——まるで鋼鉄と鋼鉄を打ち合わせたような甲高《かんだか》い音が響き、はぐれメタルの身体はまっ二つになって落下した。

「すごいじゃないモハレ、あたしやアレルにも斬れなかったのに」

「運だよ。おらの運がよかったか、こいつの運が悪かったかだ」

モハレはそういいながら魔物の死骸《しがい》を見おろした。

水銀のような体液が床に吸い込まれ、はぐれメタルの身体は見る間にしぼんでいった。


さらに奥には二階建ての家ほどの高さがある扉が開いていた。

「なんちゅう広さなんだべこの城は……」

モハレが呆《あき》れてつぶやいた。

扉の先はまたも左右に円柱が並んだ通路になっており、やはり突き当たりには下へおりる階段があった。通路と広間、そして階段。この繰《く》り返しをえんえんと進んだアレルたちはそれまでとは比べものにならないほど広いホールに出た。

「どうやらバラモスは近いぞ」

クリスの言葉に皆《みな》がうなずいた。

ホールの中央に向かおうとして、

「なんだべ、あれは？」

モハレがホールの隅《すみ》に古い木製の宝箱《たからばこ》を見つけた。近づいてモハレが開けようとすると、

「待って！」

リザが慌てて止め、念のために透視術《とうしじゅつ》のひとつであるインパスの呪文を唱えた。

サマンオサの洞窟《どうくつ》で襲われたミミックのことを思い出したからだ。だが、宝箱には魔物の気配はなかった。

モハレがおもむろに蓋《ふた》を開けると、なかにひと振りの大斧《おおおの》が入っていた。大小二つの鋭い刃のある立派《りっぱ》な斧で、柄《つか》に精巧《せいこう》な竜の彫物《ほりもの》が施《ほどこ》してある。斧のなかで最高の切れ味と破壊《はかい》力を持つと伝えられている魔神《まじん》の斧だったが、アレルたちは知るはずもなかった。

「こりゃあかなり重いだよ。クリスでも使えるかどうだか……」

「貸してみな」

クリスは手に取ると、鋭い刃音をたててビュンビュンと振りまわしてみた。

重さもちょうどよく、手にしっくりときた。アレルたちはその見事な斧さばきに感心しながら見惚れた。成長しているのはアレルだけではなかった。クリスもまた、剣の腕《うで》だけでなく、腕力《わんりょく》も以前とは比較《ひかく》にならないほど強くなっていたのだ。クリスは魔神の斧が気に入って、

「やっとめぐりあった。あたしの腕にふさわしい武器にね」

満足そうに斧の諸刃《もろは》を見ながら笑った。

ホールの突き当たりにやはり両開きの巨大な扉があった。大きさは今までのものよりふたまわりは大きい。表面には両翼《りょうよく》を広げた双頭《そうとう》の怪鳥《かいちょう》の浮《う》き彫《ぼ》りが施《ほどこ》してある。

そして、扉の両脇《りょうわき》にはまるで奥にいる誰かを守るかのように巨大な石像が立っていた。黒灰色の半裸《はんら》の体は筋骨隆々《きんこつりゅうりゅう》としてたくましい。恐ろしい顔でアレルたちを見おろしていた。

「まさかこいつが動き出すなんてことは……」

アレルがそういいかけたとき、石像の目がカッと光った。

「ガオーッ！」

二体の石像は突然左右から襲いかかってきた。

大木のような腕がうなりをあげて伸びてくる。逃げ遅《おく》れたモハレが左側の一体に捕《つか》まって悲鳴をあげた。骨の軋《きし》む音がした。

クリスがもう一体の石像を牽制《けんせい》している間に、アレルはリザと一緒にベギラマの呪文を唱えた。アレルの指先から放たれた閃光の帯が顔面をとらえ、リザのベギラマがモハレをつかんでいる腕に命中すると、石像はうめき声をあげ、巨大な手からモハレがこぼれ落ちた。

アレルは落下してくるモハレを受け止めると、ホイミの呪文を施そうとした。だが、石像はその余裕《よゆう》を与えなかった。

「駄目《だめ》だわ！　普通《ふつう》の攻撃じゃびくともしない！」

リザがかけたイオとイオラの爆発魔法をものともせず迫ってくる。

「いったんさがるぞ！」

アレルは怒鳴《どな》ると気を失いかけているモハレをかばいながら後退した。

反対側の扉から通路に戻って体勢を立て直すつもりだった。さっき入ってきた扉なら石像が通り抜けられないと読んだからだ。

ところが、ギギギッ――アレルたちの目の前で扉は軋みながら閉《と》じ始め、ズンという重々しい音とともに閉《し》まってしまったのだ。

「罠《わな》だ！　このホール自体があの動く石像に侵入者を殺させるための罠だったんだ！」

アレルは閉じてしまった扉に一番近い円柱の陰にすばやくモハレを横たえた。

二体の魔物は相手が逃げられないのがわかったのか、左右からゆっくりと迫る。中央にリザをはさむ形でアレルとクリスは左右の魔物に向かい合った。

うなりをあげて伸びてくる腕をかいくぐり、アレルは左の石像に急迫《きゅうはく》した。ギン！　剣の刃が石像の足に当たり火花が散る。アレルは慎重《しんちょう》に間合いを測りながら同じ場所を攻撃し続けた。

一方、右の石像と対峙《たいじ》したリザとクリスは剣と呪文の波状攻撃で、かなり有利に戦いを展開《てんかい》していた。イオラの爆発で片目を失った石像は接近してくるクリスをとらえることができず、クリスの痛烈《つうれつ》な一撃を浴びていた。と、大人《おとな》の身長ほどもある石像の腕が地響きをたてて落下し、

「イヤーッ！」

この機を逃《のが》さず跳躍《ちょうやく》したクリスの戦斧《せんぷ》が石像の首に致命傷《ちめいしょう》を与え、リザのイオラがとどめを刺《さ》した。

「アレルは……!?」

二人が振り向いたとき、アレルともう一体の石像との戦いも終焉《しゅうえん》を迎えようとしていた。

アレルは執拗《しつよう》に同じ場所を攻撃していた。魔物の足には無数のひび割れが走り、いまやそれは全身に広がりつつあった。

「トリァァーッ！」

気合いを込め高々と跳躍したアレルの剣が石像の頭部を一撃し、巨大な魔物の動きが止まった。と、全身に広がったひび割れからうっすらと白煙《はくえん》が立ちのぼり、動く石像は轟音をたてて無残《むざん》に砕《くだ》け散った。

「お、おわっちまっただか……」

モハレがよろけながら円柱の陰から姿を現した。

「大丈夫？」

リザが心配そうにいうとモハレは照れ臭《くさ》そうに微笑んだ。

「はじめてだっただども、ベホイミの呪文を使ってみただよ。傷はすっかり治っただども、疲《つか》れちまって……」

今までホイミしか使えなかったモハレはなんとか回復力の高いベホイミの呪文を習得しようと密《ひそ》かに練習していたのだ。

動く石像が守っていた扉を抜け、突き当たりの階段をあがると、突然いわくありげな大広間に出て、アレルたちは思わず緊張した。円柱や壁や天井にはおどろおどろしい怪鳥や怪獣の彫刻が施されている。

剣を握《にぎ》り直し、息を殺して魔物の気配をうかがいながら中央に進むと、正面の一段高いところに巨大な玉座《ぎょくざ》があった。二十歩近く離れているが、玉座にも怪鳥や怪獣の彫物が施されているのがはっきりと見えた。大広間はバラモスの謁見《えっけん》の間だった。

玉座のある空間は三方が厚い壁に阻《はば》まれていた。だが、玉座の後方の壁が隠し扉になっていた。アレルが壁に触《ふ》れると、壁は音もなく左右に開いたのだ。扉の奥に下へおりる階段が現れた。アレルが階段のなかに剣を突き出すと、とたんに剣が邪悪な衝撃波の渦に触れて激しく揺《ゆ》れた。すかさずリザが四人にトラマナの呪文をかけた。

階段は予想以上に深かった。モハレが一〇〇段まで数えたが、途中で数えるのをあきらめた。長い、深い階段を抜けるとやがて衝撃波が消え、まっ暗な神殿《しんでん》のようなところに出た。

アレルたちはさらに緊張した。闇のなかに巨大な四本の円柱がいくつもの篝火《かがりび》の明かりに照らし出されているが、天井はどこまで高いのか想像すらつかなかった。と、

「ふっふふふ……」

不気味な笑い声が響きわたった。

闇の奥で、異様な気配がうごめいていた。アレルはとっさにバラモスだと判断した。

「くそっ！　バラモスだなっ！」

「いかにも。余が暗黒の覇者、魔王バラモス……！」

ぞっと背筋が凍《こお》るような恐ろしい声とともに、うごめきの中心に赤い二つの光がともると、それはやがてバラモスに姿を変えた。

赤色の光はバラモスの眼だった。その恐ろしい双眼《そうがん》がアレルたちを見おろしていた。大きく耳元まで裂《さ》けた醜《みにく》い口。獰猛《どうもう》な牙。巨大な手足。研《と》ぎ澄《す》まされた鋭い爪。鋼鉄《はがね》のような強固な鱗状の背びれ。太くて長い尻尾《しっぽ》。背丈はゆうにアレルたちの七、八倍はある。魔王バラモスの真の姿だった。

4　魔王

「よくぞここまで来れたな、小僧《こぞう》どもよ！　だが、この魔宮に侵入したからには、生かしては帰さぬっ！」

「黙《だま》れっ！」

アレルが叫んだ。

バラモスがやってきた異空間が、ルビスが創造した大地でなければいいのだが。もしそうだとしたら、その地もバラモスに支配されたことになる——といった、竜の女王の言葉を思い返して、アレルはまずそのことを確かめようと思った。

「ギアガの大穴はどこへつながっている!? 精霊ルビスが創造したという大地か!?」

「いかにも！」

「な、なにっ!?」

「ならばバラモス！ ルビスが創造した地は今どうなっている!?」

今度はクリスが叫んだ。

「アレフガルドなら、とうの昔《むかし》に暗黒の世界に姿を変えておる！ 限りなき悲しみと絶望に満たされてな！」

アレルたちは思わず顔を見合わせた。竜の女王の不安が適中したのだ。

「十八年も前のこと！ ルビスをとらえ、二度と動けぬようアレフガルド北東の塔《とう》に封じ込めたのだ！ そして、アレフガルドを支配下に置いた！」

「く、くそっ！ だが、おまえたちの野望もこれまでだっ！」

アレルは剣を握り直し、間合いを取りながら叫んだ。

「ふっふふふ！ 愚《おろ》か者どもよ！ 余《よ》にかなうとでも思っておるのか！」

双眼を怪《あや》しく輝かせ、魔王はその両腕をアレルたちに向けた。

「来るぞ！」

アレルが叫んだとき、メラゾーマ級の大火球がすさまじい速度ですでに目の前に迫っていた。両腕から一度に二発のメラゾーマを放つなど人間の術者《じゅつしゃ》では考えられない力だった。

アレルは間一髪《かんいっぱつ》かわしたが、跳躍したクリスの真下で紅蓮《ぐれん》の火球が破裂《はれつ》し、噴きあげた熱風にクリスは悲鳴をあげた。

肉と髪《かみ》の焦げるキナ臭《くさ》い匂《にお》いが鼻をついた。だが、モハレが慌ててベホイミの呪文を唱えると、着地したクリスの身体を柔らかな白色光が包み込み、火傷《やけど》がみるみるうちに癒《い》えていった。

「ありがとよモハレ、死ぬかと思ったぜ」

クリスは魔神の斧を構え直すと巨大な魔王に向き直り、一気に間合いを詰《つ》めた。

「食らえっ！」

必殺の気合いを込めて振りおろしたクリスの斧が魔王の衣に触れた。

寸前《すんぜん》――バラモスの姿は忽然《こつぜん》と消えていた。

「この程度の動きも見切れぬとはのお、ようこのわしを倒そうなどと考えたものよ！」

ハッとして振り向いたアレルたちの背後に魔王の巨体が浮かんでいた。

四人はすばやく散開すると四方から同時に攻撃に転じた。

「おのれっ！」

リザが放ったイオラの爆発がバラモスの身体を包み込み、モハレのバギマがそのあとを追うように顔面をとらえた。が——バラモスはまたしても姿を消してしまったのだ。

「気をつけろ！　どこから来るかわからないぞ！」

アレルが叫び、四人は背中合わせの密集陣形《みっしゅうじんけい》になってあたりの気配を探《さぐ》った。

「まだわからぬか！　おまえたちの力では、わしの体に髪の毛ほどの傷をつけることもかなわぬわ！」

声はアレルたちのはるか頭上の、四本の円柱が闇に消えているあたりから聞こえてくる。

「来るぞ！」

アレルの声に四人はふたたび床を蹴《け》って散開した。

ゴーッ！　轟音とともに頭上が明るくなりメラゾーマの大火球が落下した。爆発音にホール全体が振動《しんどう》し、熱風が円柱の間を吹き抜けた。

続いてバラモスの巨体がすさまじい速度で落下してきた。鋭い爪を真下に向け、頭から急降下してきたのだ。と、床のほんの少し手前でバラモスはフワリと体を浮かせ、そのままアレルに向かって突進した。

体を捻《ひね》り、鋭い爪を紙一重の差でかわしたアレルは魔王の肩に向かって剣を薙《な》ぎ払《はら》った。切っ先が怪物の衣を斬り裂き、濃緑色《のうりょくしょく》の体液が噴き出した。

「おのれっ！」

地響きをたてて着地したバラモスはそのままアレルにつかみかかった。

真正面から追ってくる巨大な腕に向かって、アレルは矢継《やつ》ぎ早《ばや》に呪文を唱えた。イオラの爆発にベギラマの閃光《せんこう》が続き、魔王の手が炎に包まれた。だが、皮が焼け落ち肉が焦げてもバラモスは執《しつ》拗《よう》にアレルを追跡《ついせき》した。

　魔王の背後からクリスが斬りかかり、リザとモハレがアレルを援護《えんご》しようと呪文攻撃を繰り返したが、それでもなおバラモスはアレルを追い続けた。

　巨大な円柱をまわり、右に左に飛びかわし、アレルは必死に逃げた。

「ヤツの魂胆《こんたん》はわかってるだ！　ひとりずつ確実に殺すつもりだよ！」

　アレルと魔王のあとを追いながらモハレがいった。

「一対一じゃ絶対におらたちに勝ち目はないだからな！」

　たしかに、魔王バラモスはこの四人の人間たちをひとりずつなぶり殺しにする心づもりだった。

　そして、アレルをその最初の目標にしたのは、単なる偶然《ぐうぜん》にすぎなかったのだ。

　右にまわったリザがなんとか敵の注意をアレルから逸《そ》らそうと、連続してメラの火球を飛ばした。

　同時にクリスが左から魔王の足に斬りつける。

「ええい！　ちょこまかと小賢《こざか》しい！」

　魔王は苛立ち、両腕を広げ左右に連続してメラゾーマの火球を放った。

　マホカンタとスクルトでなんとか耐《た》えようとしたリザは、予想外の高熱に気を失った。火球本体を危《あや》うく避けたクリスは爆発の余波で跳ね飛ばされ、円柱のひとつに背中から激突した。

「リザッ！　クリス！　しっかりするだよ！」

リザとクリスを抱えたモハレは円柱の陰まで移動すると、懸命《けんめい》に治癒《ちゆ》呪文を施した。

「小僧《こぞう》！　邪魔者《じゃまもの》はかたづいたぞ！　今度こそ貴様があの世にいく番だ！」

鋭く繰り出されたバラモスの爪が頬をかすめ、アレルは大きく横へ飛んだ。

次の攻撃に備えて体勢を立て直すつもりだった。ところが、着地したとたん右足が滑《すべ》りアレルの体は横転した。最前アレルの剣がつけた傷から流れた魔王の体液が床にこぼれていたのだ。

足首に鈍い痛みが走り、アレルは必死に体を起こそうとした。

「死ね小僧！」

勝ち誇《ほこ》ったバラモスの顔が目前に迫り、突き出された指先に緋《ひ》色の小火球がともった。

緋色から橙《オレンジ》色に、そして黄色から白色へと温度があがり、それにつれて火球自体も膨張《ぼうちょう》していく。火球はついにメラゾーマの業火《ごうか》となり魔王の指先から放たれた。

避《さ》けられる距離《きょり》ではなかった。そのとき、観念して目を閉じたアレルの体がふっと動いた。

リザだった。飛び出してきたリザはアレルの体を抱《だ》いて床を転がりなんとか火球から逃れようとしていた。たった今までアレルが倒れていた位置でメラゾーマの火球が爆発し、無数の小火球の火の粉が飛び散った。

だが、リザが飛び出すのと前後して放たれたモハレのバギマが瞬時にしてその炎を吹き払った。

「おのれっ！」

怒《いか》り狂《くる》ったバラモスはアレルとリザにつかみかかろうとした。と、

「あたしを忘れてもらっちゃ困るぜ！」

足首に激痛《げきつう》を感じて振り向いた魔王の目に、魔神の斧を手にしたリザが映《うつ》った。

「貴様ら！　わしのメラゾーマを食《く》らいながらまだ動けるのか!?」

魔王は苦痛《くつう》に顔を歪《ゆが》め、忌《い》ま忌《い》ましげに叫んだ。

「世のなかにゃ治癒呪文ちゅうもんがあるだよ！　たとえどんだけの傷を負わされたっておらがいる限りすぐにもとどおりにしてみせるだ！」

クリスの横に立ったモハレが得意そうに叫んだ。

だが、モハレは内心、このハッタリにバラモスがだまされるかどうか危《あや》ぶんでいた。クリスとリザの火傷《やけど》を治すため、連続して唱えた治癒呪文でモハレの精神は限界以上に消耗《しょうもう》していたのだ。この状態ではベホイミ、いやホイミを唱えるのすら難《むずか》しい。

魔王が一撃で勝負を決めようと、人間を一発で即死《そくし》させようとすればかならず隙《すき》が生じる。そこを逆手《さかて》にとって攻撃すればまだ勝機はあると考えたのだ。だが、この作戦はモハレにとっても命がけのものだったのだ。

「ならば望みどおり一撃で冥府《めいふ》に送ってくれるわ！」

バラモスはモハレとクリスに向かって跳躍した。

その巨体からは信じられない、敏速《びんそく》な動きだった。鋭い爪が空を切り、風圧で生じた真空の渦が体を捻《ひね》って逃れようとしたモハレの肩を切り裂いた。

敵の体勢が低くなったのを機にクリスが跳躍し、魔王の頭上を襲った。同時に背後からはアレルが斬りかかった。アレルの長剣は見事に足首を斬り裂き、魔神の斧は魔王の額に突き立った。

「お、おのれよくもこのわしを……」

バラモスはすさまじい形相で四人を睨みつけた。

アレルは剣を構え直すと、渾身《こんしん》の力を込めて床を蹴った。足首にそして全身に痛みが走り、疲労《ひろう》は吐き気を催《もよお》すほどに高まっている。

バシュッ！　魔王の胸から鮮血《せんけつ》がほとばしった。十文字に切り裂かれた左胸から濃緑色の体液が流れ落ちる。バラモスはアレルを睨むと額に刺さった魔神の斧を引き抜き、高々と振りかざした。

だが、そこまでだった。斧を抜いたとき、怒濤《どとう》のような血飛沫《ちしぶき》が堰《せき》を切ったように噴き出し、あっという間に床を濃緑色の血の海に染めた。

「うっうっ……！」

バラモスはさらに醜く顔を歪めた。

と、バラモスの手から斧が滑り落ち、乾いた音をたてて床に転がり落ちた。アレルたちも満身創痍《まんしんそうい》で立っているのさえやっとだったが、バラモスにも反撃する余力は残っていなかった。あとはとどめを刺すだけだった。クリスがすばやく斧を拾うと、

「チコは!?」

リザがバラモスに向かって叫んだ。

「チコはどこなの!?　どこにいるの!?」

バラモスと戦う前にかならずチコが立ちはだかってくると思っていたが、いっこうに姿を見せないのを不思議に思ったからだ。そのときだった。

「ふっふふふふ……」

不気味な笑い声がはるか頭上の闇に谺《こだま》した。

「うっ……!?」

とたんにバラモスが顔色を変えた。

「ゾ、ゾーマさま……!?」

「ゾーマ!?」

アレルたちも驚いた。

「な、何者だ！」

「余は、魔界に君臨《くんりん》する暗黒の覇者《はしゃ》、大魔王ゾーマ……！」

おどろおどろした低い声には、ぞっと背筋《せすじ》が凍《こお》るような恐ろしさと威圧《いあつ》感があった。

「な、なにっ!?　大魔王!?　どういうことだ!?」

アレルが思わず頭上の闇に向かって叫んだ。

「魔界に君臨している暗黒の覇者はバラモスではないのか!?」

「バラモスは単なる余の配下のひとり……！　余こそ真に魔界に君臨する者……！」

アレルたちは一瞬自分たちの耳を疑《うたが》った。バラモスの背後にバラモスを操《あやつ》っている者がいるとは思ってもいなかったから無理もなかった。

「チコならアレフガルドに来ておる……!」

「な……なにゆえに……!?」

驚いたバラモスが苦しそうにあえぎながら尋ねた。

「チコはそちの配下であると同時に、余の忠実《ちゅうじつ》なる配下でもあったのだ……!」

「な……なんと……!?」

バラモスは愕然《がくぜん》とした。バラモスの裏でチコがゾーマとつながっていたとは思いもよらなかったからだ。ずっと自分の忠実な配下であると信じて疑わなかったのだ。

「そちのことはチコから一部始終報告を受けておる……! それにしてもバラモスともあろうものが、そのような若造《わかぞう》すら始末できぬとはのお……! 見損なったぞ……!」

「し、しかし……ゾーマさま……!」

「いい訳《わけ》は無用……! アレフガルドでのそちの働きを認《みと》め、その地を任せたのが間違いだったようじゃな……!」

「うっ……」

バラモスの顔はなんともいえぬ悲しみに満ちた。

「余との約束《やくそく》が果たせぬ以上、もはやそちの存在は不要……! 若造どもよ、よくぞここまでやった……！　だが、わしを倒したくば、瓦礫《がれき》の地獄《じごく》からはいあがって、わしのもとに来るがいい……！

はっはははは！」

次の瞬間、ピカピカピカーッ——ひときわ大きな稲光《いなびかり》が闇を切り裂《さ》いたかと思うと、渦を巻きながら一本の巨大な鋭い光の矢となってすさまじいいきおいでバラモスの頭上に突き刺さった。と、

「ガオオオオオッ！」

断末魔《だんまつま》の叫びとともにバラモスの巨体がとてつもなくまばゆい光を放った。

その光の強烈な衝撃波と熱風に、アレルたちは思わず吹き飛ばされそうになった。また、眩《まぶ》しすぎてとてもまともに目を開けていられる状態ではなかった。

が、やがて光が消えると、ズズズーンッ——突然床が抜けたかと思うような地響きとともに、焼け焦げたバラモスの巨体が粉々になって飛び散った。

揺れはさらに激しさを増し、ビシビシビシッ——床や石柱や壁に次々に巨大な亀裂《きれつ》が稲光のように走った。

と、亀裂の入った石柱や壁や天井が轟音《ごうおん》をたてながらいっせいに崩れ落ちた。ゾーマが魔力で地《じ》震《しん》を誘発《ゆうはつ》させ、アレルたちを瓦礫の下に埋めようとしたのだ。

「リザッ！」

アレルとクリスとモハレが慌《あわ》ててリザに駆《か》け寄った。

同時にリザがリレミトの呪文をかけていた。だが、手の届きそうなところまで瓦礫が落下し、

「うわああっ！」

アレルたちは一瞬観念した。

そのときだった。忽然《こつぜん》とアレルたちの姿が消えたのは——。

次の瞬間、アレルたちは外の中庭にいた。

地面が激しく波打って揺《ゆ》れ、アレルたちは平衡《へいこう》感覚を失って思わず倒れた。

目の前にそびえている石造りの宮殿《きゅうでん》が粉々に砕《くだ》けながら崩壊《ほうかい》し始め、無数の巨大な瓦礫がアレルたちの頭上に落下してきた。アレルたちは慌てて逃げようとしたが、四方を建物に囲まれていて逃げ場がなかった。

「ち、ちきしょう！」

愕然としたときだった。突然、まばゆいまっ白な光が尾を引いて急降下してきた。

よく見るとそれは巨大な翼を広げたラーミアだった。アレルたちが慌ててラーミアの背に飛び乗ると、ラーミアは落下する瓦礫の雨のわずかな隙間《すきま》を縫《ぬ》っていきおいよく急上昇《きゅうじょうしょう》した。

その直後、大音響《だいおんきょう》とともにすさまじい土煙《つちけむり》が上空に舞《ま》いあがった。バラモスの居城が無残に崩壊したのだ。

アレルたちを乗せてラーミアはゆっくりと島の上空を旋回《せんかい》した。瓦礫と化した居城のあとを見ながら、アレルたちはすでにアレフガルドに向かう決意をしていた。バラモスの背後に大魔王ゾーマがいることを知った以上、ゾーマを倒さなければこの地上にもアレフガルドにも真の平和がやってこないからだ。

やがて地震が鎮《しず》まり、島や瓦礫のなかに魔物たちが生存《せいぞん》していないことを確認すると、アレルたちは東の島にあるギアガの大穴をめざして飛び去った。

東の空がうっすらと明るくなりかけていた――。

5　ギアガの大穴

東の島の中央の低地に、巨大なギアガの大穴が暗黒の口をぽっかりと開けていた。ちょうどひとつの城が城郭《じょうかく》ごとすっぽり入るぐらいの大規模なものだった。バラモスの死で封印《ふういん》が解けたのだ。

ラーミアは大穴のそばの崖《がけ》の上にアレルたちをおろすと、ふたたび翼を優雅《ゆうが》に羽ばたかせながら上空に舞いあがった。別れの時がきたのだ。ラーミアは上空を旋回すると、やがて東の空に飛んでいった。

「どこへ行くのかしら……」

ラーミアの美しい姿を名残惜《なごりお》しそうに見送りながらリザがつぶやいた。

「天上界だべか……」

「レイアムランドかもしれない……」

モハレもクリスも同じ思いで見送っていた。

ラーミアと行動をともにしたのは、わずか九日だったが、ずっと長く旅を続けてきたような親しみを覚えていた。

「なんか変な気持ちだよ……。まるで幼友達《おさなともだち》と別れるような……」

アレルは不思議な気持ちにとらわれていた。

同じような体験をどこかでしたようななつかしさがふっと記憶《きおく》の片隅《かたすみ》に蘇《よみがえ》ったのだ。いつのことだか定かではない。いや、夢《ゆめ》で見たのかもしれない。はるか遠い昔、どこかでラーミアの背に乗って飛んだことがあるような気がした。また同じような別れをしたことがあるような気がした。

アレルたちはラーミアに感謝しながら姿が見えなくなるまで見送ると、足元の大穴を見た。漆黒《しっこく》の闇のなかで、不気味な気流が渦を巻いていた。

「この奥に大魔王ゾーマがいる！」

アレルは大穴の闇を見つめて叫んだ。

「さあ、行くぞ！」

アレルの言葉にクリスたちがうなずいた。

アレルはリザの手を力強く握りしめると、リザと一緒に漆黒の闇に飛び込み、すかさずクリスとモハレもあとを追った。と、アレルたちは全身が押しつぶされるような激しい重圧を感じて、

「うわあああああっ！」

すさまじい悲鳴を残して、一瞬のうちに闇に消えた——。

ザザザザッ——打ち寄せる波の音が聞こえてきて、アレルは目を覚ました。

そこは海の砂浜《すなはま》だった。上空には暗雲が垂《た》れこめ、あたりを夜の闇がおおっていた。ギアガの大穴に飛び込んだ直後に気を失ったので、そのあとのことは覚えていないが、おそらくギアガの大穴から瞬時にしてこの砂浜に移動し、そのまま眠っていたのだ。

起きあがろうとすると、全身に激痛《げきつう》が走った。傷だらけの顔や手足は醜《みにく》く腫《は》れあがったままだった。

だが、バラモスとの戦いで極度に消耗《しょうもう》しきっていた体力がすっかり回復していたので、長時間眠《ねむ》っていたのかもしれない。

すぐそばでリザが倒れたまま眠っていた。ほっとして抱《だ》き起こすと、リザは目を覚まして微笑《ほほえ》んだ。と、数十歩離れたところで同様にして倒れたまま眠っていたクリスとモハレも目を覚ましてアレルのところにきた。

アレル同様、顔や手足が腫れあがっていたが、二人とも元気だった。

「だども、ほんとうにアレフガルドだべか……？」

モハレは不安そうに見まわした。

方角の見当もつかなかったが、とにかく集落を探して情報を聞くことが先決だ。アレルたちは傷の手当てをしてひと息つくと、海岸線に沿って歩き出した。

数刻後《すうこくご》、岩場でひと休みしていた一行を突如《とつじょ》黄金《おうごん》の魔物が急襲《きゅうしゅう》した。火竜《かりゅう》スカイドラゴンだ。体型は以前戦ったスノードラゴンそっくりの飛竜属である。スカイドラゴンは吹雪ではなく火炎《かえん》を吐《は》いて攻撃してきた。

ベギラマ級の熱を持った火炎の帯をアレルはギリギリの位置でかわし、魔物の頭部を狙《ねら》って剣を振るった。しかし、切っ先は硬《かた》い鱗《うろこ》に跳《は》ね返され、乾《かわ》いた音だけが波間に消えていった。

いったん上昇した魔物は火炎を吐き散らしながらふたたび降下し、今度はクリスを狙って牙《きば》を剥《む》いた。クリスは戦斧《せんぷ》で火炎を跳ね返すと、まっ向から斬りかかった。

スカイドラゴンは蛇《へび》のような胴《どう》をくねらせて戦斧の一撃を避《さ》け、クリスの足をその長い尾で薙《な》ぎ払った。

「危《あぶ》ないっ！」

リザが叫びながらヒャダルコの呪文を放った。

スカイドラゴンがクリスに向かって吐きかけた火炎が吹雪と氷の矢に阻《はば》まれ消滅《しょうめつ》し、倒れたクリスが起きあがる間にアレルは魔物の髭《ひげ》を斬り飛ばしていた。

最大の急所に傷を負わされたスカイドラゴンは怒りに燃えて火炎を吐きまくった。

「おら蛇《へび》みたいに長いのはどうも苦手だよ」

岩陰に隠れたモハレのバギマが頭部に命中し、薄紫《うすむらさき》色の血液が飛び散った。

狂ったように火炎を吐くスカイドラゴンに向かって、クリスがふたたび斬りかかった。魔神の斧の鋭い刃先《はさき》が背中の羽根を傷つけ、魔物はバランスを崩《くず》すと岩場に激突した。

のたうつスカイドラゴンの背後にまわったクリスが尾に斬りつけ、火炎が途切《とぎ》れる隙《すき》に魔物の前にまわったアレルが一刀両断にその首を斬り落とした。

胴体《どうたい》から離れた首は恨めしげにアレルたちを睨みつけ、その口からはか細い炎が洩《も》れていた。

半日ほどしてもアレルたちは集落を見つけることができなかった。そのうえ、いっこうに夜が明ける気配がなかった。上空には相変わらず暗雲が垂れこめ、夜の闇がおおっていた。

「おかしい……。もう朝になってもいいころだ……」

ひと休みしながらクリスが舌打ちし、

「まさか、このまま永久に朝が来ないんじゃないだろうな……」

アレフガルドならとうの昔に暗黒の世界に姿を変えておる。限りなき悲しみと絶望に満たされてな――といったバラモスの言葉を思い出しながらアレルがつぶやいた。

だが、バラモスの言葉は嘘《うそ》ではなかった。ゾーマの出現以来、アレフガルドの大地はずっと夜の闇に閉ざされていたのだ。

さらに半日ほどして、やっと戸数一〇〇戸あまりの小さな漁村にたどり着き、住人からそのことを知らされてアレルたちは愕然とした。またそこは王都ラダトームからはるか東南にある島であることを知らされた。

住人たちは最初は警戒《けいかい》してなかなか打ち解けてくれなかったが、アレルたちがゾーマを倒すために別の世界から来たと知ると急に親切になった。そして、古い漁船を提供《ていきょう》してくれたのだった——。

アレルたちがギアガの大穴に飛び込んでから三日後の夕方——。

この大穴にやってくる人影《ひとかげ》があった。カーンだった。

聖都《せいと》バハラタの外港バグラでアレルたちと別れたのが昨年の三月。あれから一年と五カ月が経《た》っていた。カーンは師匠《ししょう》の十三回忌《き》の法事を無事すませると、そのまま山に籠《こも》って修業を積んでいた。

ところが、昨夜のことだった。突然、小柄《こがら》な老人が目の前に現れた。アレルたちから賢者《けんじゃ》のことを聞いていたので、ひと目で老人が賢者だとわかった。賢者は、

「アレルたちは魔王バラモスを倒した。だが、この世界に君臨しておったのはバラモスではなく、ゾーマという大魔王だったのじゃよ。バラモスもまたゾーマに操られておったひとりにすぎなかったのじゃ。そのことを知ったアレルたちは、ゾーマを倒すために、ギアガの大穴を抜け、精霊ルビスさまが別の空間に創造したというアレフガルドへわたった。もし、おまえさんがあとを追っていきたいなら、これを使うがいい。バラモスの封印《ふういん》が解けたから、瞬時にしてギアガの大穴のある島へとわたることができる……」

と、紅《べに》色のキメラの翼をわたして消えたのだ。

山に籠ってから、カーンはずっとアレルたちのことが気になっていた。そして、アレルたちを追ってふたたび旅に出ようと思っていた矢先だったので、迷うことなくキメラの翼でこの島へわたって

きたのだ。

カーンは大穴にたどり着くと、足元の不気味な気流が渦を巻いている漆黒の闇を見おろした。そのとき、背後に人の気配を感じて振り向きざますばやく身構えた。総髪《そうはつ》に鬚髯《しゅぜん》の大男が立っていた。カンダタだった。

「どうやら仲間のようだな……」

カンダタはにやりと笑うと自分の名を告げた。

盗賊《とうぞく》から足を洗《あら》ったカンダタは、ひとり放浪《ほうろう》の旅を続けていた。だが、やはり昨夜のこと。アッサラームの南の小さな港町にいたカンダタの前に突如賢者が現れ、カーンに告げたのと同じことを告げ、キメラの翼を置いて姿を消したのだ。

できることならオルテガに代わってアレルを見守ってやりたいと思っていた矢先のことだったので、カンダタも迷うことなくキメラの翼でこの島にわたってきたのだ。

「さあ、行くぜ！」

カンダタが漆黒の闇に飛び込むと、すかさずカーンもあとを追った――。

第九章　アレフガルド

八二三年前、精霊《せいれい》ルビスがこの異空間《いくうかん》に新たな大地を創造《そうぞう》すると、永久に美しい豊穣《ほうじょう》な地であることを願ってアレフガルドと名づけたという。

やがて、わずかだった人口も増して、産業も盛《さか》んになると、アレフガルドは国としての形態を整え、順調に発展《はってん》してきた。

ところが、十八年前のアレフガルド暦《れき》八〇五年のこと。突如《とつじょ》、魔界《まかい》の覇者大魔王《はしゃだいまおう》ゾーマが魔物《まもの》の大軍団を率いて侵攻《しんこう》し、凄惨《せいさん》な殺戮《さつりく》を繰《く》り返して大地を血の海に染《そ》めると、アレフガルド全土を暗黒の闇《やみ》に閉《と》ざしてしまったのだ――。

やっとたどり着いた漁村で漁船をもらったアレルたちは、アレフガルドの政治、文化、交易の中心として栄えてきた王都ラダトームをめざして航海を続けた。そして、アレフガルドにわたってから十六日目の昼過ぎ（といってもまっ暗なのだが――）、アレルたちはラダトームの外港に無事到《とう》着《ちゃく》し、厳重《げんじゅう》な警備《けいび》体制を敷《し》いている王都の街門《がいもん》をくぐった。

アレフガルド暦八二三年の一角獣《ユニコーン》の月の最初の日のことだった。一角獣《ユニコーン》の月は、アリアハン暦の九月から十月半ばの四十五日間にあたる。アレルたちの顔や手足の傷《きず》も癒《い》え、腫《は》れもすっかりひいていた——。

1　王都ラダトーム

城壁《じょうへき》に囲まれた人口一万八〇〇〇人のラダトームの街《まち》は、昼だというのに人通りも少なくひっそりと静まり返っていた。食堂や食料品店、道具屋、武器屋などのさまざまな店がびっしりと軒《のき》を並《なら》べていたが、どの店も最低限必要な明かりしかともしていなかった。

大聖堂《だいせいどう》前の古い宿屋に泊《と》まることに決めて荷物を預けると、

「どこからきなすったのかね、お客さんらは？」

四十代半ばの主人がアレルたちの出《い》で立《た》ちを眺《なが》めながら怪訝《けげん》な顔で尋《たず》ねた。めったに客が来ないし、武装《ぶそう》した客はなおさら珍《めずら》しいのだ。

「ルサスからだ」

クリスは最初にたどり着いた島の名前をいった。ほんとうのことをいってもよかったが、説明するのに時間がかかりすぎるので面倒《めんどう》だったからだ。

「じゃあ船できなすったんだね。よくまあ、魔物のいる海を……」

主人は感心してアレルたちを見た。

たしかに航海中に何度も襲《おそ》われた。だが、今まで何度も戦ったことのあるガニラスやマーマンダインや大王イカなどの魔物だったので、アレルたちの敵ではなかった。

アレルたちは宿を出ると、ふたたび街門に向かった。ラダトームに着いたらすぐにラダトーム城を訪《たず》ねることに決めていたからだ。国王との謁見《えっけん》が許可《きょか》されるかどうかわからなかったが、ゾーマの情報を得るには直接国王から聞くのが手っ取り早いと思ったからだ。

街門の少し手前で、ちょうど街門をくぐって街に入ったばかりのひとりの旅の男とすれ違った。アレルたちは気にもとめなかったが、旅の男は思わず足を止め、弾《はじ》かれたようにアレルを見た。三十歳《さい》そこそこの男で、端正《たんせい》な顔をしているが、歳《とし》の割《わり》には落ち着いて見えた。手には立派《りっぱ》な銀の竪琴《たてごと》を抱《かか》えていた。

深い壕《ほり》と二重の城壁に囲まれたラダトーム城は、街門から徒歩で十分ばかりの、小高い丘《おか》の上にそびえていた。跳ね橋《はばし》がおり、要塞《ようさい》のような城門の厚い頑丈《がんじょう》な扉《とびら》が開いたのは、アレルたちが身分と用件を告げてから半時ほど待たされてからだった。

城門をくぐり、石畳《いしだたみ》の道をのぼると荘重《そうちょう》な二層の中門があり、その奥《おく》の一段高いところに荘厳《そうごん》華麗《かれい》な宮殿《きゅうでん》があった。この宮殿の国王の謁見の間で、重臣《じゅうしん》たちを従《したが》えたラルス一世が玉座《ぎょくざ》について待っていた。七十九歳のラルス一世はやせ細っており、長年の心労のせいか高齢《こうれい》のせいかはわからないが、血色の悪い顔をしていた。

アレルたちが丁重《ていちょう》に挨拶《あいさつ》をすると、ラルス一世は待ちかねたように尋ねた。

「はて……？　アリアハンとは聞かぬ国名じゃが……？」

「実は……ぼくたちは、精霊ルビスがこのアレフガルドを創造する前にいた別の世界からやってきたのです……」

ラルス一世は驚《おどろ》きのあまり一瞬《いっしゅん》言葉を失った。重臣たちもあ然としていた。

「信じられないのも無理はありません……」

アレルが自分たちの世界のこと、バラモスを倒《たお》すために旅に出たこと、アレフガルドにきた理由などを話すと、ラルス一世は深いため息をついた。

「そうか……。そちたちの世界にもゾーマの手が伸《の》びておったのか……。わしは国王に在位《ざいい》してから、ずっとアレフガルドが平和で豊かな国であることを願ってきた……。また、そのために努力もしてきた……。ところが、十八年前の、夏の夜のことじゃった……。突如《とつじょ》、アレフガルド全土を大《だい》地震《じしん》が襲ったのじゃよ……。地震は五日間も続き、アレフガルドは壊滅《かいめつ》状態になった……。だが、地震が鎮《しず》まると、王都の南の島にある精霊ルビスさまを祀《まつ》った神殿《しんでん》が、魔物の手によって、異形《いぎょう》の城に姿《すがた》を変えられていたのじゃ……。やがて暗雲に声が轟《とどろ》き、こう宣言《せんげん》しおった……。『余は魔界に君臨《くんりん》する大魔王ゾーマ！　今この時よりこの地は余のものとなった！　すでに精霊ルビスを封《ふう》じ込めた！　いたずらに救いを求めるのはやめ、余の言葉に従うがいい……！』とな……。わしはすぐさま討伐軍《とうばつぐん》を編成し、軍船を派遣《はけん》した……。だが、ことごとく荒波《あらなみ》にのまれ、海の底に沈《しず》んでしまった……。波おだやかだった海は、いつの間にか激《はげ》しい潮流《ちょうりゅう》と、恐《おそ》ろしい大渦《おおうず》に姿を変えておって、島に近づくことすらできなかったのじゃ……。さらに、魔物の軍団が、次々に町や村を襲《しゅう》撃《げき》し、破壊《はかい》と殺戮を繰り返したのじゃ……。わしはただちに、はるか南方の大地を治めておるムーンブルク家に援軍《えんぐん》を頼《たの》もうとしたが、魔物の軍団に邪魔《じゃま》されて、それすらできなかった……。大地や森には、魔物の叫《さけ》びがあふれ、そして……二度とアレフガルドに朝はやってこなかった……。見てのとおりの、暗黒の闇《やみ》に閉ざされてしまったのじゃよ……。今となっては、わしも高齢で思うに任せぬ。だが、せめてわしの目が黒いうちに、ふたたびこのアレフガルドに太陽の光を取り戻《もど》したい……。今は、それだけが望みじゃ……。その日の来るのを見届《みとど》けねば、死んでも死にきれぬ……」

いい終えたラルス一世の目に涙《なみだ》が光っていた。アレルが尋ねた。

「今でもゾーマの城のある島にはわたることができないのですか？」

「不可能《ふかのう》じゃ……。もっとも、雨雲の杖《つえ》と太陽の石を手に入れることができれば別じゃがな……」

「雨雲の杖と太陽の石……？」

「そうじゃ……。昔《むかし》からアレフガルドにいい伝えられておるのじゃが……。雨雲の杖と太陽の石があれば、おのずと虹《にじ》のしずくを手に入れることができるそうじゃ……。そして、虹の橋をかけて島へわたることができるとな……。だが、雨雲の杖も太陽の石も、どこにあるのかわからぬ……。太陽の石はわがラルス家に伝わっておったそうじゃが、わしの代になったときにはすでになかった……」

「あの……アレフガルドの北東に塔《とう》があるというのは事実ですか？　バラモスがいったんです。『ルビスをとらえ、二度と動けぬようアレフガルド北東の塔に封じ込めたのだ！』と……」

「な、なんと……？　それは初耳じゃが……。誰《だれ》ぞ……？」

ラルス一世が驚いて重臣たちに聞いたが、重臣たちはそろって首を横に振《ふ》った。

「どこに精霊ルビスさまが封じられておるのか誰も知らぬこと……。が、その塔なら、十八年前に魔物どもが侵攻《しんこう》の前線基地として建てたものじゃ……。南方のメルキドの塔とともにな……」

と、末席にひかえていた五十代後半の初老の重臣がラルス一世の許可《きょか》を得ると、一歩前に出て次のようなことを述べた。

「ただ、精霊ルビスさまを封印から解く方法がひとつございます……。実は、それがしはゾーマが出現するまで湯治場《とうじ》として栄えていたマイラの村出身なのですが……、村の長老の家に、昔から妖《よう》精《せい》の笛《ふえ》が伝わっておりまして、その昔、妖精の笛を吹《ふ》いて精霊ルビスさまを封印から解いたというい伝えを聞いた記憶《きおく》がございます……。そして、その笛を鳴らせる者は、精霊ルビスさまに選ばれし者のみ……と」

「精霊ルビスに選ばれし者のみ……!?」

王都ロマリアで再会したあの賢者《けんじゃ》の顔を思い浮《う》かべながらアレルが聞き返した。

「はい……。もちろん、いまだかつてその笛を鳴らした者はないそうで……」

アレルたちは思わず顔を見合わせ、そして互《たが》いにうなずいた。

無言のまま次の目的地をマイラの村に決めたのだ。

そのあと、ラルス一世が一緒《いっしょ》に夕食でもどうかと誘《さそ》い、さらに宿を引き払《はら》って城で旅の疲《つか》れを癒《いや》すようにと勧《すす》めてくれたが、アレルたちは丁重に辞退した。そして、アレフガルドの地図が一枚欲《ほ》しいと告げると、ラルス一世は地図と旅費に相当するアレフガルド金貨をただちに持ってくるよう重臣に命じた。


その夜のこと――。

アレルたちが宿の食堂で夕食をとっていると、ひとりの男が近づいてきて、

「あの……、わたしはガライと申す旅の者ですが……」

と、おだやかな口調で微笑《ほほえ》んだ。

街門のそばでアレルたちとすれ違いざまに、弾かれたようにアレルを見ていた男だ。

「もしや、別の世界からやってきた方々ではないかと思いましてね……」

「えっ？」

アレルたちは驚いて食事の手を止めた。

「なぜ知ってる？　どこで聞いた？」

クリスが訝《いぶか》りながら聞くと、ガライは親しげにまた微笑んだ。

「やはり、精霊ルビスが前にいたという世界から来たのですね……？」

「貴様《きさま》、何者だっ!?」

思わずクリスが大声をあげた。

「決して怪《あや》しい者ではありません。単なる旅の竪琴弾《ひ》きでして、思いつくまま歌を詠《よ》み、竪琴を奏《かな》で、気ままに旅をしている者です……。もっとも、人は勝手に吟遊《ぎんゆう》詩人と呼んでいるようですが……。ただ、竪琴を奏でると、魔物たちと話ができるのですよ。それで、ときどき話をして、悪い心を解いてやるのです……。魔物のなかには、もともと人間と一緒に暮《く》らしていたものもたくさんいますからね……。そう……あれはちょうど二年ほど前のことでした……」

ガライはアレルをじっと見た。

「メルキドの近くで、あなたによく似たお方とお会いしたことがあるのですよ……。そのお方は別の世界からやってきたとおっしゃっていましたから……」

「ぼくと……？　どんな人だったんですか？」

「ええ、見るからに素晴らしい魅力《みりょく》的な方でした……。そう……、並外《なみはず》れた巨体《きょたい》と鍛《きた》え抜《ぬ》かれた肉体をした鉄人のような方で……、人の心をひきつけるような、なんともいえないやさしい澄《す》んだ目をしていました……。わたしは、ひと目で只者《ただもの》ではない、きっと大変な名のある方なのだと思いました……。内面から光り輝くものが滲《にじ》み出ていて……神々《こうごう》しくすら見えました……」

アレルは父オルテガのことを思い浮かべながら、妙《みょう》に胸が騒《さわ》ぐのを覚えていた。

もしや――！　と、思わずにはいられなかった。サルバオ国王からオルテガの死を告げられたときからずっと半信半疑《はんぎ》だったが、サマンオサでチコにオルテガを葬《ほうむ》ったと聞かされてからはあきらめていたのに——。そしてまた、クリスもアレルと同じ思いだった。

「そのお方は、雨雲の杖と太陽の石を探して東部に行く途中だとおっしゃっていました……」

「な、名前はっ!?」

「その人の名はっ!?」

アレルとクリスがほとんど同時に立ちあがった。

「たしか……オルテガとか……」

アレルとクリスは一瞬自分の耳を疑《うたが》った。だが、

「と、父さんだっ……！」

「オルテガさまだっ……！」

思わず顔を見合わせて叫んだ。

「と、父さんだっ……！　父さんが生きてたんだっ……！」

なぜオルテガがアレフガルドで生きているのか見当もつかなかったが、アレルの胸に急に熱いものが込みあげてきて、思わず涙《なみだ》を流した。

「い、生きてたんだ、父さんがっ……！　生きてっ……！」

「よかったね、アレル……！」

アレルの肩《かた》を強くつかみながらクリスもまた涙を浮かべ、リザとモハレも瞳《ひとみ》を潤《うる》ませながらアレルを見ていた——。

2　マイラの村

王都ラダトームからマイラの村がある東部に向かってアレフガルド街道《かいどう》が延《の》びていた。

旅人や隊商の姿はほとんど見かけなかったが、街道筋にはたくさんの町や村があった。それらの町や村を通過するたびに、アレルたちはオルテガの消息と雨雲の杖と太陽の石の情報を尋ねたが、何の手がかりもつかめなかった。

だが、アレルは落胆《らくたん》も悲観もしなかった。オルテガが生きている。このアレフガルドのどこかにいるんだ——そう思うだけでアレルの心は弾《はず》み、勇気が湧《わ》いてきて、おのずと足が早まった。途中《とちゅう》何度も、モハレとリザがついていけなくなって、

「ねえ、待ってアレル！　早すぎるわ！」

「気持ちはわかるだども、おらたちの足のことも考えるだよ！」

と、悲鳴をあげた。リザの歩調に合わせているつもりでも、つい足が早まるのだった。

道中、魔物は何度となく襲ってきた。あるものは単体で現れ、またある種族は群れをなして襲撃《しゅうげき》してきた。だが、この地に棲《す》む魔物は今のアレルたちにとってさして恐ろしい相手ではなくなっていたのだ。

人間の手そっくりの形をしたマドハンドはときに数十からの群れで出現した。剣《けん》で斬《き》っても、火《か》

炎呪文《えんじゅもん》で焼き殺しても執拗《しつよう》に仲間を集めるこの魔物を、モハレは修得したザラキの呪文で一気に葬り去った。

ザキが単体の相手にしか効力がないのに比べ、より高位の呪文であるザラキは多数の敵を一度に死へいざなうことができるのだ。

リザの呪文もまたその威力《いりょく》を増し、死してなお蘇《よみがえ》ったグールや腐《くさ》った死体といった魔物たちを強烈《きょうれつ》な火炎《かえん》と閃光《せんこう》のなかで灰《はい》にしていった。

だが何より成長が著《いちじる》しかったのはアレルの剣技《けんぎ》と呪文だった。力ではまだクリスにかなわないまでも、速さでは完全に先輩《せんぱい》であるクリスを凌駕《りょうが》していた。

ラダトームを出発して七日目——というよりは七度睡眠《すいみん》をとったのち、一行はこのアレフガルドに到着してから最も凶悪《きょうあく》な魔物に襲われた。

白骨化《はっこつか》した大トカゲの魔物スカルゴンである。かなりの体力と攻撃《こうげき》力を備え、さらには冷気を吐《は》くこともできるこの魔物を、アレルは一刀のもとに両断したのだ。

「呪文さえ使わなきゃ、まだまだあたしにも分《ぶ》があると思ってたんだが……」

魔物の死骸《しがい》を見おろしてクリスがなかば呆《あき》れ顔でいった。

もしこの若《わか》き勇者と立ち合ったとしたら——クリスはときおりそんな想像をめぐらせていたのだ。

もちろん、クリス自身の剣技もこの旅に出てから格段《かくだん》の進歩を遂《と》げていた。だが、アレルの成長はそんな彼女の予想すらはるかに越えていたのだ。

ラダトームを出発してから二十五日目、アレルたちはアレフガルド街道から北に向かって分岐《ぶんき》しているマイラ街道に入った。そして、三十三日目の夕刻《ゆうこく》、やっと山間にあるマイラの村に着いた。魔物の襲撃に備え、村には太くて高い丸太の柵《さく》が張りめぐらされていた。街道に面した門を入ると、あたりはひっそりと静まり返っていた。いくつかの湯治宿の看板《かんばん》が目についたが、もちろん客がいるはずもなかった。

明かりのついていた雑貨屋で長老の家を聞くと、アレルたちは広場の北にある自然湧出《ゆうしゅつ》の露天風呂《ろてんぶろ》のそばにある石造りの古い家を訪《たず》ねた。そして、応対に出た八十歳近い白髪《はくはつ》の長老に、村出身のラダトーム城の重臣から聞いてきたといって用件を告げると、

「な、なんと、精霊ルビスさまに選ばれし方だと申されるのか……？」

長老は驚いてアレルを見ていたが、

「いずれ、試してみればはっきりする」

クリスがアレルに代わって答えた。

「そ、それなら……」

長老は奥から木箱に大事に保管していた妖精の笛を持ってきた。そして、

「六〇〇年ほど前のこと……。この妖精の笛は、わが家の祖先が瀕死の妖精を助け、回復するまでここの温泉《おんせん》で養生《ようじょう》させてあげたおり、そのお礼にと授かったもの……。さあ、お試しくだされ……」

と、丁重にアレルに妖精の笛を手わたした。

浅黄色の、しっとりとした光沢《こうたく》のある鳩形《はとがた》の笛で、胴《どう》の中央には美しい花模様が刻《きざ》まれていた。

長老やクリスたちは息をのんでアレルが笛を吹《ふ》くのを見守った。唇《くちびる》がそっと笛に触《ふ》れると、笛はかすかな光を放った。今まで笛を吹いた経験がなかったが、アレルは意を決して笛を吹いた。とたんに美しい澄《す》んだ音色《ねいろ》の旋律《せんりつ》が流れた。

「おおっ！」

長老が思わず顔を輝《かがや》かせ、

「やったっ！」

「すごいわアレル！」

リザとクリスも歓声《かんせい》をあげた。

あまりにも簡単《かんたん》に美しい旋律が流れたので、モハレは念のためにアレルから妖精の笛を奪《うば》って吹いてみた。だが、何度顔をまっ赤にして吹いても笛は鳴らなかった。

「ま、まさしく、あなたさまは精霊ルビスさまに選ばれし方……！」

長老は感激《かんげき》し、眩《まぶ》しそうにアレルを見つめると、

「遠慮《えんりょ》なくその妖精の笛を持っていきなされ……！　行って、封印を解いてくだされ……！　精霊ルビスさまはどこに封じ込められておるか存じませぬが、あなたさまならきっとその場所を突《つ》き止められるはず……！」

アレルは礼を述べると、雨雲の杖と太陽の石のことを尋ねた。だが、

「そのいい伝えは聞いたことはありますが、残念ながらどこにあるかは……」

長老は首を横に振った。さらに、オルテガのことを尋ねると、

「もしや……そのお方は、精霊ルビスさまがこの地を創造なされる前におられたという別の世界からこられたお方のことでは……？」

アレルたちは顔を輝かせた。

「ええ、そうです！　父はこの村に来たのですか!?」

「ち、父？」

「ぼくは息子《むすこ》のアレルといいます！」

「それじゃ、あなたさま方も別の世界から……」

「はい！」

「そうですか。わたしは一度しかお会いしとらんのですが、かれこれ一年ほど前になりますか……。あなたさま方と同じ世界から来た鍛冶職人《かじしょくにん》を訪ねてこられたのですよ……」

「ええっ!?　ほ、ほかにもぼくたちの世界から来た人がいるんですか!?」

驚いてアレルたちが怪訝《けげん》そうに顔を見合わせると、

「サスケという鍛冶職人の夫婦なのですが……」

長老はさっそく武器屋の二階に住むサスケ夫妻のところへ案内した。

アレルたちが部屋に入ると、五十代半ばの見るからに善良そうな夫妻が弾かれたようにアレルを

見た。二人とも髪《かみ》も目の色も黒かった。長老がアレルたちを紹介《しょうかい》すると、

「入ってきたとき、一瞬オルテガさまが戻ってきたのかと思いましたよ」

「お顔立ちといい、仕種《しぐさ》といい、あまりにもよく似てらしたものですから」

夫妻は親しげに微笑んだ。

アレルがアレフガルドにきた経緯《いきさつ》とマイラに来た目的を話し、オルテガのことを尋ねると、

「そうですか……。オルテガさまも、バラモスを背後で操《あやつ》っているのが大魔王ゾーマだとおっしゃっておりましたが……」

サスケは眩しそうにアレルたちを見ると、オルテガの話を始めた。

「オルテガさまがわたしを訪ねてこの村に来られたのは、一年ほど前のことでした……。ゾーマを倒《たお》すためにはどうしてもこの剣が必要なのだ。この剣をもとどおりに再生してほしい……そうおっしゃって、粉々になった王者の剣を差し出しました」

「王者の剣？」

「はい。オルテガさまはメルキドで手に入れたとおっしゃっておりましたが、その剣は、鋼鉄《はがね》とも違う、もっと強固で、硬質《こうしつ》で、美しい光沢の神秘《しんぴ》の鉱石で作られたものでした。ゾーマを倒すために少しでもお役に立てれば……そう思ってわたしは喜んで引き受けました。こう見えても、わたしはもとの世界では、刀剣作りの名人としてその筋《すじ》では知られておりましたし、それなりに自信もありましたから……。そのときオルテガさまは、どこで手に入れたのかはわかりませんが、高貴《こうき》で華《か》

麗《れい》な素晴らしい盾《たて》を持っておられましてね、その盾の中央に、黄金色の美しい紋章《もんしょう》が施《ほどこ》されていました。不死鳥が雄々《おお》しく翼《つばさ》を広げて飛翔《ひしょう》している、なんともいえぬ美しい紋章でした。わたしは不眠不休《ふみんふきゅう》で、精魂《せいこん》込め、持てる技術を全部使い、やっともとどおりに剣を再生しました。ただ、鍔《つば》に盾と同じ紋章を施しました。オルテガさまは、こんなに美しくて、斬れ味の鋭い剣を見たのははじめてだ……そうおっしゃって褒《ほ》めてくれました」

「その後、父はどこへ向かったのでしょうか!?」

「わかりません。ただ、雨雲の杖と太陽の石を手に入れたら、聖《せい》なるほこらに向かうとおっしゃっておりましたが……」

「聖なるほこら!?」

「なんでもリムルダールの南端《なんたん》にある島にあるそうです……」

「でも、あなたたちはどうやってどこからこの世界へ来たの？」

クリスが話題を変えて尋ねた。

「十二年、いやもう十三年になりますか、ネクロゴンドの天変地異《てんぺんちい》の直後、ジパングもまた同じような大地震に襲われました」

「ジパング？」

アレルは驚いて聞いた。

「じゃあ、ヒミコの里に住んでいたのですか？」

「いえ、ヒミコさまの里からずっと西にある村です。村を流れている川から良質の砂鉄《さてつ》が採れまして、刀剣を作るのに最高のところでしてね……。ところが、数日続いた地震も鎮《しず》まり、ほっとしたときでした。突如魔物の群れが村を襲い、わたしたちは必死に逃げました。どこをどう逃げたのかわかりませんが、気がついたら二人だけになっていまして、やっと洞窟《どうくつ》を見つけて飛び込んだのです。すると、突然激しい気流が渦巻《うずま》く闇《やみ》のなかに放り込まれ、そのまま気を失ってしまいました……。そして、気がついたらこの村の人に助けられていたのです……」

「父がどうやってこの世界に来たか、何かいってませんでしたか!?」

「ネクロゴンドの火山の火口にある穴に落ちたのだとおっしゃっていました。魔物との闘《たたか》いの最中に足を踏《ふ》みはずして……。ただ、それ以上の詳しいことは……」

「しかし、ギアガの大穴のほかにもアレフガルドにわたれる洞窟や穴があったとは……」

クリスは首をかしげたが、アレルがいおうとしたことを先にリザが口にした。

「ねえ、そのような洞窟や穴がほかにもたくさんあるんじゃないのかしら。世界中に」

「おらもそう思うだよ」

すかさずモハレも口をはさんだ。

「きっと、それらの洞窟や穴が深いところでギアガの大穴の闇につながっているだよ……」

「おそらく、十二年前の地殻変動《ちかくへんどう》で、世界中のいろんなところの地中に大きな亀裂《きれつ》が生じて、たくさんの洞窟や穴ができたのよ。そして、それらが、ギアガの大穴がつながっている時空の闇と偶然《ぐうぜん》つながったのよ。おじさんたちはそれらの洞窟のひとつを通ってこの世界へやってきたんだわ。その後、バラモスが魔力でギアガの大穴の入り口を封じたけど、それらの洞窟や穴は時空の穴とつながったまま残ってたのよ。バラモスはそのことに気づかなかったんだわ。きっとそうよ。でなきゃ、おじさんたちもアレルのお父さまも、どうやってこの世界に来たのか説明がつかないわ……」

リザの言葉にモハレが大きくうなずいた。アレルもリザと同じ考えだった。少なくとも、今の時点ではそうとしか考えられなかった――。


翌朝、長老とサスケ夫妻に見送られてアレルたちは北東部の塔をめざしてマイラの村を出発した。

別れ際、サスケは涙を浮かべながらアレルの手を握って哀願《あいがん》した。

「ぜひオルテガさまと一緒にゾーマを倒してください。わたしたちは二度ともとの世界には帰れないものとあきらめていましたが、オルテガさまに会って、そしてあなた方に会って、ふたたび希望が湧いてきました。わたしたちはもう一度ジパングに帰りたいのです。故郷《こきょう》に思いをはせ、今までにどれだけ涙を流したことか……。もう一度帰って、生まれ故郷をこの目で見てみたい……。このとおりです、お願いします……」

もちろん、アレルたちもゾーマを倒したらもとの世界に帰るつもりでいた。帰れるものと考えていた。だが――。

数刻後、小川のそばの湧《わ》き水でひと休みしていたときだった。アレルたちは人の気配に振り向いて、思わずなつかしそうに顔を輝かせた。あの賢者がにこやかな笑みを浮かべて立っていたのだ。

アレルが聞いた。

「いつ来たのですかっ⁉」

「おまえさんらがギアガの大穴に飛び込んだ三日後にな。わしのほかにも盗賊《とうぞく》のカンダタと武闘家《ぶとうか》のカーンも来ておるはずじゃ」

「えっ⁉」

「カーンちゃんも⁉」

モハレは思わず顔を輝かせた。

「おまえさんらを追ってな。いずれ、いつかどこかで会えるじゃろうよ。商人のサバロにも声をかけたのじゃが断られた。無一文になってサバロバーグの牢《ろう》にロザンと閉じ込められておったのでな、新天地に行ってやり直さないかと誘ったのじゃがな……」

「ど、どうして牢なんかに⁉」

「村は奇蹟《きせき》的な発展をとげたが、サバロに不満を持っていた村人たちが反旗をひるがえしたのじゃよ。だが、サバロはあの世界でもう一度一からやり直してみたいといっておった……」

「そうですか……」

アレルたちはふとサバロが村人に評判が悪かったのを思い出した。

アレルがアレフガルドに来てからの経過とオルテガのことを話そうとすると、

「実は……ぜひともいっておかねばならぬことがある」

賢者は衝撃《しょうげき》的なことを告げた。

「もし、おまえさんたちがゾーマを倒せば、もとの世界に二度と戻れなくなる。それでもいいのじゃな!?　それでもゾーマを倒しに行くのじゃな!?」

「えっ!?」

アレルたちは驚いた。

「ど、どういうことです!?」

「ゾーマを倒せばおのずとギアガの大穴が閉じてしまうのじゃよ。そして、おまえさんらは二度とあの世界に帰ることができぬのじゃ。永久にな」

アレルたちは愕然《がくぜん》として二の句が継げなかった。

「一生このアレフガルドで生きていかねばならぬのじゃ。それでもよいのじゃな!?」

アレルたちは返答ができなかった。賢者はじっとアレルを見つめると、

「だが、今なら帰ろうと思えば帰れる。わしはかつてある賢者から三枚のキメラの翼《つばさ》を授かった。これが最後の一枚じゃ。使いたければ使うがいい」

キメラの翼をアレルに手わたすと、賢者は立ち去ろうとして踵《きびす》を返した。

と、モハレが声を震《ふる》わせながらいまにも泣《な》き出しそうな顔で聞いた。

「あ、あの……カーンちゃんもカンダタもそのことを知ってるだか……?　知っててアレフガルド

に来ただか……?」

賢者は黙《だま》ってうなずくと、静かに立ち去っていった。

「だ、だども……こ、こんな残酷《ざんこく》な話はねえだよ……」

モハレがそのまま肩《かた》を落としてぺたりと座《すわ》り込むと、アレルたちも呆然《ぼうぜん》としたままその場に座り込んだ。と、一陣《いちじん》の風が吹き抜けていった。言葉をかわす者はいなかった。

〈ゾーマを倒したら二度と帰れないなんて……! そ、そんな……! 父さんはこのことを知っているのだろうか……!?〉

アレルはキメラの翼を握りしめながら心のなかで何度もつぶやいた。と、なつかしい母ルシアの笑顔《えがお》が瞼《まぶた》に浮かんできた。祖父ガゼルの顔も浮かんだ。

〈もう二度と会えないなんて……!〉

そう思うと涙が滲《にじ》んできた。さらに国王サルバオの顔が、近衛《このえ》隊長の顔が、アリアハンの街の人々の顔が、ロマリア国王の顔が、イシスの女王の顔が、海賊《かいぞく》オルシェの顔が、勇者サイモンの妻の顔が次々に浮かんでは消えた――。

どれぐらい時間が経《た》ったのかアレルにはわからなかった。気がつくと音もなく静かに雨が降っていた。やがて、アレルはおもむろに立ちあがると、

「さあ、行こう……」

といった。だが、それは自分自身にいい聞かせた言葉だった。

アレルはやってきた道を歩き始めた。マイラの村のジパングの夫婦にキメラの翼をわたすつもりだった。しばらくしてリザがアレルのあとを追った。

だが、アレルとリザの姿が雨の向こうの闇に消えても、クリスとモハレは座り込んだまま立ちあがろうとしなかった——。

3　精霊ルビス

暦《こよみ》の上では秋の盛《さか》りを迎えていた。だが、年中暗黒の闇におおわれたアレフガルドの大地には秋を偲《しの》ばせるものは何ひとつなかった。

アレフガルド街道をひたすら西へ向かっていたアレルたちは、王都ラダトームとマイラのほぼ中間地点まで行くと街道からはずれ、地図を頼りに鬱蒼《うっそう》とした森や深い谷の道なき道を北の海に向かって北上した。その行きつく先にめざす塔があるのだ。

賢者と会った数日後には、アレルたちは表面上はいつもの明るさを取り戻していた。

心の整理が完全にできたわけではなかったが、だからといって、もとの世界に帰るわけにはいかないのだ。

賢者の言葉を思い出すたびに気持ちが沈《しず》んだが、

〈どんなことがあろうと、ゾーマを倒さねばならないのだ。そのためにアレフガルドに来たのだ。

ゾーマを倒さなければもとの世界にもアレフガルドにも真の平和が訪れないのだ。それが自分たちの使命なのだ……！〉

何度もそう自分にいい聞かせて気持ちを奮《ふる》い立たせたのだ。

途中、魔物は容赦《ようしゃ》なくアレルたちを襲ってきた。

そのほとんどが今まで戦った経験のあるスカルゴンやグールの群れだったが、出現する率が高くなり、また心なしか凶暴《きょうぼう》さを増したようだった。そして、進むにつれ風は冷たさを増し、周囲の景色《けしき》もいちだんと荒涼《こうりょう》としたものになっていった。

こうしてマイラの村を出てから三十六日目。険しい岩場を抜けた四人の前に黒々とした塔がそびえ立っていた。暦はとっくに一角獣《ユニコーン》の月から犬頭神《アヌビス》の月に替わっていた。

「こりゃ結構高い塔だ。カンダタのいたやつとおんなじぐらいだべ」

塔の入り口前に立ったモハレが頂上《ちょうじょう》を見あげていった。

たしかに煉瓦《れんが》と岩塊《がんかい》を組み合わせて築かれた塔は、シャンパーニやナジミの塔と同程度の高さがありそうだ。

断崖絶壁《だんがいぜっぺき》の縁《ふち》にたった塔は寒風にさらされ、まるで朽《く》ちかけた大樹《たいじゅ》のような雰囲気《ふんいき》を漂《ただよ》わせている。塔のなかに一歩足を踏《ふ》み入れるとつんとカビ臭《くさ》い匂《にお》いが鼻を突いた。空気は淀《よど》み、音もなく静まり返っている。

「いやな雰囲気だ」

クリスが油断なく周囲を見まわしていった。

奥へ進んで階段を見つけると、一行はアレルを先頭に上へとのぼり始めた。

二階も一階と同様まったくの無人だった。

「ほんとにここに精霊ルビスが封じられているだべか？」

三階から四階へあがったとき、モハレがつぶやいた。

「いくらなんでも魔物がまったくいないってのは変じゃない？」

モハレやリザが不思議がるのももっともだった。もしほんとうにルビスがとらわれているならこうまで無防備なはずはないのだ。

だが、塔のなかの部屋はどれも空《から》っぽで、床《ゆか》にはほこりが積もっている。

もしかしてこの塔にはいないのでは——四階から五階へと続く階段をのぼり始めたとき、アレルもそんな疑問《ぎもん》を感じ始めていた。だが、その疑問はすぐさま消し飛んだ。

「どうやら無駄足《むだあし》ではなかったようだな」

アレルが足を止めるとすぐ後ろでクリスがいった。クリスも上の階から伝わってくるただならぬ殺気に気づいたのだ。

最初に襲いかかってきたのは禿鷹《はげたか》の頭に蛇《へび》の胴がついた不気味な魔物だった。

大魔王ゾーマがこのアレフガルドを征服《せいふく》するために生み出した合成魔獣《まじゅう》のキメラだ。三匹《びき》ずつの小部隊に分かれたこの魔物は、徹底《てってい》した波状攻撃でアレルたちに襲いかかった。

前方のアレルとクリスが襲いかかってきた一隊を斬《き》り伏《ふ》せ、リザとモハレが階上の魔物に向かって呪文を放った。

半時あまりの戦いで階段はキメラの死骸で埋《う》もれ、流れ出た血の臭気《しゅうき》は闇に満ちた。

だが、キメラたちの攻撃がおさまらぬうちに今度はライオンヘッド属のなかで最強のラゴンヌの群れが襲いかかってきた。

マヒャドを唱えるこの合成魔獣にアレルたちはてこずった。必死に剣を振るったが、凍《い》てつく冷気に腕《うで》がしびれ、剣を持つ手にだんだんと力が入らなくなる。

アレルとリザが放つベギラマの高熱も、モハレの真空呪文も、複数のラゴンヌのマヒャドに阻まれて本来の効果を発揮《はっき》しなかった。

さらにはキメラの亜種《あしゅ》で、メダパニやラリホーの呪文を使うメイジキメラまでが敵の戦列に加わった。

「このままじゃやられちゃうわ！」

急降下してきたキメラをメラの連発で倒したリザが叫んだ。

「アレルとクリスはあたしを援護《えんご》して！　モハレは後ろを守って！」

アレルは驚いてリザを見た。今まで彼女が自分から戦闘《せんとう》の指揮《しき》を取ることなど絶対になかったからだ。

汗《あせ》まみれになり、疲労と戦いの興奮で上気したリザの顔はいちだんと美しさを増し、その声には揺《ゆ》るぎない自信が満ちていた。

アレルとクリスは道を開け、リザは理力の杖を構えて前に出た。

すかさず階上から複数のラゴンヌが襲いかかってきた。リザは魔物の接近を無視《むし》して呪文を唱え、杖を振りかぶった。

宝玉《ほうぎょく》のはめ込まれた杖の先端に銀色の光が宿り、一瞬ののち、光はすさまじい高熱の奔流《ほんりゅう》となり一直線に延《の》びていた。ギラ系最高位の魔法であるベギラゴンの呪文だ。

熱と光はリザに向かって飛びかかった魔物を空中で消滅《しょうめつ》させ、さらに階上へと突き進んだ。火だるまになったキメラが落下し、断末魔《だんまつま》のラゴンヌの咆哮《ほうこう》が響《ひび》きわたった。

呪文がおさまり塔に静寂《せいじゃく》が戻ると、アレルたちの前には累々《るいるい》たる魔物の屍《しかばね》が連なっていた。アレルたちはあ然としてリザを見ていた。

だが、呪文の威力に一番驚いていたのはリザ自身だった。

「ま、ざっとこんなものよ」

リザは明るく笑うと、屍の間を縫《ぬ》って五階へとのぼっていった。

だが、リザの胸中は複雑だった。呪文の威力が増せば増すほど、自分自身に対していいようのない恐怖《きょうふ》を覚えていた。種類が増え、威力もさらに増すと、近いうちに自分が自分でなくなるような、人間でなくなるような、奇妙《きみょう》な感覚にとらわれるのだ。覚悟《かくご》の上とはいえ、これ以上自分の『血』に潜《ひそ》んでいる魔性を目覚めさせるのが怖《こわ》かった。

中央の部屋に飛び込むと、アレルがまっ先に奥の台座に置いてある美しい女神の石像に近づいた。

「これだ！」

精霊ルビスは石像に姿を変えられ、封じ込められていたのだ。

アレルが像の前に立ち、革袋《かわぶくろ》から妖精の笛を出して唇《くちびる》に当てると、静かに美しい音色が流れた。心を洗《あら》うような澄んだ音色だった。

と、精霊ルビスの像が柔《やわ》らかな温かい光に包まれた。アレルは無心に吹き続けると、やがてその光が徐々《じょじょ》に強さを増し、光は像の姿を隠《かく》し、部屋を真昼のように明るく照らし出した。眩しくて目を開けているのがやっとだった。魔力の封《ふう》が解けたのだ。

光のなかに半透明《はんとうめい》の精霊ルビスの顔がかすかに見えた。美しくてやさしい、なんともいえないおだやかな表情をしていた。だが、それはアレルにしか見えなかった。

「ありがとう……。わたしは精霊ルビス……」

ルビスはやさしい声で語りかけた。だが、声もまたアレルにしか聞こえなかった。クリスたちはただまばゆい光を見ているだけだった。

「よくぞ封印を解いてくれました……」

アレルは苦しそうにあえぎながら見ていた。体が異常なほど熱を帯び、汗でびっしょりだ。最初それはルビスの光のせいだとアレルは思っていた。

「お礼にこの聖なる守りと光の鎧《よろい》を与えましょう……。あなたの使命は、邪悪《じゃあく》なる大魔王ゾーマからこの世界を解放し、人々に平和と安らぎをもたらすこと……。それがここまで来たあなたの使命……。あなたが自ら選んだ使命……。もし大魔王ゾーマを倒したら、いつの日か恩返しをいたしましょう……」

神秘《しんぴ》的な澄んだ瞳でルビスはじっとアレルを見た。

「はい、かならずゾーマを倒してみせます……！」

アレルがあえぎながらも力強く答えると、ルビスはやさしく微笑んだ。

と、急にアレルの目がかすんで、ルビスの顔がぼやけて見えた。

アレルははじめて自分の体が変調をきたしているのを知った。

ルビスの姿が光とともに静かにゆっくりと消えると、そのあとに高貴で気品にあふれた光の鎧と赤い宝石をちりばめた美しい首飾《くびかざ》りが残った。

光の鎧は、鋼鉄よりもさらに強固な不思議な鉱石で作られていて、鏡のような光沢《こうたく》を持ち、しかも比類がないほど美しいものだった。その鎧の両肩には美しい翼の飾りがあり、胸には不死鳥が雄々《おお》しく飛翔《ひしょう》する立派な黄金《こがね》色の紋章が施されていた。

目がさらにかすみ、体がしびれ、意識が朦朧《もうろう》として立っているのがやっとだった。アレルは必死に震える手を伸ばしてやっと台座の上の光の鎧と首飾りをつかむと、意識を失ってその場に崩《くず》れ落ちた。

「アレル！」

慌《あわ》ててクリスたちが駆《か》け寄った。

そのときだった。ズズズズズッ――突然、恐ろしい地響きとともに、床が大きく激しく波打って揺《ゆ》れた。と、ビシッビシッビシッ――床や壁や天井に鋭い亀裂《きれつ》が走ったかと思うと、粉々になって崩壊《ほうかい》し始めた。

クリスがアレルを背負《せお》い、リザがすばやくリレミトの呪文をかけた。

瓦礫《がれき》の山とともに床がいきおいよく崩れ落ちたのと、アレルたちが忽然《こつぜん》と消えたのが、ほとんど同時だった。

一瞬ののち、クリスたちが塔から離れた岩場に姿を現していた。

塔は地鳴りをあげながら瞬時にして崩壊し、すさまじい土煙を吹きあげた。やがて土煙が消えると、そのあとにおどろおどろした巨大な奇岩《きがん》がそそり立っていた。クリスがアレルを背中からおろすと、リザが抱《だ》きかかえてアレルを揺すった。

「どうしたのアレル！　しっかりして！」

だが、アレルはぐったりとして反応がなかった。水を浴びせられたように大量の汗をかいている。

リザはアレルの額に手を当てて愕然とした。

「す、すごい熱だわ……！」

と、クリスが鎖骨《さこつ》と首の境目の傷がどす黒く腫《は》れあがっているのに気づいた。

「こ、この傷は……!?」

ラゴンヌを斬り倒したときに、ラゴンヌの爪《つめ》が突き刺さった傷だ。高熱と腫れからクリスはとっさに猛毒《もうどく》にやられたのだと判断した。と、急に糸のような細かい雨が音もなく静かに降ってきた。

そのときだった。背後に人の気配を感じて、

「何者だっ!?」

すばやくクリスとモハレが身構えると、引きずるような長い裾《すそ》の派手《はで》なドレスを着た若い女性が立っていた。

目鼻立ちの整った凜とした顔をしているが、まっ白な顔料を塗《ぬ》り、まっ赤な目張りを入れ、まっ赤な口紅《くちべに》を差している。手には色鮮《いろあざ》やかな絹編みの大きな扇《おおぎ》を持っていた。見るからに妖《あや》しげな女だった。

「あたしは雨のほこらを住処《すみか》とする魔女……」

「雨のほこら?」

クリスが聞き返すと、

「ええ……」

魔女は崩壊した塔のあとの巨大な奇岩を見た。

「十八年もの長い間、あたしはゾーマの配下の八魔将《ましょう》のひとりに封じられ、あの雨のほこらが要《よう》塞《さい》の塔に姿を変えられていたのです……。さあ、急いでそのお方の手当てを……。万病に効く薬草

があります……」

魔女はさっそく雨のほこらの奥にある一室に案内すると、薬草を煎《せん》じて飲ませ、アレルの熱がさがり意識が戻るまで、三日三晩寝ずに看病してくれたのだった——。

だが、アレルが起きあがれるようになるまでにはさらに十日を要した。その間、不思議なことに一日として雨がやむことはなかった。だが、アレルたちが太陽の石と雨雲の杖のことを尋ねると、魔女は外の雨を見ながら答えた。

「雨雲の杖はどこにあるのかわかりません……。ただ、雨雲の杖はもともとあたしたち魔女の世界の至宝《しほう》だったのだそうです……。雨はあたしたち魔女の命の源……。雨雲の杖さえあれば、いつでもどこでも雨を降らすことができ、千年でも一万年でも生きることができる……そういい伝えられているのです……。もっとも、数百年前にその杖は何者かによって魔女の世界から盗《ぬす》まれてしまったとか……」

そして、ルビスの封印を解いてから十四日目の朝、旅立つ時がきた。

アレルはルビスに授かったルビスの守りと光の鎧をはじめて身につけた。光の鎧はぴたりと体に吸いつくような感触《かんしょく》がした。とたんに、ぶるぶるっ——と全身が震えた。

「こ、これは!?」

光の鎧から不思議な力が伝わってきた。

その力が瞬時にして全身を駆けめぐると、アレルの胸の奥から熱い闘志《とうし》が込みあげてきた。

アレルたちは魔女に見送られて雨のなかを歩き始めた。魔女は見送りながらそっと涙を拭《ふ》いた。アレルたちが滞在《たいざい》している間に、魔女はアレルに特別な好意を抱《いだ》くようになっていたのだ。だが、魔女が人間に特別な好意を抱くことは魔女の世界では固く禁じられていた——。

4　再会

アレルたちは、リムルダール島をめざしてふたたびアレフガルド街道を東へ向かっていた。リムルダール南端の聖なるほこらに行けば、オルテガが雨雲の杖と太陽の石を手に入れたかどうかがはっきりするからだ。

暦は犬頭神《アヌビス》の月から冬の竜《ドラゴン》の月に替わり、冷たい木枯《こが》らしが吹き荒れる日が続いた。マイラ街道との分岐点を通過した日には初雪が降った。魔女の棲む奇岩を出発してから三十日あまり、アレフガルド街道の東の終点である港町ボルドが目の前に近づくと、右手に急に海がひらけ、その向こうに黒々としたリムルダールの島影《しまかげ》が見えてきた。

リムルダール島はアレフガルド一大きな島で、アレフガルド全土の五分の一に相当する広大な面積を持ち、三〇〇近い町や村があり、人口は一〇〇万人を越《こ》える。

このリムルダール島とアレフガルド東部を結んでいたのがボルドの港だった。

だが、ゾーマが出現すると、波おだやかだった海峡《かいきょう》は、魔物が出没《しゅつぼつ》する潮流の激しい恐ろしい海峡へと姿を変えたのだ。以来、リムルダール島との航行は途絶《とだ》えてしまったのだ。

ボルドに着いたアレルたちは街の長老の家を訪ねたが、長老は町はずれの岩場へ行っているとのことだった。さっそくその岩場へ行くと、町の男どもが総出で海底に洞窟を掘《ほ》る作業をしていた。

長老にリムルダールへわたる方法がないかどうか聞くと、長老は最初訝《いぶか》っていたが、身分を明かして旅の目的を告げると、

「あと二、三年先なら、この海底を通っていけるのだが……」

と、苦笑《くしょう》した。リムルダール島との交易を続けるために、対岸のノルシアの町とボルドの人々が十年近い歳月《さいげつ》をかけて両側から海底に秘密の洞窟を掘っていたのだ。だが、長老は、

「古い船でよかったら……」

と、快く船の手配をしてくれた。

アレルたちは、さらに雨雲の杖と太陽の石のことやオルテガのことを聞いたが、長老は首を横に振った。

風がリムルダール島へ向かって吹くのを待って、アレルたちは古い小型船でボルドの町を出航した。だが、潮流は予想以上に激しく、いたるところで恐ろしい大渦が待ち受けていた。

船は木の葉のように揺れ、アレルたちは珍《めずら》しく船酔《ふなよ》いをした。さらに、ガニラスやテンタクルスなどの魔物が執拗《しつよう》に襲いかかってきた。

こうして、かつて数刻でわたれたという海峡を、アレルたちは一日がかりでやっと横切ったが、

潮流にどんどん流されたために、対岸のノルシアの町からはるか西の小さな浜《はま》にやっとたどり着いた。

上陸したアレルたちはひと休みすると、船酔いが治まるのを待って、リムルダール島のほぼ中央に位置する島最大の都市リムルダールをめざして街道を南下した。

街道筋にはたくさんの町や村があり、通過するたびにオルテガのことや雨雲の杖と太陽の石のことを尋ねたが、なんの情報も得られなかった。

また、魔物が何度も襲ってきた。恐竜《きょうりゅう》に似た巨大なガイコツのスカルゴンやマドハンドの群れのほかに、人喰《ひとぐ》い熊《くま》属の凶暴《きょうぼう》なダースリカントも襲ってきた。だが、アレルたちの稽古相手にこそなれ、それ以上のものではなかった。

むしろ、雪や吹雪の方がはるかに大敵だった。リムルダール島は比較的温暖《おんだん》な地として知られていたが、それでも雪や吹雪の日が続き、普段の三分の一も進めなかった。

そして、島にわたって二十六日目、アレルたちは無事リムルダールの城と街並みが見える湖畔《こはん》にやっとたどり着いた。暦は竜《ドラゴン》の月から王《キング》の月に替《か》わり、寒さの一番厳《きび》しい真冬を迎えていた。

人口一万四〇〇〇人のリムルダールの街は、もともと湖に浮かぶ無人島だったが、四〇〇年ほど前にこの特殊《とくしゅ》な地形を利用して城と城下街が築かれてから、島の政治、文化、交易の中心として栄えてきた。だが、ゾーマの出現によって、この街もまたさびれてしまったのだ。

長いつり橋をわたり、街門を抜けて街に入ると、アレルたちはオルテガの消息を尋ねて四軒あるという宿を片《かた》っ端《ぱし》から当たった。

めったに客がないのでどの宿も開店休業の状態だったが、それだけに宿の主人たちは、今まで宿《しゅく》泊《はく》した客をよく記憶していた。だが、三軒の宿に当たってもオルテガの名は出てこなかった。

道中なんの手がかりもつかめなかったので、アレルはもしやと思っていたが、やはりまだ雨雲の杖と太陽の石を探《さが》して各地を旅しているのかと思うと、急に虚脱《きょだつ》感を覚え、長旅の疲れがどっと襲ってきた。

ところが、最後の宿に泊まることに決め、念のため主人に尋ねてみると、

「その方なら一カ月ほど前お見えになりましたが……」

と、こともなげに答えた。

「ええっ⁉」

アレルたちの心は躍《おど》った。とたんに虚脱感も疲れも吹っ飛んだ。

「たしか、リムルダールの南端の島に行くとかおっしゃってましたが……」

「そこまではどれぐらいで行けますか⁉」

アレルが地図を出しながら聞くと、

「そうですねえ……。旅なれた方なら三十日もあれば……」

「すると、もうとっくに聖なるほこらに着いていることになる!」

「ねえ、もし、そこで虹のしずくを手に入れたとしたら!」

リザが嬉々《きき》としていうと、クリスが、

「あたしがオルテガさまなら、迷わずにこの西の岬《みさき》からゾーマの城にわたる！　ここが一番近いからね！」

と、地図のゾーマの島と目と鼻の先にあるリムルダール島の最西端の岬を指さし、

「だとしたら、海沿いのこの道を岬に向かって北上してることになるだよ！」

モハレが海沿いの街道を指でなぞり、

「聖なるほこらまで三十日かかったとして、アレフガルド暦の一カ月は四十五日だから、順調に旅を続けていれば今このあたりだ！　ということは、このリムルダールの街からまっすぐ西に向かったこのあたりで待っていれば会えるんだ！」

アレルが海沿いの街道の一点で指を止めた。

「すまんなおやじ！　予定が変わった！　悪く思わんでくれっ！」

クリスがわずかばかりの心づけを主人に手わたしたとき、アレルたちはすでに宿の表に飛び出していた。

アレルたちは、西の海沿いの街道にある小さな村をめざして歩き続けた。

小さな村にしたのは、町だと大きすぎてうっかりオルテガが通過するのを見逃す恐れがあるからだ。できるだけ小さくて、かならずそこを通らなければならない村――つまり、裏側が断崖絶壁で、前が荒れた海のような交通の難所《なんしょ》が一番望ましかった。

道中、雪や吹雪に何度か見舞われた。また、たくさんの魔物が襲ってきたが、今まで何度も戦っ

たことのあるものばかりだった。そして、リムルダールの街を出発してから十七日目の夜、予定どおりやっと海沿いの街道に出た。

そこは、かつて宿場だったという小さな村だった。めざす村はその村より徒歩で半日ほど南下したところだったが、念のために一軒しかない宿の主人にオルテガのことを確かめると、

「その方かどうか知りませんが、鎧兜《よろいかぶと》に身を固めた戦士なら、五日前の昼過ぎにこの村を通って北へ行きましたよ。そうそう、剣と盾《たて》に見事な黄金色の紋章がありました。ああ、これこれ。これと同じ紋章ですよ」

主人はアレルの光の鎧の胸を指さし、アレルたちは驚いて顔を見合わせた。

盾と光の鎧の紋章は何を意味するのかアレルたちには見当もつかなかった。だが、アレルたちが推測したよりもはるかに速い速度でオルテガは北上していたのだ。

「ちょうどわたしが表におりましたから、間違いありません。見るからに立派な戦士でしてね、足早に通り過ぎていきました。その方がなにか……」

最後までいい終わらないうちに、アレルたちはすでに外に飛び出していた。

アレルたちは北へ向かって街道を急いだ。わずかな仮眠《かみん》をとるだけで、夜昼関係なく歩き続けた。とにかく、一刻も早くオルテガに追いつきたかった。リザとモハレが遅《おく》れがちだったが、時が時だけに必死にアレルとクリスのあとを追った。

行く先々の町や村の宿でアレルたちはオルテガの消息を尋ねた。オルテガはそのなかの何軒かの

宿に泊まっていたが、いずれの宿でも夜遅《おそ》く到着し早朝に旅立っていた。だが、アレルたちは確実にオルテガとの距離《きょり》を縮《ちぢ》めていた。

先へ進むに従って、宿の主人の返答が、「四日前……」から「三日前……」になり、「二日前……」になり、ついに「昨日……」になった。アレルたちの疲労《ひろう》は極限に達していたが、心は躍っていた。

そして、海沿いの街道に出てから十五日目の朝、やっとオルテガに追いついた。

その朝は冷たい小雨《こさめ》が降っていた。雨宿りに適当な地形を探しながら、断崖の下の、波打ち際の険しい道をまわって広い岩場に出たところで、アレルたちは思わぬ光景に出くわしたのだ。

宙に浮いた巨大な蜘蛛《くも》の魔物が、黒々とした艶《つや》のある強靭《きょうじん》で長い何万本もの糸を鎧兜の戦士に巻きつけ、激しくしめつけていた。束《たば》になった糸が戦士の首や腕や手首や足に食い込んでいまにも肉が千切れそうだった。血の気の失せた戦士の顔は、死人のそれのように、すでにどす黒い土色に変色していた。だが、魔物も戦士によって無数の傷を負っていた。全身を無残に斬り裂《さ》かれ、おびただしい血を流していた。

アレルたちはひと目でその戦士をオルテガだと判断した。

魔物が必死に全身を震わせながら不気味な奇声《きせい》を発すると、巻きついた糸がいちだんときつくなり、戦士はさらに苦しみもだえた。

「父さーん!!」

アレルたちは慌てて駆けつけ、すかさずリザがベギラゴンの呪文をかけた。

強烈な灼熱《しゃくねつ》の白炎が、巻きついている強靭な長い糸をおおうと、とたんに糸がちりぢりに焼け焦《こ》げ、反動でオルテガが数歩後ろに吹き飛んだ。

その直後、モハレのバギクロスの猛烈《もうれつ》な真空の渦が魔物を襲った。

さらに、アレルがライデインの呪文をかけ、すさまじい稲妻が鋭く闇を切り裂いて魔物を直撃《ちょくげき》した。

「ギャオオオオッ！」

電光が魔物の全身を縦横無尽《じゅうおうむじん》に走り抜け、火花が闇に弾け散《ち》ると、魔物はみるみるうちに姿を変えて本性を現した。

「あーっ!?」

その姿にアレルたちは一瞬自分たちの目を疑った。

特にリザの衝撃《しょうげき》が大きかった。青ざめたまま唇を震わせていた。明らかにうろたえ、動揺していた。こんなところで出会うとは思いもしなかったからだ。チコだった。

チコは、恐ろしい眼でアレルたちを睨みつけた。その眼には、自慢の黒絹の長髪を無残に焼き断たれた怒りと、すんでのところで邪魔された無念さが滲《にじ》んでいた。

五年半前——恩あるバラモス四天王のひとりサラマンダがオルテガに殺され、チコは仇を討つためにネクロゴンド北部の火口でオルテガと戦った。激しい死闘《しとう》の最中、オルテガが火口に転げ落ちたために、チコはオルテガの死を確信した。そして、バラモスと大魔王ゾーマにそのことを報告したのだ。

ゾーマのチコに対する評価と信頼《しんらい》はさらにあがった。オルテガが時空の闇に落ち、アレフガルドで生き延びていたとは夢にも思わなかったのだ。ところが、昨年ちょうどアレルたちがラーミアに乗ってバラモスの居城に向かっているころ、突如ゾーマに呼び出され、オルテガが生きていることを告げられたのだ。

それ以来、チコはずっとオルテガを追っていた。ゾーマの信頼を取り戻すために必死だった。なんとしてもオルテガの首をゾーマの前に持ち帰るつもりでいた。そして、やっとオルテガをこの岩場に追いつめ、とどめを刺そうとしたところにアレルたちが駆けつけてきたのだ——。

だが、チコは確信していた。いかに強靭な肉体を持つ不死身のオルテガであろうと、もはや死は時間の問題だと——。また、チコにはアレルたちを相手に戦う余力がなかった。オルテガとの戦いで、すべての力を使い果たし、自分もまた瀕死《ひんし》の状態にあったからだ。今、宙に浮いているのさえやっとだった。

「ふっ……」

チコは不気味な笑いを浮かべると、そのまま闇のなかに姿を消した。

5　オルテガの死

「父さん！」

アレルは慌てて血まみれのオルテガを抱き起こし、

「ぼくだよ！　アレルだよっ！　しっかりしてっ！」

布切れで顔の血をきれいに拭《ふ》き取ってやった。

「ア、アレル……？」

オルテガは驚いてうっすらと目を開けていた。だが、焦点《しょうてん》が定まっていなかった。

「父さんのあとを追ってバラモスを倒しに旅に出たんだ！」

アレルが、バラモスの死とギアガの大穴を通ってアレフガルドに来たことを告げると、オルテガは震える手を必死に伸ばした。すでに目が見えないのだ。アレルがオルテガの手をとって自分の顔に当ててやると、オルテガはアレルの顔の輪郭《りんかく》をなぞり、

「アレル……」

やっとかすかに微笑んだ。

思わずアレルの目から涙がこぼれた。今まで一度たりとも傷ついて倒れたオルテガを想像したことがなかった。十三年間、自信にあふれたやさしいオルテガの顔をずっと思い浮かべていた。そして、再会したら、思いっきり抱きつきたいと思っていた。鍛《きた》え抜かれたたくましいオルテガの肉体が、がっしりと自分を受け止めてくれると思っていた。

クリスもまた同じような気持ちだった。孤児《こじ》のクリスにとって、憧《あこが》れのオルテガは父のような存在だった。子供のとき神々《こうごう》しく見えたあのオルテガの笑顔が、クリスにとって永遠のオルテガだっ

たからだ。

「ご、五年前……」

オルテガは苦しそうにあえぎながらやっと聞こえるような声でいった。

「イ、イシスの国境に……近い……ネクロゴンド北部の……か、火口で……さっきの魔物と……た、戦った……。そ、その最中……、あ、足を踏みはずして……火口の深い底に落ちた……。だが……溶岩《ようがん》に落ちる……直前……、い、岩の間に……あ、暗黒の闇の……穴があって……、こ、幸運にも……わたしは……そ、その闇のなかに……吸い込まれるように……お、落ちた……。気がついたら……ア、アレフガルドにき、来ていた……。そ、そして……、バラモスの背後に……ゾ、ゾーマがいることを……し、知った……。こ、これを……」

震える手で革袋のなかを探《さぐ》りながらやっと美しい石を取り出した。

七色に光り輝くしずくの形をした石で、両手にすっぽり入るほどの大きさだった。

「や、やっと……手に入れた……に、虹のしずくだ……。に、西の岬に……こ、これで……虹の橋をかけ……ゾ、ゾーマの島へ……わたるがいい……」

オルテガは虹のしずくをアレルの手に握らせた。

クリスたちと一緒だからこそアレルはなんとかここまでこれたが、オルテガはたったひとりで雨雲の杖と太陽の石を探してこの虹のしずくを手に入れたのだ。ひとりで魔物と戦いながら孤独《こどく》で過《か》酷《こく》な旅を続けていたのかと思うと、オルテガの旅には想像を絶するものがあった。

アレルは、オルテガと一緒にバラモスを倒しに行く約束をした勇者サイモンのことをふと思い出し、その悲劇《ひげき》の死を告げた。サイモンは決して裏切ったのではないということを――。オルテガはかすかにうなずくと、

「た、旅は……苦難の……連続だった……。……が、旅は……そればかりではなかった……。い、いろいろな人と……出会い……た、たくさんの人に……助けられた……。だ、だからこそ……ここまで来れた……。か、かならず……ゾ、ゾーマを……倒してくれ……。そ、そうすれば……わたしも……報《むく》われる……。サ、サイモンも……。た、旅で……出会った……たくさんの人も……。そ、そして、ア、アリアハンで……待っている……ルシアも……。ア、アレルよ……」

震える手でアレルの手を探した。アレルがオルテガの手をしっかりと握ると、

「わ、わたしを……の、乗り越えて……行くのだ……。ゆ、勇者オルテガを……。ゆ、勇気と……正義と……平和を愛する心を……わ、忘れずに……」

オルテガはさらに苦しそうにあえぎ、力を込めてアレルの手を握り返した。

「ル、ルシアを……母さんを……た、頼んだ……ぞ……」

オルテガは二度とアリアハンに帰れないことを知らないのだ。ずっと帰れると信じていたのだ。と、オルテガはゆっくりと目を閉じた。おだやかな、静かな顔がかすかに微笑んで見えた。

「父さん!?」

アレルが慌ててオルテガを揺すり、

「オルテガさまっ!?」

クリスも大声で叫んだ。

「父さん!!　しっかりして父さん!!」

アレルはさらに激しく揺すった。だが、オルテガは二度と応《こた》えなかった。

「死んじゃいやだっ!!　父さん!!」

アレルは強く、きつくオルテガを抱きしめて大声で泣いた。とめどなく涙が流れた。

「オ、オルテガさまっ……!!」

クリスは拳《こぶし》を強く握りしめると、

「く、くそーっ!!」

ゾーマやチコに対する怒りに全身を震わせながら激しく嗚咽《おえつ》した。

そして、モハレとリザもまた怒りと悲しみに涙を流した。

特にリザの場合、直接手を下した相手が自分と同じ『血』が流れている姉だけに、アレルに対して心苦しさを覚えていた。

〈姉妹なんかじゃない!　チコはオルテガを殺した憎《にく》い魔物なんだ!〉

リザは何度も強く自分にいい聞かせたが、その心苦しさは消えなかった。

岩場に打ち寄せる波の音がひときわ大きく聞こえた。

いつの間にか小雨が雪に変わっていた――。

数刻後、雪がやんでもアレルたちはしばらくその場に呆然としていたが、気がつくとあたりは一面まっ白な雪景色に変わっていた。

アレルはおもむろにオルテガに積もった雪を払うと、

「父さん、行こう……。西の岬へ……。一緒に行こう……」

やさしく語りかけ、オルテガを背負って雪のなかを歩き始めた。

「一緒に行きたいんだ……父さんと……。一緒に……」

そうつぶやきながら――。

三日後、アレルたちは西の岬にいた。

目の前には、黒々とした不気味なゾーマの島が横たわり、激しい潮流が渦を巻く海峡が島と岬を遮断《しゃだん》していた。

ゾーマの島がよく見える高台に、サルバオ国王から授かった秘剣とともにオルテガの遺体を手厚く埋葬《まいそう》すると、アレルは不死鳥が雄々しく飛翔する黄金色の紋章が施してある立派な盾と名人サスケが精魂込めて再生した王者の剣を身につけた。

オルテガがどこでどのようにして手に入れたのか想像もつかないが、光の鎧や王者の剣と同じように盾もまた鋼鉄よりもさらに強固な不思議な鉱石で作られたものだった。

アレルはおもむろに王者の剣を鞘《さや》から抜いた。鏡のような青々とした刃。しっとりとした光沢。

美しい宝石がちりばめられた柄《つか》。不死鳥の飛翔する紋章の鍔《つば》。剣はほどよい重さで、しっくりと手に合った。力を込めて握りしめると、

「うっ⁉」

ぶるぶるっ――と手が震え、一瞬手が離れなくなったのかと思うほど、ぴったりと柄に吸いついた。と、剣から不思議な力が伝わってきて、その力が血液のように瞬時にして全身を駆けめぐり、いまにも爆発しそうな闘志と力がアレルの全身にみなぎった。目はぎらぎら燃えていた。アレルは、一瞬オルテガの闘志と魂《たましい》がそのまま自分に乗り移ったのではないかと思った。

クリスたちも驚いてアレルを見ていた。アレルの全身からすさまじい気迫《きはく》がほとばしっているのが、クリスたちにも伝わってきたからだ。

「父さん……！」

アレルはオルテガの墓を見ると、

「見守っていてください……！　かならずやこの手でゾーマを倒し、アレフガルドやもとの世界に、真の平和を取り戻してみせます……！」

固くオルテガに誓《ちか》うと、岬の突端《とったん》に向かった。

断崖絶壁の岬の最突端に立ったアレルは、虹のしずくを高々と両手でかざすと、

「虹のしずくよ……！」

無心に祈《いの》った。

「そして、精霊ルビスよ……！　われらを、ゾーマの島に導きたまえっ……！」

するると、ピカーッ——突然虹のしずくがまばゆい七色の光を放って岬の突端を包んだ。

と、すーっと虹のしずくがアレルの手から消えると、岬を包んでいたまばゆい七色の光が一本の虹の帯となって、闇を切り裂きながら海峡の上をどんどんすさまじいいきおいで伸びていき、一瞬のうちに幅二尋《はばふたひろ》ばかりの美しい虹の橋が黒々とした不気味なゾーマの島までかかった。

息をのんで見つめていたアレルたちは思わず歓声をあげた。心が躍った。アレルはじっとゾーマの島を睨《にら》みつけると、

「父さん……！　行くよ……！」

力強く虹の橋を歩き出した——。

ちょうどそのころ、徒歩で半日ほど離れた海沿いの街道を、二人の男が西の岬に向かって足早に歩き続けていた。カンダタとカーンだった。だが、アレルたちはそれを知るはずもなかった——。

第十章　死闘・ゾーマの島

アレルたちは、最後の戦いの場であるゾーマの居城《きょじょう》をめざして歩き続けていた。上空を絶えず鋭《するど》い稲光《いなびかり》が走っていた。

ゾーマが出現するまでこの島はイシュタル島と呼《よ》ばれ、島の北の岬《みさき》には、今ではゾーマの居城に姿《すがた》を変えてしまったが、精霊《せいれい》ルビスを祀《まつ》った荘厳《そうごん》華麗《かれい》な大理石の神殿《しんでん》があった。また、天変地《てんぺんち》異《い》で海底に沈《しず》んでしまったが、神殿の前には門前町と港があって、参拝客《さんぱいきゃく》や観光客たちで賑《にぎ》わっていた。

虹《にじ》の橋をわたってから六日目のこと。荒涼《こうりょう》とした砂漠《さばく》を越《こ》えると、突然《とつぜん》前方の断崖《だんがい》に不気味な異形《いぎょう》の城《しろ》が稲光に照らされて見えた。アレルたちは思わず緊張《きんちょう》した。城はアレフガルドじゅうを威圧《いあつ》するかのように立っていた。ゾーマの居城だった。

暦《こよみ》はすでに王《キング》の月から春の不死鳥《フェニックス》の月に替《か》わっていた。不死鳥《フェニックス》の月は、アリアハン暦《れき》の三月一日から四月十五日までの四十五日間にあたる。王都アリアハンを旅立ってから、すでに二年と十一カ月が経《た》っていた。そして、あと二十日あまりでアレルは十九回目の誕生日《たんじょうび》を迎《むか》えようとしていた――。

1 カンダタとカーン

要塞《ようさい》のようなゾーマの居城の城門《じょうもん》を抜《ぬ》けると、正面におどろおどろしい石造りの宮殿《きゅうでん》があった。

アレルたちは魔物《まもの》の気配を探《さぐ》りながら宮殿に接近すると、すばやく鉄扉《てっぴ》を開けてなかに忍《しの》び込んだ。

闇《やみ》におおわれているので天井《てんじょう》の高さも奥《おく》の深さもわからなかったが、両側にずらりと並《なら》んだ大きな石柱が広大な天井を支えているのだろう。数千人、いや数万人も収容できそうな巨大《きょだい》なホールだった。

アレルたちは慎重《しんちょう》にホールの奥へと進んでいった。見通しが利くのは十歩ほど先までで、そこから先は漆黒《しっこく》の闇のなかに沈んでいる。四人の足音のほかには何の音も聞こえなかった。

しかしアレルはホールの向こう側から伝わってくる確かな殺気を感じていた。いやアレルばかりではない。クリスとリザ、そしてモハレも間近に迫《せま》った敵の気配をとらえ、油断なく歩を進めていたのだ。

ボッ――闇のなかにまっ赤《か》な火がともった。アレルたちを狙《ねら》って魔物が発したメラミの火球だった。火炎呪文《かえんじゅもん》を放つと同時に魔物の群れは雄叫《おたけ》びをあげて襲《おそ》いかかってきた。

シャーマン属最高位のマクロベータを中心にしたゾンビ系の魔物の大部隊だ。その数およそ三〇〇。

「みんな離《はな》れるな!」

アレルは剣を抜《ぬ》き放ち、先頭の魔物を斬《き》り伏《ふ》せた。

クリスの戦斧《せんぷ》がうなりをあげ、リザとモハレの呪文が敵の中央部で炸裂《さくれつ》した。

だが、いくらやられても魔物たちはひるまなかった。次々と新手を繰《く》り出しては休む間もなく押《お》し寄せてくる。

「このままじゃまずい！」

三方から飛びかかってきた腐《くさ》った死体を一撃《いちげき》でかたづけたクリスが怒鳴《どな》った。

と、そのときだ。四人を完全に包囲していた魔物たちの後方ですさまじい叫《さけ》び声が響《ひび》いた。数体の魔物が吹《ふ》っ飛び、派手《はで》な血飛沫《ちしぶき》があがる。

入り口から乱入してきた二人の男が片《かた》っ端《ぱし》から魔物を倒《たお》し始めたのだ。

「ええいっ、どけどけっ！」

赤銅色の巨漢《きょかん》が叫びながら半月刀を振りまわし、

「アチョーッ！」

長身の武闘家《ぶとうか》がすさまじい速さで黄金の爪を振るった。

首が飛び、腕《うで》が引き千切《ちぎ》れ、たちまち十数体の魔物が無残《むざん》な屍《しかばね》となって床《ゆか》に転がった。

「あ、あれは……!?」

「カンダタだ……!?」

「それもうひとりはカーンちゃんだよ！」

二人の男は魔物の包囲網《ほういもう》を破りアレルたちのところへと進んできた。

「どうしてここへ!?」

アレルの言葉にカンダタはにやりと笑《わら》った。

「ま、話せば長くなる」

大盗賊《だいとうぞく》はアレフガルドへきた経緯《いきさつ》を手短に話した。

「リムルダールでみんなの話を聞いて追ってきたんだ」

あれだけの戦いのあとにもかかわらず、カーンもカンダタも呼吸《こきゅう》ひとつ乱れてはいなかった。

「ともかくここはおれたちに任《まか》せろ!」

ふたたび押し寄せてきた魔物の先鋒《せんぽう》を斬り払《はら》ってカーンがいった。

「しかし……」

躊躇《ちゅうちょ》するアレルをカンダタがどやしつける。

「ばか野郎《やろう》! おまえたちが苦労してここまできたのは、こんな雑魚《ざこ》を相手にするためだったのか!? そうじゃあるまい!」

アレルとカンダタはしばらく睨《にら》み合ったが、

「わかった! 気をつけろよ!」

アレルはそういうとホールの奥に向かって走り出した。

「カーンちゃんもな!」

モハレたちもあとに続いた。

そして四人を追おうとする魔物に向かってカーンとカンダタがものすごいいきおいで突《つ》っ込んでいった。

刃《は》わたりだけで普通《ふつう》の剣の二倍はありそうなカンダタの半月刀がきらめき、カーンの黄金の爪がうなりをあげる。

「いいかげんにケリをつけねぇと連中に追いつけなくなるぜ！」

左右から飛びかかってきた金色の巨人をかわしカンダタが叫ぶ。

「わかっている！ あと、一〇〇匹《ぴき》ずつもかたづければケリがつく！」

カーンはこともなげにいうと、背後《はいご》から襲いかかってきたダースリカントに強烈《きょうれつ》なまわし蹴《け》りを食らわせた。

魔物の分厚い毛皮が引き千切れ、血飛沫《ちしぶき》がホールの床を濡《ぬ》らした。


「大丈夫《だいじょうぶ》だべか、あの二人？」

モハレが後ろを振り向いて心配気にいった。

アレルたちはゾーマの居城の最下層近くまできていた。ホールを出たあと迷路のような地下通路を通り、いくつもの階段《かいだん》をおりてこの場所へとやってきたのだ。

「だどもここまでの間に魔物に出くわさなかったってのは……」

モハレがそこまでいうと口ごもった。

モハレのいうとおり、四人はここまで一匹の魔物とも遭遇《そうぐう》せずに進んできたのだ。

「雑魚は全部あのホールに固まってたってことだべ……」

「心配ないモハレ、カーンもカンダタも簡単《かんたん》に殺されるほどヤワじゃない」

クリスがそういって、モハレの肩《かた》を叩《たた》いたとき、

「シッ！」

先頭のアレルが人さし指を唇《くちびる》に当てた。

気配が――それもかなり強大な気配が前方から伝わってきたのだ。

アレルは剣を構えたまま目を閉じ考えをめぐらせた。進むべきか、それとも敵が動くまで待つべきか、判断に迷っていたのだ。

もし敵が待ち伏せを狙っているのだとしたら早急に動くべきではない。恐ろしい罠《わな》が仕掛《しか》けられているかもしれないからだ。

「どうするだアレル？」

アレルの気持ちを察してモハレが尋《たず》ねた。

機先を制するか――アレルがそう考えたとき、前方の気配が動いた。

なかなか近づいてこない四人に敵は苛立《いらだ》ったのだ。いきなり巨大な火球が迫《せま》ってきた。バラモスのメラゾーマに匹敵《ひってき》する大火球だ。

四人はすばやく身をかわすと、火球ははるか後方へと飛んでいった。

「待ちかねたぞオルテガの息子《むすこ》よ！」

闇のなかからくぐもった声が響き、恐《おそ》ろしい魔物が姿を現した。

背丈《せたけ》はアレルの三倍ほどもあり、全身が膿《うみ》とも痂《かさぶた》ともつかない皮膜《ひまく》でおおわれている。ゾーマの八魔将《ましょう》のひとり、ドラゴンゾンビだ。

2 魔将

アレフガルド侵攻《しんこう》の際、ドラゴンゾンビは他の八魔将と手柄《てがら》を競い、残忍《ざんにん》な殺戮《さつりく》を繰《く》り返した。

ゾーマの八魔将とは、アークマージ、大魔神、バルログ、バラモス、クラーゴン、トロルキング、キングヒドラ、そしてこのドラゴンゾンビをさす。

そのなかで特にめざましい活躍《かつやく》をしたのがバラモスだった。バラモスは精霊ルビスをとらえると、アレフガルド北東の塔《とう》に封《ふう》じ込めた。その功績が認《みと》められ、バラモスはゾーマからさらに強力な魔力と魔王の称号を授かり、他の魔将とは比較《ひかく》にならないほどの力を持った。そして、新たな指令を受けてネクロゴンドに侵攻したのだ。

そのことを快く思わなかったのが、他の魔将たちだった。残りの七人の魔将はバラモスを妬《ねた》み、心密《ひそか》かに彼の失脚《しっきゃく》を願っていたのだ。

だが、八魔将のうち半数までがオルテガに倒され、さらにバラモスまでが死んだ以上、ドラゴンゾンビにも絶好《ぜっこう》の機会が訪《おとず》れたのだ。ここでオルテガの息子を倒せば彼の立場は以前のバラモス、いやそれ以上のものとなるだろう。

「さあ、オルテガのところへ行くがいい！」

ドラゴンゾンビは巨大な火球を吐《は》き出した。

そしてまるでそれが合図だったかのように、三匹のドラゴンが魔将の背後から出現した。

アレルはドラゴンゾンビの吐いた火球を跳躍《ちょうやく》してかわすと真正面から魔将に斬りかかった。切っ先が魔将の皮膚《ひふ》を切り裂くと青緑色の粘液《ねんえき》が飛び散り、腐敗臭《ふはいしゅう》がつんと鼻を突いた。

三匹のドラゴンはアレルに向かって突進《とっしん》したがいずれもクリスたちに阻《はば》まれていた。緑色のドラゴンはそれぞれの相手の力量を測るかのようにゆっくりと迫った。

「四対四ならちょうどいいだよ！」

モハレは真正面の魔物に向かって走り出した。

ドラゴンは最前のアレルの跳躍を思い出しながら火炎を吐きかけた。魔物の貧弱な脳《のう》はそれなりに作戦を立てていた。この人間もきっと飛びあがる。でなければ右か左に動いて炎《ほのお》を避《さ》けるはずだ。そのときこそ急襲《きゅうしゅう》して一気に食《く》い殺そう——と。

だが、モハレは跳躍もしなかったし左右に動きもしなかった。

一直線にドラゴンに向かいながら呪文を放っていた。と、ドラゴンの吐いた火炎はバギマの渦《うず》に吹き飛んだ。

自分の誤算《ごさん》に魔物が気づいたとき、モハレの剣はドラゴンの胸《むね》に深々と突《つ》き刺《さ》さっていた。勝負に負けた理由を考える間もなくドラゴンは絶命した――。

クリスはドラゴンの火炎を盾《たて》で防ぎながら間合いを詰《つ》めていた。

魔物は仲間《なかま》がモハレに倒されたのを見て慎重《しんちょう》になっていた。肉薄《にくはく》したクリスが攻撃すると、ドラゴンは戦斧《せんぷ》をかわして大きく体《からだ》を捻《ひね》った。

尾という強力な武器があるのだ。鋼鉄《はがね》より硬《かた》い鱗《うろこ》におおわれた大木のような尾がうなりをあげてクリスを襲った。

が、悲鳴をあげたのは魔物の方だった。ドラゴンの尾はクリスが振るった魔神の斧《おの》によって斬り飛ばされていた。床に落ちた尾はまるでそれ自体が一個の生き物のようにバタバタと動いている。

激痛《げきつう》と怒《いか》りに半狂乱《はんきょうらん》になったドラゴンは、火炎を吐きながらクリスに飛びかかった。クリスは左手の盾で火炎を防ぐと自らも魔物に急迫《きゅうはく》し、指呼《しこ》の距離《きょり》で跳躍した。

魔神の斧がきらめき断末魔《だんまつま》の絶叫《ぜっきょう》が谺《こだま》する。尾と首をなくしたドラゴンの胴が地響きをたてて床に転がった――。

目の前の華奢《きゃしゃ》な娘《むすめ》を見ながら魔物は自分の悪運に感謝していた。

最初に仲間を殺した男は鈍重《どんじゅう》そうだが、体は大きかった。二番目の仲間を無残《むざん》にも斬り捨てた女戦士は見るからにたくましかった。だが、生意気にも自分に向かってくるこの娘はあまりにもひ弱そうで頼りなげだ。

せめてひと息にあの世へ送ってやろう――。ドラゴンはカッと大きく口を開けた。

リザは魔物の正面に立つと理力の杖《つえ》を掲《かか》げ、すばやく呪文を唱えた。吐き出された火炎が渦を巻いてリザの体を包み込むと、リザの姿は薄《うす》らぎ幻《まぼろし》のように消えた。

だが、ドラゴンがハッとしてあたりを見まわすとリザは前とさして変わらぬ場所に立っていた。

魔物は気を取り直してふたたび火炎を吐きかけた。結果は同じだった。高熱の火炎はリザの体を素通りし、むなしく背後の闇に吸い込まれてしまったのだ。

マヌーサの幻影《げんえい》に踊《おど》らされたドラゴンは怒り狂ってリザに襲いかかった。

しかし、鋭い牙《きば》はむなしく空を切り、爪は石畳《いしだたみ》の床をかきむしっただけだった。魔物ははじめて恐怖《きょうふ》を感じた。

すかさずリザはベギラゴンの呪文を唱えた。

熱線は魔物を直撃《ちょくげき》し、まっ黒に焼け焦げたドラゴンは頭から床に倒れ込んで、そのまま動かなくなった――。

そして三人の仲間の戦いが終わったとき、アレルとドラゴンゾンビの戦いもまた終局を迎えようとしていた。

満身創痍《まんしんそうい》の魔将に向け、アレルがイオラの白熱球を放ったのだ。全身から腐敗《ふはい》した粘液《ねんえき》を滴《したた》らせ迫ってくる魔物の腹《はら》に、高熱の白球が吸い込まれていく。

ドラゴンゾンビは傷による苦痛はまったく感じなかった。すでにすべての神経が腐《くさ》っているからだ。だが、膿《う》みただれた外皮を突き破ってイオラの熱球が体内に入ったとき、魔将はいい知れぬ不快感を感じていた。

と、腐敗した内臓《ないぞう》の中央でイオラの白熱球が炸裂《さくれつ》し、ドラゴンゾンビの五体は跡形《あとかた》もなく消し飛んだ――。

アレルたちはさらに下の階へとおりていった。

今までのものより数倍長い階段をおりると、目の前に地底の海が広がっていた。地底の大空洞《だいくうどう》だ。地底海には石造りの橋がかかり、その向こうには神殿らしい建物がある小島が見えていた。

「行くぞ！　ゾーマはきっとあの神殿のなかだ！」

アレルが今までの疲《つか》れを振り払うようにいった。

四人は長い橋をわたり神殿へと急いだ。

神殿の内部は今までの建物と比較《ひかく》すると妙《みょう》にこじんまりとしていた。奥の祭壇《さいだん》には無数の松明《たいまつ》が燃えており、床にはうっすらとほこりが積もっている。

四人が祭壇の前まで来たとき、バタッ――と音がして神殿の扉《とびら》が閉まった。

「罠《わな》か!?」

アレルは鋭い目で周囲を見まわした。

「いるわ……祭壇の後ろよ！」

じっと神経を集中させていたリザが指さすと、祭壇の背後から黒い大きな影《かげ》がのっそりと姿を現した。手には先が二股《ふたまた》に分かれた鋼鉄の矛《ほこ》を握《にぎ》っている。ゾーマの八魔将のひとり、トロルキングだ。

魔将は無言のままいきなり矛を振りまわして襲ってきた。

「ゾーマは!?　大魔王ゾーマはどこだ!?」

すばやく身をかわしてアレルが叫んだ。

「大魔王さまに会いたくばこのワシを倒すことだ！　もしできればの話だがな！」

トロルキングはアレルに向かって鋭く斬りかかった。

「ならば死んでもらう！」

その言葉と同時にアレルは一気に間合いを詰めて跳躍した。

繰り出される矛の刃先《はさき》をかいくぐって手にした剣を振りおろすと、ビシッ！　血飛沫《ちしぶき》が神殿の床に散った。

背後に着地したアレルを振り返って魔将はニヤリと笑った。その肩にはアレルの剣が刺さっている。だが、

「少しはできるといってやりたいが、まだまだ甘《あま》いな小僧《こぞう》！」

肩の傷などまったく気にならぬ様子で、トロルキングは素手になってしまったアレルに向かって矛を構え、ゆっくりと迫る。

「アレル！」

駆け寄ろうとしたクリスたちはアレルの目を見てハッとなり立ち止まった。アレルの目は巨大な魔物を前に何の動揺《どうよう》も示してはいなかったのだ。

絶対に不利なはずのアレルの落ち着きようは魔将を苛立《いらだ》たせた。仲間たちが助けに入らないのも気にいらなかった。

「この小僧め、いったい何を企《たくら》んでいる……」

動きを止めた魔将の目に床にうごめく自分の影が映《うつ》った。

風もないのに祭壇の松明がユラユラと揺らいでいる。トロルキングは背筋に冷たいものを感じて頭上を仰いだ。

神殿の天井に墨《すみ》を流したような黒雲が渦巻いていた。アレルは心のなかでライデインの呪文を唱えていたのだ。

黒雲のなかに稲妻が光るのを見たとき、魔将は悲鳴をあげてその場から逃れようとした。だが、ライデインの電光が神殿のなかを真昼のように照らし、絶叫が四方の壁に轟《とどろ》いた。

肩に刺さった剣に落下した稲妻はトロルキングの全身を駆けめぐり、魔物の体毛と肉が焼けるキナ臭い匂《にお》いが神殿に充満《じゅうまん》した。

トロルキングが倒れると、祭壇が音もなく横へ滑《すべ》るように移動した。下にはまっ暗な空洞がぽっかりと口を開けていた。

ちょうどそのころ——。

カーンとカンダタは八魔将最後のひとりであるクラーゴンと激《はげ》しい戦いを繰り広げていた。

あの大ホールで押し寄せた魔物を全滅《ぜんめつ》させた二人は、アレルたちのあとを追ってさらに下へとおりたのだ。

そして、この地底湖のある空洞までたどり着いて石橋をわたろうとしたとき、突如《とつじょ》として水面が泡《あわ》立《だ》ち、魔将クラーゴンが襲いかかってきたのだった。

「相棒《あいぼう》よ、こいつは今までの雑魚とは違うぜ」

愛用の大半月刀を構えたカンダタが陽気にいい、

「用心しろよ泥棒《どろぼう》の大将《たいしょう》」

カーンが間合いを測りながら答えると、二人の壮漢《そうかん》は魔将めがけて飛びかかったのだ——。

アレルたちは祭壇の下に開いた通路に飛び込むと、祭壇はふたたび滑《すべ》るように移動し、もとの位置でピタリと止まった。

あとには焼けただれた魔将の死骸《しがい》と、火の消えた松明《たいまつ》だけが残った。

空間は巨大な隧道《トンネル》だった。しばらく進むと、突然前方の闇にほのかな白い光のようなものが浮かんで見えた。だが、よく見るとそれは見覚えのある白絹《しろぎぬ》の長衣だった。

「あっ!?」

まっ先に驚きの声をあげたのはリザだった。

白絹の長衣を着たチコが冷酷《れいこく》な眸《ひとみ》でアレルたちを待ち構えていた。

3 仇敵《きゅうてき》

「やっと決着をつけるときがきたようね……」

チコは不気味な笑《え》みを浮かべた。

十七日前、オルテガと死闘《しとう》を演じたチコは瀕死《ひんし》の傷を負ったが、そのときの傷は完全に癒《い》え、体力も回復していた。

オルテガに巻きついていたチコの自慢《じまん》の長い黒髪《くろかみ》をリザが灼熱《しゃくねつ》の白炎でちりぢりに焼き切ったが、その髪も以前と同じ長さまで伸び、艶《つや》やかな黒絹の輝きを保っていた。

「くそっ！」

アレルの腹の底から怒《いか》りが込みあげ、

「父の仇《かたき》ーっ！」

猛然《もうぜん》と斬りかかった。

だが、アレルの剣がむなしく刃音をたてて空を斬った。気がつくといつの間にかチコは宙に浮いていた。チコは妖《あや》しげな眸でアレルを睨みつけると、

「ふっふふふ！　ほっほほほ！　はっははは！」

笑い続けた。その姿は異様なほど妖艶《ようえん》だった。

と、突然チコのまわりを突風が舞い、長い髪を吹きあげた。その髪の毛が乱舞《らんぶ》しながらいきおいよく伸び、はるか頭上で四つに分かれたかと思うと、髪は船をのみ込む嵐《あらし》の怒濤《どとう》のようにアレルたちに襲いかかった。次の瞬間《しゅんかん》、

「うわあっ⁉」

アレルたちは悲鳴をあげた。

長い髪の毛が首に、腕《うで》に、手首に、足に、腰《こし》に巻きついていた。そして、チコは恐ろしい巨大な毒蜘蛛《どくぐも》に姿を変えていた。だが、声はチコのままだった。

「はっはははは！」

毒蜘蛛が笑うと、髪の毛がまるで生き物のようにアレルたちを強くしめつけ、

「うわあああっ！」

アレルたちは激しくもがいた。

アレルとクリスが剣や斧で必死に髪を斬り裂こうとし、リザとモハレが呪文をかけようとしたが、もがけばもがくほど髪の毛が手首や腕に食い込み、血が滲《にじ》んだ。

「はっはははは」

髪の毛がさらに激しくきつくしめつけ、みるみるうちにアレルたちの顔が青ざめた。

「さあ、苦しむがいい！　うんと苦しむがいい！　そして、オルテガのように奈落《ならく》の底に落ちるがいい！　はっははは！」

全身がしびれ、意識が朦朧《もうろう》としてきて、ついにクリスが斧を、そしてアレルが剣を落とした。

だが、リザは何度も意識が薄れかけるのを必死にこらえながら、憤怒《ふんぬ》と憎悪《ぞうお》に満ちた眸で毒蜘蛛を睨みつけていた。

〈たとえ同じ血が流れていようと、姉なんかじゃないわ！　魔王に魂《たましい》をとられた魔物なのよ！　負けちゃいけないいっ！　アレルの父オルテガを殺した、憎《にく》い魔物なのよっ！　負けちゃいけないっ！　負けちゃっ！〉

そう心のなかで叫びながら——。

と、さらに意識が薄れ、やがて目の前がまっ白になると、ロマリア半島の小さな港で現れた魔法使いのおばばのあざ笑う顔が浮かび、その顔がヒミコのあざ笑う顔に変わり、さらにチコの顔に変わった。そして、ヒミコとチコのあざ笑う顔が交互《こうご》にめまぐるしく変わった。と、その幻影を振り払うかのように、ありったけの力を集中させ、

「うわあああああっ！」

言葉にならない声で絶叫《ぜっきょう》しながらもがくと、リザの全身の血が急速に高熱を帯びながら逆流し、全身を駆けめぐった。

リザは一瞬《いっしゅん》全身の血管が破裂《はれつ》したのではないかと思った。

次の瞬間、不思議なことが起こった。突然、リザの全身が灼熱《しゃくねつ》の衝撃波《しょうげきは》を発し、リザに巻きついていた髪の毛を瞬時にして燃やしたのだ。

「うっ!?」

愕然《がくぜん》として毒蜘蛛がリザを見た。

リザの内部で何が起きたのか定かではなかったが、リザの血が確実に何かを突き破ったのではないかと、毒蜘蛛のチコは本能的に感知した。

血に潜《ひそ》んでいる何か、本性のもうひとつ奥にある何かを――。同時に、リザに対して羨望《せんぼう》にも似た奇妙《きみょう》な感情を覚えた。

髪の毛の焼けた強烈《きょうれつ》な異臭《いしゅう》がリザの鼻をつき、リザの意識がすーっと戻ったが、頭の芯《しん》がしびれて立っているのさえやっとだった。

何が起きたのかリザには理解できなかった。だが、リザはすかさず力を集中させてベギラゴンの呪文をかけていた。

と、アレルたちに巻きついていた長い髪が灼熱の白炎を浴《あ》び、いきおいよく燃えあがった。リザの体からガクッと力が抜けた。ほとんど体力が残っていなかった。だが、必死に力を奮《ふる》い立たせると、今度は毒蜘蛛に強烈な灼熱の白炎を浴びせた。

「うわあああっ!」

長い髪が渦を巻きながら燃え、毒蜘蛛が激しくもだえ、やがてもとのチコの姿に戻った。

自慢の黒髪の半分が無残に焼け焦《こ》げていた。チコはすさまじい形相《ぎょうそう》でリザを睨みつけた。だが、リザは体力を使い果たしてその場に崩《くず》れ落ちた。

「だ、大丈夫かっ、リザッ!?」

髪の毛から解放されたアレルがよろめきながらリザに駆け寄ったときだった。

チコを異様な気流が包むと、残った半分の黒髪が乱舞しながら七つに分かれ、さらにいきおいよく成長しながら不気味な生命体に姿を変えたかと思うと、一瞬にして八頭八尾の巨大な大蛇《おろち》に変身したのだ。

「ああっ!?」

アレルたちは思わず息をのんで身構えた。

一体の頭だけでも人間の二倍はある。残忍《ざんにん》な眼。大きく裂《さ》けた口と鋭い牙。太くて長い八本の首が大樹《たいじゅ》の幹《みき》のような巨大な胴体《どうたい》でひとつになり、そこからさらに太くて長い八本の尻尾《しっぽ》が出ている。首や胴体の背は藍《あい》色の強固な鱗《うろこ》でおおわれていた。

色こそ違え、あのヒミコと同種の八岐《やまた》の大蛇《おろち》だった。だが、一体の右眼が無残につぶれている。それはチコの顔が姿を変えたもので、ほかの七体を操る大蛇の中枢《ちゅうすう》だ。

と、ブオオオッ――いきなり八体すべてが強烈な火炎を吐いて襲いかかった。

「うわあああっ!」

アレルたちは猛炎《もうえん》に包まれたと思った瞬間、いきおいよく後方の壁《かべ》に激突《げきとつ》していた。

瞬時にして吹き飛ばされたのだ。やっと立ちあがろうとすると、今度は巨大な尻尾がうなりをあげて顔面に炸裂し、アレルたちはふたたび別の壁面に叩きつけられていた。骨が軋《きし》み、全身がしびれ、一瞬気を失いかけた。

火炎の火力も尻尾の衝撃力《しょうげき》も、ヒミコのそれより上だった。

意識が朦朧とし、目がかすんだままだった。だが、転んだままの姿勢でアレルが必死に力を集中させ、イオラの呪文をかけると、すさまじい光が大蛇の頭上で爆発《ばくはつ》し、大蛇はわずかだが全身を硬《こう》直《ちょく》させて攻撃《こうげき》をやめた。

「い、今だっ！」

その隙《すき》にアレルたちは重い体を引きずりながら、気を失って倒れているリザを残して懸命《けんめい》に別の一方へ逃げると、すかさずモハレがザキの呪文を、アレルがベギラマの呪文をかけた。効果はほとんどなかったが、それでもよかった。大蛇を自分たちの方へ引きつけさえすれば。リザから大蛇を遠ざけるのが目的だった。

案の定、大蛇が形相を変え、強烈な火炎を吐いて襲いかかった。アレルたちは猛炎を浴びて壁に叩きつけられ、ふたたび気を失いかけた。だが、アレルたちは接近法をとった。アレルたちは気力を振り絞《しぼ》って自らを奮い立たせると、

「うりゃあああっ！」

絶叫しながら猛炎をかいくぐり、襲いかかる尻尾をかわし、猛然と巨大な胴体に斬りかかった。

懐《ふところ》にもぐり込まれた大蛇は一瞬うろたえた。だが、的確に尻尾で弾き飛ばすと、さらに猛炎を浴びせた。それでもアレルたちは突進し、返り血を浴びながら斬りまくった。

朦朧とした意識のなかで、アレルは「死」を覚悟《かくご》していた。このままではとても勝ち目がなかった。いくら斬っても大蛇は衰《おとろ》えを見せず、逆にアレルたちが体力の限界まできていた。そして、ついにアレルたちは気を失った。気がついたときには、別々の尻尾に巻かれて高々と持ちあげられ、とどめの猛炎を浴びるところだった。

だが、そのときだった。右眼のつぶれた一体の首、つまり大蛇の本体をすさまじい冷気が襲い、

「ううっ!?」

その顔が大きく歪《ゆが》むと、無数の鋭い氷の矢が突き刺さっていた。

気がついたリザがやっと立ちあがり、渾身《こんしん》の力を込めてひときわ強烈なヒャダインの呪文を狙い打ちしたのだ。

やがて氷の矢が溶けて消えると、無数の傷あとからおびただしい血が流れた。とたんにほかの七体の力が弱まり、アレルたちが尻尾から落下すると、七体の首がだらりと大きく垂《た》れた。朦朧とし、目がかすんだままだったが、アレルたちは気力を奮い立たせて必死に立ちあがると、

「たーっ！」

宙に跳んで次々に七体の首を斬り落とした。

息が切れ、剣を握るのも、立っているのもやっとだった。

「ガオオッ！」

大蛇は咆哮《ほうこう》しながら猛炎を浴びせて反撃しようとした。

だが、一瞬早く、リザが懸命に力を集中させ、気合い一閃《いっせん》イオナズンの呪文をかけていた。

ピカーッ――真昼のようなまばゆい光が隧道《トンネル》を照らし出したかと思うと、大音響《だいおんきょう》とともに大蛇の頭上で光源が爆発《ばくはつ》した。

「ガオオオオッ！」

不気味な絶叫をあげながら大蛇はむなしく頭上の闇に猛炎を吐《は》いた。

と、アレルが高々と宙に跳んで、

「父の仇ーっ！」

ありったけの力を込めて剣を振りおろすと、すさまじい閃光《せんこう》が闇を垂直に切り裂き、

「ガオオオオオッ！」

大蛇はカッと片眼を見開いて空を睨んだ。

大量の鮮血《せんけつ》がいきおいよく宙に飛び散った。喉元《のどもと》から長い首を胴体まで一直線に斬り裂《さ》いたのだ。

大蛇はゆっくりと崩《くず》れ落ちると、やがて血まみれのチコに姿を変えた。自慢の黒髪は無残に斬り裂かれていた。

チコは苦しそうにあえぎながらリザを見あげた。

いつもの冷酷な光が消え、なんともいえぬ哀《かな》しい眸をしていた。その様子からして、こと切れる

のはもはや時間の問題だった。

リザは疲れ果ててその場に倒れるように崩れ落ちた。立っている体力も気力もなかった。ただ、肩で激しく息をしながら、うつろな目でチコを見ていた。

「も、もっと……は、はやく……おばから……き、聞いておれば……」

チコはやっと聞きとれるような弱々しいかすれた声であえいだ。

「そ、そなたと……こうして……た、戦うことも……なかったろうに……。お、同じ……血を分けた……し、姉妹がな……」

アレルたちはあ然としてチコを見ていた。

「う、運命とは……いえ……ふ、不思議な……めぐり合わせ……。しゅ、宿命だと……何度も自分に……い、いい聞かせた……。だ、だが……で、できることなら……い、一生……知りたくなかった……。い、一生……」

最後は声にならなかった。チコはじっとリザを見つめた。

その顔がかすかに微笑《ほほえ》んで見えた。と、そのままゆっくりと目を閉じると、床を染めたまっ赤な血の海に顔を埋《うず》め、二度と動かなかった。

だが、チコの微笑みに潜《ひそ》んでいた親しみが、リザを苛立たせた。同時に、リザの胸の奥に激しい憤怒と憎悪《ぞうお》が込みあげてきた。リザはチコの屍《しかばね》を睨みつけると、ありったけの力を集中させて、強烈なベギラゴンの灼熱の白炎を浴びせた。

「あっ……!?」

アレルたちは思わず顔を背《そむ》けた。

敵とはいえ、チコは人間だ。残酷な光景を見るにたえなかったのだ。

だが、リザは唇を噛《か》んでじっと直視していた。

チコの屍が炎とともに粉々になって飛び散る衝撃音《しょうげきおん》が消えると、アレルたちは驚いてリザを見た。

思いもよらない行動だったからだ。

「ね、ねえ……」

聞くのがはばかられたが、クリスは意を決して聞いた。

「姉妹って……どういうこと？　前から知ってたの!?」

肯定《こうてい》も否定《ひてい》もせずリザは黙《だま》って顔を背けた。

「いつから!?」

クリスはロマリア半島の小さな港町で魔法使いと戦ったときのことを思い出した。

「もしかして……」

リザがさえぎるように答えた。

「姉妹なんかじゃないわ。その人は敵よ」

だが、その目に涙《なみだ》が浮いていた。

アレルたちに素性を知られたからではなかった。自分たち姉妹の宿命を思うと、ただ無性に涙が出てきた。

「行こう……」

リザは吹っ切るように足を引きずりながら歩き出した。

アレルたちに涙を見られたくなかったのだ――。

4 死闘

隧道《トンネル》からさらに巨大な闇のなかに出ると、とたんに熱苦しくなってアレルたちは額の汗を拭《ぬぐ》った。

静まり返った闇に、ボコッ――ボコッ――ボコッ――得体の知れない不気味な音が反響《はんきょう》している。

床は大理石で作られていた。アレルたちは緊張し、息を殺しながらさらに奥に進んで、

「うっ!?」

思わず身構えた。

あたり一帯の闇に恐ろしい気配がうごめいていた。いいようのない恐怖感と圧迫感にとらわれ、背筋にぞっと悪寒が走った。

「ゾ、ゾーマかっ!?　ゾーマだなっ!?」

アレルが叫ぶと、

「ふっふふふふ……いかにも……。余は魔界に君臨《くんりん》する大魔王ゾーマ……」

おどろおどろしたゾーマの低い声がはるか頭上から谺《こだま》した。

「どこだっ!?　どこにいる!?　姿を現せっ!?」

「とうに姿は見せておる……」

「な、なにっ!?」

「余は闇……」

「や、闇っ!?」

「そうだ……。おまえたちをおおっている闇……。それが余の姿だ……」

「ふざけるなっ！」

今度はクリスが怒鳴った。

「嘘ではない……」

と、突然一帯の闇に巨大な気流が渦を巻き、強烈な電光がはるか頭上の闇を鋭く切り裂いた。

「うわあっ!?」

アレルたちが驚いて身を寄せた瞬間、ズズズーン——床が抜け落ちたような地響きがし、衝撃でアレルたちはばらばらに吹き飛んでいた。

規模こそ違え、バラモスを一撃で死にいたらしめ、なおかつバラモスの宮殿をも一瞬にして崩壊《ほうかい》させた、あの恐怖の電光だった。アレルたちは愕然《がくぜん》とした。

「信じようが信じまいが、おまえたちの勝手だ……。だが、次は間違いなく余の光がおまえたちの体を貫《つらぬ》く……」

とたんに身の毛がよだつそら恐ろしい殺気が闇一帯に満ちた。トロルキングやドラゴンゾンビなどの魔将たちの比ではなかった。

「覚悟《かくご》はよいな……」

ゾーマは一撃で始末するつもりなのだ。

アレルたちは防御のしようがなくてうろたえた。と、ピカピカピカッ——さらにすさまじい電光が縦横無尽《じゅうおうむじん》に闇を斬り裂くと、あっという間にアレルたちを直撃した。

「うわあああああっ！」

強烈な電撃《でんげき》がアレルたちの体中を駆《か》けめぐり、ばぢばぢと弾《はじ》けながら放電した。

激痛とか麻痺《まひ》とか、そんなものをはるかに超《こ》えた衝撃だった。アレルたちは激しく全身を痙攣《けいれん》させながら次々に床に倒れた。そして、ぴくりとも動こうとしなかった。アレルたちはほとんど気を失いかけていた。と、アレルの首につけているルビスの守りの首飾《くびかざ》りがほのかな光に包まれた——。

〈ま、まだ生きているのだろうか……？〉

アレルは焦点《しょうてん》の定まらないうつろな目を宙にさまよわせていた。もしそうだとしたら、生きていることが不思議に思えた。

同時に、体がからっぽになってやわらかな日差しを浴びながら空に浮かんでいるような奇妙な感覚にとらわれていた。どこかで体験したような感覚だった。

〈そうだ、ラーミアだ。もしかしたらラーミアに乗っているのかもしれない……〉

ふとそう思った。と、さわやかな風を感じた。風の香《かお》りが妙になつかしかった。生まれ故郷《こきょう》のアリアハンの風の香りに似ていた。

と、やさしい母ルシアの顔が浮かんだ。さらにサルバオ国王や近衛《このえ》隊長の顔が、王都アリアハンの街《まち》の人々の顔が、賢者《けんじゃ》の顔が、商人サバロの顔が、武闘家カーンの顔が、盗賊《とうぞく》カンダタの顔が、女海賊オルシェの顔が——旅の途中で会った人たちのなつかしい顔が次々に浮かんでは消えた。そして、父オルテガの顔が浮かんだ。アレルは思わず父を呼んだ。だが、オルテガはやさしく微笑《ほほえ》むと、

『頼んだぞアレル……！』

アレルの肩を叩いて、まばゆい光のなかを歩いていった。アレルはその後ろ姿に呼びかけながら追った。だが、オルテガは立ち止まると首を横に振った。

『おまえには果たさねばならぬ使命があるはずだ……』

オルテガはやさしくさとした。

『ゾーマを倒す使命がな……。この世に平和を取り戻す使命がな……』

〈そうだ、ぼくには使命があるんだ。ゾーマを倒す使命が……！〉

アレルは思いとどまってオルテガの立ち去るのを見送ると、どこから現れたのかクリスとモハレとリザの三人がアレルに手を振りながらオルテガのあとを追っていった。

『待ってよ！　行っちゃだめだ！　戻ってこい！　ぼくと一緒に来るんだっ！』

アレルは必死に叫んだ。だが、三人は二度と振り向こうとしなかった。

『リザーッ！　クリスーッ！　モハレーッ！』

アレルは絶叫した。そのときだった。かすかに意識が戻ってきた。同時にルビスの守りを包んでいたほのかな光も消えた。

クリスもまた朦朧とした意識のなかをさまよっていた。そして、憧《あこが》れの勇者オルテガに声をかけられて感動した少女時代の光景を思い浮かべたときだった。突然、自分の名を呼ぶアレルの声を聞いた。と、不思議なことに意識が戻ってきたのだ。

リザもモハレもまたクリスと同じだった。朦朧とした意識のなかで自分たちの名を呼ぶアレルの声を聞いた。すると、やはり意識が戻ってきたのだ。

アレルたちが倒れてから意識が戻るまで、時間にすればほんのわずかの間だった。

全身がしびれていて思うように体が動かなかったが、アレルたちは必死に身を起こそうとしてもがいた。

その姿を見て、さすがのゾーマも驚いた。今までゾーマの一撃を浴びて即死《そくし》しなかった者はいなかったからだ。

やっとアレルが身を起こすと、革袋《かわぶくろ》から燦然《さんぜん》と輝く美しい光の玉が転がり出ているのに気づいた。

アレルは光の玉を拾いながら、

『この光は、邪悪《じゃあく》な者から暗黒の衣を剥《は》ぎ取ることができる……。また、暗黒の闇を、光に満ちた世界に変える不思議な力を持っている……』

といった竜の女王の言葉をふと思い出した。

そのときだった。ピカピカピカピカッ――ひときわすさまじい電光が闇を鋭く切り裂き、アレルたちを直撃した。と思った瞬間、直撃したはずの電光が一瞬にしてアレルの持っていた光の玉に吸《きゅう》収《しゅう》されたのだ。

「うぬぬぬっ……!?」

闇に隠《かく》れて表情は見えないが、ゾーマは愕然として眼を剝《む》いていた。

アレルたちもまたあ然として光の玉を見ていた。と、突然アレルが光の玉を高々と頭上に掲げた。アレルの意志とは関係なく、光の玉の不思議な力がそうさせたのだ。

と、突然、ピカーッ――と、光の玉が眼のくらむようなまばゆい強烈な白光を放った。目を開けていたら瞬時にして目がつぶれてしまうほどのすさまじい白光だった。

「ギャオオオオオオッ！」

ゾーマの絶叫《ぜっきょう》が谺した。

光の玉は白光を放ち続けた。やがて、徐々《じょじょ》に光が弱まり、そして完全に消えると、闇もまた消えた。

そこは天井の高い巨大なドームで、アレルたちのいる場所は、ドームの中央に突き出ている大理石でできた円形の平らな小島だった。ゾーマの居室にあたるのだ。そのまわりを恐ろしいまっ赤な溶岩《ようがん》が取り囲んでいた。

ボコッ——ボコッ——という不気味な音は、溶岩が泡《あわ》を立てている音だった。アレルたちは居室の正面を見て、

「うわあっ!」

思わず息をのんであとずさった。

玉座から立ちあがったのは皺だらけの醜《みにく》い怪物だった。背丈はアレルの三倍ほどで、今まで戦ってきた魔物や怪物のなかではとりたてて大きい方ではなかった。ただ唯一《ゆいいつ》、目の前の魔物が今までの敵と異《こと》なっているのはその動きだった。

まるで宙を滑《すべ》るようにアレルたちの前へと移動してきた。魔物——ゾーマからは何の殺気も感じられなかった。いや殺気どころか気配さえ発していないのだ。もし目をつぶってしまえばアレルといえどもゾーマの存在を察知《さっち》することはできないだろう。

剣を握る手が徐々に汗ばみ、額にも脂汗《あぶらあせ》が浮かんでくる。

アレルは生まれてはじめてほんとうの恐怖というものを理解した。

「イヤーッ!」

やはり同じ恐怖に駆られたクリスが正面から突っ込んでいった。

ぎりぎりまで近づいて跳躍《ちょうやく》したクリスは魔神の斧を振りかぶる。岩をも砕く伝説の戦斧が一条の光となってゾーマの頭上に振りおろされた。

バシッ! 鈍い音がし、クリスの身体がまるで透明《とうめい》な壁《かべ》に激突したかのように弾《はじ》け飛んだ。ゾー

マの身体全体からすさまじい力を秘《ひ》めた波動が発せられたのだ。皮が剥《む》け、肉までが焼け焦げたクリスが石のように落下した。

「モハレ！」

アレルは怒鳴りながら前に出た。

リザとモハレがそのあとに続く。モハレは落ちてきたクリスを抱きとめ、そのまま後退した。

「ゾーマ！　覚悟！」

アレルは右手に剣を握りしめたまま、左手をゾーマに向かって突き出した。

指先から連続して放たれたイオラの白熱球がゾーマの顔面に向かって飛翔《ひしょう》する。

ゾーマは右手でこともなげに熱球を払いのけた。連続した爆発が青緑色の掌《てのひら》で起こり、爆煙《ばくえん》はゾーマの半身を包み込んだ。

同時に右にまわったリザがベギラゴンの呪文を唱えた。閃光が走り高熱の火炎がゾーマの上半身をとらえた。

せめてここで一太刀《ひとたち》でも浴びせることができれば——アレルはそう考えながらゾーマの足を狙って斬りつけた。

そのとき、火炎と閃光を振り払ったゾーマの体からふたたびあの波動が発せられた。

アレルの体はゾーマに斬りつける寸前《すんぜん》で弾き飛ばされ、床に叩きつけられた。全身を激痛が走り、意識が急速に遠のく。すさまじい波動の威力だった。もしルビスから授かった鎧《よろい》を身につけていなければ確実に即死《そくし》していたろう。

必死に立ちあがったアレルの目に倒れているリザの姿が映った。

「リザ！」

駆け寄ろうとするアレルにゾーマはさらに波動を浴びせかけた。

押し寄せる衝撃波と、そのかなたに立ちはだかる魔王に向け、アレルはライデインの呪文を唱えた。ゾーマの頭上に黒雲が沸《わ》き起こり、雷鳴《らいめい》が轟《とどろ》く。電光がゾーマの身体に降り注ぐと同時にアレルの全身を衝撃波がとらえた。遠ざかる意識を必死に呼び覚まし、剣にすがりながらアレルは立ちあがった。

「その程度の電撃でわしを倒そうとは片腹痛いわ！」

ゾーマはそういうなり、両腕を頭上にかざした。

長い爪《つめ》の先端から青白色の稲妻《いなずま》がほとばしる。

肩と胸を電光に射《い》抜かれアレルは仰向けに倒れた。無数の電光は倒れたアレルの身体を容赦《ようしゃ》なく直撃し、さらにはリザまでもその餌食《えじき》とする。

「リザ！　しっかりするだ！　死んじゃならねえだ！」

クリスに治癒《ちゆ》呪文を施《ほどこ》していたモハレが駆けつけたとき、すでにリザの顔からは血の気が引いていた。

モハレは精神力の続く限りベホイミの呪文を唱え、やがてリザの唇に血の気が戻った。

アレルは意識を失ったわけではなかった。ただ苦痛で動けなかったのだ。駆けつけたクリスに助けられ、アレルは気力を振り絞って立ちあがった。

「あとは任せた！」

アレルにそういい残すと、クリスはふたたび戦斧を構えてゾーマに向かっていった。

「この死にぞこないが！」

ゾーマは突っ込んでくるクリスに向かっていっそう激しい電撃《でんげき》を放った。

クリスは死を覚悟していた。たとえ自分の命と引き替えてもゾーマに一撃を加えるつもりだったのだ。

至近《しきん》距離からの稲妻は戦士の体の直前で、生き物のようにねじ曲がった。電光がパチパチと弾けながらクリスが構えた魔神の斧へと吸い込まれていく。

雄叫《おたけ》びをあげクリスは戦斧を振りおろした。

全身に広がった苦痛に意識はかすみ、電光を浴びた斧の柄《つか》を握《にぎ》った腕は感覚をなくしている。

グサッ！　魔神の斧がゾーマの右足に深々と刺さった。ゾーマは苦痛に顔を歪《ゆが》めながらも、全身から波動を放ち続ける。

気絶したクリスの身体は波動に押し流されるように宙に浮き、落下した。すさまじい波動はアレルたちにも押し寄せてきた。モハレは正面から波動に身をさらし、いまだに意識を失っているリザをかばうと呪文を唱え始めた。

「おら、みんなと旅ができてほんとによかっただ……」

モハレは不思議と何の恐怖も感じなかった。

治癒呪文を連続して唱えたことにより、モハレの精神は限界を越えて疲労していた。もしこれ以上魔法を使えば命さえ失うかもしれなかった。

だが、今のモハレにとってそんなことはどうでもいいことだったのだ。ゾーマを、大魔王ゾーマを倒すという一事だけが彼の心を支配していた。

モハレが造り出した真空の渦は、この空間を歪めるほど強力なものだった。

バギクロス——最高位の真空呪文がゾーマの身体を直撃した。衣が引き千切れ、無数の切り傷が走る。

怒りに燃えたゾーマは波動と電撃を連続して放ち、モハレは激しく全身を痙攣《けいれん》させながら崩れ落ちた。

ちょうどそのとき、リザが意識を取り戻した。アレルはいましもゾーマに斬りかかろうとしていた。床にはクリスとモハレが倒れている。

「最後かもしれない……もしうまくいってもアレルがあたしの姿を見たら……」

リザは杖を構えながら走り出した。

ちょうどそのとき、ゾーマの波動に跳ね返されたアレルがリザのかたわらに落下した。

リザは慌てて駆け寄ったが、アレルはリザを制してやっと立ちあがった。

ゾーマの力も弱っていた。最初に放った波動の威力があれば、今の一撃でアレルは確実に死んでいたはずだ。

「アレル……。これがわたしの力……、魔物と姉妹だったわたしのほんとうの力……」

リザはそうつぶやくと杖を大きく振った。

ゼィゼィ——と肩で息をつきながらゾーマはリザを睨みつけた。

と、杖の先端《せんたん》から銀色の光がほとばしり、リザの全身を包んだ。あ然としているアレルの前で光はやがて炎に変わり、大きく膨《ふく》らみながら形を変えた。

5　夜明け

炎の帳《とばり》が晴れたとき、そこには金色に輝く一頭のドラゴンが立っていた。

魔法使い系の最高位呪文、ドラゴラムである。

ゴーッ！　リザの化身したドラゴンはゾーマめがけてすさまじい火炎を吐き出した。

ゾーマは苦痛に顔を歪め、ドラゴンに向けて電光を放つ。炎と稲妻が飛び交《か》い、戦いはいつ果てるともなく続いた。

「リザ！　やめろ！」

はっとわれに返ったアレルはドラゴンがひどく衰弱《すいじゃく》しているのに気づいて叫んだ。

最高の攻撃力を持つドラゴラムの法には大きな陥穽《かんせい》が隠されていた。いったん呪文を唱えれば、敵か自分か、どちらかが死なない限りもとへは戻らないのだ。

しだいに弱くなるドラゴンの火炎を見て、アレルは大きく息をついた。

「父さん、母さん、見ててくれ!」

王者の剣を正眼に構えたアレルは呪文の詠唱《えいしょう》を始めた。

通常のライデインでは大魔王ゾーマを倒すことはできなかった。かといって、今のアレルに連続して電撃呪文を使うだけの力は残されてはいないのだ。たとえ自分の身がどうなってもより強力な電撃でゾーマを倒す。そう決心したアレルはゾーマに向かってゆっくりと歩き出した。

ゾーマの頭上で黒雲がたなびき、ゾーマの放つ電撃との間にパチパチと火花さえ散り始めている。

「イヤーッ!」

気合いとともにアレルはゾーマに斬りかかった。

伝説の宝剣《ほうけん》が頭上の雷雲《らいうん》を刺激《しげき》し、幾条《いくじょう》もの電光が魔王とアレルの身体をつなぎ火花を散らす。

炎と波動、電光と電光が混ざり合い絡《から》み合い、この世のものとは思えない力を生み出した。

爆音が響いた。この世界だけでなく、遠く天界にまで響きわたるすさまじい爆音だった。

まっ白な光のなかで大魔王ゾーマの身体が砕《くだ》け散った——。

どれほどの時間気を失っていたのだろうか、アレルが目覚めたときかたわらにリザの顔があった。

ドラゴンから人間に戻った美しいリザの顔だった。

「みんなは？」

からからに渇《かわ》いた喉からやっと声を出してアレルが尋ねると、リザが微笑んだ。

「二人とも無事よ……」

見ると、クリスが気を失っているモハレを抱き起こしていた。

そのときだった。突然、ドドドドドッ――激しい地響きとともに床が大きく揺れた。地震《じしん》だった。と、亀裂《きれつ》の走った天井がいきなり崩れ落ちてきた。

「リザッ！　呪文だっ！」

クリスが叫びながら気を失ったままのモハレを必死に背負ってきたが、天井の瓦礫は轟音をたててすぐ頭上まで落下してきた。

ズズズズズーン――すさまじい噴煙《ふんえん》を噴《ふ》きあげながら巨大なドームが一瞬にして無残に崩壊した。だが、間一髪《かんいっぱつ》、アレルたちの姿が忽然《こつぜん》と消えた――。


「あっ⁉」

ほんのひと呼吸の間に、まわりの景色が変わっていた。

「こ、ここは⁉」

アレルたちは一瞬自分の目を疑った。

ゾーマの居城の外に瞬間移動したとばかり思っていたが、なんとそこはオルテガの墓のあるリムルダールの西の岬《みさき》の高台だったのだ。

「ど、どういうことなのかしら？」

リザは間違いなくリレミトの呪文をかけたつもりだった。だが、クリスがいった。

「別の呪文を唱えたんじゃないの？」

「でも、もしかしたら……」

アレルはふと思った。

〈自分たちの知らないところで何か別の力が働いているのではないだろうか……？　父さんの霊《れい》がここまで導いたのだろうか……？　それとも、精霊ルビスが……？　そうでなければ父さんの墓の前に瞬間移動できるはずがない……〉と。

「それより」

アレルはカーンとカンダタのことを思い出した。

「あの二人はどうしたんだろう!?　無事だといいんだが……！」

「大丈夫よ、きっと。あんなことで死ぬような連中じゃない」

クリスも心配だったが、わざと元気づけるように笑った。

しばらくしてモハレの意識がやっと回復したが、起きあがることはできなかった。アレルから戦いの結果を聞くと、

「や、やっただか……つ、ついに……」

涙を滲《にじ》ませながらやっと声を出すと、ふたたび深い眠りに落ちた。

アレルやクリスやリザも歩くのさえやっとだった。また、リザ以外の三人の顔は血にまみれ醜く腫《は》れあがっていた。

アレルたちはその場にモハレを残し、痛みをこらえながらオルテガの墓の前に立つと、オルテガに報告した。

「父さん……やったよ……。約束どおりゾーマを倒したよ……」

アレルはじっと墓標《ぼひょう》を見つめた。そのとき、

「あっ⁉」

リザが東の空を指さして叫んだ。

「み、見て！　あ、あれっ！」

「あーっ⁉」

アレルとクリスは思わず顔を輝かせた。

東の水平線がいつの間にかうっすらと明るくなっていた。やがて、新しい時代を告げるかのように、ゆっくりとまばゆい太陽がのぼってきた。十九年ぶりにアレフガルドに朝がやってきたのだ。

「やった！」

思わずアレルが叫んだ。

「アレフガルドに光を取り戻したんだっ！」

まっ黒な海が美しい紺碧《こんぺき》の海に姿を変え、陽光を浴びてキラキラ輝いている。そして、みるみるうちに澄《す》んだ青空が広がっていく。その光景を見ながら、アレルたちの胸にゾーマを倒した喜びが実感としてやっと込みあげてきた。晴れやかな気持ちだった。アレルたちは眼を輝かせて太陽と空と海を見ていた。

アレルたちは墓のそばの岩場に横になった。やわらかな陽光を浴びていると、全身に快い疲労感が広がってきた。

いつの間にか、アレルたちは深い眠りに誘《いざな》われた。無理もなかった。戦いの連続で疲労の頂点に達していたのだ――。

と、まばゆい陽光のなかに精霊ルビスが半透明《はんとうめい》の美しい姿を現した。

「ありがとう……。勇者よ……」

ルビスはやさしい声で微笑んだ。

「やっとこの大地が光を取り戻し、平和が訪れました……。それもすべてあなたに『勇気』と『正義』と『平和を愛する心』があったればこそ……。あなたのお母さまに、あなたのことを伝えておきましょう……」

そう告げると、ルビスは陽光のなかに姿を消した。

「ま、待ってくださいっ！」

アレルが叫んだ。ゾーマの居城からオルテガの墓まで導いたのはルビスかどうか確かめたかった。

だが、ルビスの声は二度と聞こえなかった。そして、それは夢だった——。

はっとアレルが目を覚ますと、満天の星が広がり、美しい満月が海を照らしていた。

横にはクリスとモハレが眠っていた。と、遠くから美しい笛《ふえ》の音色が静かに流れてきた。

ロマリア半島の小さな港町で聞いて以来の、なつかしいリザの笛の音だった。

リザが海辺の岩場でひとり笛を吹いていた。その頰《ほお》を涙が伝っていた。

リザは無心に吹き続けた。だが、涙は止まらなかった——。

アレルは横になりながら笛の音を聞いていたが、やがてまた深い眠りに落ちた——。


そして、翌朝のこと——。

アレルが目を覚ますと、

「リザ……？　リザ!?　リザ!?」

思わず名を呼んだ。リザの姿がどこにもなかった。荷物も一緒に消えていた。

「起きろクリス！　リザがいない！」

「な、なにっ!?」

アレルは血相を変え、クリスと手分けして捜《さが》した。

近くの港や村にも足を運んだ。だが、何の手がかりもつかめなかった。

その日の夕方、アレルとクリスは水平線に沈む美しい夕日を呆然《ぼうぜん》と見ていた。

「きっとあの女と姉妹だったことずっと気にやんでいたのよ。あの夜、魔法使いにそのことを知らされて……」

「でも、いくら姉妹だといっても……」

「あの女が、リザの姉が、オルテガさまを殺したのよ。しかも、愛する男の父親を……」

「えっ？」

アレルは驚いてクリスを見た。

「リザはね、おまえを愛していたのよ」

「で、でも……」

「女の直感よ。こう見えても女だからね、あたしだって。だから、リザにはたまらなかったはずだ……。おまえのそばにいるのがつらかったのよ……。愛しているから、なおさらね……」

アレルは昨夜笛の音を聞きながら眠ってしまったことを後悔《こうかい》していた。

と、一陣《いちじん》の風が吹き抜けていった。そのとき、アレルはふとリザの笛の音を聞いたような気がした――。

終章

十九年ぶりに光を取り戻《もど》したアレフガルドに、春は駆《か》け足でやってきた。

さわやかな風が大地を吹き抜《ふぬ》け、野や原には春の花が咲《さ》き乱れた。

人々に笑顔《えがお》が戻り、町や村は活気づき、街道《かいどう》には旅人が帰ってきた。

人々は夢《ゆめ》と希望に心を躍《おど》らせ、自由と平和の素晴らしさを改めて知った。

ゾーマを倒《たお》してから六日後、アレルたちは西の岬《みさき》に近い港町から王都ラダトームに向けて出航した。アレルたちがゾーマを倒したと知った港町の人々は喜んで船を提供《ていきょう》し、さらにラダトーム城《じょう》に伝書鳩《でんしょばと》を飛ばしてアレルたちの無事を知らせてくれたのだった。

王都アリアハンを旅立ってからまる三年、アレルは海上で十九回目の誕生日《たんじょうび》を迎《むか》えていた――。


その日、アレルの故郷《こきょう》アリアハンの王都では、母のルシアと祖父のガゼルが、アレルの無事を祈《いの》りながら主のいない三回目の誕生日を祝っていた。

その夜、ルシアは夢のなかで白い光に包まれた巨大《きょだい》な美しい鳥を見た。雄大《ゆうだい》で艶《つや》やかな銀色の翼《つばさ》を持ったその鳥は、無数の光の粉を撒《ま》き散らしながらゆっくりと優雅《ゆうが》に天空を舞《ま》っていた。不死鳥ラーミアだった。と、白い光からやさしい声が聞こえてきた。

「わたしは精霊《せいれい》ルビス……。勇者アレルは、魔王《まおう》バラモスを倒すと、かつてわたしが創造《そうぞう》した別の世界へわたり、バラモスを操《あやつ》っていた魔界の覇者《はしゃ》大魔王ゾーマを倒しました……。しかし、アレルはあなたの住むもとの世界には二度と戻ることはないでしょう……。アレルは別の世界で勇者として、仲間《なかま》たちと生きていかねばなりません……。それが、勇者アレルの運命……。でも、あなたの心のなかで、人々の心のなかで、勇者アレルは永久に生き続けるでしょう……」

ルビスの声が消えると、ラーミアはゆっくりと天空に向かって飛翔《ひしょう》し、やがて一点の光となって姿を消した。そこで、ルシアの目が覚めた。

だが、時を同じくして、国王サルバオ二十世や海賊《かいぞく》オルシェ、商人のサバロ、イシス国の女王パトラ、サイモンの妻サリーヌたちもまた同じ夢を見たという――。

その翌日《よくじつ》のこと、ひと組の旅の夫婦がルシアを訪《たず》ねてきた。アレフガルドのマイラの村にいたサスケ夫妻だった。もとの世界に戻った夫妻は、勇者オルテガとアレルのその後の詳細《しょうさい》を告げにわざわざジパングからやってきたのだった――。

アレルたちが王都ラダトームの外港に凱旋《がいせん》したのは、西の岬の港町を出航してから十八日目の昼のことだった。暦《こよみ》は不死鳥《フェニックス》の月から女神《イシュタル》の月に替《か》わり、アレフガルドは一年で一番いい季節を迎えようとしていた。

アレルたちの船がラダトーム湾《わん》に入ると、美しく晴れわたった空に景気よく花火が打ちあげられた。知らせを聞いて王都から駆《か》けつけた大群集が桟橋《さんばし》を埋《う》め、国旗を振《ふ》りながらアレルたちを歓呼《かんこ》の声で出迎えた。また、ラルス一世以下重臣《じゅうしん》や兵士たちの姿もあった。

国王に凱旋報告をしたあと、アレルたちはリザを捜しに新たな旅に出るつもりでいた。だが、群集のなかにいるはずがないとわかっていても、船が桟橋に近づくとアレルは無意識のうちにリザの姿を追っていた。と、

「カーンちゃん!?」

桟橋にいるカーンとカンダタをめざとく見つけてモハレが叫《さけ》んだ。

二人は腕《うで》や足に包帯を巻いていたが、元気に両手を振っていた。

船からおりると、さっそくアレルたちはカーンたちと無事を喜び合った。

カーンとカンダタは崩《くず》れ落ちた瓦礫《がれき》の山で傷《きず》を負ったが、ゾーマの居城《きょじょう》が崩壊《ほうかい》する直前に間一髪《かんいっぱつ》逃げ出したのだ。そして、アレフガルドが光を取り戻してから五日後、島へやってきたラダトーム城の偵察船《ていさつせん》に救助されたのだ。

アレルたちはカーンたちとラルス一世の前に進み出ると、

「勇者たちよ……!」

ラルス一世は目を潤《うる》ませながら、万感の思いでアレルたちを見つめた。

特にラルス一世に強烈《きょうれつ》な印象を与えたのは、アレルの凛々《りり》しい姿だった。最初にアレルと会ってから二四〇日あまりになるが、そのときよりもさらにたくましく成長していた。澄《す》んだ涼《すず》しげな双眸《そうぼう》、意志の強そうな口許《くちもと》――ラルス一世は思わずその魅力《みりょく》的な顔に引き込まれた。神々《こうごう》しく、光り輝《かがや》いて見えた。まさに、ラルス一世が理想とする男の像にそっくりだった。

「よくぞやってくれた！　よくぞ！」

大粒《おおつぶ》の涙《なみだ》を流しながらアレルたちの手を力強く握りしめると、誰《だれ》となく、どこからともなくアレフガルドの国歌が沸《わ》き起こった。やがて歌声は港を埋めた大群集に広がって怒濤《どとう》のような大合唱になった。

その日、王都は凱旋の祝いで沸き、大聖堂前の広場や通りを埋めた群集たちの国歌の合唱が夜が更けるまで続いたという。

また、その日の夕方、ラダトームの宮殿《きゅうでん》で、厳《おごそ》かな授与式《じゅよしき》が行われ、ラルス一世がアレルの『勇気』と『正義』と『平和を愛する心』を永久に称《たた》えるために、アレルに『勇者ロト』の称号《しょうごう》を与えたという。

『勇者ロト』――それはアレフガルドの創世紀《そうせいき》に邪悪《じゃあく》な暗黒の覇者からアレフガルドの大地を守ったという伝説の勇者の名である。

その日以来、アレフガルドの人々は親しみと尊敬《そんけい》を込め、アレルのことを『勇者ロト』と呼ぶようになった。

また、王者の剣《つるぎ》は『ロトの剣』として、光の鎧《よろい》は『ロトの鎧』として、盾《たて》は『ロトの盾』として、のちの世に伝えられたという。

だが、その後のアレルたちの姿を見た者は誰もいない。

そして、伝説がはじまった——。

〈本書は一九九〇年八月に発行された『小説ドラゴンクエストⅢ　そして伝説へ…　上・下』を加筆訂正し、再構成したものです〉

あとがき

『小説 ドラゴンクエスト』『小説 ドラゴンクエストⅡ 悪霊の神々』『小説 ドラゴンクエストⅢ そして伝説へ…』いかがでしたか?

いやあ、やっぱ、すげえ、おもしれえっ。

わたしがいうのもなんですが、わたしは素直に感動してしまいました。

いいかげんといえば、あまりにもいいかげんなのですが、このシリーズのⅢの上製本が出たのはちょうど十年前の八月。情けないことに、どんなことを書いたのか、すっかり内容を忘れていたのですが、この新書サイズが出ることになって、校正のために読み直して、いやあ、やっぱ、すげえ、おもしれえっ、と素直に感動してしまったというわけです。

このあとがきを書くために、上製本のあとがき、文庫本のあとがき、計六本を読み直してみましたが、わたしがいうのもなんですが、いやあ、あとがきも、おもしれえっ。あとがきで、いかに苦労して小説を書いたかを、涙ながらに面々と綴っているのですが、その悪戦苦闘ぶりがなんともすさまじくて、ぼくってほんとうはすごーくまじめな人間だったんだなあ——などと感心してしまいましたが、とにかく、おもしろい小説にしたくて、勇者たちの純粋でひたむきな姿を書きたくて、コンビニのおにぎりと眠気覚ましのアストロンモカを片手に、ワープロに向かって格闘していたんだなあ、ということがよくわかりました。

ほんとうに、わたしがこういうのもなんですが……だから、やっぱ、すげえ、おもしれえっ。自分だけでもそう思いたいのです。

あらためて、素晴らしい感動とロマンを与えてくれた勇者たちに感謝します。

ありがとう、アレフ。ありがとう、アレン。ありがとう、アレル。

ありがとう、セーラ（ローラ姫）、ガルチラ。

ありがとう、コナン、セリア、ガルド。

ありがとう、クリス、リザ、モハレ、サバロ、ロザン、カーン。

あなたたちの愛と勇気に、心から感謝します。

あなたたちと会えたことで、愛とか、勇気とか、正義とか、そんな大袈裟なものではないけれども、少しぐらいはあなたたちのように、明るく、元気に、そして他人にやさしく、生きていけたらいいなあ、なんて……柄にもなく考えたりして……。

二〇〇〇年六月　高屋敷英夫

高屋敷《たかやしき》 英夫《ひでお》

岩手県生まれ。虫プロを経てシナリオライターに。『ガンバの冒険』『ルパン三世』『あしたのジョー』『めぞん一刻』『マスター・キートン』、映画『火の鳥』シリーズ、『がんばれ!!タブチくん!!』シリーズ、『はだしのゲン』など数多くの人気アニメ、映画、アイドルドラマの脚本、『小説スケバン刑事』『小説ファイヤーエムブレム』『小説キャッツ・アイ』などを手がける。93年春から98年夏まで盛岡三高野球部監督。

小説 **ドラゴンクエストIII そして伝説へ・・・**

2000年9月15日　初版第1刷発行
2022年1月28日　第2版19刷発行

著　　者　高屋敷英夫
設定協力　横倉 廣
原　　作　ゲーム『ドラゴンクエストIII　そして伝説へ・・・』
　　　　　シナリオ　堀井雄二
発 行 人　松浦克義
発 行 所　**株式会社スクウェア・エニックス**
　　　　　〒160-8430 東京都新宿区新宿6-27-30
　　　　　新宿イーストサイドスクエア
印 刷 所　凸版印刷株式会社

〈お問い合わせ〉
スクウェア・エニックス サポートセンター
https://sqex.to/PUB

Printed in Japan
ISBN4-7575-0252-4 C0293